二晏詞箋注

〔宋〕晏殊 著
〔宋〕晏幾道 著
張草紉 箋注

上海古籍出版社

圖書在版編目(CIP)數據

二晏詞箋注/(宋)晏殊著;(宋)晏幾道著;張草紉箋注.—上海:上海古籍出版社,2008.12(2019.6重印)

(中國古典文學叢書)

ISBN 978-7-5325-5062-3

Ⅰ.二… Ⅱ.①晏…②晏…③張… Ⅲ.宋詞—注釋 Ⅳ.I222.844

中國版本圖書館CIP數據核字(2008)第121595號

中國古典文學叢書

二晏詞箋注

[宋]晏 殊 著

[宋]晏幾道 著

張草紉 箋 注

上海世紀出版股份有限公司
上 海 古 籍 出 版 社 出版、發行

(上海瑞金二路272號 郵政編碼200020)

(1)網址:www.guji.com.cn

(2)E-mail:gujil@guji.com.cn

(3)易文網網址:www.ewen.co

新華書店上海發行所發行經銷 常州市金壇古籍印刷廠有限公司印刷

開本850×1168 1/32 印張20.325 插頁7 字數392,000

2008年12月第1版 2019年6月第9次印刷

印數:7,101-8,200

ISBN 978-7-5325-5062-3

I·2052 精裝定價:92.00元

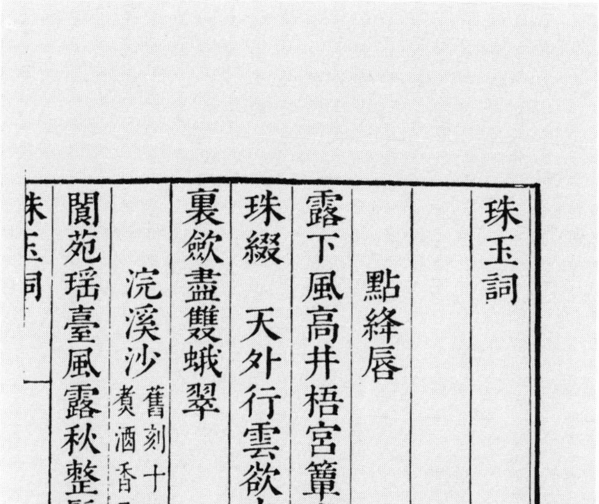

珠玉詞

宋　晏殊

點絳唇

露下風高井梧宮簟生秋意画堂筵啓一曲呈珠綴　天外行雲欲去凝香袂爐煙起斷腸聲裏斂盡雙蛾翠

浣溪沙　舊刻十三闋攷青杏園林煑酒香是永叔作今删去

閬苑瑶臺風露秋整鬟凝思捧觥籌欲歸臨別

珠玉詞　　汲古閣

汲古閣刊本《珠玉詞》書影

日斜呼賓友啓芳筵星霜催綠鬢風露損朱顏
惜清歡又何妨沉醉玉樽前

同叔撫州臨川人也七歲能屬文張知白
以神童薦真宗召見與千餘人並試廷中
神氣不懾援筆立成帝異之使盡讀秘
閣書每所諮訪率用寸方小紙細書閉之
從事仁宗尤加信愛仕至觀文殿大學士以
疾請歸帝留侍經筵及卒帝臨奠猶以不

毛晉《珠玉詞》跋

很多文人學士，如范仲淹、歐陽修、宋庠、宋祁、韓維等，皆出於他門下。因此他在當時不僅是政界的首領，實際上也成了文壇的領袖，對詞的復興和發展，起着較大的作用。

晏殊喜愛南唐馮延巳的詞，他自己的作品，也能與馮詞媲美。他的詞温婉典雅，很適合文人雅士的口味。他的門生歐陽修的詞，與他的風格十分接近，而且有出藍之譽。後人常把他們兩人的詞合稱爲晏歐詞，爲詞壇婉約派的一大宗，對後世的影響極爲深遠。故論者甚至推晏殊爲「北宋倚聲家初祖」〔二〕，或曰：「宋詞應以元獻爲首。」〔三〕

晏幾道的小山詞脱胎於珠玉，但由於他仕宦連蹇，陸沈下位，身歷華屋山丘之變，發而爲詞，更加深切動人。論者謂其工於言情，措詞婉妙，在元獻、文忠之上〔四〕，還認爲晏氏父子可以追配南唐李氏父子〔五〕，足見他們在宋代詞壇上的重要性。

後世出版的各種詞選，對晏殊和晏幾道的名作選録、注釋的已有多種，但對全集作全面校勘、箋注的尚少。故筆者不揣譾陋，勉力從事。謬誤之處，在所不免，衷心希望讀者批評指正。

張草紉　二〇〇七年十月

【注釋】

〔一〕宋葉夢得避暑録話卷下。

自序

二晏詞，是指晏殊的珠玉詞和他的兒子晏幾道的小山詞，他們父子兩人在宋代詞壇上占有相當重要的地位。

從詞的發展歷史看，唐、五代的詞只能算是初期，能獨立成家的詞人甚少，作品也不多。其中較有影響的，是以温庭筠和韋莊爲代表的花間詞，及以李璟、李煜父子和馮延巳爲代表的南唐詞。從五代末期到宋初的百餘年間，由於戰爭不斷，人民生活不安定，影響到文化的繁榮，也使詞壇冷落了很長時期。直到宋朝的第三、四代皇帝真宗和仁宗朝，經過半個多世紀的涵養生息，文化逐漸振興，詞壇也隨之活躍起來。當時並駕齊驅的有三位大詞人：晏殊、張先、柳永。柳永因仕途不利，長年混跡於下層社會。他擅長寫慢詞，反映平民百姓的生活，語言通俗，因此在民間十分流行，人稱「凡有井水飲處即能歌柳詞」〔一〕。然而知識程度較高的文人，認爲他的詞語言粗俗低下，甚至流於淫褻，皆耻於學習。故柳詞風行了一段時期，也就無人爲繼。張先是一個小官吏，位卑職小，交遊不廣。雖然他的詞很有成就，但影響不大。而晏殊在真宗、仁宗兩朝歷任高官，又善於提攜後進，當代

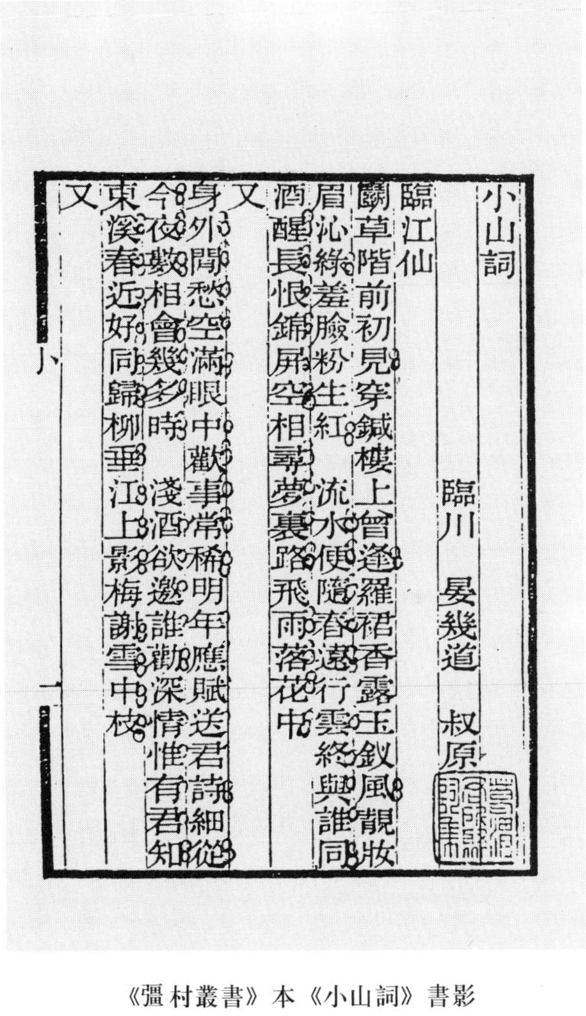

小山詞

臨川　晏幾道　叔原

臨江仙

鬬草階前初見穿針樓上曾逢羅裙香露玉釵風靚妝
眉沁綠羞臉粉生紅流水便隨春遠行雲終與誰同
酒醒長恨錦屏空相尋夢裏路飛雨落花中

又

身外閒愁空滿眼中歡事常稀明年應賦送君詩細從
今夜數相會幾多時淺酒欲邀誰勸深情惟有君知
東溪春近好同歸柳垂江上影梅謝雪中枝

又

小　一

《彊村叢書》本《小山詞》書影

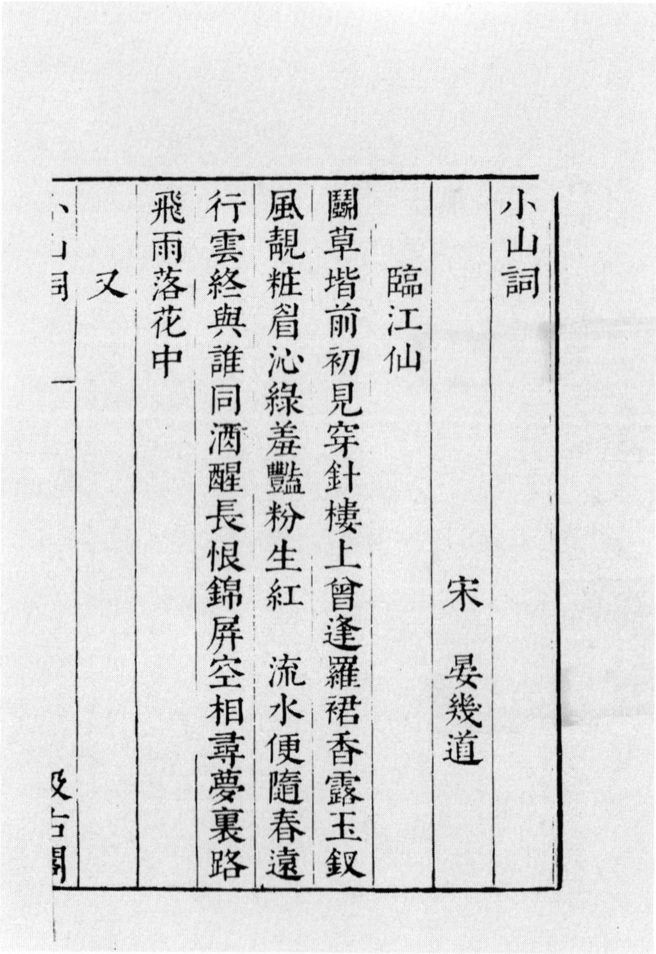
小山詞

宋　晏幾道

臨江仙

鬬草堦前初見穿針樓上曾逢羅裙香露玉釵風靚粧眉沁綠羞豔粉生紅　流水便隨春遠行雲終與誰同酒醒長恨錦屏空相尋夢裏路飛雨落花中

又

小山詞　一　汲古閣

汲古閣刊本《小山詞》書影

〔二〕清馮煦蒿庵詞話。

〔三〕近人吴梅詞學通論第七章概論二。

〔四〕清陳廷焯白雨齋詞話卷一：「北宋晏小山工於言情，出元獻、文忠之右。」又：「而措詞婉妙，則一時獨步。」

〔五〕同〔二〕。

二晏詞箋注目録

自序　一

珠玉詞箋注　一

前言　三

謁金門（秋露墜）　一三

破陣子（海上蟠桃易熟）　一四

又（燕子欲歸時節）　一五

又（憶得去年今日）　一六

又（湖上西風斜日）　一七

浣溪沙（閬苑瑶臺風露秋）　一八

又（三月和風滿上林）　一九

又（青杏園林煮酒香）　二〇

又（一曲新詞酒一盃）　二一

又（紅蓼花香夾岸稠）　二四

又（淡淡梳妝薄薄衣）　二五

又（小閣重簾有燕過）　二六

又（宿酒纔醒厭玉卮）　二六

又（緑葉紅花媚曉煙）　二七

又（湖上西風急暮蟬）　二九

又（楊柳陰中駐彩旌）　三〇

又（一向年光有限身）　三一

又（玉椀冰寒滴露華）　三二

更漏子（蕣華濃） 三三
又（塞鴻高） 三五
又（雪藏梅） 三六
又（菊花殘） 三七
鵲踏枝（檻菊愁煙蘭泣露） 三八
又（紫府羣仙名籍秘） 四〇
點絳脣（露下風高） 四二
鳳銜盃（青蘋昨夜秋風起） 四三
又（留花不住怨花飛） 四四
又（柳條花纇惱青春） 四五
清平樂（春花秋草） 四七
又（秋光向晚） 四八
又（春來秋去） 四九
又（金風細細） 五〇
又（紅牋小字） 五一
紅窗聽（淡薄梳妝輕結束） 五二
又（記得香閨臨別語） 五四
采桑子（春風不負東君信） 五四
又（紅英一樹春來早） 五五
又（陽和二月芳菲徧） 五六
又（櫻桃謝了梨花發） 五七
又（古羅衣上金針樣） 五八
又（時光只解催人老） 五九
又（林間摘徧雙雙葉） 六〇
喜遷鶯（風轉蕙） 六一
又（歌斂黛） 六二
又（花不盡） 六四
又（燭飄花） 六五
又（曙河低） 六六
撼庭秋（別來音信千里） 六七

少年遊（重陽過後）　六八
又（霜華滿樹）　六九
又（芙蓉花發去年枝）　七〇
又（謝家庭檻曉無塵）　七一
酒泉子（三月暖風）　七二
又（春色初來）　七三
木蘭花（東風昨夜回梁苑）　七四
又（簾旌浪卷金泥鳳）　七六
又（燕鴻過後鶯歸去）　七七
又（池塘水緑風微暖）　七九
又（玉樓朱閣横金鎖）　八一
又（朱簾半下香銷印）　八二
又（杏梁歸燕雙回首）　八四
又（紫薇朱槿繁開後）　八五
又（春葱指甲輕攏撚）　八七
又（紅絛約束瓊肌穩）　八八
迎春樂（長安紫陌春歸早）　九〇
訴衷情（青梅煮酒鬭時新）　九二
又（東風楊柳欲青青）　九三
又（芙蓉金菊鬭馨香）　九四
又（數枝金菊對芙蓉）　九五
又（露蓮雙臉遠山眉）　九六
又（秋風吹綻北池蓮）　九七
又（世間榮貴月中人）　九八
又（海棠珠綴一重重）　九九
胡擣練（小桃花與早梅花）　一〇〇
㛹人嬌（二月春風）　一〇一
又（玉樹微涼）　一〇二
又（一葉秋高）　一〇三
踏莎行（細草愁煙）　一〇五

又（祖席離歌）　一〇七
又（碧海無波）　一〇八
又（綠樹歸鶯）　一〇九
又（小徑紅稀）　一一一
漁家傲（畫鼓聲中昏又曉）　一一三
又（荷葉荷花相間鬭）　一一四
又（荷葉初開猶半卷）　一一五
又（楊柳風前香百步）　一一六
又（粉筆丹青描未得）　一一七
又（葉下鵁鶄眠未穩）　一一八
又（罨畫溪邊停彩舫）　一一九
又（宿蕊鬭攢金粉鬧）　一二一
又（臉傳朝霞衣剪翠）　一二二
又（越女採蓮江北岸）　一二三
又（粉面啼紅腰束素）　一二四
又（幽鷺慢來窺品格）　一二六
又（楚國細腰元自瘦）　一二七
又（嫩綠堪裁紅欲綻）　一二九
雨中花（剪翠妝紅欲就）　一三一
瑞鷓鴣（越娥紅淚泣朝雲）　一三二
又（江南殘臘欲歸時）　一三三
望仙門（紫薇枝上露華濃）　一三五
又（玉壺清漏起微涼）　一三六
又（玉池波浪碧如鱗）　一三七
長生樂（玉露金風月正圓）　一三八
又（閬苑神仙平地見）　一三九
蝶戀花（一霎秋風驚畫扇）　一四一
又（紫菊初生朱槿墜）　一四二
又（簾幕風輕雙語燕）　一四四
又（玉椀冰寒消暑氣）　一四五

又（梨葉疏紅蟬韻歇）　一四六
又（南雁依稀迴側陣）　一四七
拂霓裳（慶生辰）　一四九
又（喜秋成）　一五一
又（樂秋天）　一五二
菩薩蠻（芳蓮九蕊開新豔）　一五三
又（秋花最是黄葵好）　一五四
又（人人盡道黄葵淡）　一五五
又（高梧葉下秋光晚）　一五六
秋蕊香（梅蕊雪殘香瘦）　一五七
又（向曉雪花呈瑞）　一五八
相思兒令（昨日探春消息）　一五九
又（春色漸芳菲也）　一六〇
滴滴金（梅花漏泄春消息）　一六一
山亭柳（家住西秦）　一六二
睿恩新（芙蓉一朵霜秋色）　一六四
又（紅絲一曲傍階砌）　一六五
玉堂春（帝城春暖）　一六七
又（後園春早）　一六八
又（斗城池館）　一六九
臨江仙（資善堂中三十載）　一七一
燕歸梁（雙燕歸飛繞畫堂）　一七二
又（金鴨香爐起瑞煙）　一七三
望漢月（千縷萬條堪結）　一七四
連理枝（玉宇秋風至）　一七五
又（緑樹鶯聲老）　一七六
破陣子（燕子來時新社）　一七七
玉樓春（緑楊芳草長亭路）　一七九
失調名（芳草連天碧）　一八一
訴衷情（幕天席地鬭豪奢）　一八一

又（喧天絲竹韻融融） 一八二
附録一 存目詞 一八四
附録二 晏殊傳記資料 一八六
宋史晏殊傳 一八六
佚聞 一八八
觀文殿大學士行兵部尚書西京留守贈司空兼侍中晏公神道碑銘并序 一九一
挽辭 一九六
附録三 珠玉詞序跋 一九九
毛晉跋 一九九
四庫全書珠玉詞提要 二〇〇
珠玉詞鈔跋 二〇〇
林大椿跋 二〇一
附録四 珠玉詞總評 二〇二
附録五 晏殊年譜簡編 二〇七

小山詞箋注 二四一

前言 二四三
臨江仙（鬬草階前初見） 二七三
又（身外閒愁空滿） 二七四
又（淡水三年歡意） 二七五
又（淺淺餘寒春半） 二七七
又（長愛碧闌干影） 二七九
又（旖旎仙花解語） 二八〇
又（夢後樓臺高鎖） 二八二
又（東野亡來無麗句） 二八四
蝶戀花（卷絮風頭寒欲盡） 二八五
又（初撚霜紈生悵望） 二八七
又（庭院碧苔紅葉徧） 二八九
又（喜鵲橋成催鳳駕） 二九一
又（碧草池塘春又晚） 二九三

又（碾玉釵頭雙鳳小） 二九三
又（醉别西樓醒不記） 二九五
又（欲減羅衣寒未去） 二九七
又（千葉早梅誇百媚） 二九九
又（金翦刀頭芳意動） 三〇一
又（笑豔秋蓮生綠浦） 三〇二
又（碧落秋風吹玉樹） 三〇四
又（碧玉高樓臨水住） 三〇五
又（夢入江南煙水路） 三〇六
又（黄菊開時傷聚散） 三〇八
鷓鴣天（彩袖殷勤捧玉鍾） 三一〇
又（一醉醒來春又殘） 三一三
又（梅蕊新妝桂葉眉） 三一四
又（守得蓮開結伴游） 三一六
又（鬭鴨池南夜不歸） 三一七
又（當日佳期鵲誤傳） 三一八
又（題破香牋小研紅） 三一九
又（清潁尊前酒滿衣） 三二一
又（醉拍春衫惜舊香） 三二二
又（小令尊前見玉簫） 三二三
又（楚女腰肢越女顋） 三二五
又（十里樓臺倚翠微） 三二六
又（陌上濛濛殘絮飛） 三二七
又（曉日迎長歲歲同） 三二九
又（小玉樓中月上時） 三三一
又（手撚香牋憶小蓮） 三三二
又（九日悲秋不到心） 三三三
又（碧藕花開水殿涼） 三三五
又（綠橘梢頭幾點春） 三三七
生查子（金鞭美少年） 三三八

又（輕勻兩臉花） 三四〇
又（關山魂夢長） 三四一
又（墜雨已辭雲） 三四二
又（一分殘酒霞） 三四三
又（輕輕製舞衣） 三四四
又（紅塵陌上游） 三四四
又（長恨涉江遥） 三四五
又（遠山眉黛長） 三四七
又（落梅庭榭香） 三四八
又（狂花頃刻香） 三四九
又（官身幾日閒） 三五〇
又（春從何處歸） 三五一
南鄉子（渌水帶青潮） 三五二
又（小蕊受春風） 三五三
又（花落未須悲） 三五四
又（何處別時難） 三五五
又（畫鴨懶熏香） 三五六
又（眼約也應虚） 三五七
又（新月又如眉） 三五八
清平樂（留人不住） 三六〇
又（千花百草） 三六一
又（煙輕雨小） 三六二
又（可憐嬌小） 三六三
又（紅英落盡） 三六四
又（春雲緑處） 三六五
又（波紋碧皺） 三六六
又（西池煙草） 三六八
又（蕙心堪怨） 三六九
又（幺絃寫意） 三七〇
又（笙歌宛轉） 三七一

又（暫來還去）　三七二
又（雙紋彩袖）　三七三
又（寒催酒醒）　三七四
又（蓮開欲徧）　三七五
又（沈思暗記）　三七六
又（鶯來燕去）　三七七
又（心期休問）　三七八
木蘭花（鞦韆院落重簾暮）　三七九
又（小蘋若解愁春暮）　三八一
又（小蓮未解論心素）　三八二
又（風簾向曉寒成陣）　三八三
又（念奴初唱離亭宴）　三八四
又（玉真能唱朱簾静）　三八六
又（阿茸十五腰肢好）　三八七
又（初心已恨花期晚）　三八八
減字木蘭花（長亭晚送）　三八九
又（留春不住）　三九〇
又（長楊輦路）　三九一
泛清波摘徧（催花雨小）　三九二
洞仙歌（春殘雨過）　三九四
菩薩蠻（來時楊柳東橋路）　三九六
又（箇人輕似低飛燕）　三九七
又（鶯啼似作留春語）　三九八
又（春風未放花心吐）　三九九
又（嬌香淡染胭脂雪）　四〇〇
又（香蓮燭下匀丹雪）　四〇一
又（哀筝一弄湘江曲）　四〇二
又（江南未雪梅花白）　四〇三
又（相逢欲話相思苦）　四〇五
玉樓春（雕鞍好爲鶯花住）　四〇五

又（一尊相遇春風裏）　四〇六
又（瓊酥酒面風吹醒）　四〇七
又（清歌學得秦娥似）　四〇八
又（旗亭西畔朝雲住）　四〇九
又（離鸞照罷塵生鏡）　四一一
又（東風又作無情計）　四一二
又（斑騅路與陽臺近）　四一三
又（紅綃學舞腰肢軟）　四一四
又（當年信道情無價）　四一六
又（采蓮時候慵歌舞）　四一八
又（芳年正是香英嫩）　四一九
又（輕風拂柳冰初綻）　四二〇
阮郎歸（粉痕閒印玉尖纖）　四二一
又（來時紅日弄窗紗）　四二三
又（舊香殘粉似當初）　四二四
又（天邊金掌露成霜）　四二五
又（曉妝長趁景陽鐘）　四二七
歸田樂（試把花期數）　四二九
浣溪沙（二月春花厭落梅）　四三〇
又（臥鴨池頭小苑開）　四三一
又（二月和風到碧城）　四三二
又（白紵春衫楊柳鞭）　四三三
又（牀上銀屏幾點山）　四三四
又（綠柳藏烏靜掩關）　四三六
又（家近旗亭酒易酤）　四三七
又（日日雙眉鬬畫長）　四三八
又（飛鵲臺前暈翠蛾）　四四〇
又（午醉西橋夕未醒）　四四一
又（一樣宮妝簇彩舟）　四四二
又（已拆鞦韆不奈閒）　四四三

又（閒弄筝絃懶繫裙） 四四四
又（團扇初隨碧簟收） 四四五
又（翠閣朱闌倚處危） 四四六
又（唱得紅梅字字香） 四四七
又（小杏春聲學浪仙） 四四八
又（銅虎分符領外臺） 四五〇
又（浦口蓮香夜不收） 四五一
又（莫問逢春能幾回） 四五二
又（樓上燈深欲閉門） 四五三
六么令（緑陰春盡） 四五四
又（雪殘風信） 四五七
又（日高春睡） 四五八
更漏子（檻花稀） 四六〇
又（柳間眠） 四六〇
又（柳絲長） 四六二
又（露華高） 四六三
又（出牆花） 四六四
又（欲論心） 四六五
河滿子（對鏡偷匀玉筯） 四六六
又（緑綺琴中心事） 四六七
于飛樂（曉日當簾） 四七〇
愁倚闌令（憑江閣） 四七一
又（花陰月） 四七二
又（春羅薄） 四七二
御街行（年光正似花梢露） 四七三
又（街南緑樹春饒絮） 四七五
浪淘沙（高閣對横塘） 四七六
又（小緑間長紅） 四七七
又（麗曲醉思仙） 四七八
又（翠幕綺筵張） 四七九

醜奴兒（昭華鳳管知名久） 四八〇
又（日高庭院楊花轉） 四八二
訴衷情（種花人自蕊宮來） 四八三
又（净揩妝臉淺匀眉） 四八四
又（渚蓮霜曉墜殘紅） 四八五
又（憑觴静憶去年秋） 四八五
又（小梅風韻最妖嬈） 四八六
又（長因蕙草記羅裙） 四八七
又（御紗新製石榴裙） 四八八
又（都人離恨滿歌筵） 四八九
破陣子（柳下笙歌庭院） 四九一
好女兒（緑徧西池） 四九二
又（酌酒殷勤） 四九三
點絳脣（花信來時） 四九四
又（明日征鞭） 四九五
又（碧水東流） 四九七
又（妝席相逢） 四九八
又（湖上西風） 四九九
兩同心（楚鄉春晚） 五〇〇
少年游（緑勾闌畔） 五〇二
又（西溪丹杏） 五〇三
又（離多最是） 五〇四
又（西樓别後） 五〇五
又（雕梁燕去） 五〇七
虞美人（閑敲玉鐙隋堤路） 五〇八
又（飛花自有牽情處） 五〇九
又（曲闌干外天如水） 五一〇
又（疏梅月下歌金縷） 五一一
又（玉簫吹徧煙花路） 五一二
又（秋風不似春風好） 五一三

又（小梅枝上東君信） 五一四
又（濕紅牋紙回文字） 五一六
又（一絃彈盡仙韶樂） 五一七
采桑子（鞦韆散後朦朧月） 五一八
又（花前獨占春風早） 五一九
又（蘆鞭墜徧楊花陌） 五二〇
又（日高庭院楊花轉） 五二二
又（征人去日殷勤囑） 五二三
又（花時惱得瓊枝瘦） 五二四
又（春風不負年年信） 五二五
又（秋來更覺消魂苦） 五二六
又（誰將一點淒涼意） 五二七
又（宜春苑外樓堪倚） 五二八
又（白蓮池上當時月） 五二九
又（高吟爛醉淮西月） 五三〇
又（前歡幾處笙歌地） 五三一
又（無端惱破桃源夢） 五三二
又（年年此夕東城見） 五三三
又（雙螺未學同心綰） 五三四
又（西樓月下當時見） 五三五
又（非花非霧前時見） 五三六
又（當時月下分飛處） 五三七
又（湘妃浦口蓮開盡） 五三八
又（別來長記西樓事） 五三九
又（紅窗碧玉新名舊） 五四〇
又（昭華鳳管知名久） 五四二
又（金風玉露初涼夜） 五四二
又（心期昨夜尋思徧） 五四三
踏莎行（柳上煙歸） 五四四
又（宿雨收塵） 五四六

又（綠徑穿花） 五四七
又（雪盡寒輕） 五四八
滿庭芳（南苑吹花） 五四九
留春令（畫屏天畔） 五五一
又（采蓮舟上） 五五三
又（海棠風横） 五五四
風入松（柳陰庭院杏梢牆） 五五五
又（心心念念憶相逢） 五五六
清商怨（庭花香信尚淺） 五五七
秋蕊香（池苑清陰欲就） 五五九
又（歌徹郎君秋草） 五六〇
思遠人（紅葉黄花秋意晚） 五六一
碧牡丹（翠袖疏紈扇） 五六二
長相思（長相思） 五六三
醉落魄（滿街斜月） 五六四
又（鸞孤月缺） 五六五
又（天教命薄） 五六七
又（休休莫莫） 五六八
望仙樓（小春花信日邊來） 五六九
鳳孤飛（一曲畫樓鐘動） 五七一
西江月（愁黛顰成月淺） 五七二
又（南苑垂鞭路冷） 五七三
武陵春（綠蕙紅蘭芳信歇） 五七四
又（九日黄花如有意） 五七五
又（煙柳長堤知幾曲） 五七六
解佩令（玉階秋感） 五七七
行香子（晚綠寒紅） 五七八
慶春時（倚天樓殿） 五七九
又（梅梢已有） 五八一
喜團圓（危樓静鎖） 五八二

憶悶令（取次臨鸞勻畫淺） 五八二
梁州令（莫唱陽關曲） 五八三
燕歸梁（蓮葉雨） 五八五
胡擣練（小亭初報一枝梅） 五八六
撲蝴蝶（風梢雨葉） 五八七
醜奴兒（夜來酒醒清無夢） 五八九
謁金門（溪聲急） 五八九
附録一　存目詞 五九一
附録二　晏幾道詩及黄庭堅晁端禮
唱和詩詞 五九四
晏幾道詩八首 五九四
黄庭堅詩十三首 五九六
晁端禮詞十首 五九九
附録三　小山詞序跋 六〇二
原序 六〇二
黄庭堅序 六〇三
毛晉跋 六〇四
四庫全書小山詞提要 六〇四
鄭文焯跋 六〇五
朱祖謀小山詞校記 六〇六
林大椿跋 六〇六
附録四　小山詞總評 六〇七
附録五　晏幾道部分事跡及
作品編年 六一一

珠玉詞箋注

前言

晏殊（九九一——一〇五五）是北宋詞壇的重要詞人之一，後人把他與門生歐陽修並稱晏歐，又與他的兒子晏幾道並稱二晏，以之與南唐二主比美。晏、歐二人風格相近，都脱胎於南唐馮延巳。小晏精力尤勝。他們都是詞壇婉約派的先驅，對宋詞的發展産生過一定的影響。

晏殊，字同叔，謚元獻，撫州臨川（今江西撫州）人。生於宋太宗淳化二年（九九一）。家世不顯，父親晏固是撫州府的一個節級（獄吏）。同叔聰穎過人，年七歲，鄉里號爲神童。十四歲時，故丞相張知白安撫江西，把他薦於朝廷。經廷試，賜同進士出身，擢秘書省正字。當時還衹十五歲，就進入仕途。後來又爲集賢校理，太常寺丞，擢史館。由於他爲人謹厚誠實，爲真宗賞識〔一〕，二十八歲時以户部員外郎充太子舍人，知制誥。後來太子繼位，是爲仁宗。由於晏殊是東宫舊人，仁宗對他格外寵信。由禮部侍郎，樞密副使，三司使，參知政事，檢校太尉，直到集賢殿大學士同中書門下平章事兼樞密使，集全國行政、軍事大權於一身。

不過他也經歷過三次降謫。第一次是在仁宗天聖三年（一〇二五）他三十五歲任樞密副使（掌管軍事的副丞相)時。由於上疏反對張耆爲樞密使,得罪了章獻太后(劉太后)〔二〕。當時仁宗才十五歲,由章獻太后執掌軍國大事。而張耆是章獻太后所寵信的人,曾爲太后效過力〔三〕。太后當時雖没有降罪於晏殊,但隔了一年,以小過罷了他樞密副使之職,降爲以刑部侍郎知宋州(今河南商丘)〔四〕。這次降謫爲時約二年。

第二次降謫是在仁宗明道二年(一〇三三)他四十三歲時。由於撰寫李宸妃墓志失實〔五〕,罷參知政事(掌管行政的副丞相),以禮部尚書知亳州(今安徽亳縣),二年後遷知陳州(今河南淮陽)。這次降謫約有五年之久。

第三次降謫是在仁宗慶曆四年(一〇四四)九月,那時他五十四歲,早已升到同中書門下平章事兼樞密使的最高職位。諫官孫甫、蔡襄奏論殊役官兵治僦舍以規利,坐是罷相,以工部尚書知潁州(今安徽阜陽)。然而時論以爲所役兵乃輔臣例宜借者,非殊之罪。真正的原因,可能是受到反對者的排擠。宋史晏殊傳載:「及爲相,益務進賢材。而仲淹與韓琦、富弼皆進用,至於臺閣,多一時之賢。帝亦奮然有意欲因羣材以更治。而小人權倖皆不便。」這次貶謫,自知潁州,歷陳州、許州、永興軍(今西安)、河南,達十年之久。至仁宗至和元年(一〇五四)六十四歲時,才以疾歸京師。宦海浮沉,不可能不對他的思想産生影響。宋吴曾能改齋漫録十六載:「晏元獻早入政府,迨出鎮,皆近畿名藩,未嘗遠去王室。自南都移陳,離席,官奴有歌『千里傷行客』之詞。公怒曰:『予平生守官，未嘗去王畿五百里，是何千里傷行客耶？』」「千里」原不過是泛泛而言，同叔如果心中坦然，對遷謫不甚介意，又何必遷怒於官奴，斤斤計較千里與五百里呢？ 由此我們可以看到，在他的有些詞中，時常會流露出隨遇而安，及時行樂，今朝有酒今朝醉的消極情緒，不是沒有原因的。不過他還算幸運，他不像有些大臣被降謫到邊遠地區，擔任一個掛名的官職，實際上却是受監管的罪人。他只是在官階上略有降低，還是在鄰近京畿的富饒大州任知州，掌握全州的軍政大權。後來他以疾歸京師後，仁宗仍封他爲邇英閣侍講，許他五日一朝前殿。次年正月病故，仁宗親臨奠祭，罷朝二日，篆其碑曰「舊學之碑」，命歐陽修撰神道碑銘，食邑萬二千户，實封三千七百户。所以後人説他一生富貴，也並非虛語。他的大多數詞雍容華麗，有富貴氣象，也是生活所造成的。

後世有人認爲晏殊歷任政府要職（樞密使、參知政事、中書門下平章事），政績平平，無多建樹〔六〕。這種評價，未免過於苛刻。須知當時的棟梁之臣，如韓琦、范仲淹輩，皆由晏殊賞識、推舉。「世有伯樂，然後有千里馬。」〔七〕爲相而能進用賢材，即是良相。仁宗康定元年（一〇四〇）正月，西夏元昊出兵寇延州（今延安）。當時在樞密院掌管軍事的正是晏殊，他委派韓琦去安撫陝西，又命范仲淹爲陝西都運使。「公數建利害，請罷監軍，無以陣圖授諸將，使得應敵爲攻守，及制財用爲出入之要，皆有法。……卒能以謀臣元昊，使聽約束。」〔八〕

晏殊遷知宋州時，看到自五代以來，歷經戰亂，學校都廢，就大興學校，延聘范仲淹以教生徒。

後來又薦范仲淹爲秘閣校理。故仲淹雖比他年長二歲，終生以門生事之。後來二人名位相亞，范在投帖時猶自稱門生。歐陽修是天聖八年（一〇三〇）晏殊知禮部貢舉時以第一名録取的進士，因此自然是晏殊的門生。宋庠、宋祁兄弟中進士，由晏殊參與編排等第〔九〕，所以也把晏殊當作老師。西清詩話云：「二宋俱爲晏元獻殊門下士。兄弟雖甚顯貴，爲文必手抄寄公，懇求雕潤。」〔一〇〕宋庠在晚歲感舊寄永興相國晏公詩中云：「何日陪師席，孤懷跪自陳。」此外，詩人梅堯臣、詞人張先都受過晏殊的薦舉。梅、張、二宋和韓維等與他常有詩詞酬答。由此可見，在仁宗朝，晏殊不僅在政界是領袖人物之一，對文壇也有極大的影響。

作爲與唐詩並稱的宋詞，在五代、宋初喪亂之際，曾一度低沉〔一一〕。翻開全宋詞看，宋初的近百年中，只有十幾個作者，二十多首詞。「雖時時有妙語，而破碎何足名家。」〔一二〕直到真宗朝，晏殊、柳永、張先三家同時並起，馳騁於詞壇，才開創宋詞的時代。晏詞温婉清麗，華貴典雅，容易爲文士接受效法。加上晏殊身居高位，門下多文人雅士，相互倡和，自然而然就成了當時詞壇的盟主。宋楊湜古今詞話云：「慶曆癸未十二月十九立春，甲申元日，丞相元獻公會兩禁（中書省和樞密院）於私第。丞相席上自作木蘭花以侑觴，曰：『東風昨夜回梁苑。』於時坐客皆和，亦不敢改首句『東風昨夜』四字。」〔一三〕可見一時之盛。

又如晏殊木蘭花詞：

池塘水綠風微暖。記得玉真初見面。重頭歌韻響錚琮，入破舞腰紅亂旋。玉鈎闌下香階畔，醉後不知斜日晚。當時共我賞花人，點檢如今無一半。

歐陽修玉樓春詞：

尊前擬把歸期說。未語春容先慘咽。人生自是有情癡，此恨不關風與月。離歌且莫翻新闋。一曲能教腸寸結。直須看盡洛城花，始共春風容易別。

蘇軾木蘭花令：

霜餘已失長淮闊。空聽潺潺清潁咽。佳人猶唱醉翁詞，四十三年如電抹。草頭秋露流珠滑。三五盈盈還二八。與余同是識翁人，唯有西湖波底月。

這三首詞都寫得疏朗而清俊，風格非常接近。晏殊較歐陽修年長十六歲，而且又是早慧的神童，因此可以推想，在歐陽修開始作詞之初，晏殊的許多詞作早已問世，被人傳誦。晏殊常用的詞調，爲蝶戀花、木蘭花、浣溪沙、采桑子、踏莎行、清平樂、漁家傲，歐陽修亦然。可見晏殊實爲其先導。所以，儘管後人認爲歐陽修的成就在晏殊之上，但歐陽修深受晏殊的影響，是不可否認的。蘇軾則不僅受到晏殊的影響，更得益於歐陽修，一脈相承，一代高於一代。晏幾道的詞，一部分亦繼承了他父親的風格，小山詞中有些詞句甚至一字不改地直接録用了珠玉詞的詞句。由此可以認爲，北宋的詞是由晏殊發軔，經歐陽修到蘇軾和晏幾道，才達到了最高峯。故清馮煦蒿庵詞話云：「晏同叔去五代未遠，馨烈所扇，得之最先。故左宫右徵，和婉而明麗，爲北宋倚聲家初祖。」可謂知言。

晏殊的詞，本於南唐二主及馮延巳。宋劉攽中山詩話云：「晏元獻尤喜江南馮延巳歌詞。其所自作，亦不減延巳。」宋王灼碧雞漫志卷二曰：「晏元獻公、歐陽文忠公風流蘊藉，一時莫及，而温潤秀潔，亦無其比。」清陳廷焯雲韶集卷二謂：「元獻詞風神婉約，骨格自高，不流俗穢，與延巳相伯仲也。」後世論者，或賞其温潤婉麗，或推其清疏俊逸，或愛其珠圓玉潤，或重其雍容典雅。珠玉詞的優點，確如所言。晏殊甚至寫豔情也極有分寸，謹守「發乎情，止乎禮義」的詩教。畫墁録載：「柳三變既以調詞忤仁廟，吏部不放改官。三變不能堪，詣政府。晏公曰：『賢俊作曲子麽？』三變曰：『祇如相公亦作曲子。』公曰：『殊雖作曲子，不曾道綵綫慵拈伴伊坐。』柳遂退。」〔一四〕可見他作詞的態度多麽謹嚴。其實這類句子，在歐、蘇集中亦有，在黄、秦詞中，更有甚於此者。而珠玉集中，最庸俗者，也不過是「淡淡梳妝薄薄衣」（浣溪沙）而已。

珠玉詞的最大缺點，是反映的生活圈子十分狹窄。詞中所描寫的，大多是上層士大夫優裕的享樂生活，不離看花飲酒，聽歌觀舞，流連光景的閒情，以及對時光飛逝，人生易老，會少離多，懷遠憶舊而産生的淡淡的哀愁。有時在歌酒消遣之餘，還發出一些消極頽唐的無病沉吟。如「門外落花隨水逝。相看莫惜尊前醉」（鵲踏枝），「暮去朝來即老，人生不飲何爲」（清平樂），「須盡醉，莫推辭。人生多别離」（更漏子），「莫話匆忙。夢裏浮生足斷腸」（采桑子）等等，不一而足。集中除了唯一的一首山亭柳詞寫一個歌女的悲苦生涯並表示一點同情心以外，對一般民衆，尤其是處於底層的貧苦人民的生活，概不觸及。另一個缺點，是集中還收了不少無聊的壽詞，有二十多首，幾乎占了全集的五分之一。這類詞中，無非是一些敷衍奉承的陳辭俗套，既無新意，亦少佳句。

晏殊的詞集，原刻本曰珠玉集，有張先寫的序，已佚。後來通行的，有明毛晉汲古閣宋六十名家詞本的珠玉詞一卷，收詞一百三十一首。清晏端書刊印的家刻本珠玉詞一卷，珠玉詞補鈔一卷，共收詞一百三十七首。毛氏汲古閣本珠玉詞後又經陸貽典、黄儀、毛扆等校改重刻。一九二八年，商務印書館排印出版林大椿以汲古閣重刻本參校他本而編成的珠玉詞單行本。一九六五年中華書局出版的唐圭璋所編全宋詞中的珠玉詞，以陸貽典、黄儀、毛扆等校改重刻的珠玉詞爲底本，另以他本校改，收詞一百三十六首。本書以全宋詞中的珠玉詞爲底本，又根據全宋詞簡體字本第五册末所附孔凡禮全宋詞補輯增補二首（補輯中有三首，其中一首重複），共收詞一百三十八首。參考花草粹編、草堂詩餘、吴訥唐宋名賢百家詞（林大椿校本，商務印書館一九四〇年版）、毛晉汲古閣本、御選歷代詩餘、詞綜、詞律、四庫全書本以及林大椿校本的珠玉詞（商務印書館一九二八年版）作了校訂，並以自己淺薄的理解，加上一些箋注，以便於讀者閲覽和研究。

張草紉記　二〇〇七年六月

【注釋】

〔一〕宋沈括夢溪筆談九：「晏元獻公……及爲館職，時天下無事，許臣僚擇勝宴飲。當時侍從文館士大夫爲宴集，以至市樓酒肆，皆供帳爲遊息之地。公是時貧甚，不能出，獨家居與昆弟講習。一日選東宮官，忽自中批除晏殊。執政莫諭所因。次日進覆。上諭之曰：『近聞館閣臣僚無不嬉遊燕賞，彌日繼夕，唯殊杜門與兄弟讀書。如此謹厚，正可爲東宮官。』公既受命得對，上面諭除授之意。公語言質野，則曰：『臣非不樂燕遊者，直以貧，無可爲之。臣若有錢亦須往，但無錢不能出耳。』上益嘉其誠實，知事君體，眷注日深。仁宗朝，卒至大用。」

〔二〕宋李燾續資治通鑑長篇卷一〇五天聖五年正月：「庚申，降樞密副使、刑部侍郎晏殊知宣州（後改爲知宋州，即應天府）。先是，太后召張耆爲樞密使。殊言：『樞密與中書兩府同任天下大事。就令乏賢，亦宜使中材處之。耆無他勳勞，徒以恩幸極寵榮，天下已有私徇非材之議，奈何復用爲樞密使也。』太后不悦。」

〔三〕宋史列傳卷第四十九張耆：「章獻太后微時，嘗寓其家，耆事之甚謹。及太后預政，寵遇最厚。」

〔四〕宋史列傳卷第七十晏殊：「坐從幸玉清昭應宮，從者持笏後至，殊怒，以笏撞之，折齒。御史彈奏，罷知宋州。」夏承燾二晏年譜謂，其實由去年彈張耆忤太后也。

〔五〕據宋史列傳第一后妃上李宸妃載，李宸妃初入宮，爲劉后侍兒。爲真宗司寢有娠，生仁宗。劉后據以爲己子。宮中無人敢言，故仁宗不知自己爲李宸妃所生。真宗駕崩，仁宗繼位，年僅十二歲，由劉太后權聽軍國事。後李宸妃薨，由晏殊撰寫墓志。晏不敢明言宸妃係仁宗生母。劉太后命以宮人禮葬宸妃。宰相呂夷簡對劉太后言，將來仁宗一旦知道自己的生母遭薄待，必然會惱怒，恐對劉氏家族不利。劉太后省悟，乃命以一品禮治喪，用太后服飾殮，棺中置水銀，殯於洪福寺。一年後，劉太后崩。燕王爲仁宗言，陛下之生母爲李宸妃，妃死以非命。仁宗號慟，不視朝累日，親臨洪福寺祭告，易梓宮。見妃面色如生，冠服如皇太后，遂不信妃受害之説。但對滿朝大臣都不向他説實話仍很生氣，尤其對晏殊的志文極爲不滿，結果呂夷簡、晏殊等七位大臣均被罷職。後世民間故事「貍貓換太子」就是以此事爲底本寫成的，但其中許多情節均屬虛構。

〔六〕清楊希閔詞軌卷三：「而吾友陳廣夫則謂元獻立朝，了無建明，而處諸公之上。家國盛時，每有此一種人，譬如冠玉弁璯，雖無用，亦不可少。」

〔七〕韓愈雜説四。

〔八〕宋歐陽修觀文殿大學士行兵部尚書西京留守贈司空兼侍中晏公神道碑銘并序。

〔九〕宋李燾續資治通鑑長篇卷一〇二天聖二年三月：「禮部上合格進士姓名，詔翰林學士晏殊、龍圖閣直學士馮元編排等第。」

〔一〇〕引自宋胡仔苕溪漁隱叢話前集卷二十六。

〔一二〕宋李清照詞論：「五代干戈，四海瓜分豆剖，斯文道熄。」

〔一三〕同上。

〔一三〕詳見七五頁木蘭花（東風昨夜回梁苑）詞箋疏。

〔一四〕引自夏承燾二晏年譜。

謁金門

秋露墜。滴盡楚蘭紅淚〔一〕。往事舊歡何限意。思量如夢寐。　人貌老于前歲。風月宛然無異。座有嘉賓尊有桂〔二〕。莫辭終夕醉。

【注釋】

〔一〕楚蘭：楚地盛産蘭花，故稱楚蘭。唐杜牧將赴湖州留題亭菊詩：「陶菊手自種，楚蘭心有期。」此借喻所愛的女子。　紅淚：晉王嘉拾遺記卷七：「魏文帝所愛美人姓薛，名靈芸，常山人也。……靈芸聞别父母，歔欷累日，淚下霑衣。至升車就路之時，以玉唾壺承淚，壺即紅色。既發常山，及至京師，壺中淚凝如血矣。」後以紅淚表示女子傷心的淚。句謂當年分手時，女子傷心落淚，如秋露之墜。

〔二〕桂：桂酒的省稱。用玉桂浸製的酒。泛指美酒。漢書禮樂志：「牲繭栗，粢盛香，尊桂酒，賓八鄉。」顔師古引應劭注：「桂酒，切桂浸酒中也。」

破陣子

海上蟠桃易熟〔一〕，人間好月長圓。惟有擘釵分鈿侶〔二〕，離別常多會面難。此情須問天。蠟燭到明垂淚〔三〕，熏爐盡日生煙。一點凄涼愁絶意，謾道秦箏有剩絃〔四〕。何曾爲細傳。

【校記】

〔調名〕花草粹編、歷代詩餘作十拍子，下同。

【注釋】

〔一〕蟠桃：神話中的仙桃。據漢班固漢武帝内傳載：七月七日，西王母降，以仙桃四顆與帝。帝食輒收其核。王母問帝，帝曰：「欲種之。」王母曰：「此桃三千年一生實。中夏地薄，種之不生。」帝乃止。

〔二〕擘釵分鈿：指夫妻或情侶在分離時把首飾一分爲二，各執其半，以表示誠信。唐白居易長恨歌：「釵留一股合一扇，釵擘黄金合分鈿。但教心似金鈿堅，天上人間會相見。」

〔三〕「蠟燭」句：唐杜牧贈别詩之二：「蠟燭有心還惜别，替人垂淚到天明。」

〔四〕謾：空，枉，徒然。唐杜甫絶句三首之三：「謾道春來好，狂風太放顛。」秦箏：相傳箏爲秦蒙恬所造，故稱秦箏。剩絃：猶餘絃，指漸微弱而未盡之聲。

又

燕子欲歸時節，高樓昨夜西風。求得人間成小會〔一〕，試把金尊傍菊叢〔二〕。歌長粉面紅。　斜日更穿簾幕，微涼漸入梧桐。多少襟懷言不盡，寫向蠻牋曲調中〔三〕。此情千萬重。

【注釋】

〔一〕小會：小聚。

〔二〕把：持。金尊：酒盃的美稱。

〔三〕蠻牋：唐時指高麗紙。説郛卷一八載宋顧文薦負暄雜録：「唐中國紙未備，多取於外夷，故唐人詩多用蠻箋字，亦有謂也。高麗歲貢蠻紙。」亦指蜀地所産的彩色牋紙。唐陸龜蒙酬襲美夏首病愈見招次韻詩：「雨多青合是垣衣，一幅蠻牋夜款扉。」宋楊億談苑載韓浦寄弟洎蜀牋詩：「十樣蠻牋出益州，寄來新自浣溪頭。」

又

憶得去年今日〔一〕，黄花已滿東籬〔二〕。曾與玉人臨小檻〔三〕，共折香英泛酒巵〔四〕。長條插鬢垂。　人貌不應遷换，珍叢又覩芳菲〔五〕。重把一尊尋舊徑，所惜光陰去似飛。風飄露冷時。

案此首别誤作晏幾道詞，見全芳備祖前集卷十二菊花門。

【校記】

〔已滿〕吴訥唐宋名賢百家詞（林大椿校本，以下簡稱百家詞本）作「正滿」。

【注釋】

〔一〕去年今日：唐崔護題都城南莊詩：「去年今日此門中，人面桃花相映紅。人面不知何處去，桃花依舊笑春風。」

〔二〕黄花：專指菊花。禮記月令：「鞠有黄華。」鞠，通菊。晉陶潛飲酒二十首之五：「採菊東籬下，悠然見南山。」

〔三〕玉人：喻指人的容貌秀美如玉，男女均可指。此處指女性。前蜀韋莊秋霽晚景詩：「玉人襟袖薄，斜憑翠闌干。」　小檻：指防護花木的小栅欄。

〔四〕香英：即香花。唐羅隱人日新安道中見梅花詩：「長途酒醒臘春寒，嫩蕊香英撲馬鞍。」　泛酒巵：指把菊花浸在酒中。

〔五〕珍叢：美麗的花叢。唐韓偓大慶堂賜宴元璫而有詩呈吴越王：「笙歌風緊人酣醉，却繞珍叢爛漫看。」

又

湖上西風斜日，荷花落盡紅英〔一〕。金菊滿叢珠顆細〔二〕，海燕辭巢翅羽輕〔三〕。年年歲歲情〔四〕。　美酒一盃新熟，高歌數闋堪聽。不向尊前同一醉，可奈光陰似水聲。迢迢去未停。

【注釋】

〔一〕紅英：紅花。南唐李煜采桑子詞：「亭前春逐紅英盡，舞態徘徊。」

〔二〕金菊：唐孟郊秋懷詩：「清詩既名朓，金菊亦姓陶。」　珠顆細：像一顆顆細小的珠子。

〔三〕海燕：古時以爲燕子是從南方渡海而至的，故稱。

〔四〕「年年」句：唐劉希夷代悲白頭翁詩：「年年歲歲花相似，歲歲年年人不同。」

浣溪沙

閬苑瑶臺風露秋〔一〕。整鬟凝思捧觥籌〔二〕。欲歸臨別强遲留〔三〕。　月好謾成孤枕夢〔四〕，酒闌空得兩眉愁〔五〕。此時情緒悔風流〔六〕。

【校記】

「月好」元獻遺文作「月落」。

【注釋】

〔一〕閬苑：即閬風之苑，傳説中神仙所居之處。楚辭離騷：「朝吾將濟於白水兮，登閬風而緤馬。」王逸注：「閬風，山名。在崑崙之上。」　瑶臺：傳説中神仙所居之處。晉王嘉拾遺記崑崙山：「傍有瑶臺十二，各廣千步，皆五色玉爲臺基。」閬苑瑶臺，泛指華美的樓臺亭閣。

〔二〕整鬟：把髮髻梳理得整整齊齊。　觥籌：酒具和行酒令用的籤籌。

〔三〕强遲留：盡可能地拖延時間，不願馬上離去。唐杜牧題揚州禪智寺詩：「青苔滿階砌，白鳥故遲留。」

〔四〕謾成：空成，徒成。

〔五〕酒闌：酒殘。謂酒筵將盡。

〔六〕情緒：心情。　風流：猶多情，濫於用情。

【箋疏】

此詞上片寫參加貴官家宴會，見一美麗端莊的侍女，産生愛慕之心。下片寫歸家後的思念。

【輯評】

近人俞陛雲唐五代兩宋詞選釋：瑶臺閬苑，言地之高華。凝思整鬟，言人之莊重，雖捧觥籌，可望而不可即。明知徒費遲留，迨酒闌人散，獨自成愁，始追悔當時，固何益耶？既已悔之，而復孤夢愁眉，低回不置，姑寄其無聊之思耳。元獻生平不作妮子語，此詞或有所指，非述綺懷也。

又

三月和風滿上林〔一〕。牡丹妖豔直千金〔二〕。惱人天氣又春陰。　爲我轉回紅臉面〔三〕，向誰分付紫檀心〔四〕。有情須殢酒盃深〔五〕。

【校記】

〔紫檀〕底本案：「『檀』原作『臺』，改從唐宋名賢百家詞本珠玉詞（以下簡稱吴訥本）。」四庫全書本（以下簡稱四庫本）、林大椿校本（以下簡稱林本）作「紫臺」。

【注釋】

〔一〕上林：上林苑。漢代皇家宮苑，西漢、東漢各有構建。後泛指帝王的園林。

〔二〕妖豔：豔麗。唐白居易牡丹芳詩：「減却牡丹妖豔色，少回卿士愛花心。」　直千金：唐孟棨本事詩情感第一載張又新牡丹詩：「牡丹一朵直千金，將謂從來色最深。」

〔三〕紅臉面：指牡丹的紅色花瓣。

〔四〕分付：付與。　紫檀心：指牡丹深紫色的花蕊。

〔五〕殢：滯留。殢酒，沈湎於酒。此句意謂牡丹多情，應該留我多飲幾盃酒。

又

青杏園林煮酒香〔一〕。佳人初試薄羅裳。柳絲無力燕飛忙。　乍雨乍晴花自落，閒愁閒悶日偏長。爲誰消瘦減容光〔二〕。

案此首別見歐陽修近體樂府卷三，未知孰是。

此首別誤入吴文英夢窗詞集。别又誤作秦觀詞，見類編草堂詩餘卷一。

【校記】

〔初試〕花草粹編、百家詞本、元獻遺文、四庫本、歐詞作「初著」。

【注釋】

〔一〕青杏：即青梅。青梅煮酒爲古代暮春時節的應令食品。作者在訴衷情詞中，有「青梅煮酒鬥時新。天氣欲殘春」之句。此處因浣溪沙詞首句第二字需用仄聲，故以仄聲字「杏」代平聲字「梅」。

〔二〕「爲誰」句：唐崔鶯鶯詩：「自從消瘦減容光，萬轉千迴懶下牀。不爲旁人羞不起，爲郎憔悴却羞郎。」

【輯評】

近人俞陛雲唐五代兩宋詞選釋：前半雖未見精湛，後三句則純以輕筆寫幽懷，若風拂柳絲，曼緑柔姿，留人顧盼，差近五代風格。

又

一曲新詞酒一盃。去年天氣舊亭臺〔一〕。夕陽西下幾時迴。　無可奈何花落去，似曾相識燕歸來。小園香徑獨徘徊〔三〕。

案此首別誤作南唐李璟詞，見類編草堂詩餘卷一。別又誤作晏幾道詞，見四印齋覆刊陳鍾秀本草堂詩餘卷上。別又誤入夢窗詞集。

【注釋】

〔二〕「去年」句：語本唐鄭谷和知己秋日傷懷詩：「流水歌聲共不迴，去年天氣舊亭臺。」

〔三〕香徑：花徑。

【箋疏】

宋吴曾能改齋漫録卷十一：「晏元獻公赴杭州，道過維揚，憩大明寺，使侍史誦壁間詩板，戒勿言爵里姓名，終篇者無幾。又使别誦一詩云云，徐問之，江都尉王琪詩也。召至同飯。又同步游池上，時春晚，已有落花。晏云：『每得句書牆壁間，或彌年未嘗强對。且如「無可奈何花落去」，至今未能也。』王應聲曰：『似曾相識燕歸來。』自此辟置，又薦館職。遂躋侍從矣。」按夏承燾二晏年譜據宋史王琪傳，指出王琪仁宗時除館職，由於上書，非由晏殊推薦。又指出：「同叔仁宗初至天聖五年皆在京師，亦無杭、揚行迹。……漫録載續對事，或臆談也。」

【輯評】

明楊慎詞品卷五：「『無可奈何』二語工麗，天然奇偶。

明卓人月古今詞統卷四：（「無可」三句）實處易工，虚處難工。對法之妙無兩。

明沈際飛草堂詩餘正集卷一：「細雨夢回雞塞遠」、「青鳥不傳雲外信」、「無可奈何花落去」六句，律詩俊語也。然自是天成一段詞，著詩不得。

清王士禛花草蒙拾：或問詩詞、詞曲分界。予曰「無可奈何花落去，似曾相識燕歸來」定非香奩詩，「良辰美景奈何天，賞心樂事誰家院」定非草堂詞也。

清劉熙載藝概卷四：詞中句與字，有似觸著者，所謂極煉如不煉也。晏元獻「無可奈何花落去」二句，觸著之句也。

清陳廷焯詞則大雅集卷二：有一刻千金之感。

清張宗橚詞林紀事卷三：元獻尚有示張寺丞王校勘七律一首：「元巳清明假未開，小園幽徑獨徘徊。春寒不定斑斑雨，宿醉難禁灩灩盃。無可奈何花落去，似曾相識燕歸來。遊梁賦客多風味，莫惜青錢萬選才。」中三句與此詞同，只易一字。細玩「無可奈何」一聯，情致纏綿，音調諧婉，的是倚聲家語。若作七律，未免軟弱矣。并録於此，以諗知言之君子。

又

紅蓼花香夾岸稠〔一〕。綠波春水向東流。小船輕舫好追遊。　漁父酒醒重撥棹，鴛鴦飛去却回頭〔二〕。一盃銷盡兩眉愁。

【校記】

〔酒醒〕百家詞本作「醉醒」。

【注釋】

〔一〕紅蓼：蓼，一年生或多年生的水草，有水蓼、紅蓼、刺蓼等。

〔二〕却：近人張相詩詞曲語辭匯釋卷一：「却，猶還也；仍也。……晏殊浣溪沙詞：『漁父酒醒重撥棹，鴛鴦飛去却回頭。』却回頭，還回頭也。」

【箋疏】

據明一統志卷二十七歸德府載，南湖在歸德府（今河南商丘）城南五里，宋晏元獻放馴鷺於湖中。據這首詞的詞意推測，可能作於宋仁宗天聖五年（一〇二七）晏殊遷謫於商丘時。

又

淡淡梳妝薄薄衣。天仙模樣好容儀。舊歡前事入顰眉〔一〕。閒役夢魂孤燭暗〔二〕，恨無消息畫簾垂〔三〕。且留雙淚説相思。

【注釋】

〔一〕顰眉：皺眉。莊子天運：「故西施病心而矉（顰）其里。」多指女子含愁的狀態。

〔二〕役：役使。

〔三〕恨無消息：唐劉禹錫楊柳枝：「春江一曲柳千條，二十年前舊板橋。曾與美人橋上別，恨無消息到今朝。」

【輯評】

近人吴梅詞學通論第七章：如浣溪沙之「淡淡梳妝薄薄衣。天仙模樣好容儀」、訴衷情之「東城南陌花下，逢着意中人」、又「心心念念，説盡無憑，只是相思」諸語，庸劣可鄙，已開山谷、三變俳語之體。

又

小閣重簾有燕過。晚花紅片落庭莎〔一〕。曲闌干影入涼波。　一霎好風生翠幕，幾回疏雨滴圓荷。酒醒人散得愁多。

【注釋】

〔一〕莎：莎草，多年生草本植物。庭莎，院庭中的野草。

【輯評】

近人趙尊嶽珠玉詞選評：晏素用閑雅從容之筆，寫從容駘蕩之情，即以眼前所見，信手入詞，絶不施以雕琢，而自見天趣。此所以開一代之風氣，樹詞林之典範也。

又

宿酒纔醒厭玉卮〔一〕。水沈香冷懶熏衣〔二〕。早梅先綻日邊枝〔三〕。　寒雪寂寥初散後〔四〕，春風悠颺欲來時。小屏閒放畫簾垂。

【校記】

「初散後」元獻遺文作「初散日」。

【注釋】

〔一〕宿酒：指昨夜飲的酒。猶宿醉。　玉卮：玉盃，酒盃的美稱。

〔二〕水沈香：即沈香，木名。明李時珍本草綱目木一沈香：「木之心節置水則沈，故名沈水，亦曰水沈。」用水沈木製成的香料，名水沈香。

〔三〕日邊枝：向陽的樹枝。唐吴融冬夕江上言事詩：「風柳欲生陽面葉，凍梅先綻嶺頭枝。」

〔四〕散：散落。

又

緑葉紅花媚曉煙。黄蜂金蕊欲披蓮〔一〕。水風深處懶回船。　可惜異香珠箔外〔二〕，不辭清唱玉尊前〔三〕。使星歸覲九重天〔四〕。

【注釋】

〔一〕披：使裂開。

〔二〕珠箔：珠簾。唐李白陌上贈美人詩：「美人一笑褰珠箔，遥指紅樓是妾家。」

〔三〕不辭：不推辭，不辭讓。玉尊：玉製酒盃，酒盃的美稱。

〔四〕使星：後漢書李郃傳：「和帝即位，分遣使者，皆微服單行，各至州縣觀采風謡。使者二人當到益州，投郃候舍。時夏夕露坐……郃指星示云：『有二使者向益州分野。』」後因稱使者爲使星。

歸覲：官吏從外地返京朝見君王。九重天：指帝王或朝廷。

【箋疏】

晏殊於宋仁宗天聖五年（一〇二七）罷樞密副使，以刑部侍郎知宋州（景德三年升爲應天府，大中祥符七年建爲南京，今河南商丘），六年（一〇二八）奉詔回京，拜御使中丞。商丘離汴京很近，他在商丘的時間又很短，僅一年多，所以他不認爲自己是遷謫的逐臣，而是奉使而來的，故在詞中自稱爲「使星」。宋庠在和中丞晏尚書憶譙渦詩中曰：「縠浪如煙曲里深，使旗齋舫此幽尋。」用「使旗」，亦含此意。

又

湖上西風急暮蟬。夜來清露濕紅蓮。少留歸騎促歌筵〔一〕。　爲別莫辭金盞酒〔二〕，入朝須近玉爐煙〔三〕。不知重會是何年。

【注釋】

〔一〕少：稍稍。促：靠近。晉陶潛停雲詩：「安得促席，説彼平生。」

〔二〕金盞：金盃，酒盃的美稱。

〔三〕玉爐：熏爐的美稱。此處特指宫殿中的香爐。

【箋疏】

這首詞亦作於天聖六年（一〇二八）秋晏殊將離開商丘時。湖，指南湖，在商丘城南。由景入事，由事引發感慨。

【輯評】

近人趙尊嶽珠玉詞選評：此詞當是晏外任南京將北歸時作，雖屬尊前酬唱，同具深情，並見氣象。

又

楊柳陰中駐彩旌〔一〕。芰荷香裏勸金觥〔二〕。小詞流入管絃聲。　只有醉吟寬別恨，不須朝暮促歸程〔三〕。雨條煙葉繫人情。

【校記】

〔勸金觥〕林本作「動金觥」。

【注釋】

〔一〕彩旌：古代用牦牛尾或五彩羽毛飾於竿頭的旗幟，爲高官的儀仗。

〔二〕芰荷：指菱葉和荷葉。　勸金觥：勸酒，勸飲。金觥，酒盃的美稱。

〔三〕朝暮：猶時時。　促：催促。

【箋疏】

這首詞與前二首作於同一時期，在回京之日的離筵上，金觥頻勸，作者即席作詞，令營妓奏樂歌唱。

又

一向年光有限身〔一〕。等閒離别易銷魂〔二〕。酒筵歌席莫辭頻。　滿目山河空念遠，落花風雨更傷春。不如憐取眼前人〔三〕。

【校記】

〔一向〕元獻遺文作「已是」。　〔易銷魂〕元獻遺文作「更銷魂」。

【注釋】

〔一〕一向：即一晌，表示時間的短暫。

〔二〕等閒：平常；隨便。　銷魂：形容極其哀愁。南朝梁江淹别賦：「黯然銷魂者，唯别而已矣。」

〔三〕憐取：猶憐着。取，語助辭。唐崔鶯鶯告絶詩：「還將舊來意，憐取眼前人。」

【輯評】

近人吴梅詞學通論第七章：惟「滿目山河空念遠，落花風雨更傷春」二語，較「無可奈何」勝過十倍，而人未之知，何也？

近人俞陛雲唐五代兩宋詞選釋：此詞前半首筆意回曲，如石梁瀑布，作三折而下。言年光易盡，而此身有限，自嗟過客光陰，每值分離，即尋常判袂，亦不免魂消黯然。三句言消魂無益，不若歌筵頻醉，借酒澆愁，半首中無一平筆。後半轉頭處言浩莽山河，飄摇風雨，氣象恢宏。而「念遠」句承上「離別」而言，「傷春」句承上「年光」而言，欲開仍合，雖小令而具長調章法。結句言傷春念遠，只惱人懷，而眼前之人，豈能常聚，與其落月停雲，他日徒勞相憶，不若憐取眼前，樂其晨夕，勿追悔蹉跎，串足第三句「歌席莫辭」之意也。

近人趙尊嶽珠玉詞選評：此詞感慨特深，堂廡更大，忽爾拓之使遠，又復收之使近，誠有扨鐵爲枝之幻。亦惟如此，始益見其沉鬱。

又

玉椀冰寒滴露華〔一〕。粉融香雪透輕紗〔二〕。晚來妝面勝荷花。鬢嚲欲迎眉際月〔三〕，酒紅初上臉邊霞。一場春夢日西斜。

案此首别又誤作蘇軾詞，見花草粹編卷二。

【校記】

〔玉椀〕花草粹編作「玉腕」。　〔輕紗〕花草粹編作「輕沙」。

【注釋】

〔一〕玉椀：即玉碗。碗的美稱。　露華：露水。此指碗邊凝滴的水珠。古時富貴人家冬天把冰塊藏入地窖，夏天取用。碗中盛着寒冷的冰，故碗邊有細小的水珠滴下。作者蝶戀花詞又有「玉椀冰寒消暑氣」之句。

〔二〕粉融：謂脂粉爲汗水所融化。　香雪：喻女子芳香潔白的肌膚。

〔三〕嚲：下垂貌。　眉際月：月，喻女子之眉，細彎如月。句謂鬢髮下垂，幾及眉際。

更漏子

蕣華濃〔一〕，山翠淺〔二〕。一寸秋波如剪〔三〕。紅日永〔四〕，綺筵開。暗隨仙馭來〔五〕。

遏雲聲〔六〕，回雪袖〔七〕。占斷曉鶯春柳〔八〕。纔送目，又顰眉。此情誰得知。

【注釋】

〔一〕蕣華：木槿之花。蕣，木槿。詩鄭風有女同車：「有女同車，顔如蕣華。」傳：「言所與同車之女，其美如此。」濃：豔麗。

〔二〕山翠：喻女子黛眉。古時女子以黛畫眉，形如遠山。西京雜記二載卓文君眉色如望遠山。黛爲青黑色染料，故以翠稱之。五代牛嶠菩薩蠻詞：「愁匀紅粉淚，眉剪春山翠。」淺：猶淡。

〔三〕秋波：喻美人清澈明亮的目光。南唐李煜菩薩蠻詞：「眼色暗相鈎。秋波横欲流。」如剪：形容鋭利。

〔四〕永：長。

〔五〕仙馭：仙人或帝王的車駕。亦泛指貴人的車騎。

〔六〕遏雲聲：歌聲美妙，使行雲停止不前。列子湯問：「薛譚學謳於秦青。未窮青之技，自謂盡之，遂辭歸。秦青弗止，餞於郊衢。撫節悲歌，聲振林木，響遏行雲。薛譚乃謝求反，終身不敢言歸。」後用以形容歌聲響亮動聽。

〔七〕回雪袖：衣袖如雪花回旋飛舞。形容女子輕盈的舞姿。藝文類聚卷四三引漢張衡舞賦：「裾似飛燕，袖如回雪。」

〔八〕占斷：占盡，全部占有。參見一五七頁秋蕊香（梅蕊雪殘香瘦）詞注。

又

塞鴻高，仙露滿〔一〕。秋入銀河清淺〔二〕。逢好客，且開眉。盛年能幾時。　寶箏調，羅袖軟。拍碎畫堂檀板〔三〕。須盡醉，莫推辭。人生多別離。

【校記】

［塞鴻］元獻遺文作「寒雁」。［仙露］元獻遺文作「濃露」。［好客］元獻遺文作「佳客」。［多別離］元獻遺文作「足別離」。

【注釋】

〔一〕仙露：指美酒。

〔二〕銀河清淺：古詩十九首之十：「河漢清且淺，相去復幾許。」

〔三〕檀板：檀木拍板，一種樂器。唐杜牧自宣州赴官入京路逢裴坦判官歸宣州因題贈詩：「畫堂檀板秋拍碎，一引有時聯十觥。」

又

雪藏梅〔一〕，煙著柳。依約上春時候〔二〕。初送雁〔三〕，欲聞鶯。綠池波浪生。　探花開，留客醉。憶得去年情味。金盞酒，玉爐香。任他紅日長。

【注釋】

〔一〕雪藏梅：指梅花爲白雪所覆蓋。唐李商隱江亭散席循柳路吟歸官舍詩：「已遭江映柳，更被雪藏梅。」

〔二〕上春：孟春。指農曆正月。周禮春官天府：「上春，釁寶鎮及寶器。」鄭玄注：「上春，孟春也。」

〔三〕初送雁：開始送雁北歸。

【輯評】

近人趙尊嶽珠玉詞選評：此詞主旨在當前景色之撩人懷舊，其着眼處在上春時候，而無聊之至，但有任其紅日自長而已。即此瑣瑣之節物，綴爲小詞，使以妙緒，便覺春意盎然。……晏以情深之人，當顯達之位，乃有此閑思，有此妙筆，其軒冕北宋宜矣。

又

菊花殘，梨葉墮。可惜良辰虛過。新酒熟，綺筵開。不辭紅玉盃。　　蜀絃高〔一〕，羌管脆〔二〕。慢颭舞娥香袂〔三〕。君莫笑，醉鄉人〔四〕。熙熙長似春〔五〕。

【注釋】

〔一〕蜀絃：蜀地蠶絲製做的琴絃。即指蜀琴。又，古曲有名蜀國絃者。樂府詩集卷三十相和歌辭回絃曲引古今樂録曰：「張永元嘉技録有四絃一曲，蜀國四絃是也。」唐杜牧見吴秀才與池妓別因成絶句詩：「紅燭短時羌笛怨，清歌咽處蜀絃高。」

〔二〕羌管：即羌笛。因出於羌中，故名。唐李商隱和鄭愚贈汝陽王孫家箏妓二十韻詩：「羌管促蠻柱，從醉吴宫耳。」

〔三〕慢颭：慢慢地飄動。

〔四〕醉鄉：指酒醉後神志模糊的境界。唐王績醉鄉記：「阮嗣宗、陶淵明等十數人，並遊於醉鄉。」醉鄉人，指喝醉的人。唐元稹酬樂天喜鄰郡詩：「老大那能更争競，任君投募醉鄉人。」

〔五〕熙熙：和樂貌。老子：「衆人熙熙，如享太牢，如登春臺。」

鵲踏枝

檻菊愁煙蘭泣露〔一〕。羅幕輕寒〔二〕，燕子雙飛去〔三〕。明月不諳離恨苦。斜光到曉穿朱户〔四〕。　昨夜西風凋碧樹〔五〕。獨上高樓，望盡天涯路。欲寄彩箋兼尺素〔六〕。山長水闊知何處。

案此首別又見張子野詞卷二。

【校記】

〔詞調〕毛晉汲古閣刻本（以下簡稱毛本）、四庫本、林本作蝶戀花，下首同。並注：「向另刻鵲踏枝。」　〔離恨苦〕元獻遺文、詞綜作「離別苦」。　〔彩箋〕元獻遺文、詞綜作「彩鸞」。

〔兼〕底本案：「『兼』字原空格，據吴訥本珠玉詞補。」花草粹編作「憑」，元獻遺文、四庫本、詞綜、林本作「無」。

【注釋】

〔一〕檻菊：種在柵欄裏的菊花。

〔二〕羅幕：指居室前的綢布門簾。

〔三〕「燕子」句：由於已到秋涼時節，燕子雙雙離巢南去。

〔四〕朱户：猶朱門，朱紅色大門。

〔五〕碧樹：碧緑的樹木。南朝梁江淹雜體三十首陳思王贈友詩：「涼風盪芳氣，碧樹先秋落。」唐杜甫錦樹行：「霜凋碧樹待錦樹，萬壑東逝無停留。」

〔六〕尺素：小幅的絹帛，多用於寫信。玉臺新詠飲馬長城窟行：「客從遠方來，遺我雙鯉魚。呼兒烹鯉魚，中有尺素書。」後用以指書信。

【輯評】

清陳廷焯詞則大雅集卷二：纏綿悱惻，雅近正中。

近人王國維人間詞話：詩蒹葭一篇，最得風人深致。晏同叔之「昨夜西風凋碧樹。獨上高樓，望盡天涯路」，意頗近之。但一灑落，一悲壯耳。又：「我瞻四方，蹙蹙靡所騁」，詩人之憂生也。「昨夜西風凋碧樹。獨上高樓，望盡天涯路」似之。又：古今之成大事業大學問者，必經過三種之境界：「昨夜西風凋碧樹。獨上高樓，望盡天涯路」，此第一境也。「衣帶漸寬終不悔，爲伊消得人憔悴」，此第二境也。「衆裏尋他千百度。回頭驀見，那人正在燈火闌珊處」，此第三境也。此等語皆非大詞人不能道。然遽以此意解釋諸詞，恐晏、歐諸公所不許也。

又

紫府羣仙名籍秘〔一〕。五色斑龍〔二〕，暫降人間世。海變桑田都不記〔三〕。蟠桃一熟三千歲。露滴彩旌雲繞袂〔四〕。誰信壺中，别有笙歌地〔五〕。門外落花隨水逝。相看莫惜尊前醉。

【校記】

「人間世」底本案：「『世』原作『媚』，從吴訥本珠玉詞。」四庫本、歷代詩餘、林本作「人間媚」。

【注釋】

〔一〕紫府：道教稱神仙所居之處。晉葛洪抱朴子祛惑：「及至天上，先過紫府。金牀玉几，晃晃昱昱，真貴處也。」名籍：猶名册。

〔二〕斑龍：神話傳説中爲神仙駕車的彩龍。漢班固漢武帝内傳：「唯見王母乘紫雲之輦，駕九色之斑龍。」

〔三〕海變桑田：晉葛洪神仙傳王遠：「麻姑自説云：『接待以來，已見東海三爲桑田。向間蓬萊水乃淺於往者會時略半也，豈將復還爲陸陵乎？』」

〔四〕彩旌：見三〇頁浣溪沙（楊柳陰中駐彩旌）詞注。

〔五〕壺中：後漢書方術下費長房：「費長房者，汝南人也。曾爲市掾。市中有老翁賣藥，懸一壺於肆頭。及市罷，輒跳入壺中。市人莫之見，唯長房於樓上覩之，異焉。因往再拜，奉酒脯。翁知長房之意其神也，謂之曰：『子明日可更來。』長房旦日復詣翁。翁乃與俱入壺中，唯見玉堂嚴麗，旨酒甘肴盈衍其中。共飲畢而出。」

【箋疏】

這是一首贈給皇族中某一高官的詞。宋朝尊奉道教，故稱他原爲道教神仙，名列秘籍。曾經經歷過不知多少次滄海桑田之變，看到過蟠桃每隔三千年開花結果，如今只是暫時降謫在人間而已。過片彩旌雲袂表明他身爲王公的儀仗服飾。但這僅是外表，其實他乃是得道高人，像賣藥老翁那樣，他在壺中别有洞天。然而，他雖貴爲王公，畢竟是降謫在人間。也許這位皇族官員在劉太后當政時並不得意。如宋史列傳第四宗室二周王元儼載：仁宗冲年即位，章獻皇后（按即劉后）臨朝，自以屬尊望重，恐爲太后所忌，深自沉晦。因闔門却絶人事。作者勸這位皇族高官且及時行樂。

點絳脣

露下風高，井梧宮簟生秋意〔一〕。畫堂筵啓〔二〕。一曲呈珠綴〔三〕。　天外行雲，欲去凝香袂〔四〕。爐煙起。斷腸聲裏。斂盡雙蛾翠〔五〕。

【校記】

「露下」百家詞本作「雲下」。「呈珠綴」百家詞本作「笙歌綴」。

【注釋】

〔一〕井梧：舊時梧桐樹常植於庭院中的井邊，故稱井梧或金井梧桐。唐杜甫宿府詩：「清秋幕府井梧寒，獨宿江城蠟炬殘。」宮簟：華美的竹席。席子的美稱。

〔二〕筵啓：筵席開始。

〔三〕珠綴：連接成串的珍珠。唐沈佺期長門怨詩：「清露凝珠綴，流塵下翠屏。」此處形容歌聲圓潤清亮。

〔四〕「天外」二句：謂歌聲美妙動聽，使得天上行雲凝結在衣袖上，猶響遏行雲之意。見三四頁更漏子（蕣華濃）詞注。

〔五〕斂：收縮，不舒展。雙蛾翠：猶云一雙翠眉。古時以蠶蛾細長的觸鬚喻指女子彎而美之眉毛。詩衛風碩人：「齒如瓠犀，螓首蛾眉。」翠，古代女子畫眉用的翠黛。

【輯評】

近人趙尊嶽珠玉詞選評：此首隨意揮寫，自見情致。

鳳銜盃

青蘋昨夜秋風起〔一〕。無限個、露蓮相倚〔二〕。獨憑朱闌、愁望晴天際。空目斷、遥山翠〔三〕。彩箋長，錦書細〔四〕。誰信道、兩情難寄〔五〕。可惜良辰好景、歡娱地〔六〕。只恁空憔悴。

【校記】

〔獨憑〕詞律作「猶憑」。〔愁望〕底本案：「『望』原誤作『放』，從吴訥本珠玉詞。」花草粹編、歷代詩餘、四庫本、詞律、林本作「愁放」。

【注釋】

〔一〕青蘋：生於淺水中的一種草本植物。戰國楚宋玉風賦：「夫風生於地，起於青蘋之末。」

〔二〕露蓮：帶露水的蓮花。

〔三〕目斷：望盡，竭目力所及。唐李商隱潭州詩：「目斷故園人不至，松醪一醉與誰同。」

〔四〕錦書：晉書列女傳：「竇滔妻蘇氏，始平人也。名蕙，字若蘭，善屬文。滔，苻堅時爲秦州刺史，被遣流沙。蘇氏思之，織錦爲迴文旋圖詩以贈滔。宛轉循環以讀之，詞甚悽惋。」唐劉兼征婦怨：「曾寄錦書無限意，塞鴻何事不歸來。」後多用以指妻子向丈夫或情人表達思念之情的書信。

〔五〕信道：料到。

〔六〕歡娱地：歡樂的地方。唐杜甫可惜詩：「可惜歡娱地，都非少壯時。」

又

留花不住怨花飛。向南園、情緒依依。可惜倒紅斜白、一枝枝〔一〕。經宿雨、又離披〔二〕。憑朱檻，把金卮。對芳叢、惆悵多時。何況舊歡新恨、阻心期〔三〕。空滿眼、是相思。

案此首別又見杜安世杜壽域詞。

【校記】

〔倒紅〕歷代詩餘作「欹紅」。〔斜白〕底本案：「『白』原誤作『向』，從抱經齋抄本珠玉詞改。」百家詞本、四庫本、林本作「斜向」。〔離披〕詞律作「披離」。〔新恨〕底本案：「『恨』原作『寵』，從吳訥本珠玉詞。」四庫本、林本作「新寵」。〔空滿眼〕底本案：「『空』字原無，據杜安世杜壽域詞補。」花草粹編、歷代詩餘、元獻遺文、四庫本、詞律、林本無「空」字。

【注釋】

〔一〕倒紅斜白：指倒臥在地上的紅花白花。

〔二〕宿雨：昨夜的雨。唐李涉題開聖寺詩：「宿雨初收草木濃，羣鴉飛散下堂鐘。」離披：分散下垂；紛紛下落。楚辭九辯：「白露既下百草兮，奄離披此梧楸。」

〔三〕心期：心中的期望，心願。

又

柳條花纇惱青春〔一〕。更那堪、飛絮紛紛。一曲細絲清脆、倚朱脣〔二〕。斟綠酒、掩紅巾〔三〕。追往事，惜芳辰。暫時間、留住行雲〔四〕。端的自家心下、眼中人〔五〕。到處裏、覺尖新〔六〕。

【校記】

〔花顆〕四庫本作「花纈」。〔飛絮〕底本案：「『絮』原誤作『緑』，從吳訥本珠玉詞。」歷代詩餘、四庫本、林本作「飛緑」。〔細絲〕百家詞本作「鈿絲」。〔到處裏〕百家詞本、四庫本、林本無「裏」字。

【注釋】

〔一〕花顆：花蕾。唐陸龜蒙早春詩：「數枝花顆小，愁殺扈芳人。」

〔二〕細絲清脆：指歌聲尖細而清亮。倚朱脣：猶言靠朱脣傳出。

〔三〕掩紅巾：指笑的時候用紅巾掩住嘴。

〔四〕行雲：借喻歌女、妓女或所愛的女子。戰國楚宋玉高唐賦記楚王夢見巫山神女。神女去時説：「妾在巫山之陽，高丘之阻，旦爲朝雲，暮爲行雨。朝朝暮暮，陽臺之下。」唐李白久別離詩：「去年寄書報陽臺，今年寄書重相催。東風兮東風，爲我吹行雲，使西來。」

〔五〕端的：真箇，確實是。句謂該歌女確實是自己心中屬意的人。

〔六〕到處裏：即到處，各方面。裏，語助詞，無義。尖新：新奇，新穎。

清平樂

春花秋草。只是催人老。總把千山眉黛掃〔一〕。未抵别愁多少。　勸君緑酒金盃。莫嫌絲管聲催〔二〕。兔走烏飛不住〔三〕，人生幾度三臺〔四〕。

【校記】

〔三臺〕元獻遺文作「樓臺」，非。

【注釋】

〔一〕總把：近人張相詩詞曲語辭匯釋卷一：「總，猶縱也，雖也。李商隱代贈詩：『總把春山掃眉黛，不知供得幾多愁。』總把，縱把也。」

〔二〕絲管：絲，指琴瑟等絃樂器。管，指笙簫等管樂器。唐杜甫贈花卿詩：「錦城絲管日紛紛，半入江風半入雲。」

〔三〕兔走烏飛：古代神話傳説言太陽中有三足烏，故以烏代指日；月宫中有白兔，故以兔代指月。唐韓琮春愁詩：「金烏長飛玉兔走，青鬢長青古無有。」

〔四〕三臺：曲調名。樂府詩集雜曲歌辭十五三臺詞序：「劉禹錫嘉話録曰：『三臺送酒，蓋因北齊高洋毁銅雀臺，築三個臺，宫人拍手呼上臺送酒。因名其曲爲三臺。』」唐王建江南三臺之三：「樹頭花落花開，道上人去人來。朝愁暮愁即老，百年幾度三臺。」

【輯評】

近人趙尊嶽珠玉詞選評：此首直抒胸臆，放膽寫來，已由感慨而入於沉痛之途，故商音激楚，已非向者可比，此於晏詞應視之爲「別裁」。

又

秋光向晚〔一〕。小閣初開讌。林葉殷紅猶未徧。雨後青苔滿院。蕭娘勸我金卮〔二〕。殷懃更唱新詞。暮去朝來即老，人生不飲何爲。

【校記】

〔即老〕元獻遺文作「老盡」。

【注釋】

〔一〕向晚：近晚。秋光向晚，指將近暮秋。

〔二〕蕭娘：泛指年輕女子。唐楊巨源崔娘詩：「風流才子多春思，腸斷蕭娘一紙書。」

又

春來秋去。往事知何處。燕子歸飛蘭泣露〔一〕。光景千留不住。酒闌人散忡忡〔二〕。閒階獨倚梧桐。記得去年今日〔三〕，依前黃葉西風〔四〕。

【校記】

〔忡忡〕歷代詩餘作「匆匆」，毛本、四庫本、林本作「草草」。

【注釋】

〔一〕「燕子」句：與鵲踏枝詞「檻菊愁煙蘭泣露。羅幕輕寒，燕子雙飛去」意思相同。

〔二〕忡忡：憂愁貌。詩召南草蟲：「未見君子，憂心忡忡。」

〔三〕去年今日：見一六頁破陣子（憶得去年今日）詞注。

〔四〕依前：依舊，仍舊。

【箋疏】

破陣子詞曰「憶得去年今日」，此詞曰「記得去年今日」。破陣子詞中有「黃花已滿東籬」，「風飄露冷時」之句，而此詞則曰「依前黃葉西風」，同屬秋令。可能所懷念的是同一個人。可互相對照。

又

金風細細〔一〕。葉葉梧桐墜〔二〕。緑酒初嘗人易醉。一枕小窗濃睡。　紫薇朱槿花殘〔三〕。斜陽却照闌干。雙燕欲歸時節，銀屏昨夜微寒〔四〕。

【校記】

〔花殘〕詞綜、宋四家詞選、林本作「初殘」。〔却照〕宋四家詞選作「恰照」。

【注釋】

〔一〕金風：古代五行學説謂西方、秋天爲金，故金風即秋風，西風。細細：即細，微弱。重言以表示强調。

〔二〕葉葉：一葉又一葉，重言以表示多。

〔三〕紫薇：又名滿堂紅、百日紅。落葉小喬木。夏、秋之間開花。花淡紅、紫色或白色。朱槿：又名佛桑、扶桑。自二月開花至中冬而歇。花紅色或白色。

〔四〕銀屏：華美的屏風，屏風的美稱。

【輯評】

清先著詞潔卷一：情景相副，宛轉關生。不求工而自合。宋初所以不可及也。

近人俞陛雲唐五代兩宋詞選釋：純寫秋來景色，惟結句略含清寂之思，情味於言外求之，宋初之高格也。

近人唐圭璋唐宋詞簡釋：此首以景緯情，妙在不着意爲之，而自然温婉。

又

紅牋小字〔一〕。説盡平生意。鴻雁在雲魚在水。惆悵此情難寄〔二〕。斜陽獨倚西樓。遥山恰對簾鉤。人面不知何處〔三〕，緑波依舊東流。

【校記】

〔在雲〕百家詞本作「穿雲」。〔難寄〕歷代詩餘作「誰寄」。〔恰對〕百家詞本作「却對」。

【注釋】

〔一〕紅牋：紅色的牋紙。多用作信紙或詩牋。唐韓偓偶寄詩：「小疊紅牋書恨字，與奴方便寄卿卿。」

〔二〕「鴻雁」二句：史記蘇武傳載，蘇武率常惠等出使匈奴，被拘。後匈奴與漢和親，漢求武還。匈奴單于詭言武已死。常惠夜見漢使，教漢使謂單于，言天子射上林中，得雁，足有繫帛書，言武等在某澤中。單于大驚，乃放武等返漢。後遂謂雁能傳書。古時寄信，把書信置於魚形木匣中。古樂府飲馬長城窟：「客從遠方來，遺我雙鯉魚。呼兒烹鯉魚，中有尺素書。」二句意謂無法借助雁魚傳達音信，由李商隱春雨詩「玉璫緘札何由達，萬里雲羅一雁飛」化出。

〔三〕「人面」句：見一六頁破陣子（憶得去年今日）詞注。

【輯評】

清陳廷焯詞則閑情集卷一：低回婉曲。

近人俞陛雲唐五代兩宋詞選釋：言情深密處，全在「紅牋小字」。既魚沉雁杳，欲寄無由，剩有流水斜陽，供人愁望耳。以景中之情作結束，詞格甚高。

近人趙尊嶽珠玉詞選評：此詞説離情之深，莫與倫比，用筆之妙，更匪夷所思。

紅窗聽

淡薄梳妝輕結束〔一〕。天意與、臉紅眉綠〔二〕。斷環書素傳情久〔三〕，許雙飛同宿。

一餉無端分比目〔四〕。誰知道、風前月底，相看未足。此心終擬，覓鸞絃重續〔五〕。

【校記】

〔天意與〕百家詞本、毛本、歷代詩餘、四庫本、林本作「天付與」。〔斷環〕百家詞本作「連環」。

【注釋】

〔一〕結束：裝束，打扮。唐杜甫陪王使君晦日泛江就黄家亭子二首之一：「結束多紅粉，歡娱恨白頭。」仇兆鰲注：「結束，衣裳裝束也。」

〔二〕天意與：爲上天所賜與，猶天生。眉緑：謂翠眉。

〔三〕斷環：斷裂的連環，喻分離，分别。書素：書信。唐權德輿九華館宴餞崔十七叔詩：「記室有門人，因君達書素。」

〔四〕一餉：猶一時。無端：無奈；没有辦法。唐楊巨源大堤曲：「無端嫁與五陵少，離别煙波傷玉顔。」比目：比目魚的省稱。常比喻恩愛的夫妻或情侣。

〔五〕鸞絃：琴絃的美稱。唐温庭筠江南曲：「鳳管悲若咽，鸞絃嬌欲語。」五代陶穀風光好詞：「琵琶撥盡相思調。知音少。安得鸞膠續斷絃。是何年。」

【箋疏】

起句描寫女子服色和容貌之美，三、四句謂分别後仍互通書信傳情，願結爲伴侣。下片説明當時分別，實屬無奈。而别後相思，常挂心懷。結句表示但願能重續前緣。

又

記得香閨臨别語。彼此有、萬重心訴〔一〕。淡雲輕靄知多少，隔桃源無處〔二〕。夢覺相思天欲曙。依前是、銀屏畫燭，宵長歲暮。此時何計，託鴛鴦飛去。

【校記】

［何計］元獻遺文作「何寄」。

【注釋】

〔一〕心訴：想訴説的心意。

〔二〕桃源：南朝宋劉義慶幽冥録載，東漢時，劉晨、阮肇到天台山採藥迷路。遇見二仙女，邀入桃源洞。半年後回家，子孫已過七代。後再往尋找，已不知路徑。

采桑子

春風不負東君信〔一〕，徧拆羣芳〔二〕。燕子雙雙。依舊銜泥入杏梁〔三〕。須知一盞花前酒，占得韶光〔四〕。莫話怱忙。夢裏浮生足斷腸。

【校記】

「拆」底本案：「『拆』原作『折』，從吳訥本珠玉詞。」林本作「折」。

【注釋】

〔一〕東君：司春之神。信：信任。

〔二〕拆：通「坼」，開裂。

〔三〕「燕子」二句：語本古詩十九首其十二：「思爲雙飛燕，銜泥巢君屋。」杏梁，用文杏木製的屋梁，表示房屋的高貴。漢司馬相如長門賦：「刻木蘭以爲榱兮，飾文杏以爲梁。」

〔四〕占得：據有。

又

紅英一樹春來早〔一〕，獨占芳時〔二〕。我有心期。把酒攀條惜絳蕤〔三〕。無端一夜狂風雨〔四〕，暗落繁枝。蝶怨鶯悲。滿眼春愁説向誰。

【注釋】

〔一〕紅英：紅花。此處專指紅梅。

〔二〕獨占：春天梅花最先開綻，其他花木尚未開放，故云獨占。

〔三〕攀條：手握着樹枝。　絳蕤：猶紅花。

〔四〕無端：此指無故，没來由。唐陸龜蒙自遣三十首之十二：「雪侵春事太無端，舞急微還近臘寒。」

又

陽和二月芳菲徧〔一〕，暖景溶溶〔二〕。戲蝶遊蜂。深入千花粉豔中〔三〕。　何人解繫天邊日〔四〕，占取春風〔五〕。免使繁紅。一片西飛一片東。

【注釋】

〔一〕陽和：温暖，和暖。

〔二〕溶溶：形容和暖。

〔三〕粉豔：嬌豔的顏色。借指花朵、花瓣。唐楊巨源和杜中丞西禪院看花詩：「好風輕引香煙入，甘露纔和粉豔凝。」

〔四〕繫日：傳説太陽在天上駕車巡行，故而想攬繫繮繩，讓太陽慢行，以延駐春光。晉傅玄九曲歌：「歲莫景邁羣光絶，安得長繩繫白日。」

〔五〕占取：占得，據有。

又

櫻桃謝了梨花發，紅白相催〔一〕。燕子歸來。幾處風簾繡户開〔二〕。　人生樂事知多少〔三〕，且酌金盃。管咽絃哀〔四〕。慢引蕭娘舞袖迴〔五〕。

案此首别見杜安世杜壽域詞。

此首别又誤作晏幾道詞，見全芳備祖前集卷二十四櫻桃花門。别又誤作南唐馮延巳詞，見歷代詩餘卷十。

【注釋】

〔一〕紅白：紅指櫻桃花，白指梨花。

〔二〕繡户：雕繪華麗的門户，多指婦女居室。五代和凝江城子詞：「含笑整衣開繡户，斜斂手，下階迎。」

〔三〕知多少：可以表示多，也可以表示少。如南唐李煜虞美人詞：「春花秋月何時了。往事知多少。」表示多。此處則表示少。

〔四〕管咽絃哀：謂樂器演奏出哀怨之聲。

〔五〕慢引：緩緩地引導。由於哀怨的曲調節奏比較緩慢，所以舞蹈動作的節律也相應地緩慢。蕭娘：見四八頁清平樂（秋光向晚）詞注。

又

石竹〔一〕

古羅衣上金針樣，繡出芳妍。玉砌朱闌。紫豔紅英照日鮮。　佳人畫閣新妝了，對立叢邊。試摘嬋娟〔二〕。貼向眉心學翠鈿〔三〕。

【注釋】

〔一〕石竹：多年生草本植物，葉作綫狀披針形。唐李白宫中行樂詞八首之一：「山花插寶髻，石竹繡羅衣。」王琦注：「通志略：石竹，其葉細嫩，花如錢可愛。唐人多像此爲衣服之飾。」唐陸龜蒙石竹花詠：「曾看南朝畫國娃，古羅衣上碎明霞。而今莫共金錢鬬，買却春風是此花。」

〔二〕嬋娟：本爲形容花木秀美。文選成公綏嘯賦：「藉臯蘭之猗靡，蔭脩竹之嬋娟。」李周翰注：「嬋娟，竹美貌。」此處指石竹花。

〔三〕翠鈿：猶翠靨，古代婦女貼或畫在面頰或眉間的妝飾。唐温庭筠南歌子詞：「臉上金霞細，眉間翠鈿深。」

又

時光只解催人老，不信多情。長恨離亭〔一〕。淚滴春衫酒易醒。　梧桐昨夜西風急，淡月朧明〔二〕。好夢頻驚。何處高樓雁一聲。

【校記】

［淚滴］底本案：「『淚滴』原作『滴淚』，從吴訥本珠玉詞。」四庫本、林本作「滴淚」。

【注釋】

〔一〕離亭：古代在通行的大道旁建有驛亭，每隔十里建一長亭，五里建一短亭，供商旅歇息。亦爲分手送别之處的長亭，故又稱離亭。唐鄭谷淮上與友人别詩：「數聲風笛離亭晚，君向瀟湘我向秦。」

〔二〕朧明：微明。唐白居易人定詩：「人定月朧明，香銷枕簟清。」

又

林間摘徧雙雙葉，寄與相思〔一〕。朱槿開時〔二〕。尚有山榴一兩枝〔三〕。　荷花欲綻金蓮子，半落紅衣〔四〕。晚雨微微。待得空梁宿燕歸。

【注釋】

〔一〕「林間」二句：雙雙葉，成雙的花葉。古代年輕女子常採摘兩片葉子插於髮髻上，作爲裝飾。故寄雙葉表示思念或相思之意。如玉臺新詠卷十載徐悱婦摘同心支子贈謝孃詩：「兩葉雖爲贈，交情永未因。同心處何限，支子最關人。」後人詩詞中亦常用「雙葉插鬢」及「雙葉寄情」之句。如晏幾道浣溪沙詞：「已拆鞦韆不奈閒。却隨蝴蝶到花間。旋尋雙葉插雲鬟。」又：「惜別謾成良夜醉，解愁時有翠箋還。欲尋雙葉寄情難。」黄庭堅江城子詞：「尋得石榴雙葉子，憑寄與，插雲鬟。」范成大採蓮詩：「折得蘋花雙葉子，緑鬟撩亂帶香歸。」陳師道西江月詞：「憑將雙葉寄相思，與看釵頭何似。」可能皆從晏殊此詞化用。

〔二〕朱槿：見五〇頁清平樂（金風細細）詞注。

〔三〕山榴：杜鵑花的別名。

〔四〕紅衣：指荷花的花瓣。唐趙嘏長安晚秋詩：「紫豔半開籬菊静，紅衣落盡渚蓮愁。」

喜遷鶯

風轉蕙〔一〕，露催蓮。鶯語尚綿蠻〔二〕。堯蓂隨月欲團圓〔三〕。真馭降荷蘭〔四〕。

褰油幕〔五〕。調清樂〔六〕。四海一家同樂。千官心在玉爐香〔七〕。聖壽祝天長。

【注釋】

〔一〕風轉蕙：楚辭招魂：「光風轉蕙，氾崇蘭些。」王逸注：「光風，謂雨已日出而風，草木有光也。轉，摇也。蕙，蕙蘭。」

〔二〕綿蠻：詩小雅綿蠻：「綿蠻黄鳥，止於丘阿。」朱熹集傳：「綿蠻，鳥聲。」唐劉禹錫奉和裴令公新成緑野堂即書詩：「池塘魚撥剌，竹徑鳥綿蠻。」

〔三〕堯蓂：蓂，古代傳説堯帝階前所生的瑞草。竹書紀年：「有草夾階而生。月朔始生一莢，月半而生十五莢；十六以後，日落一莢，及晦而盡。月小則一莢焦而不落。」晉葛洪抱朴子對俗：「唐堯觀蓂莢以知日月。」唐陸龜蒙寄懷華陽道士詩：「休採古書探禹穴，自刊新曆鬬堯蓂。」

〔四〕真馭：仙馭，仙駕。此處借指皇帝聖駕。荷蘭：荷花與蘭花。即上文的「蕙」和「蓮」。

〔五〕褰：張開。油幕：油布帳幕。

〔六〕清樂：即清商樂。舊唐書音樂志二：「清樂者，南朝舊樂也。」亦指清雅的音樂。唐王維游春辭：「才見春光生綺陌，已聞清樂動雲韶。」

〔七〕玉爐香：此處指宫殿裏的熏爐散發的香氣。

【箋疏】

這是一首祝壽的詞。觀詞句中有「堯蓂」、「聖壽」等詞語，可知是在向皇帝祝壽。晏殊經歷真宗、仁宗兩朝。據宋史記載，真宗的生日是農曆十二月二日，仁宗的生日是四月十四日。此詞中描寫的鶯語綿蠻、月欲團圓，與四月十四日完全切合。因此可以確定，這是向仁宗帝祝壽的詞。「降荷蘭」，「褰油幕」，説明壽筵陳設在御花園中。

又

歌斂黛〔一〕，舞縈風。遲日象筵中〔二〕。分行珠翠簇繁紅〔三〕。雲髻裊瓏璁〔四〕。

金爐暖。龍香遠〔五〕。共祝堯齡萬萬〔六〕。曲終休解畫羅衣。留伴綵雲飛〔七〕。

【注釋】

〔一〕斂黛：收斂眉黛。此處表示嚴肅。唐白居易贈晦叔憶夢得詩：「酒面浮花應是喜，歌眉斂黛不關愁。」

〔二〕遲日：詩豳風七月：「春日遲遲，采蘩祁祁。」後以遲日指春日。唐杜甫城西陂泛舟詩：「春風自信牙檣動，遲日徐看錦纜牽。」　象筵：象牙製的席子。多形容豪華的筵席。唐陳子昂麈尾賦：「承正人之嘉慶，對象筵與寶瑟。」

〔三〕分行：整齊地一行行排列。　珠翠繁紅：均爲女子頭飾。珠翠，珍珠翡翠。繁紅，繁花。此處借指衆多宮女。

〔四〕雲髻：女子高聳的髮髻。三國魏曹植洛神賦：「雲髻峩峩，脩眉聯娟。」　瓏璁：玉瓏璁的省稱，花名。唐温庭筠握柘詞：「繡衫金騕褭，花髻玉瓏璁。」按：金元好問遊天壇雜詩：「漫山白白與紅紅，小樹低叢看不供。總道楂花香氣好，就中偏愛玉瓏鬆。」施國祁注：「花名有玉瓏鬆。」五代毛文錫贊成功詞：「昨夜微雨，飄灑庭中。忽聞聲滴井邊桐。美人驚起，坐聽晨鐘。快教折取，戴玉瓏璁。」璁、璁、鬆同。清張德瀛詞徵卷一：「風月堂雜識：玉瓏鬆，浙中謂之睡梅。」

〔五〕龍香：龍涎香的簡稱。

〔六〕堯齡：相傳唐堯在位九十八年，壽逾百歲。後因以「堯齡」爲祝帝王長壽之語。

〔七〕「曲終」二句：唐李白宫中行樂詞八首之一：「只愁歌舞散，化作彩雲飛。」畫羅衣，有畫飾的絲羅衣服。

【箋疏】

詞中的「遲日」、「堯齡」説明，這首詞與上一首同樣，是向宋仁宗祝壽的詞。

又

花不盡，柳無窮。應與我情同。觥船一棹百分空〔一〕。何處不相逢。朱絃悄〔二〕。知音少。天若有情應老〔三〕。勸君看取利名場〔四〕。今古夢茫茫。

案此首別見杜安世杜壽域詞。

【注釋】

〔一〕「觥船」句：引用唐杜牧題禪院詩成句。觥船，大容量的飲酒器。百分空，百事空。句謂醉後凡事皆空。

〔二〕朱絃：用熟絃製的琴絃。此處指琴瑟。悄：沉寂。唐白居易琵琶行：「東船西舫悄無言，唯見江心秋月白。」

〔三〕「天若」句：唐李賀金銅仙人辭漢歌：「衰蘭送客咸陽道，天若有情天亦老。」

〔四〕看取：近人張相詩詞曲語辭匯釋卷三：「取，語助辭，猶着也；得也。其作着字解者……李白長相思詩：『不信妾腸斷，歸來看取明鏡前。』」　利名場：即名利場。

又

燭飄花〔一〕，香掩燼〔二〕，中夜酒初醒〔三〕。畫樓殘點兩三聲〔四〕。窗外月朧明。曉簾垂，驚鵲去。好夢不知何處。南園春色已歸來。庭樹有寒梅。

【校記】

〔香掩燼〕百家詞本、毛本、四庫本、林本作「香掩爐」。〔殘點〕四庫本作「殘笛」，百家詞本、毛本、歷代詩餘、林本作「殘照」。

【注釋】

〔一〕燭飄花：指燭芯漸長，因而燭火飄動。

〔二〕香掩燼：指香的灰燼把爐火掩蓋。以上二句表示時間過去很久。

〔三〕中夜：半夜。

〔四〕殘點：殘剩的更點，猶殘更，指第五更。

又

曙河低〔一〕，斜月淡，簾外早涼天。玉樓清唱倚朱絃〔二〕。餘韻入疏煙。　臉霞輕〔三〕，眉翠重〔四〕。欲舞釵鈿搖動。人人如意祝爐香。爲壽百千長。

【校記】

〔爲壽〕底本案：「『爲』原作『萬』，從吴訥本珠玉詞。」歷代詩餘、四庫本、林本作「萬壽」。

【注釋】

〔一〕曙河：黎明時的銀河。南朝陳陳叔寶有所思三首之三：「佳人在北燕，相望渭橋邊。團團落日樹，耿耿曙河天。」

〔二〕倚朱絃：指和着樂聲唱歌。史記張釋之列傳：「使慎夫人鼓瑟，上自倚瑟而歌。」司馬貞索引：「謂歌聲合於瑟聲，相依倚也。」

〔三〕臉霞：女子臉頰上塗的胭脂。唐韓偓詠手詩：「背人細撚垂眉髮，向鏡輕勻襯臉霞。」

〔四〕眉翠：古代女子畫眉用翠黛，故曰眉翠、翠眉或眉黛。唐温庭筠更漏子詞：「眉翠薄，鬢雲殘。

夜涼衾枕寒。」

撼庭秋

別來音信千里。悵此情難寄。碧紗秋月〔一〕，梧桐夜雨〔二〕，幾回無寐。樓高目斷〔三〕，天遥雲黯，只堪顦顇。念蘭堂紅燭〔四〕，心長焰短〔五〕，向人垂淚〔六〕。

【校記】

〔悵〕底本案：「『悵』原作『恨』，從吴訥本珠玉詞。」花草粹編、元獻遺文、四庫本、詞律、林本作「恨」。〔幾回〕百家詞本、元獻遺文、作「夢回」。〔樓高〕詞律作「高樓」。〔天遥〕元獻遺文、林本作「天邊」，詞律作「天涯」。

【注釋】

〔一〕碧紗：碧紗窗的省稱。五代李珣酒泉子詞：「秋月嬋娟，皎潔碧紗窗外。」

〔二〕梧桐夜雨：唐白居易長恨歌：「春風桃李花開日，秋雨梧桐葉落時。」唐温庭筠更漏子詞：「梧桐樹，三更雨，不道離情正苦。一葉葉，一聲聲，空階滴到明。」

〔三〕目斷：見四四頁鳳銜盃（青蘋昨夜秋風起）詞注。

〔四〕蘭堂：廳堂的美稱。南唐馮延巳應天長詞：「當時心事偷相許。宴罷蘭堂腸斷處。」

〔五〕心長焰短：蠟燭燒久了，燭芯漸長，火焰變短。表示時間長久。

〔六〕向人垂淚：唐杜牧贈別詩之二：「蠟燭有心還惜別，替人垂淚到天明。」

【輯評】

近人趙尊嶽珠玉詞選評：凡作小令，不可以文簡而失其理脈。晏最工此，允爲百世不祧之祖。

少年遊

重陽過後〔一〕，西風漸緊，庭樹葉紛紛。朱闌向曉，芙蓉妖豔〔二〕，特地鬬芳新〔三〕。

霜前月下，斜紅淡蕊〔四〕，明媚欲回春。莫將瓊萼等閒分〔五〕。留贈意中人。

【注釋】

〔一〕重陽：農曆九月九日爲重陽節，又稱重九。民間習俗，佩茱萸，飲菊花酒，登高。

〔二〕芙蓉：指木芙蓉。落葉灌木或小喬木，秋日開白色或淡紅色花。供觀賞。

〔三〕特地：特爲。近人張相詩詞曲語辭匯釋：「特地，猶云特别也；又猶云特爲或特意也。……杜甫陪柏中丞觀宴將士詩：『幾時來翠節，特地引紅妝。』此作特爲解。」

〔四〕斜紅：指傾側的花和花瓣。

〔五〕瓊蕚：花蕚的美稱。借指花。等閒：隨意，隨便。分：區分。句意謂不要把木芙蓉視同一般的花。

又

霜華滿樹，蘭凋蕙慘，秋豔入芙蓉〔一〕。臙脂嫩臉，金黃輕蕊，猶自怨西風。前歡往事，當歌對酒〔二〕，無限到心中。更憑朱檻憶芳容〔三〕。腸斷一枝紅〔四〕。

【注釋】

〔一〕入：進入。句意謂已輪到芙蓉來顯示秋天的豔麗。

〔二〕「當歌」句：東漢曹操短歌行：「對酒當歌，人生幾何。」

〔三〕朱檻：紅色的闌干。

〔四〕一枝紅：一枝紅花。唐司空圖南北史感遇十首之八：「佳人自折一枝紅，把唱新詞曲未終。」

【箋疏】

「前歡往事」指當年看花之時，有所愛的女子作伴，飲酒聽歌。而現在該女已去，因此憑檻看花而思人面，爲之心傷腸斷。按「一枝紅」亦喻指美麗的女子。唐沈亞之於長安客舍夢與秦穆公之女弄玉結爲夫妻。一年後弄玉死，亞之作挽歌悼之：「泣葬一枝紅，生同死不同。」見沈下賢集卷二春夢記。

又

芙蓉花發去年枝。雙燕欲歸飛〔一〕。蘭堂風軟，金爐香暖，新曲動簾帷〔二〕。　家人拜上千春壽〔三〕，深意滿瓊卮〔四〕。緑鬢朱顔〔五〕，道家裝束〔六〕，長似少年時。

案此首誤入金元好問遺山新樂府卷五。

【校記】

〔家人〕歷代詩餘作「佳人」。

【注釋】

〔一〕歸飛：指燕子秋天南歸。

〔二〕「新曲」句：太平御覽卷五七二引劉向别録：「漢興以來，善歌者魯人虞公發聲清哀，蓋動梁塵。」動簾帷，亦即動梁塵之意，形容歌曲高妙動人。

〔三〕家人：家中的人，指子女等。
〔四〕瓊卮：玉酒盃。酒盃的美稱。
〔五〕綠鬢朱顏：鬢髮烏亮，顏面紅潤。形容人年輕。
〔六〕道家裝束：宋朝崇奉道教，所以女壽主身穿女道士的服飾。

【箋疏】

這一首是壽詞。從詞中「家人拜上千春壽」及「綠鬢朱顏」看，壽主應是家中的女主人。晏殊先後娶過三位夫人，李氏、孟氏和王氏。據夏承燾二晏年譜：「娶王當在大中祥符間，同叔二十左右，李、孟殆皆不永年也。」所以詞中説「長似少年時」，亦非虛語。王夫人爲國初勳臣王超之女，樞密使德用之妹。

又

謝家庭檻曉無塵〔一〕。芳宴祝良辰。風流妙舞，櫻桃清唱〔二〕，依約駐行雲〔三〕。

榴花一盞濃香滿〔四〕，爲壽百千春。歲歲年年，共歡同樂，嘉慶與時新。

【注釋】

〔一〕謝家：晉太傅謝安家。泛指高門世家。

〔二〕櫻桃清唱：指家妓唱曲。唐孟棨本事詩事感：「白尚書姬人樊素善歌，妓人小蠻善舞。嘗爲詩曰：『櫻桃樊素口，楊柳小蠻腰。』」

〔三〕駐行雲：見三四頁更漏子（蕣華濃）詞注。

〔四〕榴花：榴花酒的省稱。南史夷陌傳上扶南國載，頓遜國有酒樹似安石榴。采其花汁停瓮中，數日成酒。後泛指美酒。南朝梁元帝劉生詩：「榴花聊夜飲，竹葉解朝酲。」五代韋莊對酒獨酌詩：「榴花新釀緑於苔，對雨閒傾滿滿盃。」

【箋疏】

此詞有「年年歲歲，共歡同樂」之語，可知亦是爲夫人而作的壽詞。

酒泉子

三月暖風，開却好花無限了〔一〕，當年叢下落紛紛〔二〕。最愁人。　長安多少利名身〔三〕。若有一盃香桂酒〔四〕，莫辭花下醉芳茵〔五〕。且留春。

【校記】

［詞調］歷代詩餘作更漏子。下同。

【注釋】

〔一〕開却：猶開得。　了：語氣詞，表示肯定或確定某種情況。

〔二〕叢下：成堆地落下。

〔三〕長安：漢、唐故都。借指北宋的京都汴京。　利名身：猶名利客，追逐名利的人。

〔四〕香桂酒：即桂酒。見一三頁謁金門（秋露冷）詞注。

〔五〕芳茵：芳草；芳草地。

又

春色初來，偏拆紅芳千萬樹，流鶯粉蝶鬭翻飛。戀香枝〔一〕。　勸君莫惜縷金衣〔二〕。把酒看花須强飲，明朝後日漸離披〔三〕。惜芳時〔四〕。

【校記】

［偏拆］花草粹編作「偏折」，百家詞本、毛本、歷代詩餘、四庫本、林本作「偏披」。

【注釋】

〔一〕香枝：花枝。

〔二〕縷金衣：即金縷衣。飾以金絲的衣服。唐李錡金縷衣詩：「勸君莫惜金縷衣，勸君惜取少年時。花開堪折直須折，莫待無花空折枝。」五代後蜀顧敻荷葉杯詞：「菊冷露微微，看看濕透縷金衣。」

〔三〕離披：見四五頁鳳銜盃（留花不住怨花飛）詞注。

〔四〕芳時：指花開時節。

木蘭花

東風昨夜回梁苑〔一〕。日脚依稀添一線〔二〕。旋開楊柳綠蛾眉〔三〕，暗拆海棠紅粉面〔四〕。　無情一去雲中雁。有意歸來梁上燕〔五〕。有情無意且休論，莫向酒盃容易散〔六〕。

【校記】

〔詞調〕花草粹篇、毛本、歷代詩餘、四庫本、林本作玉樓春。下同。　〔暗拆〕底本案：「『拆』原作『折』，從吳訥本珠玉詞。」元獻遺文、四庫本、林本作「暗折」。

【注釋】

〔一〕梁苑：西漢梁孝王所建的東苑，故址在今河南開封市東南。當時名士司馬相如、枚乘、鄒陽等皆爲梁苑座上客。

〔二〕日脚：指太陽的光綫。唐岑參送李司諫歸京詩：「雨過風頭黑，雲開日脚黄。」一線：海録碎事卷二：「歲時記謂，魏晉間宫人以紅線量日影。冬至後日影添長一線。」又據文昌雜録：「唐宫中以女功揆日之長短。冬至後比常日增一線之功。」句謂時令已過冬至，白晝漸長。

〔三〕緑蛾眉：喻緑色的柳葉。

〔四〕紅粉面：喻海棠花瓣。

〔五〕「無情」二句：謂春天到來，去秋避寒而來的鴻雁又飛歸北方，而南飛的燕子又回來在梁上築巢。

〔六〕向：對。容易：輕易。

【箋疏】

此詞作於宋仁宗慶曆四年甲申（一〇四四），時在汴京。宋楊湜古今詞話：「慶曆癸未十二月十九日立春，甲申元日，丞相元獻公會兩禁（按：指中書省和樞密院）於私第。丞相席上自作木蘭花以侑觴，曰：『東風昨夜回梁苑。』於時坐客皆和，亦不敢改首句『東風昨夜』四字。今得三闋，皆失姓名。其一曰：『東風昨夜吹春晝。陡覺去年梅蕊舊。誰人能解把長繩，繫得烏飛並兔走。

清香瀲灩盃中酒。新眼苗條江上柳。尊前莫惜玉顔酡，且喜一年年入手。』其二曰：『東風昨夜傳歸耗。便覺銀屏寒料峭。年華容易即凋零，春色只宜長恨少。池塘隱隱驚雷曉。柳眼初開梅蕚小。尊前貪愛物華新，不道物新人漸老。』其三曰：『東風昨夜歸來後。景物便爲春意候。金絲齊奏喜新春，願介香醪千歲壽。尋花插破桃枝臭。造化工夫先到柳。鎔酥剪綵恨無香，且放真香先入酒。』」

又

簾旌浪卷金泥鳳〔一〕。宿醉醒來長瞢鬆〔二〕。海棠開後曉寒輕，柳絮飛時春睡重。美酒一盃誰與共。往事舊歡時節動〔三〕。不如憐取眼前人〔四〕，免更勞魂兼役夢〔五〕。

【校記】

〔免更〕底本案：「『更』原作『使』，從吴訥本珠玉詞。」歷代詩餘、四庫本、林本作「免使」。

【注釋】

〔一〕簾旌：簾端所綴的布帛。亦泛指簾幕。唐李商隱正月崇讓宅詩：「蝙拂簾旌終展轉，鼠翻窗網小驚猜。」馮浩箋注：「簾旌，簾端施帛也。」　金泥鳳：簾上用金粉畫的鳳凰圖案。

〔二〕瞢鬆：形容迷迷糊糊，神志不清。

〔三〕時節動：因時節而觸動，引起某種感情。如王維之「獨在異鄉爲異客，每逢佳節倍思親」，李白之「燕草如碧絲，秦桑低緑枝。當君懷歸日，是妾斷腸時」。

〔四〕「不如」句：見三一頁浣溪沙（一向年光有限身）詞注。

〔五〕勞魂兼役夢：煩勞、役使魂夢。猶魂牽夢縈之意。

又

燕鴻過後鶯歸去。細算浮生千萬緒〔一〕。長於春夢幾多時，散似秋雲無覓處〔二〕。

聞琴解佩神仙侣〔三〕。挽斷羅衣留不住。勸君莫作獨醒人〔四〕，爛醉花間應有數〔五〕。

【校記】

〔鶯歸去〕百家詞本、歷代詩餘、歐詞作「春歸去」。〔長於〕百家詞本、歷代詩餘、歐詞作「來如」。〔散似秋雲〕百家詞本、歷代詩餘、歐詞作「去似朝雲」。

【注釋】

〔一〕「細算」句：唐杜牧不飲贈酒詩：「細算人生事，彭殤共一籌。」千萬緒，千頭萬緒。形容事情複雜紛亂，頭緒繁多。

〔二〕「長於」二句：唐白居易花非花詩：「來如春夢不多時，去似朝雲無覓處。」

〔三〕聞琴：史記司馬相如列傳載：司馬相如至臨邛，與臨邛令同至富人卓王孫家飲酒。卓王孫有女，字文君，新寡，好音樂，竊從户窺相如。相如以琴心相挑。文君夜亡奔相如。解佩：漢劉向列仙傳江妃二女載：江妃二女出游於江漢之湄，逢鄭交甫。見而悦之，遂解佩贈與交甫。神仙侶：神仙一般的伴侶；十分相配的一對情侶。

〔四〕獨醒：屈原漁父：「屈原曰：『舉世皆濁我獨清，衆人皆醉我獨醒。是以見放。』」

〔五〕有數：指次數不多或很難得。

【箋疏】

此詞或爲離去之侍妾而作。「燕鴻過後」以燕子秋去春來、鴻雁秋來春去，表示時間的消逝。鶯不是候鳥，是不會歸去的，而詞云「鶯歸去」，故此處可能借指善歌之侍妾。詩詞中常以鶯燕喻歌姬舞伎。則燕鴻亦可能借喻女子。人生變化多端，因而不勝感慨。「長於」二句指此姬之來，爲時不久，恍如一場春夢。而今離去，則如秋雲之散，無法再見。「聞琴」二句謂自己與該女情好甚篤，臨別依依，而終不能把她留住（或爲王夫人不容）。結句自作寬解，謂人生有限，能在花間飲醉的日子爲數不多，不必沈溺於痛苦之中。

下面附録一段詞話，可能有助於理解這首詞。宋闕名道山清話云：「晏元獻公爲京兆，辟張先爲通判。新納侍兒，公甚屬意。先字子野，能爲詩詞，公雅重之。每張來，即令侍兒出侑觴，往往歌子野所爲之詞。其後王夫人寖不容，公即出之。一日，子野至，公與之飲。子野作碧牡丹詞，令營妓歌之，有云『望極藍橋，但暮雲千里。幾重山，幾重水』之句。公聞之憮然，曰：『人生行樂耳，何自苦如此。』亟命於宅庫支錢若干，復取前所出侍兒。既來，夫人亦不復誰何也。」

又

池塘水緑風微暖。記得玉真初見面〔一〕。重頭歌韻響錚琮〔二〕，入破舞腰紅亂旋〔三〕。

玉鉤闌下香階畔〔四〕。醉後不知斜日晚。當時共我賞花人，點檢如今無一半。

案以上二首别又見歐陽修近體樂府卷二。

【校記】

〔重頭〕百家詞本、歐詞作「從頭」。〔錚琮〕毛本、四庫本、林本作「錚深」，歐詞作「錚鏦」。

〔闌下〕百家詞本、歐詞作「簾下」。〔斜日〕百家詞本、歐詞作「紅日」。

【注釋】

〔一〕玉真：仙女名。唐曹唐劉阮再到天台不復見仙子詩：「再到天台訪玉真，青苔白石已成塵。」借指美女。

〔二〕重頭：詞的上下片節拍完全相同的稱重頭；散曲中以一曲調重複填寫多遍的亦稱重頭。錚琮：又作琤瑽、錚摐，象聲詞。金屬或玉器的碰擊聲。此形容樂曲彈奏之聲。

〔三〕入破：唐宋大曲中專用語。大曲每套都有十多遍，分爲散序、中序、破三大段。中序結束後進入破段，爲入破，亦即是破的第一遍。吴熊和唐宋詞通論詞調：「中多慢拍，入破以後則節奏加快，轉爲快拍。」唐白居易卧聽法曲霓裳詩：「朦朧閑夢初成後，宛轉柔聲入破時。」亂旋：紛繁地旋轉。

〔四〕玉鉤闌：鉤闌，曲折如鉤的闌干。唐李賀宫娃歌：「啼咕弔月鉤闌下，屈膝銅鋪鎖阿甄。」王琦注：「鉤闌，即闌干，以其隨屋之勢高下彎曲相鉤帶，故稱之鉤闌。」玉鉤闌，闌干的美稱。

【輯評】

宋劉攽中山詩話：晏元獻尤喜江南馮延巳歌詞。其所自作，亦不減延巳。樂府木蘭花皆七言詩，有云：「重頭歌韻響琤琮，入破舞腰紅亂旋。」「重頭」、「入破」，皆管絃家語也。

清張宗橚詞林紀事卷三：橚按：東坡詩「尊前檢點幾人非」，與此詞結句同意。往事關心，人生如夢。每讀一過，不禁悵然。

近人俞陛雲唐五代兩宋詞選釋：極美滿之風光，事後回思，都成陳迹。元獻生當盛世，雍容臺閣，而重醉花前，尚有舊人零落之感。若生逢叔季，衣冠第宅轉眼都非，寧止何戡感舊耶？

又

玉樓朱閣橫金鎖〔一〕。寒食清明春欲破〔二〕。窗間斜月兩眉愁，簾外落花雙淚墮〔三〕。
朝雲聚散真無那〔四〕。百歲相看能幾箇〔五〕。别來將爲不牽情〔六〕，萬轉千回思想過〔七〕。

【校記】

〔詞調〕花草粹編作玉樓春。〔橫〕花草粹編、歷代詩餘作「黄」。〔將爲〕歷代詩餘作「將謂」。

【注釋】

〔一〕橫金鎖：舊時的一種長方形銅鎖是橫向插入的。樓閣的門上横挂着銅鎖，表示人去樓空。金鎖，銅鎖的美稱。唐崔櫓華清宫三首之三：「門横金鎖悄無人，落日秋聲渭水濱。」南唐馮延巳菩薩蠻詞：「沈沈朱户横金鎖，紗窗月影隨花過。」

〔二〕破：近人張相詩詞曲語辭匯釋卷三：「破，猶過也。……晏殊木蘭花詞『寒食清明春欲破』，春欲破，春欲過也。」

〔三〕「窗間」二句：謂見窗前斜月，如見所思女子之雙眉；看簾外落花，猶若該女臨去時的珠淚。

〔四〕朝雲：見四六頁鳳銜盃（柳條花顡惱青春）詞注。無那：無奈。

〔五〕相看：此處有相聚之意。

〔六〕將爲：以爲。唐白居易李德裕相公貶崖州詩：「昨夜新生黄雀兒，飛來直上紫藤枝。擺頭撼腦花園裏，將爲春光總屬伊。」

〔七〕「萬轉」句：唐崔鶯鶯寄詩：「自從消瘦減容光，萬轉千回懶下床。」思想，思量，思念。過，猶遍。思想過，猶思量遍。

又

朱簾半下香銷印〔一〕。二月東風催柳信〔二〕。琵琶旁畔且尋思〔三〕，鸚鵡前頭休借問〔四〕。　驚鴻去後生離恨〔五〕。紅日長時添酒困〔六〕。未知心在阿誰邊〔七〕，滿眼淚珠言不盡。

案此首別又見歐陽修近體樂府卷二。

【校記】

〔朱簾〕百家詞本、歐詞作「珠簾」。〔去後〕歐詞作「過後」。〔言不盡〕元獻遺文作「流不盡」。

【注釋】

〔一〕香銷印：用多種香料擣成粉末製成香餅，上面壓製出各種圖案，稱爲印香。香銷印，指香餅上的圖印已燒盡，即李煜采桑子詞「香印成灰」之意。

〔二〕柳信：柳樹萌芽，表示春天到來的信息。

〔三〕「琵琶」句：琵琶爲伊人舊物，如今睹物而思人。

〔四〕「鸚鵡」句：唐朱慶餘宮詞：「含情欲説宮中事，鸚鵡前頭不敢言。」句謂恐鸚鵡饒舌，洩漏消息。

〔五〕驚鴻：三國魏曹植洛神賦：「翩若驚鴻，婉若游龍。」後以驚鴻借喻所愛的女子。唐韋應物冬夜詩：「晚歲淪夙志，驚鴻感深哀。」

〔六〕紅日長時：見七五頁木蘭花（東風昨夜回梁苑）詞注。

〔七〕阿誰：猶誰，何人。樂府詩集横吹曲辭五紫騮馬歌辭：「十五從軍征，八十始得歸。道逢鄉里人，家中有阿誰。」

【箋疏】

觀詞中「驚鴻去後生離恨」句，可知此詞爲離去的歌姬而作。「琵琶」句暗示歌姬之身份。驚鴻去後，睹物思人。「鸚鵡」句謂恐爲夫人所知，有所不便也。可參閲木蘭花（燕鴻過後鶯歸去）詞。心在誰邊，豈真箇未知耶？亦托言耳。所以滿眼淚珠而不能盡言也。

又

杏梁歸燕雙回首〔一〕。黄蜀葵花開應候〔二〕。畫堂元是降生辰〔三〕，玉盞更斟長命酒〔四〕。　爐中百和添香獸〔五〕。簾外青蛾回舞袖〔六〕。此時紅粉感恩人，拜向月宮千歲壽〔七〕。

【注釋】

〔一〕杏梁：見五五頁采桑子（春風不負東君信）詞注。句謂燕將南歸而猶依依留戀，不忍離去，以示主人之善良，恩及禽鳥。

〔二〕黄蜀葵：草本植物，又名秋葵。秋日開花，故曰「開應候」也。

〔三〕降生辰：降生之日，即生日，生辰。

〔四〕長命酒：指壽酒。

〔五〕百和：百和香。由多種香料和合而成的香。太平御覽卷八一六引漢武帝内傳：「燔百和香，燃九微燈，以待西王母。」香獸：用炭屑加香料製成獸形的炭。晉書羊琇傳：「琇性豪侈，費用無復齊限。而屑炭和作獸形以温酒。洛下豪貴咸競效之。」南唐李煜浣溪沙詞：「紅日已高三丈透。金鑪次第添香獸。」

〔六〕青蛾：青黛畫的眉毛。借代指年輕女子，美人。五代韋莊陪金陵府相中堂夜宴詩：「却愁宴罷青蛾散，楊子江頭月半斜。」

〔七〕「此時」二句：謂家中婢妾輩感謝主母之恩澤，把她比作月裏嫦娥，祝她壽長千歲。

【箋疏】

這首詞是晏殊向王夫人祝壽的壽詞，可與少年遊（芙蓉花發去年枝）參閲。「黄蜀葵花開應候」與「芙蓉花發」同樣表明王夫人的生日是在秋天。

又

紫薇朱槿繁開後〔一〕。枕簟微涼生玉漏〔二〕。玳筵初啓日穿簾〔三〕，檀板欲開香滿袖〔四〕。紅衫侍女頻傾酒。龜鶴仙人來獻壽〔五〕。歡聲喜氣逐時新，青鬢玉顏長似舊。

案此首別又誤入金元好問遺山新樂府卷五。

【校記】

〔初啓〕歷代詩餘作「初起」。

【注釋】

〔一〕紫薇、朱槿：見五〇頁清平樂（金風細細）詞注。

〔二〕枕簟：枕席。玉漏：古代計時器漏壺的美稱。唐蘇味道正月十五夜詩：「金吾不禁夜，玉漏莫相催。」

〔三〕玳筵：玳瑁筵，指豪華的宴席。隋江總今日樂相樂詩：「綺殿文雅遒，玳筵歡趣密。」

〔四〕檀板：見三五頁更漏子（塞鴻高）詞注。

〔五〕龜鶴：古人以龜鶴喻長壽。唐白居易效陶潛體詩十六首之二：「松柏與龜鶴，其壽皆千年。」

又

春葱指甲輕攏撚〔一〕。五彩條垂雙袖捲〔二〕。雪香濃透紫檀槽〔三〕，胡語急隨紅玉腕〔四〕。當頭一曲情無限〔五〕。入破錚琮金鳳戰〔六〕。百分芳酒祝長春〔七〕，再拜斂容擡粉面〔八〕。

【校記】

〔條垂〕歐詞作「垂條」，歷代詩餘作「條垂」。〔胡語〕歷代詩餘作「梵語」。〔無限〕歐詞作「何限」。〔錚琮〕底本案：「『琮』原作『深』，從吳訥本珠玉詞。」四庫本、林本作「錚深」，歐詞作「錚鏦」。

【注釋】

〔一〕春葱：喻女子細長的手指。唐白居易筝詩：「雙眸剪秋水，十指剥春葱。」攏撚：攏與撚皆爲彈奏絃樂器的指法。唐李羣玉索曲送酒詩：「煩君玉指輕攏撚，慢撥鴛鴦送一盃。」

〔二〕五彩條垂：彩色的腰帶低低地垂挂着。

〔三〕雪香：女子肌膚的香氣。

〔四〕「胡語」句：謂一位北方少數民族歌女邊彈邊唱。古代泛稱西北及北方少數民族爲胡人。紅玉，形容女子膚色紅潤。西京雜記卷一：「趙后體輕腰弱，善行步進退。女弟昭儀不能及也。但昭儀弱骨豐肌，尤工笑語。二人並色如紅玉。」

〔五〕當頭：猶當面。唐王建宮詞之三二：「紅鸞桿撥貼胸前，移坐當頭近御筵。」

〔六〕入破、錚琮：見八〇頁木蘭花（池塘水緑風微暖）詞注。金鳳：指琵琶、琴、箏等樂器，因絃柱上端刻鳳爲裝飾，故稱。五代魏承班菩薩蠻詞：「翠翹雲鬢動。斂態彈金鳳。」華鍾彥注：「金鳳，謂琴、箏之屬也。」戰：顫動。

〔七〕百分：滿盃。唐徐凝春陪相公看花宴會二首之一：「百分春酒莫辭醉，明日的無今日紅。」長春：長保青春。

〔八〕再拜：拜了又拜，表示恭敬。斂容：正容。現出端莊的臉色。

又

紅絛約束瓊肌穩〔一〕。拍碎香檀催急衮〔二〕。壠頭嗚咽水聲繁〔三〕，葉下間關鶯語近〔四〕。美人才子傳芳信。明月清風傷別恨〔五〕。未知何處有知音，長爲此情言不盡。

案以上二首別又見歐陽修近體樂府卷二。

【校記】

〔紅條〕百家詞本、林本作「紅絛」。〔瓊肌〕百家詞本作「瓊腰」。〔急衮〕歷代詩餘作「急滚」。〔長爲〕百家詞本、歐詞作「常爲」。

【注釋】

〔一〕紅條：紅色的絲帶。　瓊肌：白玉般的肌膚。

〔二〕香檀：即檀板。　急衮：樂曲急促的節奏。衮爲唐宋樂曲的專用語。宋沈括夢溪筆談卷五樂律一：「所謂『大遍』者，有序、引、歌、歙、嗺、哨、催、攧、衮、破、行、中腔、踏歌之類，凡數十解。」

〔三〕壠頭：即隴頭。古樂府隴頭歌：「隴頭流水，鳴聲幽咽。遥望秦川，肝腸斷絶。」

〔四〕間關：形容禽鳥鳴聲宛轉。唐白居易琵琶行：「間關鶯語花底滑，幽咽泉流水下灘。」

〔五〕「美人」二句：謂女子所彈奏之琴曲能爲美人和才子傳達信息，又能抒發離別的痛苦。

迎春樂

長安紫陌春歸早〔一〕。軃垂楊、染芳草〔二〕。被啼鶯語燕催清曉〔三〕。正好夢、頻驚覺。　當此際、青樓臨大道〔四〕。幽會處、兩情多少。莫惜明珠百琲〔五〕，占取長年少。

【注釋】

〔一〕紫陌：指京都郊外的道路。唐劉禹錫元和十一年自朗州召至京戲贈看花諸君子詩：「紫陌紅塵拂面來，無人不道看花回。」

〔二〕軃：摇曳，飄動。唐姚合霽後登樓詩：「碧池舒暖景，弱柳軃和風。」

〔三〕啼鶯語燕：唐皇甫冉春思詩：「鶯啼燕語報新年，馬邑龍堆路幾千。」

〔四〕青樓：指歌樓妓院。唐杜牧遣懷詩：「十年一覺揚州夢，贏得青樓薄倖名。」

〔五〕百琲：琲，珠串子。珠十貫爲一琲。明珠百琲，言珍珠之多。晉王嘉拾遺記卷九：「（石崇）又屑沈水之香如塵末，布象牀上，使所愛者踐之。無跡者賜以真珠百琲。」

【箋疏】

這首詞寫年輕時冶遊之事。晏殊於宋仁宗皇祐二年（一〇五〇）知永興軍在長安時，年已六十，與詞中「占取長年少」不合，故此處的長安應是借指宋都汴京。晏殊於宋真宗景德元年（一〇〇四）十四歲時，由故相張知白以神童薦與朝廷，始到汴京，擢秘書省正字，遷太常寺奉禮郎，再遷左正言，擢史館。後多次遷升，都在汴京。仁宗天聖五年（一〇二七）三十七歲時，罷樞密副使，以刑部侍郎知宋州，才離開汴京。宋沈括夢溪筆談九晏元獻條載：「及爲館職（按指真宗天禧二年晏殊二十八歲在史館時），時天下無事，許臣僚擇勝燕飲。當時侍從文館士大夫爲燕集，以至市樓酒肆，皆供帳爲遊息之地。公是時貧甚，不能出。獨家居與昆弟講習。一日選東宫官，忽自中批除晏殊。執政莫諭所因。次日進覆，上諭之曰：『近聞館閣臣寮，無不嬉遊燕賞，彌日繼夕。唯殊杜門與兄弟讀書。如此謹厚，正可爲東宫官。』公既受命得對。上面諭除授之意。公語言質野，則曰：『臣非不樂遊者。直以貧，無可爲之。臣若有錢，亦須往。但無錢不能出耳。』上益嘉其誠實。」據此，則偶爾出遊，亦屬可能。此詞所叙述，或即當年（一〇一八）之事。

訴衷情

青梅煮酒鬬時新〔一〕。天氣欲殘春。東城南陌花下〔二〕，逢著意中人。　回繡袂，展香茵〔三〕。叙情親〔四〕。此情拚作，千尺遊絲，惹住朝雲〔五〕。

【校記】

〔此情〕底本案：「『情』原作『時』，從吴訥本珠玉詞。」歷代詩餘、四庫本作「此時」。

【注釋】

〔一〕青梅煮酒：青梅，春末夏初剛結實的梅子，色青，故曰青梅，可以佐酒。煮酒，一種煮熟的酒。青梅煮酒爲暮春當令食品。　鬬時新：即嘗新之意。

〔二〕東城：汴京東城有宜春苑，爲遊賞勝地。

〔三〕香茵：坐褥、坐墊的美稱。唐皇甫松摘得新詞：「平生都得幾十度，展香茵。」

〔四〕情親：相愛之情。

〔五〕「此情」三句：拚，表示甘願。遊絲，春天蜘蛛、青蟲等吐出的在空氣中飄蕩的細絲。朝雲，參見四六頁鳳銜盃（柳條花纇惱青春）詞注。此借指所遇之「意中人」。此三句表示愛戀之深，不願分離。化用陶潛閒情賦：「願在衣而爲領，承華首之餘芳。……願在衣而爲帶，束窈窕之纖身。……願在眉而爲黛，隨瞻視以閒揚。」

【箋疏】

此詞或亦作于真宗天禧二年前後。參閱上首迎春樂箋疏。

【輯評】

近人吳梅詞學通論第七章：如浣溪沙之「淡淡梳妝薄薄衣。天仙模樣好容儀」，訴衷情之「東城南陌花下，逢着意中人」……庸劣可鄙，已開山谷、三變俳語之體。

又

東風楊柳欲青青。煙淡雨初晴。惱他香閣濃睡，撩亂有啼鶯〔一〕。　眉葉細〔二〕，舞腰輕。宿妝成〔三〕。一春芳意，三月和風，牽繫人情。

【注釋】

〔一〕「撩亂」句：唐金昌緒春怨詩：「打起黃鶯兒，莫教枝上啼。啼時驚妾夢，不得到遼西。」

〔二〕眉葉細：眉毛像柳葉一樣細。意謂昨日所畫眉色已淡淺。

〔三〕宿妝：隔宿之妝，猶殘妝。

又

芙蓉金菊鬭馨香〔一〕。天氣欲重陽。遠村秋色如畫，紅樹間疏黄〔二〕。　流水淡，碧天長。路茫茫。憑高目斷，鴻雁來時，無限思量。

【校記】

「馨香」樂府補遺作「芬芳」。　「欲重陽」樂府補遺作「近重陽」。　「紅樹」樂府補遺作「細葉」。

【注釋】

〔一〕「芙蓉」句：木芙蓉與金菊同在重陽時節開花，故詞人連用之。如下一首訴衷情曰：「數枝金菊對芙蓉。」詞牌名亦有金菊對芙蓉。　鬭：猶比。

〔二〕紅樹：指楓樹、烏桕樹等，秋天葉子會變成紅色。　疏黄：樹葉秋天漸漸稀疏並發黄。

【箋疏】

據夏承燾二晏年譜：「仁宗寶元元年戊寅（一〇三八），四十八歲，自陳州召還爲御史中丞三司使。」又：「宋元憲集有和中丞晏尚書木芙蓉金菊追憶譙郡舊花、和楊學士和答中丞晏尚書西園玩菊諸詩。宋景文集有和三司晏尚書憶譙渦諸詩……當皆此時作。珠玉詞有訴衷情『芙蓉金菊鬥馨香』，『數枝金菊對芙蓉』二首，據二宋詩題，知二詞皆此年作。」按譙渦在今安徽省亳州市。晏殊於仁宗明道二年（一〇三三）四十三歲時罷參知政事知亳州。可知此詞中「無限思量」之人，乃指當年在亳州的歌妓（參閱下一首訴衷情詞中的「謝娘愁臥，潘令閒眠，心事無窮」）。鄭騫夏著二晏年譜補正：「原譜據宋庠、宋祁和詩，定訴衷情『芙蓉金菊』二首爲本年作，欠酌。芙蓉金菊年年有之，處處有之，且二宋所和者是詩非詞，不能據定訴衷情作年。」姑列二家之不同論述，作爲參考。

又

數枝金菊對芙蓉。搖落意重重〔一〕。不知多少幽怨，和露泣西風。　人散後，月明中。夜寒濃。謝娘愁臥〔二〕，潘令閒眠〔三〕，心事無窮。

案此首別又見張子野詞卷二。

【校記】

〔搖落〕百家詞本作「零落」，花草粹編作「落葉」。

【注釋】

〔一〕搖落：零落。戰國楚宋玉九辯：「悲哉，秋之爲氣也，蕭瑟兮草木搖落而變衰。」

〔二〕謝娘：唐宰相李德裕歌妓謝秋娘甚有名，後因以「謝娘」借指歌妓。唐温庭筠歸國謡詞：「謝娘無限心曲，曉屏山斷續。」此處指作者所思念的亳州歌妓。

〔三〕潘令：晉潘岳曾爲河陽令，故稱潘令。此處作者自指。唐盧綸送申屠正字詩：「坦腹定逢潘令醉，上樓應伴庾公閒。」

【箋疏】

此首與上一首作於同時。據宋庠宋元憲集和宋祁宋景文集所載和詩，知晏殊還作木芙蓉金菊追憶譙郡舊花、憶譙渦二首、詠芙蓉金菊等詩，已佚。

又

露蓮雙臉遠山眉〔一〕。偏與淡妝宜。小庭簾幕春晚，閒共柳絲垂。人別後，月圓時。信遲遲。心心念念，説盡無憑，只是相思。

【校記】

〔春晚〕百家詞本作「春曉」。

【注釋】

〔一〕露蓮雙臉：謂一雙臉頰如含露的蓮花。遠山眉：女子秀美的眉色。西京雜記卷二：「文君姣好，眉色如望遠山，臉際常若芙蓉。」

【輯評】

近人吴梅詞學通論第七章：「心心念念，説盡無憑，只是相思」諸語，庸劣可鄙，已開山谷、三變俳語之體。

又

秋風吹綻北池蓮。曙雲樓閣鮮〔一〕。畫堂今日嘉會，齊拜玉爐煙。斟美酒，祝芳筵。奉觥船〔二〕。宜春耐夏，多福莊嚴，富貴長年。

案此首別又誤入金元好問遺山新樂府卷五。

【注釋】

〔一〕曙雲：猶朝霞。鮮：鮮明，鮮麗。唐李白古風其二十六：「碧荷生幽泉，朝日豔且鮮。」

〔二〕觥船：容量大的酒器。古代用獸角製，後改用木或青銅製。

又

世間榮貴月中人〔一〕。嘉慶在今辰。蘭堂簾幕高卷，清唱遏行雲〔二〕。　持玉盞，斂紅巾。祝千春〔三〕。榴花壽酒〔四〕，金鴨爐香〔五〕，歲歲長新。

【注釋】

〔一〕月中人：月宫的仙人，指嫦娥。借喻女性貴人。

〔二〕遏行雲：見三四頁更漏子（蕣華濃）詞注。

〔三〕「持玉盞」三句：斂，收，收拾，收藏。「持玉盞」與「斂紅巾」爲符合詞調平仄和押韻的需要而倒置。指歌女收起唱歌時手中所執的紅巾，然後捧了酒盃，向壽主祝賀。

〔四〕榴花：見七二頁少年遊（謝家庭檻曉無塵）詞注。

〔五〕金鴨爐：鴨形的銅香爐。唐李商隱促漏詩：「舞鸞鏡匣收殘黛，睡鴨香爐換夕熏。」五代前蜀顧敻浣溪沙詞：「雁響遥天玉漏清。小紗窗外月朧明。翠幃金鴨炷香平。」

又

海棠珠綴一重重〔一〕。清曉近簾櫳〔二〕。胭脂誰與匀淡，偏向臉邊濃〔三〕。　看葉嫩，惜花紅。意無窮。如花似葉，歲歲年年，共占春風。

案此首别作蘇軾詞，見曾慥本東坡詞卷下。别又誤入金元好問遺山新樂府卷五。

【校記】

〔葉嫩〕百家詞本作「葉嫩」，疑刊誤。〔紅意〕底本案：「『紅意』二字原作『意恨』，從吴訥本珠玉詞。」林本作「意恨」。

【注釋】

〔一〕珠綴：猶珠串，連綴的珍珠。借指露珠。

〔二〕簾櫳：窗簾和窗牖。泛指門窗的簾子。南唐李煜搗練子令：「深院静，小庭空。斷續寒砧斷續風。無奈夜長人不寐，數聲和月到簾櫳。」

〔三〕「胭脂」二句：意謂海棠花與人面相比，人面比花更爲紅潤。

胡擣練

小桃花與早梅花，盡是芳妍品格〔一〕。未上東風先拆〔二〕。分付春消息〔三〕。佳人釵上玉尊前，朵朵穠香堪惜。誰把彩毫描得〔四〕。免恁輕拋擲〔五〕。

案此首别誤作晏幾道詞，見永樂大典卷二千八百十梅字韻。

【校記】

〔小桃花與早梅花〕梅苑作「夜來江上見寒梅」。〔盡是〕梅苑作「自逞」。〔品格〕梅苑作「標格」。〔未上〕梅苑作「爲甚」。〔佳人〕底本案：「『佳』原誤作『催』，從吴訥本珠玉詞。」按：毛晉宋六十名家詞本珠玉詞原刻此字作「佳」不誤。梅苑作「美」。

【注釋】

〔一〕芳妍：芳香佳美。

〔二〕未上：未到。拆：通坼，裂開。此指開放。句謂東風尚未吹來就先開花了。

〔三〕分付：付與，交給。引伸爲帶來。

〔四〕描得：描畫下來。

〔五〕恁：如此，這樣。

殢人嬌

二月春風，正是楊花滿路〔一〕。那堪更、别離情緒。羅巾掩淚，任粉痕霑汙。争奈向、千留萬留不住〔二〕。　玉酒頻傾〔三〕，宿眉愁聚〔四〕。空腸斷、寶箏絃柱。人間後會，又不知何處。魂夢裏、也須時時飛去。

【校記】

〔楊花〕元獻遺文作「桃花」。　〔争奈向〕元獻遺文、四庫本作「争奈何」。　〔宿眉〕歷代詩餘、元獻遺文作「翠眉」。

【注釋】

〔一〕「二月」二句：化自北周庾信春賦：「新年鳥聲千種囀，二月楊花滿路飛。」

〔二〕争奈向：近人張相詩詞曲語辭匯釋卷三：「向，語助辭。專用於『怎奈』、『如何』一類之語，加强其語氣而爲其語尾。……有曰争奈向或怎奈向者。如晏殊殢人嬌詞：『羅巾掩淚，任粉痕霑汙。

爭奈向、千留萬留不住。」

〔三〕玉酒：美酒。

〔四〕宿眉：昨夜晚妝時畫的眉。愁聚：因含愁而緊蹙（雙眉）。

又

玉樹微涼〔一〕，漸覺銀河影轉〔二〕。林葉静、疏紅欲徧。朱簾細雨，尚遲留歸燕〔三〕。嘉慶日、多少世人良願。楚竹驚鸞，秦箏起雁〔四〕。縈舞袖、急翻羅薦〔五〕。雲迴一曲〔六〕，更輕攏檀板。香炷遠、同祝壽期無限。

【校記】

〔詞題〕花草粹編題作「上壽」。〔嘉慶〕花草粹編作「喜慶」。

【注釋】

〔一〕玉樹：樹木的美稱。唐宋之問折楊柳詩：「玉樹朝日映，羅帳春風吹。」

〔二〕銀河影轉：表示時間流逝，夜漸深。

〔三〕遲留：見一八頁浣溪沙（閬苑瑶臺風露秋）詞注。

〔四〕「楚竹」二句：楚竹，泛指竹製的樂器，如鳳簫。唐孟郊楚竹吟酬盧虔端公見和湘絃怨詩：「握中有新聲，楚竹人未聞。識音者謂誰，清夜吹贈君。昔爲瀟湘引，曾動瀟湘雲。一叫鳳改聽，再驚鶴失羣。」秦箏，見一五頁破陣子（海上蟠桃易熟）詞注。鳳簫即排簫，竹管排列參差，如鸞鳳之翅。箏上的絃柱斜列如雁行，稱雁柱。故以「驚鸞」、「起雁」喻吹奏之妙。

〔五〕羅薦：絲織的坐墊、坐褥或地毯。唐劉禹錫泰娘歌：「長鬟如雲衣似霧，錦茵羅薦承輕步。」急翻：指舞姬在地毯上快速翻舞。

〔六〕雲迴：樂曲紫雲迴的簡稱。唐鄭綮開天傳信記：「上嘗坐朝，以手指上下按其腹。退朝，高力士進曰：『陛下向來數以手指按其腹，豈非聖體小不安耶？』上曰：『非也，我昨夜夢遊月宮，諸仙娛予以上清之樂，寥亮清越，殆非人間所聞也。酣醉久之，合奏諸樂以送吾歸。其曲淒楚動人，杳杳在耳。我回，以玉笛尋之，盡得之矣。坐朝之際，慮忽遺忘，故懷玉笛，時以手指上下，非不安。』力士再拜賀曰：『非常之事也。願陛下爲臣一奏之。』其聲寥寥然，不可名言也。力士又再拜，且請其名。上笑言：『此曲名紫雲迴。』遂載於樂章。今太常刻石在焉。」

又

一葉秋高〔一〕，向夕紅蘭露墜〔二〕。風月好、乍涼天氣〔三〕。長生此日〔四〕，見人中嘉瑞〔五〕。斟壽酒、重唱妙聲珠綴〔六〕。鳳筦移宫〔七〕，鈿衫迴袂〔八〕。簾影動、鵲爐香細〔九〕。南真寶籙〔一〇〕，賜玉京千歲〔一一〕。良會永、莫惜流霞同醉〔一二〕。

【校記】

〔嘉瑞〕底本案：「『嘉』原作『喜』，從吴訥本珠玉詞。」歷代詩餘、四庫本、林本作「喜瑞」。

【注釋】

〔一〕一葉：淮南子説山訓：「見一葉落而知歲之將暮，睹瓶中之冰而知天下之寒。」陳元靚歲時廣記卷三引唐人詩：「山僧不知數甲子，一葉落知天下秋。」　秋高：謂秋天氣候高爽。唐杜甫茅屋爲秋風所破歌：「八月秋高風怒號，卷我屋上三重茅。」

〔二〕向夕：向晚，傍晚。　紅蘭露墜：南朝梁江淹别賦：「見紅蘭之受露，望青楸之罹霜。」

〔三〕乍凉：猶初凉。

〔四〕長生：指生日。

〔五〕人中嘉瑞：即人瑞，指長壽的人。

〔六〕珠綴：見四二頁點絳脣（露下風高）詞注。

〔七〕鳳筦：筦，同管，指笙簫之類的樂器。南朝梁沈約侍宴樂遊苑餞徐州刺史應詔詩：「沃若動龍驂，參差疑鳳管。」　移宫：宫爲古代樂曲五音（宫、商、角、徵、羽）之一。移宫或移宫换羽，指演奏樂曲改换音調。

〔八〕鈿衫：繡有金花的舞衣。迴袂：迴袖，轉袖。

〔九〕鵲爐：鵲尾爐的省稱。指長柄香爐。香：此指燒香的煙縷。

〔一〇〕南真：即南極老壽星，古時認爲他是司理人的壽命的神仙。寶籙：指南極老壽星手中的名册，上面登有每個人的壽數。

〔一一〕玉京：道家稱天帝所居之處。借喻帝都。句謂願南極老壽星賜與壽主千歲之壽，在京都陪侍帝王。

〔一二〕流霞：傳説中的神仙飲料。漢王充論衡道虚：「（項曼都）曰：『有仙人數人，將我上天……日饑飲食，仙人輒飲我以流霞一盃。每飲一盃，數月不饑。』」

踏莎行

細草愁煙，幽花怯露。凭闌總是銷魂處〔一〕。日高深院静無人，時時海燕雙飛去〔二〕。帶緩羅衣〔三〕，香殘蕙炷〔四〕。天長不禁迢迢路〔五〕。垂楊只解惹春風，何曾繫得行人住。

【校記】

〔怯露〕唐宋諸賢絶妙詞選作「泣露」。〔時時〕唐宋諸賢絶妙詞選、林本作「穿簾」。

〔帶緩〕底本案：「『緩』原作『暖』，從吴訥本珠玉詞。」花草粹編、歷代詩餘、四庫本、林本作「帶暖」。〔迢迢路〕元獻遺文作「思迢遞」。

【注釋】

〔一〕銷魂：南朝梁江淹別賦：「黯然銷魂者，唯別而已矣。」

〔二〕海燕：見一七頁破陣子（湖上西風斜日）詞注。

〔三〕帶緩：衣帶變長，表示腰圍減瘦。古詩十九首之一：「相去日已遠，衣帶日已緩。」

〔四〕蕙炷：用蕙蘭製成的香炷。

〔五〕不禁：經受不住，没有能力對付。句意謂白日雖長，無奈路途太遠，仍不能及時趕回來。

【輯評】

明沈際飛草堂詩餘別集卷二：嬌怨。

清李調元雨村詞話卷二：晏殊珠玉詞極流麗，能以翻用成語見長。如「垂楊只解惹春風，何曾繫得行人住」，又「春風不解禁楊花，濛濛亂撲行人面」等句是也。翻覆用之，各盡其致。

近人趙尊嶽珠玉詞選評：此詞由眼前之秋景，追憶殘秋之歡悰，感慨甚深，句意至韻，而用筆質樸。

又

祖席離歌〔一〕，長亭别宴〔二〕。香塵已隔猶迴面〔三〕。居人匹馬映林嘶，行人去棹依波轉〔四〕。　　畫閣魂消，高樓目斷。斜陽只送平波遠。無窮無盡是離愁，天涯地角尋思徧〔五〕。

【注釋】

〔一〕祖席：古代出行時祭祀路神曰祖。故稱餞别的筵席爲祖席。唐韓愈祖席前字：「祖席洛橋邊，親交共黯然。」

〔二〕長亭：古時於道路每隔五里設置短亭，十里設置長亭，供行旅休息。送客者常送至長亭，設筵餞别。北周庾信哀江南賦：「十里五里，長亭短亭。」

〔三〕香塵：芳香的塵土。塵土可能因春天的落花，也可能因女子的步履而芳香。亦可作爲塵土的美稱。唐沈佺期洛陽道詩：「行樂歸恒晚，香塵撲地遥。」迴面：回頭。此句描摹離别時依依不捨的情狀。

〔四〕「居人」二句：居人，家居之人。南朝梁江淹别賦：「居人愁卧，怳若有亡。」棹，槳，借指船。依波轉，沿着水流而轉彎。二句化用江淹別賦：「舟凝滯於水濱，車逶遲於山側。棹容與而詎前，馬寒鳴而不息。」

〔五〕尋思：思索，思量。唐白居易南池早春有懷詩：「倚棹忽尋思，去年池上伴。」

【輯評】

明王世貞弇州山人詞評：「斜陽只送平波遠」，又「春來依舊生芳草」，淡語之有致者也。

近人唐圭璋唐宋詞簡釋：此首爲送行之作，足抵一篇別賦。……通體自送別至別後，以次描摹，歷歷如畫。

又

碧海無波〔一〕，瑤臺有路〔二〕。思量便合雙飛去〔三〕。當時輕別意中人，山長水遠知何處。　綺席凝塵〔四〕，香閨掩霧。紅牋小字憑誰附〔五〕。高樓目盡欲黄昏，梧桐葉上蕭蕭雨。

【校記】

〔蕭蕭〕花草粹編作「瀟瀟」。

【注釋】

〔一〕碧海：神話中神仙居處。海内十洲記：「扶桑在東海之東岸。岸直。陸行登岸一萬里，東復有碧海。……水既不鹹苦，正作碧色。」

〔二〕瑶臺：見一八頁浣溪沙（閬苑瑶臺風露秋）詞注。

〔三〕思量：考慮。

〔四〕綺席：華麗的席子。南朝梁江淹雜體三十首休上人怨别詩：「膏鑪絶沉燎，綺席生浮埃。」

〔五〕紅牋小字：作者另有清平樂詞曰：「紅牋小字，説盡平生意。鴻雁在雲魚在水，惆悵此情難寄。」

【箋疏】

這首詞與前面清平樂（紅牋小字）及（春來秋去）二詞的意思大致相同，可參看。

【輯評】

清陳廷焯詞則閑情集卷一：起三句妙，是憑空結撰。

又

緑樹歸鶯，雕梁别燕。春光一去如流電〔一〕。當歌對酒莫沈吟〔二〕，人生有限情無限。

弱袂縈春，修蛾寫怨〔三〕。秦箏寶柱頻移雁〔四〕。尊中緑醑意中人〔五〕，花朝月夜長相見。

【校記】

〔月夜〕底本案：「『夜』原作『下』，從吴訥本珠玉詞。」歷代詩餘、四庫本、林本作「月下」。

【注釋】

〔一〕流電：閃電。藝文類聚卷六引三國魏李康遊山序：「蓋人生天地之間也，若流電之過户牖，輕塵之棲弱草。」

〔二〕當歌對酒：見六九頁少年遊（霜華滿樹）詞注。

〔三〕修蛾：猶長眉。

〔四〕秦箏：見一五頁破陣子（海上蟠桃易熟）詞注。移雁：箏柱斜列，猶如雁行，故稱雁柱。移動箏柱可調整琴弦音高。

〔五〕緑醑：緑色美酒。唐太宗春日玄武門宴羣臣詩：「清尊浮緑醑，雅曲韻朱絃。」

又

小徑紅稀，芳郊綠偏〔一〕。高臺樹色陰陰見〔二〕。春風不解禁楊花，濛濛亂撲行人面〔三〕。　翠葉藏鶯〔四〕，朱簾隔燕〔五〕。爐香静逐遊絲轉〔六〕。一場愁夢酒醒時，斜陽却照深深院〔七〕。

案此首别誤作寇準詞，見類編草堂詩餘卷一。别又誤作晏幾道詞，見詞的卷三。

【校記】

［題］唐宋諸賢絶妙詞選題作「春思」。　［春風］草堂詩餘作「東風」。　［朱簾］唐宋諸賢絶妙詞選、詞綜作「珠簾」。

【注釋】

〔一〕「小徑」二句：紅稀，指花漸凋零。綠偏，指葉已成蔭。亦即綠肥紅瘦之意。

〔二〕陰陰：形容色澤濃暗。表明樹葉稠密。見：同現。

〔三〕濛濛：形容楊花如細雨微茫。

〔四〕翠葉藏鶯：唐杜甫陪鄭廣文遊何將軍山林十首其二：「卑枝低結子，接葉暗巢鶯。」

〔五〕朱簾隔燕：五代李珣菩薩蠻詞：「隔簾微雨雙飛燕。砌花零落紅深淺。」作者浣溪沙詞云：「小閣重簾有燕過，晚花紅片落庭莎。」

〔六〕爐香：爐中焚香的煙縷。遊絲：見九二頁訴衷情（青梅煮酒鬬時新）詞注。

〔七〕却：近人張相詩詞曲語辭匯釋卷一：「却，猶正也。於語氣加緊時用之。……晏殊踏莎行詞：『一場愁夢酒醒時，斜陽却照深深院。』却照，正照也。」

【箋疏】

這首詞描寫暮春景象。或謂詞中有刺，並比附君子小人，恐失之穿鑿。

【輯評】

明沈際飛草堂詩餘正集卷二：景物不殊，運掉能離奇夭嬌。「深深」妙，換不得實字。

清沈謙塡詞雜説：「夕陽如有意，偏傍小窗明」（按：此唐方棫失題詩）不若晏同叔「一場愁夢酒醒時，斜陽却照深深院」更自神到。

清李調元雨村詞話卷二：晏殊珠玉詞極流麗，能以翻用成語見長。如「垂楊只解惹春風，何曾繫得行人住」，又「春風不解禁楊花，濛濛亂撲行人面」等句是也。翻覆用之，各盡其致。

近人張伯駒叢碧詞話：此爲傷春之作，而結句尤深妙，有禪境。

漁家傲

畫鼓聲中昏又曉。時光只解催人老。求得淺歡風日好。齊揭調〔一〕。神仙一曲漁家傲。　綠水悠悠天杳杳〔二〕。浮生豈得長年少。莫惜醉來開口笑〔三〕。須信道〔四〕。人間萬事何時了。

【校記】

〔畫鼓〕歷代詩餘作「畫角」。　〔揭調〕底本案：「『揭』原作『喝』，從吴訥本珠玉詞。」四庫本、林本作「喝調」。

【注釋】

〔一〕揭調：高調。明楊慎丹鉛總録卷二十詩話揭調：「樂府家謂揭調者，高調也。高駢詩：『公子邀歡月滿樓，佳人揭調唱伊州。便從席上西風起，直到蕭關水盡頭。』」

〔二〕杳杳：形容遠。

〔三〕「莫惜」句：唐杜牧九日齊安登高詩：「塵世難逢開口笑，菊花須插滿頭歸。」

〔四〕須信道：近人張相詩詞曲語辭匯釋卷五：「須信道，猶云須知道也。晏殊漁家傲詞：『莫惜醉

來開口笑。須信道。人間萬事何時了。』〔三〕

又

荷葉荷花相間鬭〔一〕。紅嬌緑嫩新妝就。昨日小池疏雨後。鋪錦繡。行人過去頻回首。倚偏朱闌凝望久。鴛鴦浴處波文皺。誰喚謝娘斟美酒〔二〕。縈舞袖。當筵勸我千長壽。

【校記】

「紅嬌緑嫩」底本案：「上四字原作『紅驕緑掩』，從吳訥本珠玉詞。」歷代詩餘、四庫本、林本作「紅驕緑掩」。

【注釋】

〔一〕鬭：競争，比美。

〔二〕謝娘：見九六頁訴衷情（數枝金菊對芙蓉）詞注。

又

荷葉初開猶半卷。荷花欲拆猶微綻〔一〕。此葉此花真可羨。秋水畔。青涼繖映紅妝面〔二〕。　美酒一盃留客宴。拈花摘葉情無限。争奈世人多聚散。頻祝願。如花似葉長相見。

【校記】

［拆猶］底本案：「『拆猶』原作『折須』，從吴訥本珠玉詞。」四庫本、林本作「折須」，歷代詩餘作「折鬚」。　［青涼］四庫本作「清涼」。　［繖］底本案：「『繖』原作『緑』，從吴訥本珠玉詞。」四庫本、林本作「緑」。　［争奈］百家詞本作「苦恨」。

【注釋】

〔一〕拆：通坼，參見一〇〇頁胡擣練詞注。

〔二〕青涼繖：借指荷葉。繖，傘的古字。　紅妝面：借指荷花。

又

楊柳風前香百步。盤心碎點真珠露〔一〕。疑是水仙開洞府〔二〕。妝景趣。紅幢緑蓋朝天路〔三〕。小鴨飛來稠鬧處〔四〕。三三兩兩能言語〔五〕。飲散短亭人欲去。留不住。黄昏更下蕭蕭雨。

【注釋】

〔一〕盤心：指荷葉的中心部分。

〔二〕水仙：水中的仙人。洞府：指神仙所居之處。

〔三〕「紅幢」句：形容荷花荷葉如同水仙的儀仗，排列在朝見天帝的路上。

〔四〕稠鬧：稠密、熱鬧。

〔五〕能言語：唐陸龜蒙甫里文集附録楊文公談苑：「相傳龜蒙多智數，狡獪。居笠澤，有内養自長安使杭州，舟出舍下。小童奴以小舟驅羣鴨出，内養彈其一緑頭雄鴨，折頸。龜蒙遽從舍出，大呼云：『此緑鴨有異，善人言，適將獻狀本州，貢天子。今持此死鴨以詣官自言耳。』内養少長宫禁，不知外事，信然，甚驚駭。厚以金帛遺之，龜蒙乃止。因徐問龜蒙曰：『此鴨何言？』龜蒙曰：

『常自呼其名。』巧捷多類此。」

又

粉筆丹青描未得〔一〕。金針綵線功難敵。誰傍暗香輕採摘〔二〕。風淅淅〔三〕。船頭觸散雙鸂鶒〔四〕。夜雨染成天水碧。朝陽借出胭脂色〔五〕。欲落又開人共惜〔六〕。秋氣逼。盤中已見新蓮菂〔七〕。

案此首別見歐陽修近體樂府卷二。別又誤作晏幾道詞，見全芳備祖後集卷三蓮門。

【校記】

〔粉筆〕百家詞本作「彩筆」，歐詞作「粉蕊」。〔未得〕歐詞作「不得」。〔綵線〕歐詞作「線線」。〔蓮菂〕歐詞作「荷菂」。

【注釋】

〔一〕粉筆：指畫筆。丹青：丹砂和青雘，均爲繪畫用的顔料。

〔二〕暗香：指荷花清淡的香氣。

〔三〕淅淅：形容風聲。唐吴融秋池詩：「香帶蓼穗娟娟露，乾動蓮莖淅淅風。」

〔四〕鸂鶒：水鳥名。形大於鴛鴦，多紫色，好並遊。俗稱紫鴛鴦。

〔五〕「夜雨」二句：謂荷葉之緑爲夜雨所染成，荷花之紅是朝陽所借與。天水碧，淺青色。相傳南唐後主李煜宫女染衣作淺碧色，經露水濕染，顔色更好，故名。

〔六〕惜：愛憐，喜愛。

〔七〕盤：指蓮蓬。菂：蓮子。唐温庭筠織錦詞：「象齒熏爐未覺秋，碧池已有新蓮子。」

又

葉下鵁鶄眠未穩〔一〕。風翻露颭香成陣〔二〕。仙女出遊知遠近。羞借問〔三〕。饒將緑扇遮紅粉〔四〕。　一掬蕊黄霑雨潤〔五〕。天人乞與金英嫩〔六〕。試折亂條醒酒困〔七〕。應有恨。芳心拗盡絲無盡〔八〕。

【校記】

〔拗盡絲〕底本案：「『拗盡絲』三字原作『易盡情』，從吴訥本珠玉詞。」歷代詩餘、四庫本、林本作「易盡情」。

【注釋】

〔一〕鵁鶄：水鳥名，即池鷺。唐皇甫松浪淘沙詞：「浪起鵁鶄眠不得，寒沙細細入江流。」

〔二〕成陣：形容多。以上二句描寫荷花在夜間風雨中翻動的情景。

〔三〕借問：即問。在古詩詞中常用於假設性的問答。唐崔顥長干行二首之一：「君家何處住，妾住在横塘。停船暫借問，或恐是同鄉。」

〔四〕饒：儘管；任憑。緑扇紅粉：借喻荷葉荷花。以上三句用擬人的手法，把緑葉掩映中的荷花比作嬌美的仙女出遊，欲問還羞，用扇子遮住粉臉。

〔五〕一掬：一捧。蕊黄：指黄色的花蕊。

〔六〕天人：指仙人，神仙。乞與：賜與，贈與。

〔七〕試：嘗試，試着。表示並不專意。

〔八〕拗：折斷。絲：與「思」字雙關。

又

罨畫溪邊停彩舫〔一〕。仙娥繡被呈新樣〔二〕。颯颯風聲來一餉〔三〕。愁四望。殘紅片片隨波浪。瓊臉麗人青步障〔四〕。風牽一袖低相向〔五〕。應有錦鱗閒倚傍〔六〕。秋水上。時時綠柄輕搖颺〔七〕。

【注釋】

〔一〕霅畫溪：在浙江長興。輿地紀勝兩浙西路：「霅畫溪在長興縣西八里。花時遊人競集。溪半有霅畫亭。」唐許渾紫藤詩：「醉中掩瑟無人會，家近江南霅畫溪。」此處泛指小溪。

〔二〕「仙娥」句：形容溪中的荷花荷葉像仙女的繡被。

〔三〕颯颯：形容風聲。一餉：片刻。唐白居易對酒詩：「無如飲此消愁物，一餉愁消值萬金。」

〔四〕瓊臉：雪白的臉容。瓊臉麗人，借指白色的荷花。步障：用以遮蔽風塵或婦女用以蔽身間隔内外的屏帷。青步障，借指荷葉。

〔五〕風牽一袖：指風吹動荷葉。

〔六〕錦鱗：魚的美稱。南朝宋鮑照芙蓉賦：「戲錦鱗而夕映，曜繡羽以晨過。」

〔七〕綠柄：指荷莖。

又

宿蕊鬬攢金粉鬧〔一〕。青房暗結蜂兒小〔二〕。斂面似啼開似笑〔三〕。天與貌。人間不是鉛華少〔四〕。　葉軟香清無限好。風頭日脚乾催老〔五〕。待得玉京仙子到〔六〕。憑向道〔七〕。紅顏只合長年少〔八〕。

【校記】

〔鬬攢〕元獻遺文作「攢攢」。〔斂面〕元獻遺文作「斂却」。〔開〕底本案：「『開』原作『還』，從吴訥本珠玉詞。」歷代詩餘、四庫本、林本作「還」。〔葉軟〕元獻遺文作「華軟」。〔憑〕底本案：「『憑』原作『剛』，從吴訥本珠玉詞。」四庫本、林本作「剛」。

【注釋】

〔一〕宿蕊：昨日開綻荷花的花蕊。鬬攢：争先伸長。金粉：指金黄色的花粉。鬧：形容多而密。

〔二〕青房：蓮房。蜂兒：借指蓮子，蓮菂。

〔三〕斂面：斂，收縮。斂面，形容花萎蔫的樣子。

〔四〕鉛華：婦女化妝用的鉛粉。三國魏曹植洛神賦：「芳澤無加，鉛華弗御。」

〔五〕風頭：風的勢頭。泛指風。唐岑參走馬行奉送武判官出師西行詩：「風頭如刀面如割，馬毛帶雪汗氣蒸。」　日脚：見七五頁木蘭花（東風昨夜回梁苑）詞注。乾：没來由。

〔六〕玉京：道家稱天帝所居之處。玉京仙子，即天仙。唐李紳新樓詩二十首之十一重臺蓮：「終恐玉京仙子識，却將歸種碧池峰。」

〔七〕憑：猶煩。憑向道，猶請向玉京仙子説。

〔八〕只合：只應。

又

臉傅朝霞衣剪翠〔一〕。重重占斷秋江水〔二〕。一曲採蓮風細細〔三〕。人未醉。鴛鴦不合驚飛起〔四〕。　欲摘嫩條嫌緑刺。閒敲畫扇偷金蕊〔五〕。半夜月明珠露墜。多少意。紅腮點點相思淚。

【注釋】

〔一〕「臉傅」句：以朝霞傅臉，剪翠羽爲衣。此用擬人法形容荷花荷葉之美。

〔二〕重重：形容多。

〔三〕採蓮：採蓮曲的省稱。樂府清商曲名。爲南朝梁武帝江南弄七曲之一。

〔四〕不合：不應該。

〔五〕偷：此指獲取。

【箋疏】

這首詞寫遊湖之趣。明一統志卷二十七歸德府載：「南湖在歸德府城南五里。宋晏元獻放馴鷺於湖中。」歸德爲今河南商丘縣。據夏承燾二晏年譜，晏殊於宋仁宗天聖五年（一〇二七）三十七歲時罷樞密副使，以刑部侍郎知宋州（今商丘），與王琪、張亢等幕客泛舟湖中。以諸妓隨。晏殊在商丘待了將近二年。漁家傲詠荷諸詞，可能大多作於此時。

又

越女採蓮江北岸〔一〕。輕橈短棹隨風便〔二〕。人貌與花相鬬豔。流水慢。時時照影看妝面。　蓮葉層層張綠繖〔三〕。蓮房箇箇垂金盞。一把藕絲牽不斷。紅日晚。回頭欲去心撩亂。

【校記】

［闘鬬］元獻遺文作「闘閒」。

【注釋】

〔一〕越女：越地的女子。多指美女。

〔二〕橈、棹：船槳。借指船。

〔三〕緑蠟：見一一五頁漁家傲（荷葉初開猶半捲）詞注。

【輯評】

清陳廷焯詞則閑情集卷一：有顧影自憐意。又：纏綿盡致。

又

粉面啼紅腰束素〔一〕。當年拾翠曾相遇〔二〕。密意深情誰與訴。空怨慕。西池夜夜風兼露〔三〕。　池上夕陽籠碧樹。池中短棹驚微雨。水泛落英何處去。人不語。東流到了無停住〔四〕。

【校記】

［相遇］毛本、四庫本、林本作「相過」。　［不語］底本案：「『語』原作『悟』，據明鈔本珠玉詞改。」百家詞本、歷代詩餘、四庫本、林本作「不悟」。

【注釋】

〔一〕粉面啼紅：形容女子啼哭垂淚情狀。　束素：裹着一束白絹。形容女子腰細。戰國楚宋玉登徒子好色賦：「腰如束素，齒如含貝。」

〔二〕拾翠：拾取翠鳥羽毛以爲飾物。三國魏曹植洛神賦：「或採明珠，或拾翠羽。」後多指婦女遊春，在郊外採集花草。唐吴融閑居有作詩：「踏青堤上煙多緑，拾翠江邊月更明。」

〔三〕西池：指汴京城西的金明池，爲當時遊覽勝地。宋葉夢得石林燕語卷一：「太平興國中，復鑿金明池於苑（指瓊林苑）北……歲以二月開，命士庶縱觀，謂之開池。至上巳，車駕臨幸畢，即閉。」明李濂汴京遺跡志卷八：「金明池在城西鄭門外西北。」

〔四〕了：終了。到了，到底，到盡頭。

【箋疏】

此詞爲懷念舊日情人而作。西池爲當年初遇之處。

又

幽鷺慢來窺品格〔一〕。雙魚豈解傳消息〔二〕。緑柄嫩香頻採摘。心似織〔三〕。條條不斷誰牽役〔四〕。粉淚暗和清露滴。羅衣染盡秋江色。對面不言情脈脈〔五〕。煙水隔〔六〕。無人説似長相憶〔七〕。

【校記】

〔慢來〕歐詞作「謾來」。〔粉淚〕歐詞作「珠淚」。〔染盡〕毛本、歷代詩餘、四庫本、林本作「染就」。〔長〕底本案：「『長』原作『人』，從吴訥本珠玉詞。」林本作「人」。

【注釋】

〔一〕幽鷺：唐杜牧晚晴賦：「白鷺潛來兮，邈風標之公子。」唐鄭谷水詩：「荷花相逐去何處，幽鷺獨來無限時。」　慢：輕慢。隨隨便便的樣子。

〔二〕雙魚：見五二頁清平樂（紅牋小字）詞注。

〔三〕織：紛亂糾結。唐皎然浮雲三章之二：「嗟我懷人，憂心如織。」

〔四〕牽役：謂心情被牽動而不能自主。五代顧敻獻衷心詞：「幾多心事，暗地思惟。被嬌娥牽役，魂夢如癡。」

〔五〕「對面」句：古詩十九首之十：「盈盈一水間，脈脈不得語。」脈脈，含情不語貌。

〔六〕煙水隔：唐元稹寄贈薛濤詩：「別後相思煙水隔，菖蒲花發五雲高。」

〔七〕説似：説與。

又

楚國細腰元自瘦〔一〕。文君膩臉誰描就〔二〕。日夜聲聲催箭漏〔三〕。昏復晝。紅顔豈得長如舊。　醉折嫩房和蕊嗅〔四〕。天絲不斷清香透〔五〕。却傍小闌凝坐久。風滿袖。西池月上人歸後〔六〕。

案以上二首别又見歐陽修近體樂府卷二。

【校記】

〔聲聲〕底本於上「聲」字下案：「『聲』原作『鼓』，從吴訥本珠玉詞。」歷代詩餘、四庫本、林本、歐詞作「鼓聲」。〔如舊〕歷代詩餘、四庫本、林本作「依舊」。〔折〕底本案：「『折』原作『拆』，從吴訥本珠玉詞。」四庫本、歐詞作「拆」。〔和蕊〕歐詞作「紅蕊」。〔凝坐〕百家詞本、歷代詩餘、四庫本、林本、歐詞作「凝望」。

【注釋】

〔一〕楚國細腰：韓非子二柄：「楚靈王好細腰，而國中多餓人。」此借指荷莖。

〔二〕文君：漢卓文君。膩臉：細膩滑潤的臉。五代閻選河傳：「西風稍急喧窗竹。停又續，膩臉懸雙玉。」此借喻荷花之美。

〔三〕箭漏：漏，漏壺。古代計時器。箭，漏壺上用以標記時刻的指針。引伸指時間。唐李白烏棲曲：「銀箭金壺漏水多，起看秋月墜江波。」

〔四〕嫩房：指柔嫩的蓮房。

〔五〕天絲：蜘蛛等昆蟲所吐的、在空中飄蕩的遊絲。北周庾信行雨山銘：「天絲劇藕，蝶粉生塵。」清倪璠注：「天絲，即遊絲。……言行雨山遊絲想折藕。」按：此詞之天絲即指藕絲。

〔六〕「風滿袖」二句：西池，見一二五頁漁家傲（粉面啼紅腰束素）詞注。南唐馮延巳鵲踏枝詞：「獨立小樓風滿袖，平林新月人歸後。」

【輯評】

明楊慎詞品卷之三蓮詞第一：歐陽公詠蓮花漁家傲云：「葉重如將青玉亞。花輕疑是紅綃挂。顏色清新香脱灑。堪長價。牡丹怎得稱王者。　雨筆露箋吟彩畫。日墟風炭熏蘭麝。天與多情絲一把。誰斯惹。千條萬縷縈心下。」又云：「楚國纖腰元自瘦（下略。按此首爲晏殊詞，誤作歐詞）。」前首工緻，後首情思兩極。古今蓮詞第一也。

明沈際飛草堂詩餘別集卷三：言下神領意得。

又

嫩緑堪裁紅欲綻〔一〕。蜻蜓點水魚遊畔〔二〕。一霎雨聲香四散。風颭亂〔三〕。高低掩映千千萬〔四〕。　總是凋零終有限。能無眼下生留戀。何似折來妝粉面〔五〕。勤看翫。勝如落盡秋江岸〔六〕。

【校記】

〔有限〕百家詞本、毛本作「有恨」。

【注釋】

〔一〕裁：採摘。唐李賀題歸夢詩：「長安風雨夜，書客夢昌谷。怡怡中堂笑，小弟裁澗菉。」

〔二〕蜻蜓點水：唐杜甫曲江二首其二：「穿花蛺蝶深深見，點水蜻蜓款款飛。」　畔：回避，躲避。魚遊畔，謂因蜻蜓點水，水波滉動，魚兒受驚而遊開。

〔三〕颭亂：吹亂。

〔四〕掩映：或遮或露，或隱或現。唐白居易夜泛陽塢入明月灣即事寄崔湖州詩：「掩映橘林千點火，泓澄潭水一盆油。」

〔五〕何似：何不，不如。

〔六〕勝如：勝於。

【箋疏】

或謂以上十四首漁家傲爲一組鼓子詞，皆詠荷花，作於仁宗慶曆四年（一〇四四）九月至七年（一〇四七）晏殊謫居潁州在西湖游賞時。然而漁家傲詞牌，歷來認爲因晏詞有「神仙一曲漁家傲」之句而得名。此句在這十四首漁家傲的第一首詞中。而在此之前，仁宗康定元年（一〇四〇），范仲淹爲陝西經略安撫使時，已作了著名的漁家傲「塞下秋來風景異」詞，可證晏殊的第一首漁家傲必作於范詞之前。有可能作於天聖五年（一〇二七）在商丘南湖與王琪、張亢一起泛舟時。第十一首及第十三首均提到在汴京西池與女友相遇和別後思念之事，也應作於謫居潁州之前。由此可見，這十四首漁家傲詞並不作於一時一地。其中一部分作於潁州西湖，一部分作於商丘南湖及汴京西池。

雨中花

剪翠妝紅欲就〔一〕。折得清香滿袖。一對鴛鴦眠未足，葉下長相守。　莫傍細條尋嫩藕。怕緑刺、罥衣傷手〔二〕。可惜許、月明風露好，恰在人歸後〔三〕。

【校記】

〔眠未足〕花草粹編作「睡未足」。〔嫩藕〕詞律作「輭藕」。

【注釋】

〔一〕剪翠妝紅：指女子梳妝打扮。

〔二〕罥衣：挂、粘在衣服上。唐張籍採蓮曲：「試牽緑莖下尋藕，斷處絲多刺傷手。」

〔三〕可惜許：即可惜。近人張相詩詞曲語辭匯釋卷三：「許，語助辭。……許字不爲義。……蜀王衍甘州曲詞：『可惜許、淪落在風塵。』晏殊雨中花詞：『可惜許、月明風露好，恰在人歸後。』」

【輯評】

宋曾季貍艇齋詩話：予家空青（曾紆）喜晏元憲詞「可惜許、月明風露好，恰在人歸後」，每作郡處燕客，多令歌者以此爲湯詞。亦取其説得客散後風景佳故也。

瑞鷓鴣　詠紅梅

越娥紅淚泣朝雲〔一〕。越梅從此學妖嚬〔二〕。臘月初頭、庾嶺繁開後〔三〕，特染妍華贈世人〔四〕。　前溪昨夜深深雪〔五〕。朱顔不掩天真〔六〕。何時驛使西歸，寄與相思客，一枝新。報道江南別樣春〔七〕。

【校記】

〔泣朝雲〕梅苑作「染朝雲」。　〔前溪〕梅苑作「前村」。

【注釋】

〔一〕越娥：越地的美女，專指西施。唐皮日休館娃宫懷古五絶之三：「半夜娃宫作戰場，血腥猶雜宴時香。西施不及燒殘蠟，猶爲君王泣數行。」　紅淚：見一三頁謁金門詞注。　朝雲：朝霞。

〔二〕越梅：越地的梅花，泛指南方的梅花。五代韋莊春愁詩：「露霑湘竹淚，花墮越梅粧。」　妖嚬：妖，謂豔麗。嚬，同顰，指皺眉。相傳西施病心痛而捧心顰眉，益見其美。鄰舍之醜女見而學之，倍增其醜。見莊子天運。

〔三〕庾嶺：即大庾嶺，在江西省大庾縣南。嶺上多植梅樹，故又名梅嶺。唐鄭谷咸通十四年府試木向榮詩：「庾嶺梅先覺，隋堤柳暗驚。」

〔四〕妍華：美豔，華麗。北齊盧士深妻崔氏靧面辭：「取白雪，取紅花，與兒洗面作妍華。」

〔五〕「前溪」句：唐齊己早梅詩：「前村深雪裏，昨夜一枝開。」

〔六〕「朱顏」句：謂此梅雖是紅色，並不掩没其天然之真性。

〔七〕「何時」四句：太平御覽卷九七〇引南朝宋盛弘之荆州記：「陸凱與范曄相善。自江南寄梅花一枝，詣長安與曄，並贈花詩曰：『折花逢驛使，寄與隴頭人。江南無所有，聊贈一枝春。』」别樣春，表明不是一般的梅花，以切合詞題，專指紅梅。

又

江南殘臘欲歸時。有梅紅亞雪中枝〔一〕。一夜前村、間破瑶英拆〔二〕，端的千花冷未知〔三〕。　丹青改樣勻朱粉〔四〕，雕梁欲畫猶疑〔五〕。何妨與向冬深，密種秦人路，夾仙溪。不待夭桃客自迷〔六〕。

案此下原有阮郎歸「南園春半踏青時」一首，乃馮延巳作，見陽春集，今未録。

【校記】

〔間破〕梅苑作「聞道」，四庫本作「間被」。

【注釋】

〔一〕「江南」二句：化自五代熊皎早梅詩：「江南近臘時，已亞雪中枝。」亞，低垂。句謂紅梅枝爲雪所壓而低垂。

〔二〕間破：從中間衝破。瑶英：白玉，借喻雪。句謂紅梅破雪開放。

〔三〕端的：真的，確實。

〔四〕丹青：見一一七頁漁家傲（粉筆丹青描未得）詞注。朱粉：胭脂和鉛粉。女子用以妝飾。句謂紅梅猶如用朱粉着色，凸出一個「紅」字。

〔五〕「雕梁」句：舊時富貴人家的梁柱多漆成朱紅色，如果在這樣的梁柱上畫紅梅，便會因顔色相同而顯不出。故曰「欲畫猶疑」。

〔六〕「何妨」四句：晉陶潛桃花源記載，武陵漁人進一小溪，夾岸皆種桃樹，林木盡處有一山洞。漁人穿過山洞，見一村莊，村中人爲避秦亂至此的人們的後裔。此處與世隔絶，仿佛人間仙境。後遂稱此爲世外桃源。漁人歸家後，再次往尋，已迷不得路。秦人路，即去桃源的路。此爲最初避秦之人進入桃源之路，故稱秦人路。仙溪，後人把桃花源當作仙境，稱爲仙源，如唐王維桃源行：「初因避地去人間。更聞成仙遂不還。……春來徧是桃花水，不辨仙源何處尋。」此謂既然不能把紅梅畫在梁柱上，還不如把紅梅種在桃花溪上。這樣，桃花未開放之時，有人來尋訪，也會迷路。意即贊美紅梅綻放之盛猶若桃花。

望仙門

紫薇枝上露華濃。起秋風。管絃聲細出簾櫳。象筵中〔一〕。仙酒斟雲液〔二〕，仙歌轉繞梁虹〔三〕。此時佳會慶相逢。慶相逢。歡醉且從容。

【校記】

〔仙歌〕花草粹編作「山歌」。

【注釋】

〔一〕象筵：豪華的筵席。

〔二〕雲液：古代揚州名酒，亦泛指名酒。唐白居易對酒閑吟贈同老者詩：「雲液灑六腑，陽和生四肢。」

〔三〕「仙歌」句：列子湯問：「昔韓娥東之齊，匱糧，過雍門，鬻歌假食。既去，而餘音繞梁欐，三日不絶。」形容歌聲高亢回旋，長久不息。梁虹，猶虹梁，曲梁。

又

玉壺清漏起微涼〔一〕。好秋光。金盃重疊滿瓊漿〔二〕。會仙鄉〔三〕。　新曲調絲管〔四〕，新聲更颭霓裳〔五〕。博山爐暖泛濃香〔六〕。泛濃香。爲壽百千長。

案此首别誤入金元好問遺山新樂府卷五。

【校記】

〔仙鄉〕四庫本作「仙郎」。　〔百千〕百家詞本作「百年」。

【注釋】

〔一〕玉壺：對古代計時器漏壺的美稱。　清漏：指漏壺中的漏水。

〔二〕瓊漿：仙酒。借指美酒。楚辭招魂：「華酌既陳，有瓊漿些。」

〔三〕仙鄉：仙人所居之處。對友人所住地方的敬稱。

〔四〕絲管：見四七頁清平樂（春花秋草）詞注。

〔五〕颭：因風吹而飄動。霓裳：指舞衣。

〔六〕博山爐：古香爐名，因爐蓋造型似傳説中的海上名山博山而得名。西京雜記卷一：「長安巧工丁緩者……又作九層博山香爐，鏤爲奇禽怪獸，窮諸靈異，皆自然運動。」後泛指香爐。

又

玉池波浪碧如鱗〔一〕。露蓮新。清歌一曲翠眉嚬。舞華茵。　滿酌蘭英酒〔二〕，須知獻壽千春。太平無事荷君恩。荷君恩。齊唱望仙門〔三〕。

【注釋】

〔一〕玉池：池塘的美稱。南朝宋鮑照學劉公幹體詩：「彪炳此金塘，藻耀君玉池。」唐李商隱碧城三首之二：「對影聞聲已可憐，玉池荷葉正田田。」

〔二〕蘭英酒：像蘭花一樣香的酒。漢枚乘七發：「蘭英之酒，酌以滌口。」後泛指美酒。

〔三〕望仙門：詞調名。

長生樂

玉露金風月正圓〔一〕。臺榭早涼天。畫堂嘉會，組繡列芳筵〔二〕。洞府星辰龜鶴〔三〕，來添福壽。歡聲喜色，同入金爐泛濃煙。清歌妙舞，急管繁絃〔四〕。榴花滿酌觥船〔五〕。人盡祝、富貴又長年。莫教紅日西晚，留著醉神仙。

【校記】

〔嘉會〕花草粹編、詞律作「佳會」。〔來添福壽〕底本案：「『來添福壽』，詞譜卷十七作『福壽來添』，亦叶韻，與下首此句相合，惟未知所本。」百家詞本、四庫本作「福壽來添」。

【注釋】

〔一〕玉露金風：玉露，露水的美稱。金風，秋風。文選張協雜詩之三：「金風扇素節。」李善注：「西方爲秋而主金，故秋風曰金風也。」唐李商隱辛未七夕詩：「由來碧落銀河畔，可要金風玉露時。」

〔二〕組繡：華麗的刺繡服飾。唐司空圖容成侯傳：「至或被以組繡，蓋便其俯仰取容。」此處指穿刺繡衣服的侍女、歌女。

〔三〕洞府：道教指神仙所居之處。隋煬帝步虛詞二首之一：「洞府凝雲液，靈山體自然。」星辰：猶星宿。星相家認爲天上的星與塵世的貴人是相應的。故借指貴人。龜鶴：古人認爲龜與鶴是長壽之物，故用以喻長壽。

〔四〕急管繁絃：形容笙簫與琴瑟等樂器齊奏，節拍急促，聲音繁複洪亮。唐白居易憶舊游詩：「修蛾慢臉燈下醉，急管繁絃頭上催。」

〔五〕榴花：見七二頁少年遊（謝家庭院曉無塵）詞注。

又

閬苑神仙平地見〔一〕，碧海架蓬瀛〔二〕。洞門相向〔三〕，倚金鋪微明〔四〕。處處天花撩亂〔五〕，飄散歌聲。裝真筵壽〔六〕，賜與流霞滿瑤觥〔七〕。　紅鸞翠節〔八〕，紫鳳銀笙〔九〕。玉女雙來近彩雲。隨步朝夕拜三清〔一〇〕。爲傳王母金籙〔一一〕，祝千歲長生。

【校記】

〔紅鸞〕百家詞本作「紅鶯」。

【注釋】

〔一〕閬苑：見一八頁浣溪沙（閬苑瑤臺風露秋）詞注。

〔二〕碧海：見一〇九頁踏莎行（碧海無波）詞注。　蓬瀛：蓬萊和瀛洲，相傳爲神仙所居的海上神山。唐太宗小山賦：「想蓬瀛兮靡覿，望崑閬兮難期。」唐許敬宗遊清都觀尋沈道士得清字詩：「幽人蹈箕潁，方士訪蓬瀛。」

〔三〕洞門：漢書佞幸傳董賢：「詔將作大匠爲賢起大第北闕下，重殿洞門。木土之功，窮極技巧。柱檻衣以綈錦。」顔師古注曰：「重殿謂有前後殿。洞門謂門門相當也。皆僭天子之制度者也。」唐王維酬郭給事詩：「洞門高閣靄餘暉，桃李陰陰柳絮飛。」

〔四〕金鋪：門上用以掛鎖的銅環紐。晉左思蜀都賦：「華闕雙邈，重門洞開。金鋪交映，玉題相輝。」

〔五〕天花：天界的香花。此處指名貴的花木。

〔六〕裝真：裝，裝飾。真，仙真。或即南真，指南極老壽星。見一〇五頁殢人嬌（一葉秋高）詞注。此處謂懸掛南極老壽星圖作爲壽筵上的裝飾。

〔七〕流霞：見一〇五頁殢人嬌（一葉秋高）詞注。　瑶觥：玉酒盃，酒盃的美稱。

〔八〕紅鸞：神話傳説中的紅色仙鳥，爲神仙的坐騎。五代杜光庭題都慶觀詩：「三仙一一駕紅鸞，仙去雲間遶古壇。」　翠節：飾以翠羽的符節。亦指儀仗。唐杜甫陪柏中丞觀宴將士二首詩其一：「幾時來翠節，特地引紅妝。」

〔九〕紫鳳：神仙騎乘的紫鳳凰。　銀笙：銀字笙。五代花蕊夫人宫詞：「旋炙銀笙先按拍，海棠花下合梁州。」

〔一〇〕三清：道教指玉清境洞真教主元始天尊、上清境洞玄教主靈寶天尊、太清境洞神教主道德天尊。句謂對三清教主一步一拜。

〔一一〕金籙：籙，古代稱上天賜予帝王的符命文書。王母金籙，此處借指太后的懿旨。

【箋疏】這一首也是壽詞。從詞語的隆重和場面的宏偉看，壽主是皇族中一位地位極高的王公。從史實推測，此人很可能是仁宗帝的叔父荆王元儼。他是宋太宗第八子，人稱八王，即民間故事中的八賢王。

蝶戀花

一霎秋風驚畫扇〔一〕。豔粉嬌紅，尚拆荷花面。草際露垂蟲響徧。珠簾不下留歸燕。掃掠亭臺開小院〔二〕。四坐清歡，莫放金盃淺。龜鶴命長松壽遠。陽春一曲情千萬〔三〕。

【校記】

〔尚折〕底本案：「『拆』原作『折』，從吴訥本珠玉詞。」四庫本、林本作「尚折」。

【注釋】

〔一〕驚畫扇：秋天氣候漸涼，扇子將被棄置不用。漢班婕妤怨詩（又名詠扇詩）：「常恐秋節至，涼飇奪炎熱。棄捐篋笥中，恩情中道絶。」驚即恐也。

〔二〕掃掠：打掃。唐白居易題新居寄宣州崔相公詩：「疏通竹徑將迎月，掃掠莎臺欲待春。」

〔三〕陽春：古代樂曲名。戰國楚宋玉對楚王問：「客有歌於郢中者，其始曰下里巴人，國中屬而和者數千人。其爲陽春、白雪，國中屬而和者，不過數十人。」

又

紫菊初生朱槿墜〔一〕。月好風清，漸有中秋意。更漏乍長天似水〔二〕。銀屏展盡遥山翠。　繡幕卷波香引穗〔三〕。急管繁絃，共慶人間瑞〔四〕。滿酌玉盃縈舞袂。南春祝壽千千歲〔五〕。

案以上二首，宋時或誤作蘇軾詞，見傅幹注坡詞傳共序。别又誤作金元好問詞，見遺山新樂府卷五。

【校記】

〔共慶〕底本案：「『慶』原作『愛』，從吴訥本珠玉詞。」歷代詩餘、四庫本、林本作「共愛」。

〔南春〕歷代詩餘作「長春」。

【注釋】

〔一〕朱槿：見五〇頁清平樂（金風細細）詞注。

〔二〕更漏：更，夜間計時單位。一夜分爲五更，每更約兩小時。漏，漏壺，古代計時器，夜間憑刻漏傳更。故以更漏指夜晚的時間。唐戎昱長安秋夕詩：「八月更漏長，愁人起常早。」

〔三〕卷波：即卷白波，古代酒令名。宋黄朝英緗素雜記白波：「蓋白者，罰爵之名。飲有不盡者，則以此爵罰之。……所謂『卷白波』者，蓋卷白上之酒波耳。言其飲酒之快也。」唐白居易代書詩一百韻寄微之詩：「打嫌調笑易，飲訝卷波遲。」原注：「拋打曲有調笑，飲酒有卷白波。」　香引穗：燃燒的香炷已凝成穗狀。句謂簾幕之内，賓客已飲了許多酒，香炷也快燒盡，時間過了很久。

〔四〕人間瑞：即人瑞，指長壽的人。

〔五〕南春：待考。可能指南山，壽比南山，謂長壽。

又

簾幕風輕雙語燕。午醉醒來，柳絮飛撩亂。心事一春猶未見。餘花落盡青苔院。

百尺朱樓閒倚徧。薄雨濃雲，抵死遮人面〔一〕。消息未知歸早晚。斜陽只送平波遠〔二〕。

案此首別見歐陽修近體樂府卷二。汲古閣本珠玉詞此首注云：「一刻東坡詞。」

案此首下原有蝶戀花「六曲闌干偎碧樹」一首，乃馮延巳作，見陽春集，今未録。

【校記】

〔午醉〕百家詞本、歐詞作「午後」，歷代詩餘作「午睡」。〔餘花〕百家詞本、歐詞作「紅英」。

〔抵死〕歷代詩餘作「底事」。〔消息二句〕百家詞本、歐詞作「羌笛不須吹别怨，更無腸爲新聲斷」。

【注釋】

〔一〕抵死：近人張相詩詞曲語辭匯釋卷一：「抵死，猶云分外也；急急或竭力也；亦猶云終究或老是也。……晏殊蝶戀花詞：『百尺朱樓閒倚徧。薄雨濃雲，抵死遮人面。』此老是義。言老是遮人不得望見也。」

〔三〕平波：指平緩的水流。唐李商隱病中早訪招國李十將軍遇挈家遊曲江詩：「十頃平波溢岸清，病中惟夢此中行。」

【輯評】

明王世貞弇州山人詞評：「斜陽只送平波遠」，又「春來依舊生芳草」，淡語之有致者也。

明卓人月古今詞統卷九：末句與「斜陽却照深深院」、「斜陽只與黄昏近」，各有佳境。

明沈際飛草堂詩餘正集卷二：得「未見心事」句、「餘花落」句，並不尋常。又：「未見」、「未知」，比偶妙。又：斜陽送波遠望之，淡然其中，甚切。不許速領，必數過之。

又

玉椀冰寒消暑氣。碧簟紗厨〔一〕，向午朦朧睡。鶯舌惺鬆如會意〔二〕。無端畫扇驚飛起〔三〕。雨後初涼生水際。人面荷花，的的遥相似〔四〕。眼看紅芳猶抱蕊〔五〕。叢中已結新蓮子。

案此首别又誤作蘇軾詞，見汲古閣本東坡詞。

【注釋】

〔一〕碧簟：碧青的竹席。紗厨：即紗帳。廣韻平虞：「㡡，帳也。似厨（㡡）形也。出陸該字林。」

〔二〕惺鬆：形容聲音輕快。唐元稹春六十韻：「燕巢纔點綴，鸎舌最惺憁。」惺憁即惺鬆。唐司空圖王官詩之二：「盡日無人只高卧，一雙白鳥隔紗厨。」

〔三〕無端：猶没來由。

〔四〕的的：鮮明亮麗貌。南朝梁簡文帝詠梔子花詩：「素華偏可意，的的半臨池。」唐陳子昂宿空舲峽青樹村浦詩：「的的明月水，啾啾寒夜猿。」

〔五〕紅芳：指鮮紅的花片。

又

梨葉疏紅蟬韻歇。銀漢風高〔一〕，玉管聲淒切〔二〕。枕簟乍涼銅漏咽〔三〕。誰教社燕輕離别〔四〕。　草際蛩吟珠露結〔五〕。宿酒醒來，不記歸時節。多少衷腸猶未説。朱簾一夜朦朧月。

【校記】

〔疏紅〕歐詞作「初紅」。〔銅漏咽〕歐詞作「銅漏徹」。〔蛩吟〕花草粹編、百家詞本、歐詞作「蟲吟」。〔珠露〕歐詞作「秋露」。〔朱簾〕歐詞作「珠簾」。〔一夜〕歐詞作「夜夜」。

【注釋】

〔一〕銀漢：銀河。南朝宋鮑照夜聽妓詩二首之一：「夜來坐幾時，銀漢傾露落。」

〔二〕玉管：笙、笛等管樂器的美稱。

〔三〕銅漏：銅製的漏壺，古代計時器。

〔四〕社燕：燕子爲候鳥，春社時來，秋社時去，故稱社燕。唐羊士諤郡樓晴望二首之一：「地遠秦人望，天晴社燕飛。」此處當是以燕喻人。

〔五〕蛩吟：蛩，蟋蟀的別名。唐裴説夏日即事詩：「鵲喜雖傳信，蛩吟不見詩。」

又

南雁依稀迴側陣〔一〕。雪霽牆陰〔二〕，偏覺蘭芽嫩〔三〕。中夜夢餘消酒困〔四〕。爐香卷穗燈生暈〔五〕。急景流年都一瞬〔六〕。往事前歡，未免縈方寸〔七〕。臘後花期知漸近〔八〕。寒梅已作東風信。

【校記】

案以上二首別又見歐陽修近體樂府卷二。

「寒梅已作東風信」歐詞作「東風已作寒梅信」。

【注釋】

〔一〕南雁：指在南方避寒後返回的鴻雁。側陣：雁羣排列成陣而飛，故稱雁陣。鴻雁斜飛，故云側陣。

〔二〕雪霽：雪後放晴。

〔三〕偏覺：特別感覺到。

〔四〕中夜：半夜。三國魏曹植美女行：「盛年處房室，中夜起長歎。」夢餘：夢醒之後。唐許渾秦樓曲：「秦女夢餘仙路遥，月窗風簟夜迢迢。」

〔五〕爐香：爐煙。穗：指燈花，燭花。暈：模糊的光影。唐韓愈宿龍宫灘詩：「夢覺燈生暈，宵殘雨送涼。」

〔六〕急景流年：形容光陰易逝。急景，急促的時光。流年，如流水般的年華。

〔七〕縈方寸：方寸，指心。心處于胸中方寸之間，故稱。三國志蜀志諸葛亮傳：「（徐）庶辭先主而指其心曰：『……此方寸之地也。』」縈方寸，即牽挂在心頭。

〔八〕臘後：臘月（農曆十二月）之後，過了臘月。唐李山甫柳十首之十：「遊人若要春消息，直向江頭臘後看。」

拂霓裳

慶生辰。慶生辰是百千春。開雅宴，畫堂高會有諸親。鈿函封大國〔一〕，玉色受絲綸〔二〕。感皇恩。望九重、天上拜堯雲〔三〕。今朝祝壽，祝壽數，比松椿〔四〕。斟美酒，至心如對月中人〔五〕。一聲檀板動，一炷蕙香焚。禱仙真〔六〕。願年年今日、喜長新。

【校記】

〔百千春〕百家詞本作「百年春」。

【注釋】

〔一〕鈿函：猶鈿匣。鑲嵌金、銀、玉、貝的盒子。封大國：封爲大國夫人。通典職官十六：「大唐外命婦之制，諸王母、妻及妃，文武官一品及國公母、妻，爲國夫人。」唐杜甫麗人行：「就中雲幕椒房親，賜名大國號與秦。」句謂鈿盒内盛放着封爲大國夫人的誥命。

〔二〕玉色：指寫詔書的玉色麻布。綸綸：禮記緇衣：「王言如絲，其出如綸。」後因稱帝王之言爲綸綸，並用作詔書的代稱。句謂麻布詔書上寫着君王的祝辭。

〔三〕九重：古制，天子之門有九重。故以代指皇宫及京城。楚辭九辯：「君之門兮九重。」堯雲：史記五帝本紀：「帝堯者，放勳。其仁如天，其知如神，就之如日，望之如雲。」後以堯雲稱帝王。句謂望宫庭而拜謝君王。宋王禹偁壽寧節祝聖壽十首之一：「平明引入長生殿，共祝堯雲百萬年。」

〔四〕松椿：松樹和椿樹，皆爲長壽之樹木。莊子逍遥遊：「上古有大椿者，以八千歲爲春，八千歲爲秋。」唐賈島靈準上人院詩：「掩扉當太白，臘數等松椿。」

〔五〕至心：誠摯之心，誠心。唐牛僧孺玄怪録齊推女：「君能至心往求，或冀諧遂。」月中人：見九八頁訴衷情（世間榮貴月中人）詞注。

〔六〕仙真：即仙人，神仙。

【箋疏】

這首壽詞從内容看，壽主是晏殊的妻子王夫人。歐陽修觀文殿大學士行兵部尚書西京留守贈司空兼侍中晏公神道碑銘：「（妻）王氏，太師尚書令超之女，封榮國夫人。」這首詞的特點，是除了祝壽之外，還慶賀她得到國夫人的皇封誥命。並表示對君王的感恩。國夫人是外命婦的最高品級，只有王公和宰相的母親、妻子才能夠得此封號。據二晏年譜載，宋仁宗慶曆三年（一〇四三）三月，晏殊爲集賢殿大學士，並兼樞密使，繼吕夷簡爲宰相。以此推測，在慶曆三年三月晏殊拜相後，隔了四、五個月，到王夫人生日，才賜予她國夫人的封號。王夫人的生日在秋天，參閲另外一首寫給王夫人的壽詞少年遊（芙蓉花發去年枝）。

又

喜秋成〔一〕。見千門萬户樂昇平。金風細〔二〕，玉池波浪縠文生〔三〕。宿露霑羅幕，微涼入畫屏。張綺宴，傍熏爐蕙炷、和新聲〔四〕。神仙雅會，會此日，象蓬瀛〔五〕。管絃清，旋翻紅袖學飛瓊〔六〕。光陰無暫住，歡醉有閒情。祝辰星。願百千爲壽、獻瑶觥。

【校記】

〔會此日，象蓬瀛〕花草粹編、吴訥本作「此日象蓬瀛」。

【注釋】

〔一〕秋成：秋季農作物的收成。唐杜牧八月十二日得替後移居霅溪館因題長句四韻詩：「萬家相慶喜秋成，處處樓臺歌板聲。」

〔三〕金風：秋風。見一三八頁長生樂（玉露金風月正圓）詞注。

〔三〕縠文：像縠紗似的水波，指細小的水波。唐劉禹錫竹枝：「江上春來新雨晴，瀼西春水縠紋生。」

〔四〕蕙炷：蕙蘭製成的香炷，唐陸龜蒙鄴宮詞二首之一：「魏武平生不好香，楓膠蕙炷潔宮房。」

〔五〕蓬瀛：見一四〇頁長生樂（閬苑神仙平地見）詞注。

〔六〕飛瓊：許飛瓊，傳説中西王母的侍女。漢武帝内傳：「（王母）又命侍女董雙成吹雲和之簫，石公子擊昆庭之金，許飛瓊鼓震靈之簧。」借指美女。

又

樂秋天。晚荷花綴露珠圓。風日好，數行新雁貼寒煙。銀簧調脆管〔一〕，瓊柱撥清絃〔二〕。捧觥船。一聲聲、齊唱太平年。　人生百歲，離別易，會逢難。無事日，剩呼賓友啓芳筵〔三〕。星霜催緑鬢〔四〕，風露損朱顏。惜清歡。又何妨、沈醉玉尊前。

【校記】

〔樂秋天〕底本案：「『樂』原作『笑』，從吴訥本珠玉詞。」歷代詩餘、詞律、林本作「笑秋天」。

［花綴］花草粹編作「花上」。［銀簧］花草粹編作「銀箏」。

【注釋】

〔一〕銀簧：簧，笙中用以發聲的震動片。銀簧是簧的美稱。脆管：聲音清亮的管樂器，此處指笙。唐白居易霓裳羽衣歌和微之：「清絃脆管纖纖手，教得霓裳一曲成。」

〔二〕瓊柱：箏柱的美稱。南朝梁元帝和彈箏人詩二首之二：「瓊柱動金絲，秦聲發趙曲。」

〔三〕剩呼：猶多呼。

〔四〕星霜：喻歲月。唐白居易歲晚旅望詩：「朝來暮去星霜換，陰慘陽舒氣序牽。」緑鬢：烏黑的鬢髮。南朝梁吳均和蕭洗馬子顯古意詩：「緑鬢愁中減，紅顏啼裏滅。」

菩薩蠻

芳蓮九蕊開新豔。輕紅淡白勻雙臉〔一〕。一朵近華堂。學人宮樣妝〔二〕。看時斟美酒。共祝千年壽。銷得曲中誇〔三〕。世間無此花。

【校記】

［淡白］百家詞本作「嫩白」。［看時］底本案：「『看』原作『著』，從吳訥本珠玉詞。」四庫

本、林本作「著時」。

【注釋】

〔一〕輕紅：淡紅色，粉紅色。唐杜甫宴戎州楊使君東樓詩：「重碧拈春酒，輕紅擘荔枝。」雙臉：兩頰。南唐李中春閨辭二首之一：「塵昏菱鑑懶修容，雙臉桃花落盡紅。」

〔二〕宫樣妝：皇宫中流行的妝束。唐劉禹錫贈李司空妓詩：「高髻雲鬟宫樣妝，春風一曲杜韋娘。」

〔三〕銷得：猶言值得。唐鄭谷海棠詩：「春風用意匀顔色，銷得攜觴與賦詩。」

又

秋花最是黄葵好〔一〕。天然嫩態迎秋早。染得道家衣〔二〕。淡妝梳洗時。　曉來清露滴。一一金盃側〔三〕。插向緑雲鬢。便隨王母仙〔四〕。

【校記】

「緑雲鬢」底本原作「緑雲鬢」，「鬢」字失韻，疑刊誤。改從百家詞本、四庫本、林本。

【注釋】

〔一〕黄葵：亦稱黄蜀葵，夏末秋初開花，色淺黄。

〔二〕道家衣：道家之服尚黄，故借以喻黄葵之花。

〔三〕金盃側：明李時珍本草綱目卷十六草黄蜀葵集解：「黄葵二月下種，或宿子在土自生，至夏始長。……六月開花，大如碗。鵝黄色，紫心六瓣而側。旦開午收暮落。人亦呼爲側金盞花。」

〔四〕「插向」二句：緑雲鬟，指女子髮髻。唐杜牧阿房宫賦：「緑雲擾擾，梳曉鬟也。」隨，跟隨。二句意謂女子把黄葵花插在髮髻上，便會像許飛瓊、董雙成一樣美麗，跟隨着西王母成爲仙女。

又

人人盡道黄葵淡。儂家解説黄葵豔〔一〕。可喜萬般宜。不勞朱粉施〔二〕。　摘承金盞酒〔三〕。勸我千長壽。擎作女真冠〔四〕。試伊嬌面看〔五〕。

【校記】

「摘承金盞酒，勸我千長壽」底本案：「此二句原作『摘取承金盞，勸我千長算』，從吴訥本珠玉詞。」四庫本、林本作「摘取承金盞，勸我千長算」。

【注釋】

〔一〕儂家：用於自稱，猶言我。唐薛能楊柳枝：「劉白蘇臺總近時，當時章句是誰推。纖腰舞盡春揚柳，未有儂家一首詩。」解：理解，知道，懂得。

〔二〕不勞：不須。朱粉：胭脂和鉛粉。施：猶塗抹。戰國楚宋玉登徒子好色賦：「著粉則太白，施朱則太赤。」

〔三〕承：承接。晉潘岳西征賦：「擢仙掌以承露，干雲漢而上至。」句謂黄葵花可以摘下來當作酒盃承酒。

〔四〕擎：持，取。女真：女道士。唐鄭谷黄鶯詩：「應爲能歌繫仙籍，麻姑乞與女真衣。」句謂黄葵花可拿來當作女道士的帽子。

〔五〕看：近人張相詩詞曲語辭匯釋卷三：「看，嘗試之辭，如云試試看。……（白居易）松下贈琴客詩：『偶因羣動息，試撥一聲看。』」

又

高梧葉下秋光晚。珍叢化出黄金盞〔一〕。還似去年時。傍闌三兩枝。　人情須耐久。花面長依舊。莫學蜜蜂兒。等閒悠颺飛〔二〕。

【注釋】

〔二〕珍叢：美麗的花叢。　黄金盞：喻指黄葵花。見前首（秋花最是黄葵好）詞注。

〔三〕等閒：輕易，隨便。

【輯評】

近人趙尊嶽珠玉詞選評：此爲尋常感悵，出於信口，不待刻意經心而自成佳作者。自唐以來，歌筵酒座，無不唱詞以侑觴，所唱多屬小令。菩薩蠻、浣溪沙等，更爲盡人皆知之樂調。

秋蕊香

梅蕊雪殘香瘦〔一〕。羅幕輕寒微透。多情只似春楊柳。占斷可憐時候〔二〕。　蕭娘勸我盃中酒〔三〕。翻紅袖。金烏玉兔長飛走〔四〕。争得朱顔依舊〔五〕。

【注釋】

〔一〕香瘦：指香氣清淡。

〔二〕占斷：近人張相詩詞曲語辭匯釋卷三：「斷，猶盡也。……有曰占斷者。秦韜玉牡丹詩：『圖把一春皆占斷，故留三月始教開。』占斷，猶云占盡或占住。……晏殊秋蕊香詞：『多情只似春楊柳，占斷可憐時候。」〔二〕可憐：可愛。

〔三〕蕭娘：見四八頁清平樂（秋光向晚）詞注。

〔四〕金烏玉兔：指太陽、月亮。見前四七頁清平樂（春花秋草）詞注。句謂時光飛逝。

〔五〕争得：怎得。

又

向曉雪花呈瑞〔一〕。飛徧玉城瑶砌〔二〕。何人剪碎天邊桂〔三〕。散作瑶田瓊蕊〔四〕。蕭娘斂盡雙蛾翠〔五〕。迴香袂〔六〕。今朝有酒今朝醉〔七〕。遮莫更長無睡〔八〕。

【注釋】

〔一〕呈瑞：呈現祥瑞。冬天下雪能凍死過冬的害蟲，預示明年會豐收，故冬天的雪又稱瑞雪。

〔二〕玉城瑶砌：美稱被白雪覆蓋的城樓和臺階。

〔三〕天邊桂：形容桂花樹的高大，也可指傳説中月中的桂花樹。唐黄滔貽張蠙詩：「惆悵天邊桂，誰教歲歲香。」

〔四〕瑶田：形容被白雪遮蓋的田地。瓊蕊：白色的花蕊。借喻雪花。

〔五〕雙蛾翠：指雙眉。唐虞世南織錦曲：「寒閨織素錦，含怨斂雙蛾。」參見六六頁喜遷鶯（曙河低）詞「眉翠」注。

〔六〕迴香袂：迴，回轉。指舞蹈時拂轉衣袖。

〔七〕「今朝」句：唐羅隱自遣詩：「今朝有酒今朝醉，明日愁來明日愁。」

〔八〕遮莫：近人張相詩詞曲語辭匯釋卷一：「遮莫，猶言儘教也。……杜甫書堂飲既夜復邀李尚書下馬月下賦絕句：『久拚野鶴如霜鬢，遮莫鄰雞下五更。』言儘教飲至達旦無妨也。」　更長：猶夜長。二句謂儘可作長夜之飲，即使徹夜不睡也無妨。

相思兒令

昨日探春消息〔一〕，湖上綠波平。無奈繞堤芳草，還向舊痕生〔二〕。　有酒且醉瑶觥。更何妨、檀板新聲。誰教楊柳千絲，就中牽繫人情〔三〕。

【注釋】

〔一〕探春：唐宋風俗，在農曆正月十五收燈後至郊外遊宴，叫探春。五代王仁裕開元天寶遺事卷四探春：「都城士女，每至正月半後，各乘車跨馬供帳於園圃或郊野中，爲探春之宴。」

〔二〕「無奈」二句：舊痕，去年冬天草枯後留下的痕跡。楚辭淮南小山招隱士：「王孫遊兮不歸，春草生兮萋萋。」見芳草而憶離人，故曰「無奈」。

〔三〕就中，其中。唐孫魴柳十一首之四：「春物牽情不奈何，就中楊柳態難過。」

【輯評】

明卓人月古今詞統卷六：「春來依舊生芳草」，何其逼肖。

又

醉來擬恣狂歌〔一〕。斷腸中、贏得愁多〔二〕。不如歸傍紗窗，有人重畫雙蛾〔三〕。

春色漸芳菲也〔一〕，遲日滿煙波〔二〕。正好豔陽時節〔三〕，争奈落花何。醉來擬恣狂歌〔四〕。斷腸中、贏得愁多〔五〕。不如歸傍紗窗，有人重畫雙蛾〔六〕。

【校記】

〔醉來〕底本案：「『來』原作『殺』」，從吳訥本珠玉詞。」四庫本、林本作「醉殺」。

【注釋】

〔一〕芳菲：指花草茂盛而美麗。南朝陳顧野王陽春歌：「春草正芳菲，重樓啓曙扉。」

〔二〕遲日：春日。見六三頁喜遷鶯（歌斂黛）詞注。

〔三〕豔陽時節：指春光明媚的時節；陽光明媚的春天。南朝宋鮑照學劉公幹體五首之三：「豔陽桃李節，皎潔不成妍。」

〔四〕恣：恣意，肆意。

〔五〕斷腸中：猶言斷腸時。

〔六〕有人：指家中妻子。重畫雙蛾：重新畫眉，梳妝打扮。

滴滴金

梅花漏泄春消息〔一〕。柳絲長，草芽碧。不覺星霜鬢邊白〔二〕。念時光堪惜。蘭堂把酒留嘉客。對離筵，駐行色〔三〕。千里音塵便疏隔。合有人相憶〔四〕。

案此首別又誤作周邦彥詞，見京本通俗小說西山一窟鬼。

【注釋】

〔一〕漏泄：泄露。唐杜甫臘日詩：「侵陵雪色還萱草，漏泄春光有柳條。」

〔二〕星霜：喻頭髮花白。晉左思白髮賦：「星星白髮，生於鬢垂。」唐耿湋雨中宿義興寺詩：「家國身猶負，星霜鬢已侵。」

〔三〕行色：出行時的情狀。亦指出行。南唐馮延巳歸國謡：「蘆花千里霜月白。傷行色。明朝便是關山隔。」

〔四〕合有：應有。

山亭柳　贈歌者

家住西秦〔一〕。賭博藝隨身〔二〕。花柳上、鬬尖新〔三〕。偶學念奴聲調〔四〕，有時高遏行雲〔五〕。蜀錦纏頭無數〔六〕，不負辛勤。數年來往咸京道〔七〕，殘盃冷炙謾消魂〔八〕。衷腸事、託何人〔九〕。若有知音見採〔一〇〕，不辭徧唱陽春〔一一〕。一曲當筵落淚，重掩羅巾。

【注釋】

〔一〕西秦：指秦地，今陝西省一帶。春秋、戰國時的秦國地處西陲，故稱西秦。三國魏曹植侍太子坐詩：「齊人進奇樂，歌者出西秦。」

〔二〕賭博：古代一種擲采較勝負的遊戲。

〔三〕花柳：指尋歡作樂的遊藝。尖新：新奇別致。全唐五代詞卷七敦煌詞内家嬌：「善別宫商，能調絲竹，歌令尖新。」

〔四〕念奴：唐時歌女。唐元稹連昌宮詞：「力士傳呼覓念奴，念奴潛伴諸郎宿。」自注：「念奴，天寶宮中名倡，善歌。」

〔五〕高遏行雲：見三四頁更漏子（蕣華濃）詞注。

〔六〕蜀錦：蜀地生産的錦緞。纏頭：太平御覽卷八一五引唐書：「舊俗，賞歌舞人，以錦采纏之頭上，謂之纏頭。」唐白居易琵琶行：「五陵年少争纏頭，一曲紅綃不知數。」後泛指賞賜給歌女或妓女的財物。

〔七〕咸京道：咸，咸陽，在長安西北。京，指長安，爲漢唐故都。句謂來往於咸陽與長安之間。

〔八〕殘盃冷炙：謂吃剩的酒菜。唐杜甫奉贈韋左丞丈二十二韻詩：「殘盃與冷炙，到處潛悲辛。」

〔九〕衷腸事：猶心中事。

謾：徒然。消魂：悲痛，傷心。

〔一〇〕採：採納。

〔一一〕陽春：見一四二頁蝶戀花（一霎秋風驚畫扇）詞注。

【箋疏】

詞的標題爲「贈歌者」，説明是在聽歌女演唱後寫的。這首詞在整個珠玉詞中是很特殊的。它無論在内容上還是風格上都與其餘的詞不同。在其餘的詞裏，晏殊寫飲酒聽歌，只是爲了消遣，享受，及時行樂，或者是排解他對時光易逝、生命短促而感受的淡淡的哀愁，風格表現爲温婉、舒坦、曠達、清朗，而這首詞却充滿了悲凉激越的情調。

詞中指出歌女賣藝是在咸京道上。晏殊於宋仁宗皇祐三年（一〇五〇）秋六十歲時以觀文殿大學士知永興軍，在長安約三年之久。這首詞可能就是在那段時間中作的。他於仁宗慶曆四年（一〇四四）九月五十四歲時罷相知潁州，後又遷陳州、許州，再遷知永興軍時，謫居已六年有餘，而且年歲已老，所以對歌女的「數年來往咸京道」，同樣産生了天涯淪落之感，才發出這種變徵之聲。近人鄭騫指出，這首詞是「借他人盃酒澆自己塊壘」，頗有見地。

睿恩新

芙蓉一朵霜秋色〔一〕。迎曉露、依依先拆。似佳人、獨立傾城〔二〕，傍朱檻、暗傳消息〔三〕。　静對西風脈脈〔四〕。金蕊綻、粉紅如滴。向蘭堂、莫厭重深，免清夜、微寒漸逼。

案此首別誤作晏幾道詞，見明趙琦美輯小山詞補遺。

【校記】

〔先拆〕花草粹編作「先折」。〔重深〕底本案：「『深』原作『新』，從吴訥本珠玉詞。」花草粹編、歷代詩餘、四庫本、詞律、林本作「重新」。

【注釋】

〔一〕芙蓉：指木芙蓉。見六八頁少年遊（重陽過後）詞注。霜秋：深秋。唐盧仝感秋別怨：「霜秋自斷魂，楚調怨離分。」

〔二〕「似佳人」句：漢李延年歌：「北方有佳人，絶世而獨立。一顧傾人城，再顧傾人國。」

〔三〕朱檻：保護花木的紅色栅欄。

〔四〕脈脈：默默不語而含有情意。古詩十九首其十：「盈盈一水間，脈脈不得語。」

又

紅絲一曲傍階砌〔一〕。珠露下、獨呈纖麗〔二〕。剪鮫綃、碎作香英〔三〕，分彩線、簇成嬌向晚羣花欲悴〔四〕。放朵朵、似延秋意。待佳人、插向釵頭，更裊裊、低臨鳳髻〔五〕。

【校記】

〔一曲〕百家詞本作「一簇」。〔欲悴〕底本案：「『欲』原作『新』，從吳訥本珠玉詞。」歷代詩餘作「新醉」，四庫本、林本作「新悴」。

【注釋】

〔一〕一曲：彎曲的地方。詩魏風汾沮洳：「彼汾一曲，言采其蕢。」句謂沿石階曲折之處，羣花盛開，如一條紅色的絲帶。

〔二〕纖麗：纖細而秀美。

〔三〕鮫綃：傳説中鮫人所織的絲絹。南朝梁任昉述異記卷上：「南海出鮫綃紗。泉室潛織，一名龍紗。其價百餘金。以爲服，入水不濡。」唐温庭筠張靜婉采蓮曲：「掌中無力舞衣輕，剪斷鮫綃破春碧。」香英：香花。指花瓣。

〔四〕悴：憔悴；枯萎。

〔五〕裊裊：摇曳不定貌。鳳髻：古代的一種髮式。唐宇文氏妝臺記：「周文王於髻上加珠翠翹花，傅之鉛粉。其髻高，名曰鳳髻。」南唐馮延巳菩薩蠻詞：「玉箏彈未徹，鳳髻鸞釵脱。」

玉堂春

帝城春暖〔一〕。御柳暗遮空苑〔二〕。海燕雙雙，拂颺簾櫳〔三〕。女伴相攜、共繞林間路，折得櫻桃插髻紅。昨夜臨明微雨〔四〕，新英徧舊叢〔五〕。寶馬香車、欲傍西池看〔六〕，觸處楊花滿袖風〔七〕。

【校記】

〔簾櫳〕花草粹編作「簾籠」。

【注釋】

〔一〕帝城：京都，指汴京，今河南省開封市。

〔二〕御柳：皇宮中的楊柳。唐韓翃寒食詩：「春城何處不飛花，寒食東風御柳斜。」

〔三〕拂颺：掠過，擦過。

〔四〕臨明：將近天明之時。五代毛文錫醉花間詞：「昨夜雨霏霏，臨明寒一陣。」

〔五〕新英：新開的花。舊叢：去年的花叢。

〔六〕寶馬香車：華美的車馬。唐沈佺期上巳日祓禊渭濱應制詩：「寶馬香車清渭濱，紅桃碧柳禊堂春。」西池：見一二五頁漁家傲（粉面啼紅腰束素）詞注。

〔七〕觸處：到處；處處。唐白居易春盡日宴罷感事獨吟詩：「病共樂天相伴住，春隨樊子一時歸。閑聽鶯語移時立，思逐楊花觸處飛。」

【箋疏】

詞末云：「寶馬香車，欲傍西池看，觸處楊花滿袖風。」作者在漁家傲（粉面啼紅腰束素）詞中提到曾在西池結識一女子（「當年拾翠曾相遇」），又在相思兒令（昨日探春消息）詞中說：「誰教楊柳千絲，就中牽繫人情。」三詞連看，意元獻亦有白傅樊子之思也。

又

後園春早。殘雪尚濛煙草〔一〕。數樹寒梅，欲綻香英。小妹無端、折盡釵頭朵〔二〕，滿把金尊細細傾〔三〕。　憶得往年同伴，沈吟無限情〔四〕。惱亂東風、莫便吹零落〔五〕，惜取芳菲眼下明。

【校記】

〔詞調〕梅苑作小桃紅。

【注釋】

〔一〕煙草：烟霧籠罩的草叢。唐李端送雍郢州詩：「城閒煙草遍，浦迥雪林分。」

〔二〕釵頭朵：指像釵頭一樣小的花蕾。

〔三〕把：持，捧。

〔四〕沈吟：深深的思念。東漢曹操短歌行：「青青子衿，悠悠我心。但爲君故，沈吟至今。」

〔五〕惱亂：猶煩擾。惱亂東風，謂使人煩惱的東風。唐白居易和微之十七與君别及隴月花枝之詠詩：「别時十七今頭白，惱亂君心三十年。」

又

斗城池館〔一〕。二月風和煙暖。繡户珠簾〔二〕，日影初長〔三〕。玉轡金鞍、繚繞沙堤路〔四〕，幾處行人映緑楊。小檻朱闌回倚，千花濃露香。脆管清絃、欲奏新翻曲，依約林間坐夕陽〔五〕。

【注釋】

〔一〕斗城：三輔黄圖漢長安故城：「城南爲南斗形，北爲北斗形。至今人呼漢京城爲斗城。」後因以斗城借指京城。此處指汴京。

〔二〕繡户：見五七頁采桑子（櫻桃謝了梨花發）詞注。

〔三〕日影初長：見七五頁木蘭花（東風昨夜回梁苑）詞注。

〔四〕沙堤：供宰相通行的沙面道路。唐李肇唐國史補卷下：「凡拜相，禮絶班行。府縣載沙填路，自私第至於子城東街，名曰沙堤。」唐白居易官牛詩：「一石沙，幾斤重？朝載暮載將何用？載向五門官道西，緑槐陰下鋪沙堤。昨日新拜右丞相，恐怕泥塗汙馬蹄。」

〔五〕依約：仿佛。

【箋疏】

這首詞描寫汴京春天的情景。據年譜，宋仁宗康定元年（一〇四〇）九月晏殊五十歲時加檢校太尉樞密使（宰相），以此推測，這首詞可能作於次年的二月。這時的晏殊，在仕途上達到了頂點，正是春風得意之時。所以同樣在園中的夕陽下，在這首詞中已没有他慣常的如「夕陽西下幾時回」、「小園香徑獨徘徊」之類的傷感情調。

臨江仙

資善堂中三十載〔一〕，舊人多是凋零〔二〕。與君相見最傷情。一尊如舊，聊且話平生。

此別要知須強飲，雪殘風細長亭〔三〕。待君歸覲九重城〔四〕。帝宸思舊〔五〕，朝夕奉皇明〔六〕。

【注釋】

〔一〕資善堂：宋代皇太子就學之所。宋王林燕翼詒謀録卷三：「大中祥符八年（一〇一五），仁宗封壽春郡王。以張士遜、崔遵度爲友，講學之所爲資善堂。」據夏承燾二晏年譜，晏殊於真宗天禧二年（一〇一八）二月爲昇王府記室參軍。八月，以户部員外郎充太子舍人，知制誥，判集賢院。此時仁宗已由昇王立爲皇太子，晏殊跟隨仁宗也是從此時開始的。乾興元年（一〇二二）二月仁宗即位，晏殊拜右諫議大夫兼侍讀學士。

〔二〕凋零：死亡，多用於指老年人。唐白居易代夢得吟：「後來變化三分貴，同輩凋零太半無。」

〔三〕長亭：見一〇七頁踏莎行（祖席離歌）注。

〔四〕九重城：指京都。見一五〇頁拂霓裳（慶生辰）詞注。

〔五〕帝宸：帝王所居之處。借喻帝王。唐李商隱贈華陽宋真人兼寄清都劉先生詩：「淪謫千年別帝宸，至今猶識蕊珠人。」

〔六〕皇明：對皇帝的諛辭，亦即聖明的皇帝。唐杜甫能畫詩：「政化平如水，皇明斷若神。」

【箋疏】

這首詞的内容是送當年在資善堂一起侍讀的友人返京。「三十載」指離開資善堂約有三十年。此時晏殊已罷相知潁州或陳州，所以詞中多傷感語。

燕歸梁

雙燕歸飛繞畫堂。似留戀虹梁〔一〕。清風明月好時光。更何況、綺筵張。雲衫侍女〔二〕，頻傾壽酒，加意動笙簧〔三〕。人人心在玉爐香。慶佳會、祝延長。

【校記】

〔延長〕底本案：「『延』原作『筵』，從吴訥本珠玉詞。」歷代詩餘、四庫本、林本作「筵長」。

【注釋】

〔一〕虹梁：高架而拱曲的屋梁。文選卷一班固西都賦：「因瓌材而究奇，抗應龍之虹梁。」李善注：「應龍虹梁，梁形如龍而曲如虹也。」南朝梁簡文帝雙燕離詩：「雙燕有雄雌。照日兩差池。銜花落北户，逐蝶上南枝。桂棟本曾宿，虹梁早自窺。願得長如此，無令雙燕離。」

〔二〕雲衫：輕而薄的衣衫。唐曹唐小遊仙詩九十八首之二：「雲衫玉帶好威儀，三洞真人入奏時。」

〔三〕「加意」句：謂特别賣力地演奏。

又

金鴨香爐起瑞煙。呈妙舞開筵。陽春一曲動朱絃〔一〕。斟美酒、泛觥船。　中秋五日，風清露爽，猶是早涼天。蟠桃花發一千年〔二〕。祝長壽、比神仙。

【注釋】

〔一〕陽春：見一四二頁蝶戀花（一霎秋風驚畫扇）詞注。朱絃：用熟絲製成的紅色琴絃。泛指琴瑟類絃樂器。

〔二〕蟠桃：見一四頁破陣子（海上蟠桃易熟）詞注。

望漢月

千縷萬條堪結〔一〕。占斷好風良月。謝娘春晚先多愁〔二〕，更撩亂、絮飛如雪〔三〕。

短亭相送處，長憶得、醉中攀折〔四〕。年年歲歲好時節。怎奈尚、有人離別〔五〕。

【校記】

〔先多愁〕歷代詩餘作「已多愁」。〔絮飛如雪〕底本案：「『飛』字原無，從吳訥本珠玉詞補。」歷代詩餘、四庫本、林本無「飛」字，花草粹編有「飛」字。〔怎奈尚〕底本案：「『尚』疑『向』字之誤。」歷代詩餘、四庫本同，花草粹編作「怎奈向」。

【注釋】

〔一〕千縷萬條：唐劉禹錫楊柳枝十二首之七：「御陌青門拂地垂。千條金縷萬條絲。如今綰作同心結，將贈行人知不知。」

〔二〕謝娘：見九六頁訴衷情（數枝金菊對芙蓉）詞注。

〔三〕絮飛如雪：南朝宋劉義慶世説新語言語：「謝太傅（安）寒雪日内集，與兒女講論文義。俄而雪驟，公欣然曰：『白雪紛紛何所似？』兄子胡兒（謝朗）曰：『撒鹽空中差可擬。』兄女（謝道藴）

曰：『未若柳絮因風起。』公大笑樂。」

〔四〕攀折：折柳贈別。三輔黄圖橋：「灞橋在長安東，跨水作橋。漢人送客至此橋，折柳贈別。」

〔五〕「年年」二句：唐柳氏楊柳枝：「楊柳枝，芳菲節。可恨年年贈離別。」怎奈尚，應作「怎奈向」。見一〇一頁殢人嬌（二月春風）詞注。

連理枝

玉宇秋風至〔一〕。簾幕生涼氣。朱槿猶開，紅蓮尚拆，芙蓉含蕊〔二〕。送舊巢歸燕拂高簷，見梧桐葉墜。嘉宴凌晨啓。金鴨飄香細〔三〕。鳳竹鸞絲〔四〕，清歌妙舞，盡呈游藝。願百千遐壽比神仙，有年年歲歲。

【校記】

〔詞調〕歷代詩餘作小桃紅，下同。〔尚拆〕花草粹編作「尚折」。〔高簷〕底本案：「『簷』原作『簾』，從吴訥本珠玉詞。」花草粹編、歷代詩餘、四庫本、林本作「高簾」。〔嘉宴〕花草粹編作「家宴」。〔盡呈〕底本案：「『盡』原誤作『晝』，從吴訥本珠玉詞。」四庫本、林本作「晝呈」，歷代詩餘作「晝堂」。

【注釋】

〔一〕玉宇：美稱華麗的宫殿。南朝宋劉鑠擬明月何皎皎詩：「玉宇來清風，羅帳延秋月。」

〔二〕芙蓉：見六八頁少年遊（重陽過後）詞注。

〔三〕金鴨：見九九頁訴衷情（世間榮貴月中人）詞注。

〔四〕鳳竹鸞絲：指笙簫等管樂器和琴瑟等絃樂器。文苑英華卷七一七載劉詠堂陽亭子詩序：「隋珠與趙璧相鮮，鳳竹共鸞絲迭奏。」

又

緑樹鶯聲老。金井生秋早〔一〕。不寒不暖，裁衣按曲，天時正好。況蘭堂逢著壽筵開，見爐香縹緲。　組繡呈纖巧〔二〕。歌舞誇妍妙。玉酒頻傾，朱絃翠管，移宫易調〔三〕。獻金盃重疊祝長生，永逍遥奉道〔四〕。

【校記】

〔按曲〕花草粹編作「按舊」。

【注釋】

〔一〕金井：井欄上有雕飾的井。多指富家庭院中的井。唐王昌齡長信秋詞五首之一：「金井梧桐秋葉黄，珠簾不捲夜來霜。」

〔二〕組繡：見一三八頁長生樂（玉露金風月正圓）詞注。

〔三〕移宫易調：猶移宫换羽。指演奏時改换音調。

〔四〕奉道：信奉道教。南朝宋劉義慶世説新語排調：「二郗奉道，二何奉佛，皆以財賄。」唐韓愈華山女詩：「華山女兒家奉道，欲驅異教歸山靈。」

破陣子

春景

燕子來時新社〔一〕，梨花落後清明。池上碧苔三四點，葉底黄鸝一兩聲。日長飛絮輕。巧笑東鄰女伴，采桑徑裏逢迎〔二〕。疑怪昨宵春夢好，元是今朝鬬草贏〔三〕。笑從雙臉生。

【校記】

〔詞調〕歷代詩餘作十拍子。

【注釋】

〔一〕新社：古時春秋兩次祭祀土地神以祈豐收的日子稱爲社日。時間在立春、立秋後的第五個戊日。新社，指春社。唐薛能桃花詩：「風光新社燕，時節舊春農。」相傳燕子在春社時從南方飛來。

〔二〕逢迎：相逢。唐王勃滕王閣序：「千里逢迎，高朋滿座。」

〔三〕鬭草：一種古代遊戲。競採各種花草，以多寡優劣決勝負。亦稱鬭百草。南朝梁宗懍荆楚歲時記：「五月五日，四民並蹋百草，又有鬭百草之戲。」唐司空圖燈花三首之二：「明朝鬭草多應喜，剪得燈花自掃眉。」

【輯評】

明卓人月古今詞統卷十：小倩香奩中筆。

清許昂霄詞綜偶評：「疑怪昨宵春夢好」三句，如聞香口，如見冶容。

清陳廷焯白雨齋詞話卷五：古人詞……晏元獻之「疑怪昨宵春夢好，元是今朝鬭草贏。笑從雙臉生」……均不失爲風流酸楚。又詞則閑情集卷一：風神婉約。

近人劉永濟唐五代兩宋詞簡析：此乃純用旁觀者之言，描寫春日游女戲樂之情景。因見游女鬭草得勝之笑，而代寫其心情。言今朝鬭草得勝，乃昨宵好夢之驗，可謂能深入人物之心者。此種詞雖無寄托，而描繪人情物態，極其新鮮生動，使讀者如親見其人其事，而與作者同感其樂。單就藝術性説來，亦有可采之處也。

玉樓春　春恨

緑楊芳草長亭路。年少抛人容易去。樓頭殘夢五更鐘，花底離情三月雨。　無情不似多情苦。一寸還成千萬縷〔一〕。天涯地角有窮時，只有相思無盡處。

【校記】

案此首别誤入吴文英夢窗詞集。别又誤作唐温庭筠詞，見明單宇菊坡叢話卷二十六。

〔詞題〕花草粹編作「春景」。　〔花底〕花草粹編、歷代詩餘作「花外」。　〔離情〕花草粹編、草堂詩餘作「離愁」。

【注釋】

〔一〕一寸：古人謂心爲方寸之地。故稱心爲一寸心，或一寸。一寸還可以用於一寸相思。唐李商隱無題詩：「春心莫共花争發，一寸相思一寸灰。」或一寸愁腸，一寸離腸。五代韋莊應天長詞：「别來半歲音書絶，一寸離腸千萬結。」

【輯評】

宋趙與時賓退録卷一：詩眼云：晏叔原見蒲傳正云：「先公平日小詞雖多，未嘗作婦人語也。」傳正云：「『緑楊芳草長亭路，年少抛人容易去』，豈非婦人語乎？」晏曰：「公謂年少爲何語？」傳正曰：「豈不謂所歡乎？」晏曰：「因公之言，遂解得樂天詩兩句：『欲留所歡待富貴，富貴不來所歡去。』」傳正笑而悟。余按全篇云云，蓋真謂所歡者，與樂天「欲留年少待富貴，富貴不來年少去」之句不同。叔原之言失之。

明沈際飛草堂詩餘正集卷一：爽快決絶，他人含糊不得。又：昔人言近旨遠，豈好作婦人語。

清黄蘇蓼園詞評：言近旨遠者，善言也。「年少抛人」，凡羅雀之門，枯魚之泣，皆可作如是觀。「樓頭」二語，意致凄然，挈起多情苦來。末二句總見多情之苦耳。妙在意思忠厚，無怨懟口角。

清陳廷焯白雨齋詞話卷五：古人詞……晏元獻之「樓頭殘夢五更鐘，花底離愁三月雨」……似此則婉轉纏綿，情深一往。麗而有則，耐人玩味。又詞則閑情集卷一：凄豔。低回反覆，言有盡而意無窮。

失調名

芳草連天碧。鄭元佐新注斷腸詩集卷二注

訴衷情

壽

幕天席地鬬豪奢〔一〕，歌妓捧紅牙〔二〕。從他醉醒醒醉〔三〕，斜插滿頭花。車載酒〔四〕，解貂貰〔五〕。盡繁華。兒孫賢俊，家道榮昌，祝壽無涯。

【校記】

此首及下一首據孔凡禮全宋詞補釋逸録，輯自詩淵第二十五册。孔按云：「此詞作者作晏公獻公。」下同。案前二「公」字當是「元」字之訛，乃刊誤。

【注釋】

〔一〕幕天席地：以天爲幕，以地爲席。形容行爲狂放。晉劉伶酒德頌：「行無轍跡，居無室廬。幕天席地，縱意所如。」　鬬豪奢：争比豪華奢侈。南朝宋劉義慶世説新語汰奢：「石崇與王愷争豪，並窮綺麗以飾輿服。武帝，愷之甥也，每助愷。嘗以一珊瑚樹高二尺許賜愷。枝柯扶疎，世罕其匹。愷以視崇。崇視訖，以鐵如意擊之，應手而碎。愷既惋惜，又以爲疾己之寶，聲色甚厲。崇曰：「不足恨，今還卿。」乃命左右悉取珊瑚樹。有三尺、四尺，條幹絶世，光彩溢目者六、七枚，如愷許比甚衆。愷惘然自失。」

〔二〕紅牙：即紅牙拍板，又名檀板。是用於調節樂曲節拍的樂器。

〔三〕從：任憑，聽憑。

〔四〕車載：猶車載斗量。形容數量多。

〔五〕解貂：晉書阮孚傳：「遷黄門侍郎、散騎常侍。嘗以金貂换酒，復爲所司彈劾。帝宥之。」西京雜記卷二：「司馬相如初與卓文君還成都，居貧愁懣。以所著鷫鸘裘就市人陽昌貰酒，與文君爲歡。」

又

喧天絲竹韻融融〔一〕，歌唱畫堂中。玲女世間希有〔二〕，燭影夜摇紅。　一同笑，飲千鍾。興何窮。功成名遂，富足年康，祝壽如松。

【注釋】

〔一〕絲竹：指絃管樂器。唐韋應物金谷園歌：「洛陽陌上人迴首，絲竹飄飖入青天。」融融：和樂，恬適。

〔二〕玲女：指唐代歌妓商玲瓏。唐白居易醉歌：「罷胡琴，掩秦瑟，玲瓏再拜歌初畢。」唐元稹重贈詩：「休遣玲瓏唱我詩，我詩多是别君詞。」

附録一　存目詞

據全宋詞迻録

調名	首句	出處	附注
阮郎歸	南園春半踏青時	珠玉詞	馮延巳作，見陽春集。
蝶戀花	六曲闌干偎碧樹	又	又
六么令	雪殘風信	梅苑卷二	晏幾道作，見小山詞。
蝶戀花	千葉梅花詩百媚	梅苑卷八	又
斷句	舞低楊柳樓心月二句	能改齋漫録卷十六	晏幾道鷓鴣天詞句，見小山詞。
醉桃源	東風吹水日銜山	陽春集注引蘭畹集	馮延巳作，見陽春集。
清商怨	關河愁思望處滿	詞品卷一	歐陽修作，見近體樂府卷一。
如夢令	樓外殘陽紅滿	陳鍾秀本草堂詩餘卷上	秦觀作，見淮海居士長短句卷中。
蝶戀花	卷絮風頭寒欲盡	楊金本草堂詩餘後集卷一	趙令畤作，見樂府雅詞卷中。
虞美人	小梅枝上東君信	花草粹編卷六	晏幾道作，見小山詞。

臨江仙　東野亡來無麗句　嘯餘譜卷二　又

西江月　愁黛顰成月淺　古今詞統卷六　又

定風波慢　漏新春消息　抱經齋鈔本珠玉詞引羣賢梅苑　無名氏詞，見梅苑卷二。

慶春澤　曉風微　又　又

采桑子　花中獨占春風早　又　晏幾道作，見小山詞。

虞美人　天涯也得江南信　又　黄庭堅作，見豫章黄先生詞。

玉樓人　去年尋處曾攜手　又引花草粹編　無名氏作，見梅苑卷七。

憶人人　密傳春信　又　又

又　前村滿雪　又　又

望江梅　閒夢遠南國正清秋　又　李煜作，見南唐二主詞。

浣溪沙　家近旗亭酒易酤　古今圖書集成藝術典卷八百二十三娼妓部　晏幾道作，見小山詞。

探春令　綠楊枝上曉鶯啼　又　無名氏作，見草堂詩録前集卷下。

附録二　晏殊傳記資料

宋史晏殊傳

晏殊字同叔，撫州臨川人。七歲能屬文。景德初，張知白安撫江南，以神童薦之。帝召殊與進士千餘人並試廷中，殊神氣不懾，援筆立成。帝嘉賞，賜同進士出身。宰相寇準曰：「殊江外人。」帝顧曰：「張九齡非江外人邪？」後二日，復試詩、賦、論。殊奏：「臣嘗私習此賦，請試他題。」帝愛其不欺。既成，數稱善。擢秘書省正字，秘閣讀書。命直史館陳彭年察其所與遊處者，每稱許之。

明年，召試中書，遷太常寺奉禮郎。東封，恩遷光禄寺丞，爲集賢校理。喪父，歸臨川，奪服起之，從祀太清宫。詔修寶訓，同判太常禮院。喪母，求終服，不許。再遷太常寺丞，擢左正言，直史館，爲昇王府記室參軍。歲中，遷尚書户部員外郎，爲太子舍人，尋知制誥，判集賢院。久之，爲翰林學士，遷左庶子。帝每訪殊以事，率用方寸小紙細書。已答奏，輒并稿封上。帝重其慎密。

仁宗即位，章獻明肅太后奉遺詔權聽政。宰相丁謂、樞密使曹利用各欲獨見奏事。無敢決其議者。殊建言：「羣臣奏事太后者，垂簾聽之，皆毋得見。」議遂定。遷右諫議大夫兼侍讀學士。太后謂東宫舊臣，恩不稱，加給事中。預修真宗實録。進禮部侍郎，拜樞密副使。上疏論張耆不可爲樞密使，忤太后旨。坐從幸玉清昭應宫從者持笏後至，殊怒，以笏撞之折齒，御史彈奏，罷知宣州。數月，改應天府，延范仲淹以教生徒。自五代以來，天下學校廢，興學自殊始。召拜御史中丞，改資政殿學士、兼翰林侍讀學士，兵部侍郎、兼秘書監，爲三司使，復爲樞密副使，未拜，改參知政事，加尚書左丞。太后謁太廟，有請服衮冕者，太后以問，殊以周官后服對。太后崩，以禮部尚書罷知亳州，徙陳州，遷刑部尚書，以本官兼御史中丞，復爲三司使。

陝西方用兵，殊請罷内臣監兵，不以陣圖授諸將，使得應敵爲攻守；及募弓箭手教之，以備戰鬭。又請出宫中長物助邊費，凡他司之領財利者，悉罷還度支。悉爲施行。康定初，知樞密院事，遂爲樞密使。進同中書門下平章事。慶曆中，拜集賢殿學士、同平章事，兼樞密使。

殊平居好賢，當世知名之士，如范仲淹、孔道輔皆出其門。及爲相，益務進賢材，而仲淹與韓琦、富弼皆進用，至於臺閣，多一時之賢。帝亦奮然有意，欲因羣材以更治，而小人權倖皆不便。殊出歐陽脩爲河北都轉運，諫官奏留，不許。孫甫、蔡襄上言：「宸妃生聖躬爲天下主，而殊嘗被詔誌宸妃墓，没而不言。」又奏論殊役官兵治僦舍以規利。坐是，降工部尚書、知潁州。然殊以章獻太后方臨朝，故誌不敢斥言；而所役兵，乃輔臣例宣借者，時以謂非殊罪。

徙陳州，又徙許州，稍復禮部、刑部尚書。祀明堂，遷户部，以觀文殿大學士知永興軍，徙河南府，遷兵部。以疾，請歸京師訪醫藥。既平，復求出守。特留侍經筵，詔五日一與起居，儀從如宰相。踰年，病寖劇，乘輿將往視之。殊即馳奏曰：「臣老疾，行愈矣，不足爲陛下憂也。」已而薨。帝雖臨奠，以不視疾爲恨。特罷朝二日，贈司空兼侍中，謚元獻，篆其碑首曰「舊學之碑」。

殊性剛簡，奉養清儉。累典州，吏民頗畏其悁急。善知人，富弼、楊察，皆其壻也。殊爲宰相兼樞密使，而弼爲副使，辭所兼，詔不許，其信遇如此。文章贍麗，應用不窮，尤工詩，閑雅有情思，晚歲篤學不倦。文集二百四十卷，及刪次梁、陳以後名臣述作，爲集選二百卷。

子知止，爲朝請大夫。

佚聞

宋歐陽修歸田録卷一：晏元獻公以文章名譽，少年居富貴，性豪俊，所至延賓客，一時名士多出其門。

又：晏元獻公清瘦如削，其飲食甚微。每析半餅，以筯卷之，抽去其筯，内捻頭一莖而食，此亦異於恒人也。

又：歐陽修全集七十三跋晏元獻公書：右觀文殿大學士、兵部尚書晏元獻公二帖。公爲人真率，其詞翰亦如其性，是可嘉也。

宋宋祁宋景文筆記卷上：晏相國，今世之工爲詩者也。末年見編集者，乃過萬篇。唐人以來所未有。然相國不自重其文，凡門下客及官屬能聲韻者悉與酬唱。

宋吴曾能改齋漫録十二晏元獻節儉條：（公）以書規兄嫂，守官必曰廉，曰：「官下不可營私，當以魏四工部爲戒。」首尾大約本於節儉。……曾南豐與公同鄉里。元豐間，神宗命以史事。其傳公云：「雖少富貴，奉養若寒士。」考公手帖，則曾傳可謂得實。而景文宋公草公謫辭云：「廣營產以植私，多役兵而規利。」宋亦公門人，而必爲此者，豈當時有不得已歟？

宋葉夢得石林避暑録話二：晏元獻雖早富貴，而奉養極約。惟喜賓客，未嘗一日不燕飲。而盤饌皆不預辦，客至旋營之。頃見蘇丞相子容嘗在公幕府，見每有嘉賓必留，但人設一空案一盃。既命酒，果實蔬茹漸至。亦必以歌樂相佐，談笑雜出。數行之後，案上已粲然矣。稍闌，即罷遣歌樂，曰：「汝曹呈藝已偏，吾當呈藝。」乃具筆札，相與賦詩，率以爲常。前輩風流，未之有比也。

又石林詩話上：（王琪在晏元獻幕）日以賦詩飲酒爲樂。佳時勝日，未嘗輒廢也。嘗遇中秋陰晦，齋厨夙爲備，公適無命。既至夜，君玉（按：王琪字）密使人伺公，曰：「已寢矣。」君玉亟爲詩以入，曰：「只在浮雲最深處，試憑絃管一催開。」公枕上得詩，大喜。即索衣起，徑召客，治具，大合樂。至夜分，果月出，遂樂飲達旦。前輩風流固不凡。然幕府有佳客，風月亦自如人意也。

宋吴處厚青箱雜記五：公風骨清羸，不喜食肉，尤嫌肥羶。每讀韋應物詩，愛之曰：「全没些脂膩氣。」

宋魏泰東軒筆録七：苗振以第四人及第，既而召試館職。一日，謁晏丞相。晏語之曰：「君久從吏事，必疏筆硯。今將就試，宜少温習也。」振率然對曰：「豈有三十年爲老娘而倒綳孩兒者乎？」晏公俛而哂之。既而試澤宫選士賦，韻叶有王字。振叶之曰：「率土之濱莫非王。」由是不中選。晏公聞而笑曰：「苗君竟倒綳孩兒矣。」

宋劉克莊後村大全集一〇三跋富鄭公簡：舊説晏元獻公清儉，凡書簡首尾空紙皆手翦熨，置几案備用。

五朝名臣言行録六之三：公剛峻簡率。盗入其第，執而榜之。既委頓，以送官，扶至門即死。累典州，吏民頗畏其悁急云。

宋王銍默記中：王荆公於楊寘榜下第四人及第。是時晏元獻爲樞密使，上令十人往謝。晏公俟衆人退，獨留荆公，再三謂曰：「廷評乃殊鄉里。久聞德行鄉評之美，況殊備位執政，而鄉人之賢者取高科，實預榮焉。」又曰：「休沐日相邀一飯。」荆公唯唯。既出，又使直省官相約飯會，甚慇勤也。比往時，待遇極至。飯罷，又延坐，謂荆公曰：「鄉人他日名位如殊，坐處爲之有餘矣。」且歎慕之，又數十百言。最後曰：「然有二語欲奉聞，不知敢言否？」晏公言至此，語欲出而擬議久之。晏公泛謂荆公曰：「能容於物，物亦容矣。」荆公但微應之。遂散。公歸至旅舍，歎曰：「晏公爲大臣，而教人以此，何其卑也。」心頗不平。荆公後罷相，其弟和甫知金陵時説此事，且曰：「當時我大不以爲然。我在政府，平生交友，人人與之爲敵，不保其終。今日思之，不知晏公何以知之。復不知『能容於物，物亦容焉』二句有出處，或公自爲之言也。」

西清詩話：晏元獻慶曆中罷相守潁，以惠山泉烹茗，日惟從容置酒賦詩。

南宋魏慶之詩人玉屑二五仄體條引西清詩話：晏元獻守汝陰，梅聖俞往見之。將行，公置酒潁河上，因言古人章句中全用平聲，製字穩帖，如「枯桑知天風」是也。恨未見側字詩。聖俞既引舟，遂作五側體寄公云云。

觀文殿大學士行兵部尚書西京留守贈司空兼侍中晏公神道碑銘 并序

歐陽修

至和元年六月，觀文殿大學士、行兵部尚書、西京留守、臨淄公以疾歸於京師。八月，疾少間，入見。天子曰：「噫！予舊學之臣也。」乃留侍講邇英閣，詔五日一朝前殿。明年正月，疾作，不能朝。敕太醫朝夕往視。有司除道，將幸其家。公歎曰：「吾無狀，乃以疾病憂吾君。」即馳奏曰：「臣疾少間，行愈矣。」乃止。其月丁亥，以公薨聞，天子震悼，亟臨其喪，以不即視公爲恨。贈公司空兼侍中，謚曰元獻。有司請輟視朝一日，詔特輟二日。以其年三月癸酉，葬公於許州陽翟縣麥秀鄉之北原。既葬，賜其墓隧之碑首曰「舊學之碑」。既又敕史臣修考次公事，具書於碑下。臣修伏讀國史，見真宗皇帝時天下無事，天子方推讓功德，祠祀天地山川，講禮樂以文頌聲，而儒學文章儁賢偉異之人出。公世家江西之臨川。年始十四，一日起田里，進見天子。時方親閱天下貢士，會廷中者千餘人，與夫宮臣、衛官，擁列圜視。公不動聲氣，操筆爲文辭，立成以獻。天子嘉賞，賜同進士出身，遂登館閣，掌書命，以文章爲天下所宗。逮陛下養德東宮，先帝選用臣屬，即以公遺陛下。由王官、宮臣，卒登宰相。凡所以輔道聖德，憂勤國家，有舊有勞，自始至卒五十餘年。公既薨，而先帝之名臣與陛下東宮之舊人，皆無在者，宜其褒寵優異，比公甘盤。臣修幸得執筆史官，奉明詔，謹昧死上臨淄公事。

曰：公諱殊，字同叔，姓晏氏。其世次、晦顯徙遷不常。自其高祖諱墉，唐咸通中舉進士，卒官江西。始著籍於高安，其後三世不顯。曾祖諱延昌，又徙其籍於臨川。祖諱郜，追封英國公。考諱固，追封秦國公。自曾祖已下，皆用公貴，累贈開府儀同三司、太師、中書令兼尚書令。曾祖妣張氏，陳國太夫人。祖妣傅氏，許國太夫人。妣吳氏，唐國太夫人。公生七歲，知學問，爲文章，鄉里號爲神童。故丞相張文節公安撫江西，得公以聞。真宗召見，既賜出身。後二日，又召試詩、賦、論。公徐啓曰：「臣嘗私習此賦，不敢隱。」真宗益嗟異之，因試以他題。以爲秘書省正字，置之秘閣，使得悉讀秘書。命故僕射陳文僖公視其學。明年，獻其所爲文，召試中書，遷太常寺奉禮郎。封祀太山，推恩，遷光禄寺丞，數月，充集賢校理。明年，遷著作佐郎。丁父憂，去官。已而真宗思之，即其家起復，命淮南發運使具舟送之京師，從祀太清宫，賜緋衣銀魚，同判太常禮院。又丁母憂，求去官服喪，不許。今天子始封昇王，公以選爲府記室參軍，再遷左正言、直史館。今天子爲皇太子，以户部員外郎充太子舍人，賜金紫，知制誥，判集賢院，遷翰林學士，充景靈宫判官、太子左庶子，兼判太常寺、知禮儀院。公既以道德文章佐佑東宫，真宗每所諮訪，多以方寸小紙細書問之，由是參與機密。凡所對，必以其藁進，示不洩。其後悉閲真宗閣中遺書，得公所進藁，類爲八十卷，藏之禁中，人莫之見也。初，真宗遺詔：章獻明肅太后權聽軍國事。宰相丁謂、樞密使曹利用各欲獨見奏事。無敢決其議者。公建言：「羣臣奏事太后者，垂簾聽之，皆毋得見。」議遂定。乾興元年，拜右諫議大夫兼侍讀學士，遷給事中、景靈宫副使，判吏部流内銓，以易侍講崇政殿。遷禮部侍郎、知審官院，爲樞密副使，遷刑部侍郎。上疏論張耆不可爲樞密使，由是忤太后旨。坐以笏擊其僕，悮折其齒罷。留守南京，大興學校，以教諸生。自五代以來，天下學廢，興自公始。召拜御史中丞，改兵部侍郎，兼秘書監、資政殿學士、翰林侍讀學士，知天聖八年禮部貢舉。明年，爲三司使，復爲樞密副使，未拜，改參知政事，遷尚書左丞。太后謁太廟，有請服衮冕者，太后以問公，公以周官后服對。太后崩，大臣執政者皆罷，公爲禮部尚書、知亳州，徙知陳州，遷刑部尚書。復召爲御史中丞，又爲三司使，知樞密院事，拜樞密使，再加檢校太尉、同中書門下平章事。慶曆三年三月，遂以刑部尚書居相位，充集賢殿大學士，兼樞密使。自公復召用，而趙元昊反，師出陜西，天下弊於兵。公數建利害，請罷監軍，無以陣圖授諸將，使得應敵爲攻守，及制財用爲出入之要，皆有法。天子悉爲施行。自宫禁先，以率天下，而財賦之職悉歸有司，卒能以謀臣元昊，使聽約束，乃還其王號。公爲人剛簡，遇人必以誠，雖處富貴如寒士，罇酒相對，歡如也。得一善，稱之如己出，當世知名之士如范仲淹、孔道輔等，皆出其門。及爲相，益務進賢材。當公居相府時，范仲淹、韓琦、富弼皆進用，至於臺閣，多一時之賢。天子既厭西兵，閔天下困弊，奮然有意，遂欲因羣材以更治，數詔大臣條天下事。方施行，而小人權倖皆不便。明年秋，會公以事罷，而仲淹等相次亦皆去，事遂已。公既罷，以工部尚書知潁州，徙知陳州，又徙許州，三遷户部尚書，拜觀文殿大學士、知永興軍，充一路都部署、安撫使。徙知河南府兼西京留守，累進階至開府儀同三司，勳上柱國，爵臨淄公，食邑萬二千户，實封三千七百户。公享年六十有五。自少篤學，至其病亟，猶手不釋卷。有文集二百四十卷。嘗奉敕修上訓及真宗實録，又集類古今文章，爲集選二百卷。其爲政敏，而務以簡便其民。其於家嚴，子弟之見有時，事寡姊孝謹，未嘗爲子弟求恩澤。其在陳州，上問宰相曰：「晏某居外，未嘗有所請，其亦有所欲邪？」宰相以告公。公自爲表，問起居而已。故其薨也，天子尤哀悼之，賜予加等，以其子承裕爲崇文院檢討，孫及甥之未官者九人，皆命以官。公初娶李氏，工部侍郎虚己之女；次孟氏，屯田員外郎虚舟之女，封鉅鹿郡夫人；次王氏，太師、尚書令超之女，封榮國夫人。子八人：長曰居厚，大理評事，早卒；次承裕，尚書屯田員外郎；宣禮，贊善大夫；崇讓，著作佐郎；明遠、祇德，皆大理評事；幾道、傳正，皆太常寺太祝。女六人，長適户部侍郎、同中書門下平章事富弼，次適禮部侍郎、三司使楊察，其四尚幼。孫十有二人。公既樂善而稱爲知人，士之顯於朝者，多公所薦達。至擇其女之所從，又得二人者如此，可謂賢也已。銘曰：

有姜之裔，齊爲晏氏。齊在春秋，晏顯諸侯。傳載桓子，嬰稱於丘。其後無聞，不亡僅存。有煒自公，厥聲以振。公之顯聲，實相天子。天子曰噫，予考真宗，唯多名臣，以臻盛隆。汝初事我，王官東宫。以暨相予，始卒一躬。輔我以德，有勞於邦。公疾在外，來歸自洛。天子曰留，汝予舊學。凡今在庭，莫如汝舊。孰以畀予？唯予聖考。今既亡矣，孰爲予老？何以贈之，司空侍中。禮則有加，予思何窮！有篆其文，在其碑首。天子之褒，史臣有詔。銘以述之，永昭厥後。（歐陽文忠公集卷二二。又見皇朝文鑑卷一四六，名臣碑傳琬琰集上卷三，續文章正宗卷三，永樂大典卷一八二〇八，文編卷五八，文章辨體彙選卷六七二。）

挽辭

晏元獻公挽辭三首 至和二年　歐陽修

接物襟懷曠，推賢品藻精。謀猷存二府，臺閣徧諸生。帝念宫臣舊，恩隆衮服榮。春風緑野迥，千里送銘旌。

四鎮名藩忽十春，歸來白首兩朝臣。上心方喜親耆德，物論猶期秉國鈞。退食圖書盈一室，開罇談笑列嘉賓。昔人風采今人少，慟哭無由贖以身。

富貴優游五十年，始終明哲保身全。一時聞望朝廷重，餘事文章海外傳。舊館池臺閑水石，悲笳風日慘山川。解官制服門生禮，慚負君恩隔九泉。

晏元獻公挽辭三首　韓維

大策安宗社，高文著廟堂。從容造辟議，感激薦賢章。貂冕崇厥服，鑾輿俯奠觴。哀榮豈無有，公德倍輝光。

先帝文章老，東朝羽翼臣。風流至公盡，哀憤與時均。簫鼓悲將曙，烟雲慘不春。靈輀歸舊治，遺愛泣州民。

直道初終見，高情出處同。光華兩朝内，文字一生中。愛酒憐陶散，言詩許賜通。平生知己類，灑盡九原風。

元獻晏公挽辭三首 王安石

文章晉康樂，經術漢公孫。舊秩疑丞貴，前功保傅尊。傳呼猶在耳，會哭已填門。蕭瑟城南路，嗚笳上九原。

終賈年方妙，蕭曹地已親。優游太平日，密勿老成人。抗論辭多秘，賡歌迹已陳。功名千載下，不負漢庭臣。

感會真奇遇，飛揚獨妙齡。他年西餞日，此夜上騎星。宿惠留藩屏，餘忠在禁庭。音容無處所，彷彿寄丹青。

晏公喪過州北哭罷成篇二首 宋庠

昔迎留守蕭丞相，自注：癸巳秋，公自長安代余守洛。今哭談經戴侍中。自注：公久留經筵以備顧問。一代高情無覓處，落花殘日九原風。

故郡迎喪匝野悲，自注：公嘗鎮許昌。柳車丹旐共逶迤。泉塗自古無春色，可惜森森瓊樹枝。

聞臨淄公薨 梅堯臣

至和癸巳十二月兮，友人語我火犯房。芒射鈎鈐而拂上相兮，禍非弼臣誰可當。昨日聞太宰悟天道而畏忌兮，歸卧其第三拜章。太宰既不得請而賜黄金百兩以爲壽兮，諫官御史猶擊强。明年孟陬臨淄公薨兮，果然邦國橈棟梁。豈無神醫善藥以起疾兮，固知秉命有短長。公自十三歲而先帝兮，謂肖九齡宜相唐。後由石渠鳳閣禁林以登樞兮，俄佩相印居廟堂。出入藩輔留守兩都兮，其民詠歌盈康莊。官爲喉舌勳爵一品兮，經筵講義尊蕭匡。年逾順耳不爲夭兮，文字百卷存縑箱。子孫侁侁同雁行，二女貴婿富與楊。未知歸葬何土鄉，臨川松柏安可忘。我爲故吏摧肝腸，灑涙作雨春悲涼。精魄其歸於天乎，必爲星宿還高張。骨肌其歸於土乎，必爲蕙芷不滅香。墓碑墓銘誰能畫其美，我爲欲傳萬古須歐陽。

附録三　珠玉詞序跋

毛晉跋

同叔，撫州臨川人也。七歲能屬文，張知白以神童薦。真宗召見。與千餘人並試廷中，神氣不懾，援筆立成。帝異之，使盡讀秘閣書，每所諮訪，率用寸方小紙細書問之。繼事仁宗，尤加信愛。仕至觀文殿大學士，以疾請歸，留侍經筵。及卒，帝臨奠，猶以不親視疾爲恨。特罷朝二日，贈謚元獻。一時賢士大夫如范仲淹、歐陽修等皆出其門。擇壻又得富弼、楊察。賦性剛峻，遇人以誠。一生自奉如寒士。爲文贍麗，應用不窮。尤工風雅，間作小詞。其暮子幾道云：先公爲詞未嘗作婦人語也。古虞毛晉記。

四庫全書珠玉詞提要

珠玉詞一卷，宋晏殊撰。殊有類要，别著録。馬端臨經籍考載，殊詞有珠玉集一卷。此本爲毛晉所刻，與端臨所記合，蓋猶舊本。名臣録亦稱殊詞名珠玉集，張子野爲之序。子野，張先字也。今卷首無先序，蓋傳寫佚之矣。殊賦性剛峻，而詞語特婉麗。故劉攽中山詩話謂元獻善馮延巳歌詞，其所自作亦不減延巳。趙與時賓退録記殊幼子幾道嘗稱殊詞不作婦人語。今觀其集，綺艷之詞不少。蓋幾道欲重其父名，乃故作是言，非確論也。浣溪沙春恨詞「無可奈何花落去，似曾相識燕歸來」二句，乃殊示張寺丞王校勘七言律中腹聯，復齋漫録嘗述之，今復填入詞内。豈自愛其造語之工，故不嫌複用。許渾集中「一罇酒盡青山暮，千里書回碧樹秋」二句，亦前後兩見，知古人嘗有此例矣。

珠玉詞鈔跋

余家貧，罕藏書。幼時曾覓先元獻公暨小山詞集，不可得。乃就欽定歷代詩餘中摘録成帙，藏諸篋衍，幾三十年矣。丁未孟秋，典郡吴興，簿領稍閑，始謀以付梓。繼權篆武林，恭閲文瀾閣藏書，知四庫著録詞曲類以珠玉詞爲首，其本爲毛氏汲古閣所輯。視曩所録，計多詞三十七首。愧當時未見原帙。而歷代詩餘中有詞七首，又毛本所未載，則正不必合而一之也。因取手録本一百首爲珠玉詞鈔一卷，其餘三十七首爲珠玉詞補鈔一卷，共詞一百三十七首。惟别集類有元獻遺文一卷，所録詩餘，視此爲少，且羼入小山公詞。是原編率略已甚，中間多詞三首，亦恐流傳未審，不敢輕録。至詩文各止六首，篇頁寥寥，尤難成卷。俟他日悉心搜採，再爲刊布焉。咸豐二年八月，裔孫端書謹識。

林大椿跋

珠玉詞一卷，毛氏汲古閣刊本，以冠六十一家詞，多羼入同時諸人之作。兹依毛刻參校它本，並從絶妙詞選及草堂詩餘增補三闋，别爲校記，識其異同。晏氏父子爲北宋名家。小晏尤雛鳳聲清。毛晉以珠玉及小山並列於六十一家詞中。夷考趙宋二百年間，一門詞客，父子相承，頗不乏人。然皆無出晏氏右者。校繕既竣，當再踵事小山專家，以完成二晏樂府。戊辰上巳，林大椿。

附録四　珠玉詞總評

宋吴曾能改齋漫録卷一六：晁无咎評本朝樂章……晏元獻不蹈襲人語，而風調閑雅。如「舞低楊柳樓心月，歌盡桃花扇底風」，知此人不住三家村也。

宋劉攽中山詩話：晏元獻尤喜江南馮延巳歌詞。其所自作，亦不減延巳。

宋李之儀姑溪居士文集卷四十跋吴思道小詞：晏元憲、歐陽文忠、宋景文則以其餘力遊戲，而風流閑雅，超出意表，又非其類也。嚼味研究，字字皆有據，而其妙見於卒章。語盡而意不盡，意盡而情不盡，豈平生可得仿佛哉！

宋李清照詞論：至晏元獻、歐陽永叔、蘇子瞻，學際天人，作爲小歌詞，直如酌蠡水於大海。然皆句讀不葺之詩爾，又往往不協音律者。何耶？蓋詩文分平側，而歌詞分五音，又分五聲，又分六律，又分清濁輕重。

宋尹覺趙師俠坦庵詞原序：詞，古詩流也。吟詠情性，莫工於詞。臨淄、六一，當代文伯。其樂府猶有憐景泥情之偏。豈情之所鍾，不能自已於言耶？

宋王灼碧雞漫志卷二：晏元獻公、歐陽文忠公風流藴藉，一時莫及。而温潤秀潔，亦無其比。

明王世貞弇州山人詞評：之詩而詞，非詞也；之詞而詩，非詩也。言其業，李氏、晏氏父子、耆卿、子野、美成、少游、易安至矣，詞之正宗也。温、韋豔而促，黄九精而險，長公麗而壯，幼安辯而奇，又其次也，詞之變體也。

明夏樹芳刻宋名家詞序：元獻、文忠、稼軒、澤民諸君子立朝建議，大義炳如。公餘眺賞之暇，諷詠悲歌，時爲小令，時作長吟。熟知其所以合，熟知其所以離。固風雅之别流，而詞詩壇之逸致也。

清嚴沆古今詞選序：同叔、永叔、方回、子野咸本花間，而漸近流暢。

清鄒祗謨遠志齋詞衷：余常與文友論詞，謂小調不學花間，則當學歐、晏、秦、黄。花間綺琢處，於詩爲靡，而於詞則如古錦紋理，自有黯然異色。歐、晏藴藉，秦、黄生動，一唱三歎，總以不盡爲佳。

清王士禛花草蒙拾：弇州謂蘇、黄、稼軒爲詞之變體，是也。謂温、韋爲詞之變體，非也。夫温、韋視晏、李、秦、周，譬賦有高唐、神女，而後有長門、洛神。詩有古詩録别，而後有建安、黄初、三唐也。謂之正始則可，謂之變體則不可。

清名家詞汪懋麟棠村詞序：予嘗論宋詞有三派。歐、晏正其始。秦、黄、周、柳、姜、史、李清照之徒備其盛。東坡、稼軒放乎其言之矣。其餘子，非無單詞隻句，可喜可誦。苟求其繼，難矣哉。

清周濟宋四家詞選目録序論：晏氏父子仍步温、韋。小晏精力尤勝。

清楊希閔詞軌總論：溫、韋、二晏、秦、賀皆能詩，蘇、黄尤卓卓，姜、辛詩亦工。安身立命不在詞，故溢爲詞夐絶也。屯田、清真、梅溪、夢窗、碧山、玉田諸子，藉詞藩身，他文翰一無可見。有委無源，故繡繪字句，排比長調以自飾。

清蔣敦復芬陀利室詞話卷三：然石帚、夢窗，尚需加一層渲染；淮海、清真，則更添幾層意思。正欲其厚也。若入李氏、晏氏父子手中，則不期厚而自厚。此種當於神味别之。

清劉熙載藝概卷四詞概：馮延巳詞，晏同叔得其俊，歐陽永叔得其深。

清謝章鋌賭棋山莊詞話卷三：元祐、慶曆，代不乏人。晏元獻之辭致婉約，蘇長公之風情爽朗，豫章、淮海掉鞅於詞壇，子野、美成聯鑣於藝苑。又：北宋多工短調，南宋多工長調。北宋多工軟語，南宋多工硬語。然二者偏至，終非全才。歐陽、晏、秦，北宋之正宗也。

清馮煦蒿庵詞話：詞至南唐，二主作於上，正中和於下，詣微造極，得未曾有。宋初諸家，靡不祖述二主，憲章正中。譬之歐、虞、褚、薛之書，皆出逸少。晏同叔去五代未遠，馨烈所扇，得之最先。故左宮右徵，和婉而明麗，爲北宋倚聲家初祖。劉攽中山詩話謂：「元獻喜馮延巳歌詞。其所自作，亦不減延巳。」信然。又：宋初大臣之爲詞者，寇萊公、晏元獻、宋景文、范蜀公與歐陽文忠，並有聲藝林。然數公或一時興到之作，未爲專詣。獨文忠與元獻學之既至，爲之亦勤。翔雙鵠於交衢，馭二龍於天路。且文忠家廬陵，而元獻家臨川，詞家遂有江西一派。其詞與元獻同出南唐，而深致則過之。

清陳廷焯雲韶集卷二：元獻詞風神婉約，骨格自高。不流俗穢。與延巳相伯仲也。又：北宋晏、歐、王、范諸家，規模前輩，益以才思。

又白雨齋詞話卷一：北宋詞，沿五代之舊。才力較工，古意漸遠。晏、歐著名一時，然並無甚强人意處。即以豔體論，亦非高境。又：晏、歐詞雅近正中，然貌合神離，所失甚遠。蓋正中意餘於詞，體用兼備，不當作豔詞讀。若晏、歐，不過極力爲豔詞耳，尚安足重。又：文忠思路甚雋，而元獻較婉雅。後人爲豔詞，好作纖巧語者，是又晏、歐之罪人也。

清張德瀛詞徵卷五：同叔之詞温潤，東坡之詞軒驍，美成之詞精邃，少游之詞幽豔，无咎之詞雄邈。北宋惟五子可稱大家。若柳耆卿、張子野，則又當時所翕然歎服者也。

清況周頤蕙風詞話卷一：晏同叔賦性剛峻，而詞語特婉麗。又：小山詞從珠玉出，而成就不同，體貌各異。珠玉比花中之牡丹，小山其文杏乎？又卷五：詞如唐之金荃，宋之珠玉，何嘗有寄託，何嘗不卓絶千古。

近人夏敬觀小山詞跋：晏氏父子嗣響南唐二主，才力相敵。蓋不特辭勝，尤有過人之情。又二晏詞評：（晏殊）賦性剛峻，居處清儉，不類其詞之婉麗也。又：觀殊所爲詞，托於男女情悦思慕之言，實未之廢。蓋詞之始，所以潤色里巷之歌謡，被諸絃管，其至者正在得之人情物態。又：殊父子詞，語淺意深，有回腸蕩氣之妙。幾道殆過其父。

近人吳梅詞學通論第七章概論二：論詞至趙宋，可云家懷隋珠，人抱和璧，盛極難繼者矣。然合兩宋計之，其源流遞嬗，可得而言焉。大抵開國之初，沿五季之舊，才力所詣，組織未工。晏、歐爲一大宗。二主一馮，實資取法。顧未能脱其範圍也。又：宋初如王禹偁、錢惟演輩亦有小詞。王之點絳脣，錢之玉樓春，雖有佳處，實非專家。故宋詞應以元獻爲首。

近人蔡楨雲柯亭論詞：唐、五代小令，爲詞之初期。故花間、後主、正中之詞，均自然多於人工。宋初小令，如歐、秦、二晏之流，所作以精到勝，與唐、五代稍異，蓋人工甚於自然矣。

近人鄭騫成府談詞：珠玉詞清剛淡雅，深情内斂，非淺識所能瞭解。近人遂有譏爲「身處富貴，無病呻吟」者。不知同叔一生，亦曾屢遭拂逆，且與物有情，而地位崇高，性格嚴峻，更易蘊成寂寞心境。故發爲詞章，充實真摯。安得謂之無病呻吟。文人哀樂，與生俱來，斷無作幾日宦即變成「心溷溷面團團」之理。爲此語譏同叔者，吾知其始終未出三家村也。又：珠玉詞緣情體物，細妙入微處，爲六一所不及。六一情調之奔放，氣勢之沉雄，又爲珠玉所無。

近人趙尊嶽填詞叢話卷三：不必言情而自足於情，一字一句，落落大方，能得天籟，斯爲詞中之聖境，珠玉是矣。由珠玉而少加礱治，使智慧偶然流露，以益見生色者，小山是矣。珠玉如渾金璞玉，小山加以濆治而仍不傷於琢，此晏氏父子可貴之處也。

附録五　晏殊年譜簡編〔一〕

宋太宗淳化二年（九九一）

晏殊生於撫州臨川（今江西省撫州市）。父晏固，是撫州衙門中的節級（獄吏）。

范仲淹三歲。

張先二歲。

太宗至道二年（九九六），六歲。

宋庠生。

至道三年（九九七），七歲。

能屬文。歐陽修晏公神道碑銘：「公生七歲，知學問，爲文章，鄉里號爲神童。」

〔一〕參考夏承燾二晏年譜。

真宗咸平元年（九九八），八歲。

宋祁生。

咸平五年（一〇〇二），十二歲。

梅堯臣生。

咸平六年（一〇〇三），十三歲。

知州李虛己許妻以女，因薦於楊大年。

真宗景德元年（一〇〇四）十四歲。

故丞相張知白安撫江西，以神童薦於朝。

富弼生。

景德二年（一〇〇五），十五歲。

三月，廷試。晏公神道碑銘：「真宗召見，既賜進士出身。後二日，又召試詩、賦、論。公徐啓曰：『臣嘗私習此賦，不敢隱。』真宗益嗟異之，因試以他題。以爲秘書省正字，置之秘閣，使得悉讀秘書。命故僕射陳文僖公（彭年）視其學。」

景德三年（一〇〇六），十六歲。

遷太常寺奉禮郎。

景德四年（一〇〇七），十七歲。

歐陽修生。

真宗大中祥符元年（一〇〇八），十八歲。

十月，遷光禄寺丞。

韓琦生。

大中祥符二年（一〇〇九），十九歲。

四月，獻大酺賦，召試學士院，爲集賢校理。

大中祥符三年（一〇一〇），二十歲。

爲集賢校理。

四月，宋仁宗生。

十二月，陝州黄河再清，殊獻河清頌。遷著作佐郎。

大中祥符五年（一〇一二），二十二歲。

蔡襄生。

大中祥符六年（一〇一三），二十三歲。

喪父，歸臨川。晏公神道碑銘：「已而，真宗思之，即其家起復，命淮南發運使具舟送之京師。」

大中祥符七年（一〇一四），二十四歲。

正月，從真宗祀亳州太清宫。宋史晏殊傳：「從祀太清宫，詔修寶訓，同判太常禮院。喪母，求終喪。不許，再遷太常寺丞。」

大中祥符八年（一〇一五），二十五歲。

范仲淹第進士，年二十七歲。

大中祥符九年（一〇一六），二十六歲。

五月，獻景靈宫、會靈觀二賦。

真宗天禧元年（一〇一七），二十七歲。

正月，作以下三詩：

正月十九日京邑上元收燈日

星逐綺羅沉曙色，月隨絲管下層臺。千蹄萬轂無尋處，祇似華胥一夢迴。

元夕

星粲寶燈連九市，水流香轂渡千門。姮娥似有隨人意，柳際花前月半昏。

上元日詣昭應宫分獻凝命殿以憲職不預班獨歸書事

別殿香三炷，斜廊酒一盃。官閒非侍從，騎馬却歸來。

十月，獻維德動天頌。

韓維生。

天禧二年（一〇一八），二十八歲。

二月，爲昇王府記室參軍。晏公神道碑銘：「今天子始封昇王，公以選爲府記室參軍。再遷左正言，直史館。」作詩：

昇王閣二首

朱邸沐蘭逢令節，丹廷祝壽喜嘉辰。兩宫榮養多延慶，百福潛隨命縷新。

織組文繒載舊儀，晨朝丹扆奉天慈。六齋清素來多福，歲歲今辰侍宴私。

三月，工部侍郎凌策卒。策於天禧元年遷工部侍郎時，已得重病，不久便還鄉病卒。晏殊送策還鄉詩作於此數月間。

送凌侍郎歸鄉

江南藩郡故宣城，碧落神仙擁使旌。津吏戒船東下穩，縣僚負弩晝歸榮。江山謝守高吟地，風月朱公故里情。曾預漢庭三獨坐，府中誰敢伴飛觥。

直史館時偶爾出遊，作以下二詞：

迎春樂（長安紫陌春歸早）。

訴衷情（青梅煮酒鬭時新）。

八月，以户部員外郎充太子舍人，知制誥，判集賢院。在東宫時作以下詩：

東宫閣二首

銅龍樓下早春歸，三朔元辰在此時。椒柏暖風浮玉斝，兩宫稱慶奉皇慈。

條風發動協初辰，玄圃瑶山景象新。千載百靈資介福，滄溟重潤月重輪。

東宫閣三首

青幡乍帖宜春字，翠旆初迎入律風。一有元良昭大慶，問安長在紫宸中。

碧燕幡長綵樹新，寢門瑶珮慶初春。邦家累善鍾儲貳，皎皎重暉在璧輪。

鮫冰千片解華池，神水香醪滿爵巵。旭日九門凝瑞露，東廂朝拜奉宸慈。

東宫閣二首

揚子江心鑄鑑成，俗傳兹日最標靈。宣猷視學通文史，問膳多歡奉帝廷。

百藥初收味最良，玉函仍啓太清方。扇裁葵葉風頻度，漏轉金胥日更長。

十一月，據玉海二十七：「天禧二年十一月辛未，召近臣至後苑太清樓觀太宗御書及聖製羣書。賜宴樓下。上作太清樓閲書歌詩二首。從臣皆和。晏殊和閲書歌：『瓊宇金扉迥倚天。南齊七志罕遺逸，西漢九流咸粲然。』」

天禧三年（一〇一九），二十九歲。

作詩：

金柅園

臨川樓上柅園中，十五年前此會同。一曲清歌滿樽酒，人生何處不相逢。

司馬光、曾鞏生。

天禧四年（一〇二〇），三十歲。

八月，拜翰林學士。

十一月，爲太子左庶子。

天禧五年（一〇二一），三十一歲。

爲翰林學士。

真宗乾興元年（一〇二二），三十二歲。

爲翰林學士。

二月，真宗崩。仁宗即位，遷右諫議大夫，兼侍讀學士。真宗遺詔，章獻明太后（劉太后）權聽軍國事。

宋葉夢得石林避暑録話卷下：「仁廟初即位，秋宴百戲。有緣撞竿者，忽墜地碎其首死。上惻然憐之，命以金帛厚賜其家。且詔自是撞竿減去三之一。晏元獻作詩紀之曰：『君王特軫推溝念，詔截危竿橫賜錢。』」按：此詩已佚。現存詩中有詠上竿伎曰：「百尺竿頭裊裊身，足騰跟掛駭傍人。漢陰有叟君知否，抱甕區區亦未貧。」

仁宗天聖元年（一〇二三），三十三歲。

作崇天曆序。

天聖二年（一〇二四），三十四歲。

三月，預修真宗實録成。遷禮部侍郎知審官院。

十一月，爲郊禮儀仗使。

宋庠、宋祁第進士。宋胡仔苕溪漁隱叢話二十六引西清詩話：「二宋俱爲晏元獻殊門下士。兄弟雖甚顯貴，爲文必手抄寄公，懇求彫潤。」宋吴處厚青箱雜記五記同叔詩亦云：「公之佳句，宋莒公（宋庠）皆題於齋壁。若『無可奈何花落去，似曾相識燕歸來』、『静尋啄木藏身處，閑見游絲到地時』、『樓臺冷落收燈夜，門巷蕭條掃雪天』、『已定復摇春水色，似紅如白野棠花』之類。莒公常謂，此數聯使後之詩人無復措詞也。」

天聖三年（一〇二五），三十五歲。

十月，自翰林學士、禮部侍郎遷樞密副使。

十二月，上疏論張耆不可爲樞密使，由是忤章獻太后旨。據宋史張耆傳，耆字元弼，開封人。「章獻太后微時，嘗寓其家，耆事之甚謹。及太后預政，寵遇最厚。」同叔劾耆而忤太后，蓋由此也。

天聖四年（一〇二六），三十六歲。

仍任樞密副使。

本年所作詩：

丙寅中秋詠月

玉籥秋初半，冰輪歲有期。苦吟含翰久，清宴下樓遲。雁怯波光動，蛩愁葉影危。烘簾頻卷押，温酎旋凝澌。皎外蟾生滴，寒中桂有枝。星文藏熠燿，露彩見華滋。苑静疏螢濕，巢空驚鶴移。漸穿鳴瑟幌，偏鑒讀書帷。濛谷徒催曉，纖阿莫放虧。陳王收妙舞，疑待仲宣辭。

天聖五年（一〇二七），三十七歲。

正月，罷樞密副使，以刑部侍郎知宋州。改應天府（今河南商丘縣）。宋史晏殊傳：「坐從幸玉清昭應宫，從者持笏後至。殊怒，以笏撞之，折齒。御使彈奏，罷知宋州。數月，改應天府。」

大興學校，延請范仲淹掌學，以教生徒。晏公神道碑銘：「留守南京，大興學校，以教諸生。自五代以來，天下學廢，興自公始。」按：宋州爲太祖舊藩，故後改爲應天府，又稱南京。

舉王琪爲府簽判。宋孔平仲孔氏談苑卷三云：「晏丞相殊知南京，王琪、張亢爲幕客，泛舟湖中，以諸妓隨。」

本年所作詩詞：

丁卯上元燈夕二首

九衢風静燭無煙，寶馬香車往復還。三十二天應降瑞，盡移星斗照人間。

百萬人家户不扃，管絃燈燭沸重城。遊車正滿章臺陌，爲報天雞莫浪鳴。

假中示判官張寺丞王校勘：

元巳清明假未開，小園香徑獨徘徊。春寒不定斑斑雨，宿醉難禁灩灩盃。無可奈何花落去，似曾相識燕歸來。遊梁賦客多風味，莫惜青錢萬選才。

次韻和王校勘中秋月

廣寒仙署愜心期，秋半梧臺木葉稀。有客正吟星北共，何人重賦鵲南飛。光含綺席傳三雅，影逗蘭房撤九微。趨府逸才過鮑椽，不辭終夕賞清暉。按：王詩已佚。

浣溪沙（一曲新詞酒一盃）。

天聖六年（一〇二八），三十八歲。

被召回京，拜御史中丞，改兵部侍郎，兼秘書監，資政殿學士，翰林侍讀學士。

十二月，薦范仲淹爲秘閣校理。

本年所作詞：

浣溪沙（緑葉紅花媚曉煙）。

浣溪沙（湖上西風急暮蟬）。

浣溪沙（楊柳陰中駐彩旌）。

天聖七年（一〇二九），三十九歲。

開始營造西園私邸。

本年所作詩：

和王校勘中夏東園

東園何所樂，所樂非塵事。野竹亂無行，幽花晚多思。閒窺魚尾赤，暗辨蜂腰細。樹影密遮林，篠梢狂罥袂。潘蔬足登膳，陶秫徑取醉。幸獲我汝交，都忘今昔世。歡言捧瑶佩，願以疏麻繼。按：王詩已佚。

宋祁詩：

賦成中丞臨川侍郎西園雜題十首

雙假山 在庭廡，左右相對。

佛螺雙髻矗層嵐，雲穴呀空蘚暈銜。異日主公求肖像，居然認得傅溪巖。

煙竹

煙梢露葉貫冬榮，高出危牆近覆亭。聞道蘭臺有圖籍，故留春粉助蒸青。

牡丹

上國名園買地裁，試知韓令是雄猜。香根斷盡成何事，不識騷人託諷才。自注：楚人以香草喻君子，則牡丹亦香草之一也。

酴醾架　圓陰婆娑，公嘗列坐榻其下。

媚條無力倚風長，架作圓陰覆坐涼。露蕊一春清襲袂，有人知是令君香。

柳

散漫飛綿阿娜枝，家家眺賞霽霜威。盡將煙葉偷眉嫵，不爲章街走馬歸。

射堋

棲鵠雲侯迥勢開，主人留客侑金罍。欲知謝尚風流極，賭得將軍鼓吹來。

李樹

曾見繁英出縹牆，更將朱實奉華堂。蹊桃得地偏相映，莫損清陰欲代僵。

柏樹

昔託孤根百仞溪，何年移植對芳蹊。雲巖烈麝相思久，悵望清香未滿臍。

翠柏童然雜藹間，簿書餘暇獨來看。不須更共春葩競，留取青青待歲寒。

小池

細溜沙渠逗曲池，碧潯餘潤漬蚌衣。風休浪静如圓鑑，時有文禽照影飛。

桃 佚存本卷一八作小桃

春香摇曳夏陰繁，蹊曲愔愔静可攀。不是仙園三食罷，何緣靈核到人間。

絳蕊迎春五出齊，開時未識早鶯啼。不應占盡游人賞，留取餘芳付李蹊。

爲就東君得早紅，年年開趁落梅風。凌寒拂曉相看意，争合尊中放酒空。

按：全宋詩二六一二頁在原題下存六首，注云：「原詩十首，其中柏樹、小池、李樹、小桃四首已分别見正集，故删省。」查李樹見全宋詩二五六二頁，小桃見二五六三頁，題改作桃，成三首；柏樹見二五七〇頁，成二首；小池見二五七四頁。據以逐録。

天聖八年（一〇三〇），四十歲。

正月，知禮部貢舉，舉歐陽修第一。

天聖九年（一〇三一），四十一歲。

爲三司使。

宋祁詩：

和三司晏尚書西園暇日

陰陰嘉樹雜花殘，下畹行吟静更歡。草葉參差聊藉帶，竹皮紛墮即爲冠。餘盃更辨浮冰酎，小袛初思御月紈。公有吾廬無限愛，海圖周傳不同看。　按：晏殊詩已佚。

和三司晏尚書秋詠

霜繁天白雁行單，灌莽梢梢矗早寒。正是河山摇落處，莫輕離思欲憑闌。自注：尚書詩有「莫憑高樓伸遠目」之句。

溪湣水浄蓮莖倒，林杪風乾栗罅開。迴眺獨吟俄夕景，畢逋鴉尾過牆來。　按：晏殊詩已佚。

三司晏尚書西園玩菊

涉園求勝賞，時菊豔秋光。散漫仙潭餌，襹褷瑞鵠裳。酒薰吹晚蕊，蜂冷抱殘香。公意固盈感，留盃盡夕陽。

和楊學士同晏尚書西園對菊

歲秋無異卉，佳菊自成妍。薄采稱觴客，繁開落帽天。把池閒沮洳，留蝶小翩翾。爲結胡公賞，并懷酈水邊。自注：尚書詩有「并懷渦舊玩」之句。　按：晏殊詩已佚。

仁宗明道元年（一〇三二），四十二歲。

正月，元宵節侍觀燈。

宋祁詩：

和三司尚書宣德門侍觀燈

觚棱南抱綵山連，樓下沈香百炬然。此夜有人之帝所，默裁餘韻記鈞天。按：晏殊詩已佚。

八月，復爲樞密副使，未拜。改參知政事，遷尚書左丞。

二月，李宸妃薨。由晏殊撰李宸妃墓志。

明道二年（一〇三三），四十三歲。

三月，章獻太后崩。

四月，罷參知政事，以禮部尚書知亳州。罷職原因爲撰李宸妃墓志未言宸妃係仁宗生母。見本書前言。

本年所作詩：

癸酉歲元日中書致齋感事

一葉春王拆瑞筳，八齋西省夕香濃。多年不宿金閨署，自注：自天聖三年乙丑歲十月十四日由翰林授樞密副使，罷宿禁中凡八年矣。半夜再聞長樂鐘。却展舊編探史漢，更慚高步接夔龍。十思三省無荒豫，千載亨辰豈易逢。

弔蘇哥

蘇哥風味逼天真，恐是文君向上人。何日九原芳草緑，大家攜酒哭青春。按：西清詩話云：「元獻初罷政事，守亳社，每歎士風凋落。一日，營妓劉蘇哥有約終身而寒盟者，方春物暄妍，馳駿馬出郊，登高塚曠望，長慟遂卒。元獻謂士大夫受人眄睞，隨燥濕變渝如翻覆手，曾狂女士不若。爲序其事，以詩弔之云。」

九月八日游渦

黄花夾徑疑無路，紅葉臨流巧勝春。前去重陽猶一日，不辭傾盡蟻醪醇。

歐陽修有詩：

寄謝晏尚書二絶

送盡殘春始到家，主人愛客不須嗟。紅泥煮酒嘗青杏，猶向臨流藉落花。

爛漫殘芳不可收，歸來惆悵失春遊。緑陰深處聞啼鳥，猶得追閑果下騮。

仁宗景祐元年（一〇三四），四十四歲。

在亳州。

范仲淹於八月調知蘇州，有詩寄給晏殊：

依韻奉酬晏尚書見寄

徽音來景亳，盛事聳吳鄉。上象三台照，高文五色章。純如登樂府，淵若測天潢。寒谷春熏煦，幽宮草特芳。感知心似血，思報鬢成霜。新定慚無惠，姑蘇惜未康。堯湯餘水旱，劉白舊風光。北闕雲霓遠，南園橘柚荒。願聞歌畫一，敢議賦長楊。碌碌嘲須解，循循教弗忘。跡甘榮路外，情寄聖門旁。幾託爲魚夢，江湖尚渺茫。按：晏殊原詩已佚。

又用前韻謝晏尚書以近著示及

祖述賢人業，何因降互鄉。周公舊才美，夫子近文章。逸氣彌衝斗，雄源甚決潢。月中靈桂老，春外寶芝芳。遠似天無翳，清如塞有霜。日星圖舜禹，金石頌成康。謂真廟神御頌也。渦曲風騷盛，謂游渦之作也。黌丘學校光。謂青社州學記也。至精含變化，大手鑿洪荒。崧嶽詞欺甫，甘泉價掩揚。滿朝當諷誦，終古豈遺忘。恍若探龍際，森疑履虎傍。半生游此道，觀海特茫茫。

歐陽修有詩：

和晏尚書夏日偶至郊亭詩

關關啼鳥樹交陰，雨過西城野色侵。避暑誰能陪劇飲，清歌自可滌煩襟。稻花欲秀蟬初嘒，菱蔓初長水正深。知有江湖杳然意，扁舟應許共追尋。按：晏殊原詩已佚。

和晏尚書自嘲

未歸歸即秉鴻鈞，偷醉關亭醉幾春。與物有情寧易得，莫嗔花解久留人。按：晏殊原詩已佚。

景祐二年（一〇三五），四十五歲。

二月，自亳州徙知陳州。

景祐三年（一〇三六），四十六歲。

在陳州。

十二月，蘇軾生。

仁宗寶元元年（一〇三八），四十八歲。

自陳州召還，爲御史中丞、三司使。

第八子晏幾道生於此年。

與宋綬詳定李照新樂。

據晏公神道碑銘載，西夏元昊反，師出陝西。公數建利害，請罷監軍，兼以陣圖授諸將，使得應敵爲攻守，及制財用爲出入之要。天子悉爲施行，自宮禁先，以率天下，而財賦之職悉歸有司。卒能以謀臣元昊，使聽約束。乃還其王號。

本年所作詞：

訴衷情（芙蓉金菊鬬馨香）。

訴衷情（數枝金菊對芙蓉）。

宋庠有詩：

和中丞晏尚書木芙蓉金菊追憶譙郡舊花詩

絳豔由來拒早霜，金英自欲應重陽。主人昔意兼新意，併作寒葩兩種香。按：晏殊原詩已佚。

和中丞晏尚書憶譙渦二首

縠浪如煙曲里深，使旗齋舫此幽尋。不知魚鳥思人否，曾費東山擁鼻吟。

沿緣緑篠無窮岸，縈帶香荷幾曲溪。可惜秋高真賞地，夕陽殘月枉平西。按：晏殊原詩已佚。

和中丞晏尚書西園晚秋懷寄

節物名園晚，風煙亦媚秋，鈿梢低露竹，珠罅老霜榴。塢籟晴先響，窗霞暝自收。山楹誰侍坐，正似傅巖幽。

衆籟日蕭蕭，閒園氣寂寥。風萍難覆水，霜葉易辭條。噪鵲繁聲合，寒蟬舊吹飄。試尋籬下菊，鄰酒濁盈瓢。按：晏殊原詩已佚。

和中丞晏尚書西園石楠紅葉可愛

幾歲江南樹，高秋洛涘園。碧姿先雨潤，紅意後霜繁。影疊光風動，梢迷夕照翻。一陪幽興賞，容易到黄昏。按：晏殊原詩已佚。

宋祁有詩：

覽中丞晏尚書譙陳二郡新詩

自頃辭台路，陪京擁使珂。遺音追正始，新韻徧中和。贈答劉公數，登臨叔子多。腸迴初有感，耳熱遂成歌。驚夢春塘草，歡顔雪席酡。拍殘吴子夜，唱殺楚陽阿。勝氣籠雲沆，清懷貯月波。無妨爍顔謝，莫獨與羊何。譙里鳴騶入，陳郊露冕過。二邦留雅詠，棠樹共婆娑。

和中丞晏尚書憶譙渦二首

𧆓𧆓行艫破練光，提鞭舊岸接回塘。使君幾作臨波醉，猶省當時問葛彊。

春波漫處尋他浦，晚潦清時覓故洲。使舸忽歸心賞罷，後來風浪但驚鷗。按：晏殊原詩已佚。

和晏尚書詠芙蓉金菊

千疊綃紅抱蕊乾，一番金雨映趺攢。比來醉筆賡新曲，簡上飛霜不擬寒。按：晏殊原詩已佚。

仁宗康定元年(一〇四〇)，五十歲。

正月，西夏元昊寇延州。

二月，知制誥韓琦安撫陝西。

三月，晏殊自三司使刑部尚書除知樞密院事。

三月，范仲淹知永興軍。七月，與韓琦並爲陝西經略安撫副使。

九月，晏殊加檢校太尉樞密使。

仁宗慶曆元年（一〇四一），五十一歲。

爲樞密使。與陸經、歐陽修等西園宴飲詠雪，以此與修不協。

宋胡仔苕溪漁隱叢話二十六引隱居詩話云：「晏元獻殊作樞密使。一日雪中退朝，客次有二客，乃歐陽學士修，陸學士經。元獻喜曰：『雪中詩人見過，不可不飲也。』因置酒共賞，即席賦詩。是時西師未解，歐陽修句有『主人與國共休戚，不惟喜樂將豐登。須憐鐵甲冷徹骨，四十餘萬屯邊兵。』元獻怏然不悦。嘗語人曰：『裴度也曾燕客，韓愈也會做文章，但言園林窮勝事，鐘鼓樂清時，却不曾恁地作鬧。』」

歐陽修詩：

晏太尉西園賀雪歌

陰陽乖錯亂五行，窮冬山石暖不冰。一陽且出在地上，地下誰發萬物萌。太陰當用不用事，蓋由姦將不斬虧國刑。遂令邪風伺間隙，潛中瘟疫於疲氓。神哉陛下至仁聖，憂勤懇禱通精誠。聖人與天同一體，意未發口天已聽。忽收寒威還水官，正時肅物凜以清。寒風得勢獵獵走，瓦乾霰急落不停。恍然天地半夜白，羣雞失曉不及鳴。清晨拜表東上閤，鬱鬱瑞氣盈宫庭。退朝騎馬下銀闕，馬滑不慣行瑶瓊。晚趨賓館賀太尉，坐覺滿路流歡聲。便開西園掃徑步，正見玉樹花凋零。小軒却坐對山石，拂拂酒面紅煙生。主人與國共休戚，不惟喜悦將豐登。須憐鐵甲冷徹骨，四十餘萬屯邊兵。

和晏尚書對雪招飲　慶曆元年

瑶林瓊樹影交加，誰伴山翁醉帽斜。自把金船浮白蟻，應須紅粉唱梅花。　按：晏殊原詩已佚。

宋祁有詩：

和晏太尉西園晚春

北平心計盡紅牙，五日雕鞍暮到家。林下覓春春已晚，緑楊枝暗不通鴉。

風藹幡幡續去條，一朝歡盡負霞朝。人間賦筆如公少，借問離愁著底澆。

渦曲攀花泥酒卮，自注：來詩有懷渦曲，此亦及之。西園春去一凝思。謝公今繫蒼生望，無復東山攜妓時。　按：晏殊原詩已佚。

慶曆二年（一〇四二），五十二歲。

七月，自樞密使加同平章事。

本年所作詩：

壬午歲元日雪

千門初曙徹星河，颯颯貂裘潤玉珂。向獸樽前飛絮早，景陽鐘後落梅多。無聲暗重瓊林彩，有意微藏璧沼波。三殿端辰得嘉瑞，不須庭燎夜如何。

次韻和司空相公閏秋重九中書對菊

兩掖儀臺峻，珍叢應序黄。積分廻令節，伏檻賞幽芳。昧谷重延律，仙州剩借霜。冒寒知蕙苦，逾分得荃香。漢幄羣生遂，虞廷萬事康。與人同所樂，留翫屬澄觴。

閏九月九日

閏秋重九再佳辰，猶見黄花裛露新。更作登高亦何害，恨無彭澤苦吟人。

宋祁詩：

和樞密晏太尉元日雪

寒雲萬里送殘宵，面旋祥霙集歲朝。繁影未能藏夜燎，薄花仍欲伴春椒。光含象闕蒼龍舞，氣勒交衢卓馬驕。豐兆歡歌誰不爾，百家兼放五門朝。按：晏殊原詩已佚。

慶曆三年（一〇四三），五十三歲。

三月，自檢校太尉刑部尚書同年章事，加同中書門下平章事，集賢殿學士，兼樞密使。

本年所作詞：

拂霓裳（慶生辰）。

慶曆四年（一〇四四），五十四歲。

元日，會兩禁於私邸，作木蘭花詞（東風昨夜回梁苑）。

二月，作玉堂春詞（斗城池館）。

九月，爲孫甫、蔡襄所論，罷相，以工部尚書知潁州。

慶曆五年（一〇四五），五十五歲。

在潁州。改刑部尚書。

阜陽縣志：同叔謫居潁州，飲酒賦詩自若。曾於西湖建清漣閣，又手植雙柳於閣前。其後歐陽修守潁，爲建雙柳亭，而清漣閣亦改爲去思堂。歐有答杜相公寵示去思堂詩。歐詩見二三八頁。

慶曆七年（一〇四七），五十七歲。

在潁州。

歐陽修致書晏殊。

與晏元獻公　同叔　慶曆七年

某啓。孟春猶寒，伏惟判府相公尊體動止萬福。前急足自府還，伏蒙賜書爲報。且承臨鎮之餘，日有林湖閒燕之樂。此乃大君子以道出處之方，而元老明哲所以爲國自重之意也。幸甚幸甚。有魏廣者，好古守道之士也。其爲人外柔而内剛，新以進士及第，爲滎陽主簿。今因吏役至府下，非有他求，直以卑賤不能自達，欲一趨門仞而已。伏惟幸賜察焉。不備。某再拜。

與梅堯臣唱和。

梅堯臣有詩：

八日就湖上會飲呈晏相公

明當是重九，黃菊還開不。先將掇其英，秋逕未能有。頹齡無以制，但不負此酒，紅頰誰使歌，公憐牛馬走。

九日擷芳園會呈晏相公

今日始見菊，雖見未全開。猶勝昔無酒，持望白衣來。破類浮金英，雜蟻已盈盃。何必探丹萸，結佩上高臺。自不愧佳節，安聽飛鴻哀。

謝晏相公

刻意向詩筆，行將三十年。嘗經長者目，未及古人肩。昔慕荀文若，多稱王仲宣。今慚此微賤，重辱相君憐。

道中謝晏相公寄酒

赬泥墨印幾壺醁，將慰窮途阮步兵。一夜臨流對明月，舉盃愁聽雁來聲。

依韻和晏相公

微生守賤貧，文字出肝膽。一爲清潁行，物象頗所覽。泊舟寒潭陰，野興出秋菼。因吟適情性，稍欲到平淡。苦辭未圓熟，刺口劇菱芡。方將挹溟海，器小已瀲灎。廣流不拒細，愧抱獨慊慊。疲馬去軒時，戀嘶芻秣減。茲繼周南篇，短橈寧及艦。試知不自量，感涕屢揮摻。按：晏殊原詩已佚。

以近詩贄尚書晏相公忽有酬贈之什稱之甚過不敢輒有所敘謹依韻綴前日坐末教誨之言以和

嘗記論詩語，辭卑名亦淪。原注：「公曰：名不盛者，辭亦不高。」寧從陶令野，原注：「公曰：彭澤多野逸田舍之語。」不取孟郊新。原注：「公曰：郊詩有五言一句，全用新字。」琢礫難希寶，嘘枯强費春。今將風雅什，付與二南陳。

途中寄上尚書晏相公二十韻

驚飈入林鴉亂飛，舞空落葉相追隨。秋權摧物不見跡，但使萬古生愁悲。登山臨水昔感別，身作旅人安得宜。單舟匹婦更無婢，朝餐每愧婦親炊。平生獨以文字樂，曾未敢耻貧賤爲。官雖寸進實過分，名姓已被賢者知。疎愚生不謁豪貴，守此退縮行將衰。潁州相公秉道德，一見不以論高卑。久調元化費精力，猶且未倦删書詩。唐之文章剔蕪穢，纖悉寧有差毫釐。謂其躭學可與語，便語淵奥袪佹疑。浮言近意不歷口，直欲海窟拏蛟螭。再拜膝前荷勤誨，垂槖稇載歸忘饑。解艇水驛無幾舍，新詩又遣牙兵持。上言行李覽景物，聊可與婦陳酒巵。下言狂斐頗及古，陶韋比格吾不私。相公貴且事翰墨，我輩豈得專遊嬉。今將蒿芹薦俎豆，定亦不以微薄遺。嘗令有詠無巨細，當因川陸舟車貽。日對順流思疾置，老魚姦怯潛鱗鬐。

宋祁詩：

詠西湖上寄潁州相公

湖邊煙樹與天齊，獨愛湖波照影時。崖蔣渚蘋春披靡，佛樓僧閣暝參差。相君萬一來湖上，手弄潺湲更憶誰。

慶曆八年（一〇四八），五十八歲。

自潁州移陳州。

范仲淹過陳州來謁。

范文正公言行拾遺事録卷第一：「公以晏元獻薦入館，終身以門生事之。後雖名位相亞，亦不敢少變。慶曆末，晏公守宛丘，文正過南陽，道過，特留歡飲數日。其書題門狀猶稱『門生』。將別，投詩云『曾入黄扉陪國論，却來絳帳受師資』之句。聞者皆歎服。」

范仲淹詩：

過陳州上晏相公

曩由清舉玉宸知，今覺光榮冠一時。曾入黄扉陪國論，重來絳帳受師資。談文講道渾無倦，養浩存真絶不衰。獨愧鑄顔恩未報，捧觴爲壽獻聲詩。

辟梅堯臣爲陳州鎮安軍判官。

梅堯臣詩：

依韻朱學士廉叔憶潁州西湖春色寄獻尚書晏公且將有宛丘之命

物景有先後，春工無舊新。追歡成杳靄，寄詠苦逡巡。湖水與濠接，岸亭將寺鄰。豔花簪舞髻，弱藻罥重緡。客奏桓伊笛，人歌柳惲蘋。何嘗煩几案，自得去埃塵。縱語曾忘倦，從游未覺頻。賦詩高壓古，下筆敏如神。每想魂俱往，終知夢是因。廣騷常慕屈，感遇亦希陳。借問摛詞者，當時别乘人。喜公移幕府，連賞二州春。

泊姑孰江口邀刁景純相見 原注：時陳州晏相公辟。

尾生信女子，抱柱死不疑。吾與丞相約，安得不顧期。徘徊大江側，念此親相知。欲留時已晚，欲去情難持。引領望軒車，豈能慰我思。願聞下士禮，無曰屈非宜。

仁宗皇祐元年（一〇四九），五十九歲。

正月，歐陽修自滁州移知潁州。作啓寄晏殊。

宋胡仔苕溪漁隱叢話二十六引潘子真詩話云：「永叔頗聞晏因賦雪詩有語。其後歐守青社，晏亦出殿宛丘，歐乃作啓，叙生平出處，以致謝悃……晏得書，即於紙尾作數語，授書記謄本答之，甚滅裂。坐客怪而問焉，晏徐曰：『作答知舉時一門生書也。』意終不平。」

八月，自陳州徙知許州（今河南許昌縣）。

歐陽修啓：

與晏相公殊書 皇祐元年

春暄，伏惟相公閣下動止萬福。修伏念曩日相公始掌貢舉，修以進士而被選掄。及當鈞衡，又以諫官而蒙奬擢。出門館不爲不舊，受恩知不謂不深。然而足迹不及於賓階，書問不通於執事。豈非飄流之質，愈遠而彌疏；孤拙之心，易危而多畏。動常得咎，舉輒累人。故於退藏，非止自便。今者偶因天幸，得請郡符。問遺志之所思，流風未遠；瞻大邦之爲殿，接壤相交。因得自伸懇悃之誠，庶幾少贖曠怠之責。伏惟相公朝廷元老，學者宗師，尚屈蕃宣，行膺圖任。伏惟上爲邦國，信保寢興。企望旌麾，無任激切。

宋祁詩：

寄獻許昌晏相公

右輔風煙接上都，功成番愛駐州旟。爐經萬物爲銅後，田是諸侯假璧餘。合宴金匏催大白，當年賓從照紅渠。向來病守增惆悵，不預懷鉛奉相車。

皇祐二年（一〇五〇），六十歲。

秋，遷户部尚書，以觀文殿大學士知永興軍（今陝西西安）。

大約十月前曾有書信寄給梅堯臣，信已佚。

梅堯臣有詩：

十月二十一日得許昌晏相公書

哀憂向二年，朋戚誰與書。敢意大丞相，尺題傳義廬。從來鳳凰鳴，不厭寒竹疏。茂林多翔鳥，要路盛高車。窮巷一如此，江深無鯉魚。

辟張先爲通判。

宋王曍道山清話：「晏元獻公爲京兆，辟張先爲通判。新納侍兒，公甚屬意。先字子野，能爲詩詞，公雅重之。每張來，即令侍兒出侑，往往歌子野所爲之詞。其後，王夫人寖不容，公即出之。一日子野至，公與之飲。子野作碧牡丹詞，令營妓歌之，有云『望極藍橋，但暮雲千里。幾重山，幾重水』之句。公聞之憮然，曰：『人生行樂耳，何自苦如此。』亟命於宅庫支錢若干，復取前所出侍兒。既來，夫人亦不復誰何也。」

張先詞：

碧牡丹　晏同叔出姬

步障摇紅綺。曉月墮，沈煙砌。緩板香檀，唱徹伊家新製。怨入眉頭，斂黛峯横翠。芭蕉寒，雨聲碎。鏡華翳。閒照孤鸞戲。思量去時容易。鈿盒瑶釵，至今冷落輕棄。望極藍橋，但暮雲千里。幾重山，幾重水。

木蘭花　晏觀文畫堂席上

檀槽碎響金絲撥。露濕潯陽江上月。不知商婦爲誰愁，一曲行人留晚發。　畫堂花入新聲別。紅蕊調高彈未徹。暗將深意語膠絃，長願絃絲無斷絶。

皇祐三年（一〇五一），六十一歲。

在永興軍任。

歐陽修有詩：

答杜相公寵示去思堂詩

當年丞相倦洪鈞，弭節初來潁水濱。惟以琴樽樂嘉客，能將富貴比浮雲。西溪水色春常緑，北渚花光暖自薰。自注：去思堂在北渚之北，臨西溪。溪，晏公所開也。得載公詩播人口，去思從此四夷聞。

皇祐四年（一〇五二），六十二歲。

在永興軍任。

五月，范仲淹卒於徐州。

宋庠有詩：

晚歲感舊寄永興相國晏公

誤知三十載，頑魯寄洪鈞。物比青氈舊，年驚白髮新。河冰斜界陝，關樹曲遮秦。何日陪師席，孤懷跪自陳。

皇祐五年（一〇五三），六十三歲。

秋，自永興軍徙知河南，兼西京留守，遷兵部尚書。

張先有詞：

玉聯環　送臨淄相公

都人未逐風雲散。願留離宴。不須多愛洛城春，黄花訝、歸來晚。　葉落灞陵如翦。淚霑歌扇。無由重肯日邊來，上馬便、長安遠。

仁宗至和元年（一〇五四），六十四歲。

在河南。

歐陽修致書 皇祐六年

某叩首。孟春猶寒，伏惟留守相公大學士動止萬福。某罪逆不孝，不自死滅。猶存喘息，自齒人曹。近者輒以哀誠，具之號疏。台慈軫惻，憐念孤窮，亟遣府兵，賜以慰答。有以見厚德載物，無所不吝。求舊拾遺，雖弊不棄。捧讀感涕，不知自已。内惟孤賤，受賜有年。豈獨兹時，乃爾忉怛。蓋以感激，臨紙發於其誠而不能止也。留務清閒，伏惟上爲邦家，精調寢饍。下情區區，謹因人還，附以叙謝。某再拜。

六月，以疾歸京師。

八月，疾少間，侍講邇英閣。

宋宋敏求春明退朝録卷上：「至和初，晏元獻公以舊相爲觀文殿大學士，提舉萬壽觀。」

至和二年（一〇五五），六十五歲。

正月，卒。

宋王銍默記上：「晏元獻自西京以久病歸京師，留寘講筵。病既革，上將臨問之。甥楊文仲謀，謂凡問疾大臣者，車駕既出，必攜紙錢，蓋已膏肓，或遂不起，即以弔之，免萬乘再臨也。遂奏臣病稍安，不足仰煩臨問。仁宗然之。實久病，忌攜奠禮以行。然後數日即薨。故歐公作神道碑言，明年正月疾作，不能朝。飭太醫朝夕視。有司除道，將幸其家。公歎曰：『我無狀，乃以疾病憂吾君。』即奏臣疾少間，行愈矣。乃止。丁亥，以公薨聞。以不即視公爲恨，蓋此意也。」三月，葬於許州陽翟縣麥秀鄉之北原。謚元獻，蘇頌爲謚議。歐陽修爲神道碑，王洙書。仁宗篆碑首，曰「舊學之碑」。

小山詞箋注

前言

晏幾道（一〇三八—一一一〇），字叔原，號小山。他是晏殊的第八子。關於他的生卒年，由於史籍失載，過去有不少學者根據零星資料，作出多種不同的推算。一九九七年文學遺産第一期發表涂木水關於晏幾道的生卒年和排行一文，叙述他親往二晏的故里江西省進賢縣文港鄉沙河村（原屬臨川縣），查閲東南晏氏重修宗譜，終於找到晏幾道生卒年的明確記載：「宋寶元戊寅四月二十三日辰時生，宋大觀庚寅九月殁，壽七十三歲。」寶元戊寅是公元一〇三八年，大觀庚寅是公元一一一〇年。各種推算，已無須贅述。

至於他是晏殊的第幾個兒子，以前有第七子和第八子兩種不同的説法。宗譜上記載的是：「固公次子殊，生子九：居厚、成裕、全節、宣禮、崇讓、銘遠、祗德、幾道、傳正。」並且在幾道一項注明「殊公八子」。不過涂氏在文中説：「晏幾道的三哥全節從小過繼給叔叔晏潁爲子。如果不把全節算在内，晏幾道就是晏殊的第七個兒子。」歐陽修觀文殿大學士行兵部尚書西京留守贈司空兼侍中晏公神道碑銘中，寫的是「子八人」，不列全節的名字，幾道排在第七位。所以稱他爲晏殊的第七子，也不能算錯。

寶元元年戊寅（一〇三八），晏殊四十八歲。據宋李燾續資治通鑑長編一二二寶元元年四月：「乙亥，刑部尚書知陳州晏殊以本官兼御史中丞，充理檢使。」四月乙亥是四月初九，此時晏殊已從陳州召回汴京。由此可知，四月二十三日叔原是出生於汴京的。此後幾年，晏殊一直在京，職位不斷升遷，一直升到中書門下平章事兼樞密使。直到慶曆四年（一〇四四）九月罷相，以工部尚書知潁州，才離開汴京。這時叔原七歲。也就是說，叔原自誕生到七歲一直住在汴京，所以他把汴京看作自己的故鄉。這一點，可以從他的詞句「歸去鳳城時」（生查子詞），「曉霜紅葉舞歸程……雲鴻相約處，煙霧九重城」（臨江仙詞）得到證實。

晏殊受貶離京，一個七歲的孩子，按情理推測，當是跟隨父親一起去了潁州。叔原在汴京的七年中，有兩件事情可以提一提。第一件，在小山詞中有三首詞敘述在他童年發生的事情：

南鄉子

小蕊受春風。日日宫花花樹中。恰向柳緜撩亂處，相逢。笑靨旁邊心字濃。歸路草茸茸。家在秦樓更近東。醒去醉來無限事，誰同。說著西池滿面紅。

減字木蘭花

長楊輦路。綠滿當年攜手處。試逐春風。重到宫花花樹中。芳菲繞徧。今日不如前日健。酒罷凄涼。新恨猶添舊恨長。

采桑子

紅窗碧玉新名舊，猶綰雙螺。一寸秋波。千斛明珠覺未多。　小來竹馬同游客，慣聽清歌。今日蹉跎。惱亂工夫暈翠蛾。

「宮花」、「西池」、「長楊輦路」，説明地點是在汴京。「日日宮花花樹中」與「重到宮花花樹中」顯然所寫的是同一件事。據詞意推想，叔原六七歲時在西池遇見一屬於歌女家庭的女孩（「家在秦樓更近東」），青梅竹馬，一起游玩。後來叔原跟隨父親去了潁州。到宋仁宗至和元年（一〇五四）六月晏殊以疾歸京師，叔原亦回到汴京。相隔十年，此時叔原已十七歲，重新去尋找那個女孩，「芳菲繞徧」，已找不到她的行蹤。前兩首詞可能是在回汴京後同時作的。第三首叙述多年以後，他又遇到了這個已經落魄的歌女。

第二件是關於宋黄昇在唐宋諸賢絶妙詞選中所選的晏幾道鷓鴣天詞：

碧藕花開水殿涼。萬年枝外轉紅陽。昇平歌管隨天仗，祥瑞封章滿御牀。

金掌露，玉爐香，歲華方共聖恩長。皇州又奏圜扉静，十樣宫眉捧壽觴。

黄昇在詞調下有一則小序曰：「慶曆中，開封府與棘寺同日奏獄空。仁宗於宫中宴集，宣叔原作此，大稱上意。」黄昇的這段序文中關於這首詞的寫作年代是存在疑問的。一、慶曆中，叔原還只六七歲，未必能寫出這樣的詞。二、據鄭騫晏叔原繫年新考：「予爲此徧閱宋史仁宗紀、刑法志及宋會要刑法門，慶曆八年之中絶無『開封府與棘寺同日奏獄空』的記載。」三、宋晁端禮有十首鷓鴣天詞，在所附小序中曰：「晏叔原近作鷓鴣天曲，歌詠太平，輒擬之爲十首。野人久去輦轂，不得目覩盛事，姑誦所聞萬一而已。」詞中之「朔方諸部奏河清」、「圜扉木索頻年静」，與小山詞中「昇平歌管隨天仗」、「皇州又奏圜扉静」之意相同，可知即因叔原此詞而作。端禮生於慶曆六年，如叔原此詞作於慶曆中，則此時端禮年僅二三歲，不可能作這十首詞，尤不可能言「野人久去輦轂」。端禮之詞中還有「須知大觀崇寧事，不愧生民下武篇」之句。崇寧（一一〇二—一一〇六）、大觀（一一〇七—一一一〇），都是宋徽宗年號。則此十首詞最早也應作於大觀年間，而叔原作這首鷓鴣天則在此前不久（晁序稱近作）。又宋會要輯稿刑法獄空載：「徽宗崇寧四年（一一〇五）閏二月六日詔：開封府獄空，王寧特轉兩官。兩經獄空，推官晏幾道、何述、李注，推官轉管勾使院賈炎，並轉一官，仍賜章服。」又：「五年（一一〇六）十月三日開封尹時彦奏：『開封府一歲内四次獄空，乞宣付史館。』從之。」叔原詞中有「碧藕花開水殿涼」之句，由此推測，此詞當作於崇寧五年（一一〇六）六、七月間。晁詞可能作於大觀元年（一一〇七），相隔一年左右。這樣，「近作」、「野人久去輦轂」等語，就都説得通了，也比較接近事實。（晁詞見附録二）

晏殊於慶曆四年去潁州後，歷經陳州、許州、永興軍（西安）、河南，至仁宗至和元年六月以疾歸京師，次年正月去世，離開汴京約十年。這十年中，有關叔原的生活情況，無從查考，多半是一直跟隨着父親。據歐陽修晏公神道碑銘記載，晏殊去世時，叔原和弟弟傳正都已有太常寺太祝（正九品）的官職。很可能是晏殊患病回京後，仁宗念他是東宫舊臣，對他特别優待，仍封他爲邇英閣侍講，五日一朝前殿，儀從如宰相。或許知道他的兩個小兒子還没有官職，一下子賞賜他們兩個同樣的職位。晏公神道碑銘還記載：「孫及甥之未官者九人，皆命以官。」連孫子、外甥等都蒙恩賜官職，作爲兒子的叔原，賞一個九品小官，當然不在話下。九品官的俸禄是很微薄的，不過這時叔原的家庭仍十分富裕。不僅在汴京有父親的賜第，還有「食邑萬二千户，實封三千七百户」。（歐陽修晏公神道碑銘）

從至和二年（一〇五五）叔原十八歲到神宗熙寧七年（一〇七四）叔原三十七歲因鄭俠上書事件牽連入獄，其間十九年，有關叔原的事跡並無記載。不過在他的詞作中却有不少材料可供探索。先看他的兩首詞：

采桑子

西樓月下當時見，淚粉偷勻。歌罷還顰。恨隔爐煙看未真。　別來樓外垂楊縷，幾换青春。倦客紅塵，長記樓中粉淚人。

滿庭芳

南苑吹花，西樓題葉，故園歡事重重。憑闌秋思，閒記舊相逢。幾處歌雲夢雨，可憐便、流水西東。別來久，淺情未有，錦字繫征鴻。　年光還少味，開殘檻菊，落盡溪桐。漫留得、尊前淡月西風。此恨誰堪共説，清愁付、緑酒盃中。佳期在，歸時待把，香袖看啼紅。

這兩首詞都叙述他與西樓的一個歌女的關係。故園是指汴京。南苑是指汴京城南的玉津園。西樓當然也在汴京。他們倆度過了一段「歌雲夢雨」的歡樂時光，後來就分别了，而且分别了多年。至於分別的原因，可以從另外兩首詞中得到綫索。

少年游

西樓別後，風高露冷，無奈月分明。飛鴻影裏，擣衣砧外，總是玉關情。　王孫此際，山重水遠，何處賦西征。金閨魂夢枉丁寧，尋盡短長亭。

秋蕊香

歌徹郎君秋草。別恨遠山眉小。無情莫把多情惱。第一歸來須早。　紅塵自古長安道。故人少。相思不比相逢好。此別朱顔應老。

看詞意可知，叔原是到長安去了，時間是在秋天，但没有年份。據滿庭芳詞的「故園歡事重重」、少年游詞的自稱「王孫」、秋蕊香詞的自稱「郎君」加以分析，與西樓歌女的戀情不可能發生在晏殊在各州流轉的幾年中。因爲作爲一家之主的父親謫居在外省，故園怎會有重重歡事呢！也不可能發生在鄭俠上書事件之後，因爲那時叔原已經三十七歲，而且家道中落，生活潦倒（詳下），再没有「側帽風前花滿路，冶葉倡條情緒」（清平樂詞）那種瀟灑的情致，也不會自稱「王孫」和「郎君」了。最可能是在他居喪守制之後的幾年中。也就是在嘉祐二年（一〇五七）或稍後。那時，他度過了三年冷落的服喪期，他們弟兄八人都先後起復，家中的生活也恢復了正常。他去長安多半也是被委派了新的官職。他在後期所作的生查子詞中有「官身幾日閒，世事何時足」之語。在失題詩中說：「公餘終日坐閒亭。」黄庭堅也稱其「仕宦連蹇」，「陸沈於下位」，可見叔原一生中不止一次當着小官吏。這次也是如此。

叔原在長安至少待了三四年。（采桑子詞：「别來樓外垂楊縷，幾换青春。」）這幾年中，叔原寫了不少思念西樓歌女的詞。如：

前歡幾處笙歌地，長負登臨。月幌風襟，猶憶西樓著意深。（采桑子）

有人凝澹倚西樓，新樣兩眉愁。（少年遊）

醉别西樓醒不記。春夢秋雲，聚散真容易。（蝶戀花）

終易散，且長閒。莫教離恨損朱顔。誰堪共展鴛鴦錦，同過西樓此夜寒。（鷓

紅英落盡，未有相逢信。……鈿箏曾醉西樓，朱絃玉指梁州。（清平樂）

這些詞中都明確地提到西樓，不容置疑。還有上面提到過的采桑子（西樓月下當時見）和滿庭芳（南苑吹花，西樓題葉），也都作於滯留長安時。叔原曾多次寫信給該歌女。他在鷓鴣天詞中説：

題破香牋小砑紅。詩篇多寄舊相逢。西樓酒面垂垂雪，南苑春衫細細風。

花不盡，柳無窮。别來歡事少人同。憑誰問取歸雲信，今在巫山第幾峯？（鷓鴣天）

然而却始終没有得到她的回信。（滿庭芳：「别來久，淺情未有、錦字繫征鴻。」踏莎行：「别來雙燕又西飛，無端不寄相思字。」）叔原殷切地盼望着能回到汴京去與她重叙舊情。（滿庭芳：「歸時待把、香袖看啼紅。」）可是在他任滿回京後，却已找不到這個歌女。這可以從下面兩首詞中看出：

浣溪沙

樓上燈深欲閉門。夢雲歸處不留痕。幾年芳草憶王孫。　向日闌干依舊緑，試將前事倚黄昏。記曾來處易消魂。

西江月

南苑垂鞭路冷，西樓把袂人稀。庭花猶有鬢邊枝，且插殘紅自醉。　畫幕涼催燕去，香屏曉放雲歸。依前青枕夢回時，試問閒愁有幾。

另外還有一首值得注意的詞：

木蘭花

念奴初唱離亭宴。會作離聲勾別怨。當時垂淚憶西樓，濕盡羅衣歌未徧。難逢最是身强健，無定莫如人聚散。已拚歸袖醉相扶，更惱香檀珍重勸。

念奴是借代另一歌女。叔原聽該女所唱的離别之曲而勾起對西樓歌女的憶念，所以歌聲未畢，他的淚水已濕盡羅衣。詞中的「難逢最是身强健」恐非泛泛而言，或許他那時已得知西樓歌女因體弱多病而去世，所以悲不自勝而離席了。

根據上面的分析，大致可以推測，叔原與西樓歌女相戀和在長安任職，是在仁宗嘉祐三年（一〇五八）到六年（一〇六一）之間。

叔原還有多首關於南湖採蓮的詞，敘述他與一個歌女一起採蓮的戀情。

據明一統志卷二十七歸德府載：「南湖在府城南五里。晏元獻放馴鷺於湖中。」歸德府即今河南商丘。晏殊曾於天聖五年（一〇二七）在那裏當過知州，那時叔原還没有出生。所以他這次去，可能與父親生前當過知州没有多大關係，他不過是去當一個小官吏。他曾在南湖多次與該歌女泛舟和採蓮：

守得蓮開結伴游。約開萍葉上蘭舟。來時浦口雲隨棹，采罷江邊月滿樓。（鷓

鴣天）

采蓮時候慵歌舞。永日閒從花裏度。暗隨蘋末曉風來，直待柳梢斜月去。（玉樓春）

一樣宫妝簇彩舟。碧羅團扇自障羞。水仙人在鏡中游。……年年相遇緑江頭。（浣溪沙）

後來那個歌女感情起了變化，對叔原疏遠了。

疏梅月下歌金縷。憶共文君語。更誰情淺似春風，一夜滿枝新緑、替殘紅。蘋香已有蓮開信。兩槳佳期近。採蓮時節定來無？醉後滿身花影、倩人扶。（虞美人）

詞中的文君借代叔原喜愛的一起採蓮的歌女。叔原在聽另一個歌女疏梅唱歌時，責備她薄情，並問她即將到來的採蓮時節是否能赴約。結果她還是没有來。

長愛碧闌干影，芙蓉秋水開時。……煙雨依前時候，霜叢如舊芳菲。與誰同醉采香歸？去年花下客，今似蝶分飛。（臨江仙）

説明他們斷絶了往來。叔原却仍舊念念不忘舊情：

白蓮池上當時月，今夜重圓。曲水蘭船。憶伴飛瓊看月眠。黄花緑酒分攜

後，淚濕吟牋。舊事年年。時節南湖又采蓮。（采桑子）

莫愁家住溪邊。采蓮心事年年。誰管水流花謝，月明昨夜蘭船。（清平樂）

采蓮舟上，夜來陡覺，十分秋意。懊惱寒花暫時香，與情淺、人相似。……水濕紅裙酒初消，又記得、南溪事。（留春令）

在探索叔原與一起採蓮的歌女戀愛發生的年代以前，先來了解一下叔原生平中的一件大事：鄭俠上書事件。

鄭俠（一〇四一—一一一九），字介夫，福州福清人。英宗治平四年（一〇六七）進士。年輕時曾受知於王安石。神宗熙寧六年（一〇七三），鄭俠自光州司法參軍秩滿進京，監安上門，與叔原開始交往，叔原曾贈他一首七言絕句：「小白長紅又滿枝，築毬場外獨支頤。春風自是人間客，張主繁華得幾時。」

熙寧七年（一〇七四）四月，時天久不雨，河北、陝西飢民皆流入京城，而京城外飢民尤多。鄭俠畫成飢民圖，上書歷言大旱及青苗、免役等事。神宗以圖及上書示王安石，問安石：「識俠否？」安石曰：「嘗從臣學。」因乞避位。次日，新法罷者十有八事。王安石罷相，出知江寧。鄭俠又繪正直君子邪曲小人事業圖跡，指斥呂惠卿等。惠卿奏俠訕謗，下臺獄。此案株連甚衆，凡與俠有來往者，均被捕入獄受訊。在鄭俠家中搜得叔原贈俠詩，因此叔原亦不免。至十一月結案，鄭俠被判編管英州，多人被遷謫或刑責（一）。叔原還算幸運，據趙令時侯鯖録卷四載：「俠家搜得叔原與俠詩云（詩略），裕陵稱之，即令釋出。」因此免受處罰。

這次入獄，叔原雖然没有被判罪，但是在精神上受到打擊自不消説，而且對他早已開始走下坡路的家庭經濟，影響也相當重大。在當時的社會，一個犯人受到差役和獄吏的敲詐勒索，是不可避免的。所以，可以想像，他不僅家道中落，而且日趨貧困。

出獄後不久，大概在熙寧八年（一〇七五）春，他又遇見疏梅，以前在南湖認識的歌女（虞美人詞「疏梅月下歌金縷」）。下面一首詞值得注意：

洞仙歌

春殘雨過，緑暗東池道。玉豔藏羞媚頳笑。記當時，已恨飛鏡歡疏，那至此，仍苦題花信少。連環情未已，物是人非，月下疏梅似伊好。澹秀色，黯寒香，粲若春容，何心顧、閑花凡草。但莫使、情隨歲華遷，便杳隔秦源，也須能到。

詞中藏疏梅的名字。「飛鏡歡疏」，「題花信少」，指當年他與疏梅僅是一般的相識，聽她唱唱歌而已，别後也未通音信。因爲他當時追求的是另一個用文君或飛瓊作代稱的女子。不料今番却與疏梅在汴京意外相逢（可能是疏梅遷到了汴京），尤其是在自己經歷了滄桑之變（指被拘入獄）之後，故有「連環情未已」及「物是人非」之語。而疏梅却依舊年輕美麗。

這一點十分重要，因爲提供了一個證據，説明南湖採蓮這段情節發生在鄭俠事件以前不久，可能在熙寧四年（一〇七一）到六年（一〇七三）之間。（「玉豔藏羞」、「粲若春容」表明疏梅仍很年輕，可知初見和重逢之間相隔的時間不會太長。）

洞仙歌詞的結句「但莫使、情隨歲華遷，便杳隔秦源，也須能到」，表示希望能與疏梅相好。另一首清平樂（波紋碧皺）詞云：「折得疏梅香滿袖，暗喜春紅依舊。」説明他終於達到了目的。

這樣，從晏殊去世到鄭俠事件的十九年中，可以設想前一階段從守制、與西樓歌女相好、去長安任職，到任滿回京，是在至和二年（一〇五五）到嘉祐六年（一〇六一）。與歌女一起在南湖采蓮是在熙寧四年（一〇七一）到六年（一〇七三）。其中還有九、十年空白。

現在再來看另外一首詞：

少年游

西溪丹杏，波前媚臉，珠露與深勻。南樓翠柳，煙中愁黛，絲雨惱嬌顰。　當年此處，聞歌殢酒，曾對可憐人。今夜相思，山長水遠，閒卧對殘春。

這首詞寫思念過去在西溪、南樓結識的兩個歌女，她們一個名「杏」，一個名「柳」。「西溪」與「南樓」並列，而且説「當年此處」，可見實指一地，南樓乃是西溪上的一所歌樓。另外還有一首：

點絳脣

明日征鞭，又將南陌垂楊折。自憐輕别，拚得音塵絶。　杏子枝邊，倚處闌干月。依前缺，去年時節。舊事無人説。

詞中的「垂楊」即「柳」，在同一首詞中，藏「柳」和「杏」的名字。「明日征鞭」，説明作於分别的前夜。有關他與這兩個歌女的詞還有不少：

南樓風月長依舊，别恨無端有。（虞美人）

南樓暮雪，無人共賞，閑却玉闌干。（慶春時）

秋來更覺消魂苦，小字還稀。……南樓把手憑肩處，風月應知。别後除非，夢裏時時得見伊。（采桑子）

西溪在何處？很難確定。潁州西湖旁有一西溪，爲晏殊知潁州時開鑿。不過叔原在潁州時還只是個孩子，不可能到風月場所去「聞歌殢酒」。較可能的是指晏殊私邸西園附近的一條小溪，叔原望仙樓詞「一自故溪疏隔，腸斷長相憶」、胡搗練詞「遥想玉溪風景，水漾横斜影」、六么令詞「别後誰繞前溪，手揀繁枝摘」中的「故溪」、「玉溪」、「前溪」，也是指這條小溪。

叔原還去過江西和揚州。他有一首鷓鴣天詞曰：

緑橘梢頭幾點春，似留香蕊送行人。明朝紫鳳朝天路，十二重城五碧雲。　歌漸咽，酒初醺。儘將紅淚濕湘裙。贛江西畔從今日，明月清風憶使君。

這首詞的内容是送别贛州太守任滿回京，叔原在餞筵上即席作詞，由官妓歌以送别。可見叔原在江西任過小官吏。

另外還有三首詞：

虞美人

玉簫吹徧煙花路。小謝經年去。更教誰畫遠山眉。又是陌頭風細、惱人時。

時光不解年年好。葉上秋聲早。可憐蝴蝶易分飛。只有杏梁雙燕、每來歸。

浣溪沙

銅虎分符領外臺。五雲深處彩旌來。春隨紅旆過長淮。　千里袴襦添舊暖，

萬家桃李間新栽。使君回首是三台。

采桑子

高吟爛醉淮西月，詩酒相留。明日歸舟。碧藕花中醉過秋。　文姬贈别雙團

扇，自寫銀鉤。散盡離愁。攜得清風出畫樓。

「煙花路」指揚州。淮西即淮南西路，爲宋太宗至道年間分設的十五路之一，治所在揚州。由此可見，叔原曾在揚州待過一段時間。我把叔原與南樓歌女的戀情，以及在江西和揚州的經歷都歸

納在嘉祐七年（一〇六二）到熙寧四年（一〇七一）的近十年中，只是猜測。還有待發現有關的資料加以證實或糾正。

從熙寧七年（一〇七四）底鄭俠上書事件結束，到元豐五年（一〇八二）叔原監潁昌許田鎮〔二〕，其間約有八年時間，從他的詞作中可以找到一些綫索，補充史料的不足。

六么令

雪殘風信，悠颺春消息。天涯倚樓新恨，楊柳幾絲碧。還是南雲雁少，錦字無端的。寶釵瑶席。彩絃聲裏，拚作尊前未歸客。遥想疏梅此際，月底香英白。別後誰繞前溪，手揀繁枝摘。莫道傷高恨遠，付與臨風笛。儘堪愁寂。花時往事，更有多情箇人憶。

菩薩蠻

江南未雪梅花白。憶梅人是江南客。猶記舊相逢。淡煙微月中。　玉容長有信。一笑歸來近。懷遠上樓時。晚雲和雁低。

六么令中不僅藏有疏梅的名字，而且「別後誰繞前溪，手揀繁枝摘」與清平樂詞的「折得疏梅香滿袖，暗喜春紅依舊」用相同的比喻，可見同樣爲歌女疏梅而作。從菩薩蠻詞看，叔原出獄後重遇疏梅，與她相好了一段時間，又離開汴京。這一次他去了江南。據史料載，元豐元年（一〇七八）知止爲吴郡太守。知止即叔原之五兄崇讓〔三〕。這裏有兩種可能。一是叔原釋放出獄後，被派往江南做一個小官吏；二是由於出獄時神宗的聖諭是「即令釋出」，既不問罪，也不另外安排職務。所以他在汴京游蕩了二三年，正好他的五兄知止此時出任吴郡太守，他就到江南去投靠其兄。不管怎樣，下面幾首詞説明他的確在江南待了一段時期。

小亭初報一枝梅，惹起江南歸興。遥想玉溪風景，水漾横斜影。……好是玉容相並。人與花争瑩。（胡搗練）

風梢雨葉，緑徧江南岸。思歸倦客，尋芳來最晚。（撲蝴蝶）

行子惜流年。鶗鴂枝邊。吴堤春水艤蘭船。南去北來今漸老，難負尊前。（浪淘沙）

浪淘沙詞最晚作於元豐二年（一〇七九）春，因爲這一年的冬天有黄庭堅與叔原在汴京聚會的記載〔四〕。此時叔原四十二歲，已有垂老之感，故曰「今漸老」。

叔原回到汴京後還寫了幾首回憶江南的詞，如：

别浦高樓曾漫倚，對江南千里。（留春令）

夢入江南煙水路。行盡江南，不與離人遇。睡裏消魂無説處。覺來惆悵消魂誤。（蝶戀花）

接下去要分析叔原生平兩件廣爲人知的事情。一件是小山詞原序中所云：「始時沈十二廉叔、陳十君龍家有蓮、鴻、蘋、雲品謳娛客。每得一解，即以草授諸兒，吾三人持酒聽之，爲一笑樂。」另一件是監潁昌許田鎮寫所作之詞獻給韓維。監潁昌許田鎮是在元豐五年（一〇八二）〔五〕。在沈、陳兩家聽歌的年代無紀録，我把它列於去許田鎮之前，理由是：第一，叔原出身於相國門庭，家中富裕，因此他在青年時代過着優裕的生活，經常出入歌臺舞榭，飲酒聽歌，「側帽風前花滿路，冶葉倡條情緒」。（清平樂詞）至少在熙寧七年（一〇七四）鄭俠上書事件以前，也就是叔原三十六歲以前，不會貧困到幾乎長鋏依人的地步。第二，從叔原爲沈、陳兩家侍兒所寫的一些詞看，除了贊美她們的容貌和才藝以外，還提到他離開汴京、侍兒們向他送別、他離京後思念她們，以及相約再見的内容，前後長達六七年。在沈、陳兩家聽歌的事實，記載在叔原小山詞的原序中。這本詞集是「七月己巳爲高平公綴輯成編」的。高平公指范仲淹之子范純仁，七月己巳據鄭騫考證爲哲宗元祐元年到三年（一〇八六—一〇八八）之間〔六〕。這樣，就把在沈、陳兩家聽歌和叔原離開汴京都限制在元豐二年（一〇七九）從江南回京到元祐三年（一〇八八）小山詞編成的時段中。而這一時段中，叔原離京，只能是元豐五年到七年（一〇八二—一〇八四）監潁昌許田鎮。

現在把這一段時期所作的詞加以排列。

叔原從江南回到汴京後，元豐三年開始到沈、陳兩家去聽歌飲酒。他初識這些侍兒，還没有多大的感情，只是一般的贊賞而已。如：

小蓮未解論心素。狂似鈿箏絃底柱。臉邊霞散酒初醒，眉上月殘人欲去。（木蘭花）

小顰若解愁春暮。一笑留春春也住。晚紅初減謝池花，新翠已遮瓊苑路。（木蘭花）

瓊酥酒面風吹醒。一縷斜紅臨晚鏡。小顰微笑盡妖嬈，淺注輕匀長淡净。（玉樓春）

後來感情漸深，在去許田鎮時餞行的筵席上，叔原留下了一首告别小蓮的詞：

鷓鴣天

梅蕊新妝桂葉眉。小蓮風韻出瑶池。雲隨緑水歌聲轉，雪繞紅綃舞袖垂。

傷别易，恨歡遲。惜無紅錦爲裁詩。行人莫便消魂去，漢渚星橋尚有期。

正是這首詞提供了證據，説明叔原在監許田鎮以前，已與沈、陳兩家的侍兒相識。（離許田鎮返京時所作的臨江仙詞「曉霜紅葉舞歸程。……雲鴻相約處，煙霧九重城」也可以證明這一點。）這時叔原已十分貧困，故云惜無紅錦裁詩以酬謝小蓮。末句謂任滿回京，尚有再見之期。在旅途中，他又寫了一首：

浣溪沙

午醉西橋夕未醒。雨花淒斷不堪聽。歸時應減鬢邊青。　衣化客塵今古道，柳含春意短長亭。鳳樓争見路旁情。

去時是在春天，故曰「衣化客塵今古道，柳含春意短長亭」。三年半後回京是在秋天，故臨江仙詞曰「客情今古道，秋夢短長亭」。

到許田鎮後，適逢韓維出知許州〔七〕。他把過去的舊作録呈韓維。據邵博聞見後録卷十九載：「晏叔原，臨淄公晚子，監潁昌府許田鎮。手寫自作長短句上府帥韓少師。少師報書：『得新詞盈卷，蓋才有餘而德不足者。願郎君捐有餘之才補不足之德，不勝門下老吏之望』云。一監鎮官敢以盃酒間自作長短句示本道大帥，以大帥之嚴，猶盡門生忠於郎君之意。在叔原爲甚豪，在韓公爲甚德也。」邵氏所記的事實是可信的，但議論却過於迂腐。叔原呈詞，也許因爲韓維是父親的舊交，希望能靠他稍稍改善窘迫的處境。倘若叔原真是自甘貧賤，又何必去套這種近乎。而韓維是一個嚴肅的、一本正經的人，看不慣叔原醉心於歌臺舞榭、淺斟低唱的放浪生活，所以直截了當地教訓幾句。叔原自持宰相公子，一向高傲自負慣的，當然聽不進去。失望之餘，只感到世態炎涼，因而後來對富貴的人，一概抱痛絶的態度，「仕宦連蹇而不能一傍貴人之門」〔八〕。甚至蘇軾慕其名，想請黄庭堅介紹與他相見，也被他拒絶了〔九〕。

在許田鎮三年中的作品如下：

浣溪沙

牀上銀屏幾點山。鴨爐香過瑣窗寒。小雲雙枕恨春閒。　惜别漫成良夜醉，解愁時有翠牋還。那回分袂月初殘。

這是别後思念小雲的詞。

破陣子

柳下笙歌庭院，花間姊妹鞦韆。記得春樓當日事，寫向紅窗夜月前。憑誰寄小蓮。　絳蠟等閒陪淚，吴蠶到了纏緜。緑鬢能供多少恨，未肯無情比斷絃。今年老去年。

這是思念小蓮的詞。

虞美人

秋風不似春風好。一夜金英老。更誰來憑曲闌干。惟有雁邊斜月、照關山。　雙星舊約年年在。笑盡人情改。有期無定是無期。説與小雲新恨、也低眉。

這是寄給小雲的詞，由於分别時曾與小雲相約（臨江仙詞「雲鴻相約處，煙霧九重城」），因此特地説明歸期未定。

阮郎歸

天邊金掌露成霜。雲隨雁字長。緑盃紅袖稱重陽。人情似故鄉。　蘭佩紫，菊簪黄。殷勤理舊狂。欲將沈醉换悲凉。清歌莫斷腸。

這首詞表明叔原在潁昌的生活，是很逍遥自在的。也許由于他父親晏殊曾當過許州知州，雖然已相隔三十餘年，或仍有舊時的僚屬在此，當地的官員對叔原相當尊重。儘管他只是一個小小的鎮監，每逢節慶，常邀請他參與宴會，使他在半生蹭蹬之餘，産生「人情似故鄉」之感，仍保持着舊時的狂態。他有兩首生查子詞：

落梅庭榭香，芳草池塘緑。春恨最關情，日過闌干曲。　幾時花裏閒，看得花枝足。醉後莫思家，借取師師宿。

遠山眉黛長，細柳腰肢嫋。妝罷立春風，一笑千金少。　歸去鳳城時，説與青樓道。偏看潁川花，不及師師好。

這兩首詞説明叔原舊習未除，仍有冶游，即所謂「殷勤理舊狂」也。詞中之師師，爲潁昌妓女之名。宋朝妓女名師師者甚多。「偏看」云云，只是偶作大言而已。

轉眼之間，三年任期已滿，而他仍未接到讓他回京的調令。爲此他焦急地寫下兩首鷓鴣天詞：

陌上濛濛殘絮飛。杜鵑枝上杜鵑啼。年年底事不歸去，怨月愁煙長爲誰。

梅雨細，曉風微。倚樓人聽欲沾衣。故園三度羣花謝，曼倩天涯猶未歸。

十里樓臺倚翠微。百花深處杜鵑啼。殷勤自與行人語，不似流鶯取次飛。

驚夢覺，弄晴時。聲聲只道不如歸。天涯豈是無歸意，爭奈歸期未可期。

上面提到的寄給小雲的虞美人詞云「有期無定是無期」，可能也是在這時寫的。

調令是在秋天到達的。在歸途中，叔原寫了一首詞：

臨江仙

淡水三年歡意，危絃幾夜離情。曉霜紅葉舞歸程。客情今古道，秋夢短長亭。

渌酒尊前清淚，陽關疊裏離聲。少陵詩思舊才名。雲鴻相約處，煙霧九重城。

回到汴京後，他又開始在沈、陳兩家持酒聽歌，消遣時日。不過並不長久。「已而，君龍疾廢卧家，廉叔下世」。而「兩家歌兒酒使，俱流轉於人間」〔一〇〕。反映在小山詞中的作品，如：

愁倚闌令

憑江閣，看煙鴻。恨春濃。還有當年聞笛淚，灑東風。　　時候草緑花紅。斜陽外、遠水溶溶。渾似阿蓮雙枕畔，畫屏中。

這首詞的内容爲哀悼已下世的沈廉叔並思念流轉於人間的小蓮。

醜奴兒

昭華鳳管知名久，長閉簾櫳。日日春慵。閑倚庭花暈臉紅。　應説金谷無人後，此會相逢。三弄臨風。送得當筵玉琖空。

這是叙述因聽到原先沈廉叔家流散的侍兒奏笛而引起的懷舊心情。

臨江仙

東野亡來無麗句，于君去後少交親。追思往事好沾巾。白頭王建在，猶見詠詩人。　學道深山空自老，留名千載不干身。酒筵歌席莫辭頻。争如南陌上，占取一年春。

這是爲悼念沈、陳二人而作。

元祐三年（一〇八八），叔原五十一歲。蘇軾欲請黄庭堅介紹去見叔原，爲叔原所拒。硯北雜志上引邵澤民云：「元祐中，叔原以長短句行。蘇子瞻因魯直欲見之，則謝曰：『今日政事堂中半吾家舊客，亦未暇見也。』」（一二）推其緣故，蘇軾只比他大兩歲，不僅已經名滿天下，而且此時正任中書舍人、翰林學士的高官，叔原不免自慚形穢，而且出於高傲的個性，不想高攀。他不願見蘇軾，却與黄庭堅交往，大概由於黄庭堅是江西人，從籍貫來看，他們是同鄉。黄庭堅比他小七歲，官職也不高，以晚輩身份謁見鄉先輩，他當然不能嚴拒。

這段時期中，他的詞作有：

鷓鴣天（彩袖殷勤捧玉鍾），詞中有「從別後，憶相逢。幾回魂夢與君同。今宵賸把銀釭照，猶恐相逢是夢中」之語，可知爲重見昔年相好的歌女而作。

臨江仙（淺淺餘寒春半），詞中有「如今不是夢，真箇到伊行」之句，似爲上一首詞的續作。

臨江仙（夢後樓臺高鎖），詞中有「記得小蘋初見」之語，可知爲回憶當年在沈、陳二家聽歌而作。

武陵春（九日黄花如有意），詞中的「年年歲歲登高節，歡事旋成空。幾處佳人此會同。今在淚痕中」，表示了晚年懷舊的傷感。這些都屬於後期的作品。

據王灼碧雞漫志卷第二載：「叔原年未至乞身，退居京城賜第，不踐諸貴之門。蔡京重九、冬至日遣客求長短句，欣然兩爲作鷓鴣天『九日悲秋不到心（下略）』，『曉日迎長歲歲同（下略）』，竟無一語及蔡者。」可見他雖貧苦，還是傲氣十足，不肯阿諛權貴。這兩首詞大概作於徽宗崇寧元年（一一〇二）蔡京爲尚書右僕射兼中書侍郎時（一二），叔原六十五歲。

稍後的幾年中，叔原曾多次搬家。墨莊漫録云：「叔原聚書甚多。每有遷徙，其妻厭之，謂叔原有類乞兒搬漆椀。叔原戲作詩云：『生計唯兹椀，搬擎豈憚勞（下略）。』」（見附録二）。

他還有一首失題詩云：

公餘終日坐閒亭，看得梅開梅葉青。可是近來疏酒盞，酒瓶今已作花瓶。

可見他已十分貧困，連買酒的錢也沒有了。黃庭堅小山集序中言「家人飢寒」，恐非虛語。「公餘」云云，説明他閒居幾年後，迫於生計，不得不重新工作。據全宋詩卷六八五，崇寧四年（一一〇五）叔原「由乾寧軍（今河北青縣）通判轉開封府推官（宋慕容彦逢摛文堂集卷五通判乾寧軍晏幾道可開封府判官制），轉管勾使（宋會要輯稿刑法四之八六）。前面提到的鷓鴣天（碧藕花開水殿涼）詞，即作於這一時期。這是目前所看到的有關叔原的最後資料。叔原的卒年，已由宗譜證實。

綜觀叔原一生，由於生長富貴之家，自幼得父兄呵護，養成孤傲的性格，加以耽於逸游，不諳世務，除製作小詞以外，別無謀生之技能，終於貧困潦倒。但他始終保持着一顆赤子之心，不諛佞權貴富豪，亦不鄙視卑微之人。對歌女舞姬，亦真誠相待，賞識其聰明美麗，才藝出衆，而又同情其處於卑下的地位，憐惜其受人欺凌的境遇。如：

采桑子

西樓月下當時見，淚粉偷勻。歌罷還顰。恨隔爐煙看未真。　別來樓外垂楊縷，幾換青春。倦客紅塵。長記樓中粉淚人。

寫歌女雖然心中十分痛苦，淚流滿面，但爲了取悦嘉賓，不得不拭去淚痕，强顔裝歡，含悲歌唱。這是多麼痛苦的事，以致事隔多年，他還記着當年見到的一幕。

浣溪沙

日日雙眉鬬畫長。行雲飛絮共輕狂。不將心嫁冶游郎。　濺酒滴殘歌扇字，弄花薰得舞衣香。一春彈淚説淒涼。

寫歌妓舞女濃妝豔抹，裝出各種輕狂的媚態，這僅是表面。而她們的内心，是看不上那些惹草沾花的浪蕩子的。她們希望能嫁一個規規矩矩的人，過正常的生活（河滿子詞「可羡鄰姬十五，金釵早嫁王昌」），但希望終於落空。故舞休歌罷，只能自悲薄命（醉落魄詞「天教命薄，青樓占得聲名惡」），流着眼淚度日。又如：

五陵年少渾薄倖，輕如曲水飄香。夜夜魂消夢峽，年年淚盡啼湘。（河滿子）

北來人，南去客，朝暮等閑攀折。憐晚秀，惜殘陽，情知枉斷腸。（更漏子）

寫妓女生涯，任何人都可以去凌辱她們。作者看到她們在痛苦中漸漸衰謝，十分心疼，却無力幫助她們。這些詞充分反映出他那憂天憫人的赤子之心。在當時的社會裏，是十分難得的。

叔原的詞，極爲後世所推崇。陳振孫直齋書録解題卷二十一云：「叔原詞在諸名勝中獨可追步花間，高處或過之。」周濟在宋四家詞選目録序論中説：「晏氏父子仍步温韋，小晏精力尤勝。」陳廷焯詞壇叢話謂：「晏小山詞風流綺麗，獨冠一時。」又在白雨齋詞話卷七中言：「晏元獻、歐陽文忠皆工詞，而皆出小山下。專精之詣，固應讓渠獨步。」近人陳匪石聲執卷下稱：「北宋小令，近承五季。……晏殊、歐陽修、張先固雅負盛名，而砥柱中流，斷非幾道莫屬。」夏敬觀小山詞跋云：「晏氏父子嗣響南唐二主，才力相敵。蓋不特詞勝，尤有過人之情。叔原以貴人暮子，落拓一生，華屋山丘，身親經歷。哀絲豪竹，寓其微痛纖悲，宜其造詣又過於父。」可爲知言。

況周頤云：「小山詞從珠玉出，而成就不同，體貌各異。」晏殊一生富貴，所以他的詞如珠玉一般温潤秀潔，有富貴氣象。即偶有傷感語，也只是流連光景，歎年光之易逝，哀人生之短促，或者是淡淡的離愁，微微的惆悵。所以其觸動人心，引發共鳴的力量較弱。而叔原筆下的離愁别恨，則悲涼悽苦，刻骨銘心，完全從肺腑中流出，所以感人至深。其風格尤與李後主相近，只是不如李後主詞沈痛。畢竟李後主有亡國破家之沈哀，日日以淚洗面，而小山不過是個人的失落蹭蹬，其一時的傷痛比較容易得到補償，自不可同日語。

叔原由於仕途淹蹇，不滿現實，孤芳自賞，少與人交往，因此他所作的詞涉及的面很狹窄，局限於記述自己與一些歌女舞姬之間的悲歡離合之情。從詞的發展角度看，他只比蘇軾小一歲多，當蘇軾的水調歌頭（明月幾時有）和念奴嬌（大江東去）等詞傳遍天下之時，他不可能不讀到這些震撼詞壇的作品。然而他似乎絲毫不受觸動，依舊沈醉在自己淺斟低唱的小天地中。這種局限性，是小山詞的一個重大缺點，這是不容諱言的。

據小山詞原序：「七月己巳，爲高平公綴輯成編。」這説明叔原生前小山詞已經輯成，但没有流傳下來。現存版本，最早的是明毛晉宋六十名家詞本，後經朱祖謀校勘增補，得詞二百五十五首，編入彊村叢書。全宋詞中的小山詞基本上採用彊村叢書本，又補充了五首。共收詞二百六十首，其中據唐宋名賢百家詞本小山詞輯録重出詞一首采桑子（昭華鳳管知名久），該詞與彊村本小山詞已收之醜奴兒詞僅個別字有異文。另外四首爲胡搗練（小亭初報一枝梅）、撲蝴蝶（風梢雨葉）、醜奴兒（夜來酒醒清無夢）、謁金門（溪聲急）。還有一種版本是清咸豐二年晏端書的家刻本，後由劉毓盤以彊村叢書本作參校，王煥猷箋注，於一九四七年由商務印書館出版，名小山詞箋，共收詞二百五十八首。其中有四首爲彊村叢書本所無，即滿江紅（七十人稀）、洞仙歌（江南臘盡）、探春令（緑楊枝上曉鶯啼）、真珠髻（重重山外）。但這四首詞疑問較多，恐非叔原所作。故全宋詞本列入存目詞中。本書以全宋詞中所收録的小山詞二百六十首爲底本（重複的一首保持其舊），參校毛晉汲古閣刻本、吴訥唐宋名賢百家詞本、四庫全書本、彊村叢書本、王煥猷小山詞箋注，以及梅苑、花草粹編、黄昇唐宋諸賢絶妙詞選、陽春白雪、草堂詩餘、御選歷代詩餘、古今詞選、詞綜、欽定詞譜、詞律等著作，還作了比較詳細的校勘和箋注，並輯録前人的評論，以便於讀者閲覽和研究。

張草紉記　二〇〇七年六月

【注釋】

〔一〕參閲中國歷史大辭典鄭俠，上海辭書出版社出版。

〔二〕據夏承燾二晏年譜考證。

〔三〕同上。

〔四〕黄庭堅次韻答叔原會寂照房呈稚川詩任淵注：「按山谷石刻次韻王稚川客舍題云：『王谹稚川元豐初調官京師，前後集數篇，皆同時作。時山谷入京改官，蓋元豐庚申歲。』」元豐庚申歲爲元豐三年，詩中有「衰草漫寒塘」之語，故定爲「冬天」。鄭騫晏叔原繫年新考對此作出修正：元豐三年庚申，是歲春山谷在京師，蓋罷北京教官後，赴吏部改官，得知吉州太和縣，其秋自汴京歸江南。三年秋已歸江南，冬日之詩自是二年所作，其罷北京教官赴汴京實應在二年，而非三年也。

〔五〕夏承燾二晏年譜：「元豐五年壬戌（一〇八二）叔原監潁昌許田鎮，寫新詞獻韓維，約在此時。」鄭騫晏叔原繫年新考：「夏譜云：『叔原監許田鎮，寫新詞獻韓維，約在此時。』考證精確。」

〔六〕見鄭騫晏叔原繫年新考。

〔七〕據夏承燾二晏年譜。

〔八〕黄庭堅小山詞序。

〔九〕詳見下文。

〔一〇〕見小山詞原序。

〔一一〕見夏承燾二晏年譜。

〔一二〕見夏承燾二晏年譜。

臨江仙

鬭草階前初見〔一〕，穿針樓上曾逢〔二〕。羅裙香露玉釵風〔三〕。靚妝眉沁緑〔四〕，羞臉粉生紅。流水便隨春遠，行雲終與誰同〔五〕。酒醒長恨錦屏空。相尋夢裏路，飛雨落花中。

【校記】

〔羞臉〕吴訥唐宋名賢百家詞小山詞（以下簡稱吴訥本）、古今詞選、歷代詩餘、四庫全書小山詞（以下簡稱四庫本）王焕猷小山詞箋（以下簡稱王本）作「羞豔」。

【注釋】

〔一〕鬭草：見珠玉詞一七八頁破陣子（燕子來時春社）詞注。

〔二〕穿針：舊時風俗，農曆七月七日夜婦女穿七孔針向織女星乞巧。參見二九一頁蝶戀花（喜鵲橋成催鳳駕）詞注。唐李羣玉秋登涔陽城二首之二：「穿針樓上閉秋烟，織女佳期又隔年。」

〔三〕玉釵風：唐温庭筠菩薩蠻詞：「雙鬢隔香紅，玉釵頭上風。」

〔四〕靚妝：濃妝豔抹。南朝宋鮑照代朗月行：「靚妝坐帷裏，當户弄清絃。」眉沁緑：指眉髮透出烏黑發亮的色彩。

〔五〕「流水」二句：喻該女子已遠離，如今不知與誰在一起。行雲，見珠玉詞四六頁鳳銜盃（柳條花纇惱青春）詞注。

【箋疏】這首詞中的女子，可能是叔原姐妹的閨友，逢到過節時來叔原家玩耍，叔原偶爾遇見，産生了愛慕之情。後該女出嫁遠離，叔原心中猶念念不忘。落花飛雨，夢裏相尋，意境甚佳。

又

身外閒愁空滿，眼中歡事常稀。明年應賦送君詩。細從今夜數，相會幾多時。淺酒欲邀誰勸〔一〕，深情惟有君知。東溪春近好同歸。柳垂江上影，梅謝雪中枝〔二〕。

案此首又見晁補之琴趣外篇卷四。

【注釋】

〔一〕勸：勸酒。

〔二〕梅謝：梅花凋殘。唐温庭筠西江貽釣叟騫生詩：「昨日歡娱竟何在，一枝梅謝楚江頭。」

【輯評】

清陳廷焯白雨齋詞話卷一：「明年應賦送君詩。細從今夜數，相會幾多時。」淺處皆深。

又

淡水三年歡意〔一〕，危絃幾夜離情〔二〕。曉霜紅葉舞歸程〔三〕。客情今古道，秋夢短長亭〔四〕。　渌酒尊前清淚〔五〕，陽關疊裏離聲〔六〕。少陵詩思舊才名〔七〕。雲鴻相約處〔八〕，煙霧九重城〔九〕。

【校記】

〔渌酒〕吴訥本、毛晉汲古閣刻本（以下簡稱毛本）、歷代詩餘、王本作「緑酒」。

【注釋】

〔一〕淡水：形容不以勢利爲基礎的交情。莊子山木：「且君子之交淡若水，小人之交甘若醴。」唐白居易張十八員外以新詩二十五首見寄詩：「陽春曲調高難和，淡水交情老始知。」

〔二〕危絃：急絃，高絃。文選張協七命：「撫促柱則醉鼻，揮危絃則涕流。」唐羊士諤夜聽琵琶三首之一：「掩抑危絃咽又通，朔雲邊月想朦朧。」

〔三〕曉霜紅葉：南朝宋謝靈運晚出西射堂詩：「曉霜楓葉丹，夕曛嵐氣陰。」

〔四〕短長亭：見珠玉詞一〇七頁踏莎行（祖席離歌）詞注。唐王昌齡少年行二首之一：「西陵俠少年，送客短長亭。」

〔五〕渌酒：美酒。渌，同醁。

〔六〕陽關疊：陽關，古關名，在今甘肅省敦煌市西南。唐王維送元二使安西詩：「渭城朝雨浥輕塵，客舍青青柳色新。勸君更盡一盃酒，西出陽關無故人。」後編入樂府，爲送別之曲。反覆誦唱，謂之陽關三疊。

〔七〕少陵：指唐詩人杜甫，自號少陵野老。此爲叔原自喻。

〔八〕雲鴻：叔原友人沈廉叔和陳君龍家的兩個侍兒名。沈、陳家在汴京。見小山詞原序。

〔九〕九重城：指京城。見珠玉詞一五〇頁拂霓裳（慶生辰）詞注。

【箋疏】

這首詞作於叔原從潁昌許田鎮回汴京時，時間大約在宋神宗元豐八年（一〇八五）秋。起二句謂在許田鎮三年，友情甚好（阮郎歸詞「人情似故鄉」），有惜别之意。離京前曾與雲、鴻相約，三年任滿後再見，如今可以回京踐約了。

【輯評】

清陳廷焯白雨齋詞話卷一：「曉霜紅葉舞歸程。客情今古道，秋夢短長亭。」又「少陵詩思舊才名。雲鴻相約處，煙霧九重城。」亦復情詞兼勝。

又

淺淺餘寒春半，雪消蕙草初長。煙迷柳岸舊池塘。風吹梅蕊鬧〔一〕，雨細杏花香。月墮枝頭歡意，從前虛夢高唐〔二〕，覺來何處放思量〔三〕。如今不是夢，真箇到伊行〔四〕。

【校記】

〔鬧〕毛本、歷代詩餘、四庫本、王本作「閉」。〔墮〕歷代詩餘、四庫本、王本作「墜」。

【注釋】

〔一〕「風吹」句：南朝梁簡文帝從頓蹔還城詩：「日照蒲心暖，風吹梅蕊香。」鬧，繁盛，旺盛。宋宋祁玉樓春詞：「綠楊煙外曉寒輕，紅杏枝頭春意鬧。」

〔二〕高唐：宋玉高唐賦：「昔者楚襄王與宋玉遊於雲夢之臺，望高唐之觀。其上獨有雲氣，崪兮直上，忽兮改容。須臾之間，變化無窮。王問玉：『此何氣也？』玉對曰：『所謂朝雲者也。』王曰：『何謂朝雲？』玉曰：『昔者先王嘗遊高唐，怠而晝寢，夢見一婦人，曰：妾巫山之女也，爲高唐之客。聞君遊高唐，願薦枕席。王因幸之。去而辭曰：妾在巫山之陽，高丘之阻。旦爲朝雲，暮爲行雨。朝朝暮暮，陽臺之下。』」

〔三〕放：教，使，令。

〔四〕伊行：近人張相詩詞曲語辭匯釋卷六：「行，用於自稱、人稱各辭之後，約相當於我這邊，你那邊之這邊、那邊。」伊行，即她那邊。後人周邦彦風流子詞：『最苦夢魂，今宵不到伊行。』即化用此句意。

【箋疏】

此詞叙述與一心愛女子交好。可與鷓鴣天（彩袖殷勤捧玉鍾）詞參閲。鷓鴣天詞云：「從別後，憶相逢。幾回魂夢與君同。今宵賸把銀釭照，猶恐相逢是夢中。」而此詞所述，則不僅是相逢，而是高唐之夢已成了事實。

【輯評】

近人夏敬觀批語：「放」字生而鍊熟。

又

長愛碧闌干影，芙蓉秋水開時〔一〕。臉紅凝露學嬌啼。霞觴熏冷豔〔二〕，雲髻嫋纖枝〔三〕。　煙雨依前時候，霜叢如舊芳菲〔四〕。與誰同醉采香歸〔五〕？去年花下客〔六〕，今似蝶分飛。

【注釋】

〔一〕芙蓉：荷花的别名。唐李白經亂離後天恩流夜郎憶舊遊書懷贈江夏韋太守良宰詩：「清水出芙蓉，天然去雕飾。」

〔二〕霞觴：盛美酒的盃子。　冷豔：美麗而素雅，常用以描繪秋冬的花。此句用美人酒後的臉頰白裏透紅，形容凝露的荷花。

〔三〕雲髻：高聳的髮髻。三國魏曹植洛神賦：「雲髻峩峩，修眉連娟。」此用美人高聳的髮髻比喻在荷莖上嫋嫋摇動的花朵。

〔四〕霜叢：經霜的花叢。

〔五〕采香：採集花草。此處指采蓮。

〔六〕花下客：指叔原自己和曾一起采蓮的歌女。

【箋疏】

此詞上片用擬人法形容荷花之美，而實際上却是借花喻人，指叔原所愛的曾在南湖一起采蓮的歌女。後來該女對叔原的感情逐漸疏遠。叔原在虞美人（疏梅月下歌金縷）詞中曾問她「采蓮時節定來無」，結果該女爽約不來。景物依舊，而人事已非。以「蝶分飛」喻兩人已分手。參閱前言。

又

旖旎仙花解語〔一〕，輕盈春柳能眠〔二〕。玉樓深處綺窗前。夢回芳草夜〔三〕，歌罷落梅天〔四〕。　沈水濃熏繡被〔五〕，流霞淺酌金船〔六〕。綠嬌紅小正堪憐〔七〕。莫如雲易散〔八〕，須似月頻圓。

【注釋】

〔一〕旖旎：繁盛貌。楚辭九辯：「竊悲夫蕙草之曾敷兮，紛旖旎乎都房。」仙花：指杏花，因傳說三國吴董奉在杏林修煉成仙。解語：五代王仁裕開元天寶遺事卷三解語花：「明皇秋八月，太液池有千葉白蓮數枝盛開，帝與貴戚宴賞焉。左右皆歎羨久之。帝指貴妃示於左右曰：『争如我解語花？』」

〔二〕春柳能眠：指檉柳（人柳）的柔弱枝條在風中時時倒伏。三輔舊事：「漢武帝苑中有柳狀如人形，號曰人柳，一日三眠三起。」

〔三〕「夢回」句：南史謝惠連傳：「族兄靈運嘉賞之，云：『每有篇章，對惠連輒得佳語。』嘗於永嘉西堂思詩，竟日不就。忽夢見惠連，即得『池塘生春草』，大以爲工。」故以「芳草」與「夢」連用。

〔四〕曲中有梅花落或落梅花的曲名。

〔五〕沈水：即沈香。見珠玉詞二七頁浣溪沙（宿酒纔醒厭玉巵）詞注。

〔六〕流霞：見珠玉詞一〇五頁殢人嬌（一葉秋高）詞注。金船：金製的酒器，金盃。海録碎事：「金船，酒器中大者。」北周庾信北園新齋成應趙王教詩：「玉節調笙管，金船代酒巵。」

〔七〕緑嬌紅小：緑嬌，謂春柳；紅小，謂仙花，即杏花。

〔八〕雲易散：比喻人飄零離散。三國魏王粲贈蔡子篤詩：「風流雲散，一別如雨。」

【箋疏】

仙花和春柳，指叔原結識的兩個歌女，一個名杏，一個名柳。參閲五〇三頁少年游詞及前言。

又

夢後樓臺高鎖，酒醒簾幕低垂。去年春恨却來時〔一〕。落花人獨立，微雨燕雙飛〔二〕。記得小蘋初見〔三〕，兩重心字羅衣〔四〕。琵琶絃上説相思〔五〕。當時明月在〔六〕，曾照彩雲歸〔七〕。

【校記】

「小蘋」陽春白雪、晏端書家刻本（以下簡稱晏本）、王本作「小顰」，古今詞選作「小屏」。

「彩雲歸」陽春白雪作「彩鸞啼」。

【注釋】

〔一〕却來：再來，重來。

〔二〕「落花」二句：引自五代翁宏春殘詩成句。翁詩云：「又是春殘也，如何出翠帷？落花人獨立，微雨燕雙飛。寓目魂將斷，經年夢亦非。那堪向愁夕，蕭颯暮蟬輝。」

〔三〕小蘋：沈廉叔或陳君龍家侍兒，見小山詞原序。

〔四〕兩重：兩件。心字羅衣：指衣領屈曲像「心」字。或謂繡有「心」字圖案的羅衣。宋歐陽修好女兒令：「一身繡出，兩同心字，綫綫金黄。」或謂指用心字香熏過的羅衣。

〔五〕説：傾訴，傳達。白居易琵琶行：「低眉信手續續彈，説盡心中無限事。」

〔六〕在：存在。唐杜甫羌村詩之一：「妻孥怪我在，驚定還拭淚。」

〔七〕彩雲：借指小蘋。唐李白宫中行樂詞八首之一：「只愁歌舞散，化作彩雲飛。」宋聶冠卿多麗詞：「忍分散，彩雲歸後，何處更尋覓。」

【箋疏】

此詞爲思念小蘋而作。「夢後」、「酒醒」互文。「去年春恨」或即指君龍疾廢、廉叔下世後小蘋離去之事。近人沈祖棻宋詞賞析釋此詞的「歸」字曰：「小蘋本是家妓，但不知屬陳家還是屬沈家。她可能屬甲家，而到乙家『侑酒』，宴畢仍回甲家，這一『歸』字，當作如此解釋。這是回想她宴罷踏着月色歸去的情景。當時明月，曾經照着她回去，如今明月仍在，而人呢，却已『流轉於人間』，不知所終了。」十分確當。

【輯評】

宋楊萬里誠齋詩話：近世詞人閒情之靡，如伯有所賦，趙武所不得聞者，有過之無不及焉。是得爲好色而不淫乎？惟晏叔原云：「落花人獨立，微雨燕雙飛。」可謂好色而不淫矣。

明卓人月古今詞統卷九：晚唐麗句。

清譚獻復堂詞話評「落花」二句，名句千古，不能有二。又：所謂柔厚在此。

清陳廷焯白雨齋詞話卷一：小山詞如「去年春恨却來時。落花人獨立，微雨燕雙飛」，又「當時明月在，曾照彩雲歸」，既閒婉，又沈著，當時更無敵手。又詞則雲韶集卷二：「落花」十字，工麗芊綿。結筆依依不盡。又詞則大雅集卷二：「落花」十字，自是天生好言語。回首可憐。

近人梁啓超飲冰室評詞：康南海謂起二句純是華嚴境界。

近人夏敬觀批語：吐屬華美，脱口而出。

又

東野亡來無麗句，于君去後少交親。追思往事好沾巾。白頭王建在，猶見詠詩人〔一〕。

學道深山空自老，留名千載不干身。酒筵歌席莫辭頻。爭如南陌上，占取一年春〔二〕。

案此首別誤作晏殊詞，見嘯餘譜卷二。

【注釋】

〔一〕「東野」五句：化用唐張籍贈王建詩：「于君去後交游少，東野亡來篋笥貧。賴有白頭王建在，眼前猶見詠詩人。」東野，唐詩人孟郊，字東野。于君，指唐詩人于鵠。此處叔原以孟郊、于鵠喻友人沈廉叔、陳君龍。沾巾，沾濕手巾，形容落淚之多。漢張衡四愁詩：「我所思兮在雁門，欲往從之雪紛紛，側身北望涕沾巾。」王建，唐詩人。他常用「白頭」二字形容自己。如望行人詩：「久不開明鏡，多應是白頭。」荆門行詩：「壯年留滯尚思家，況復白頭在天涯。」春來曲：「少年即見春好處，似我白頭無好樹。」此處叔原以王建自喻。

〔三〕「學道」五句：化自唐劉禹錫戲贈崔千牛詩：「學道深山許老人，留名萬代不關身。勸君多買長安酒，南陌東城占取春。」不干身，與自己本身無關。意謂縱然死後青史留名，自己已不知道。「酒筵」句引用晏殊浣溪沙（一向年光有限身）詞成句。

【箋疏】

此詞作於叔原二位友人沈廉叔、陳君龍去世以後。

蝶戀花

卷絮風頭寒欲盡〔一〕。墜粉飄紅〔二〕，日日香成陣〔三〕。新酒又添殘酒困。今春不減前春恨。　蝶去鶯飛無處問〔四〕。隔水高樓，望斷雙魚信〔五〕。惱亂層波橫一寸〔六〕。

斜陽只與黄昏近〔七〕。

案此首又作趙令畤詞，見樂府雅詞卷中。别又誤作晏殊詞，見楊金本草堂詩餘後集卷下。

【校記】

「層波横一寸」歷代詩餘、王本作「横波秋一寸」。「層波」，四庫本作「秋波」。

【注釋】

〔一〕卷絮：在風中翻飛的柳絮。

〔二〕墜粉飄紅：飄落的白色、紅色花片。唐韋莊歎落花詩：「飄紅墮白堪惆悵，少别穠華又隔年。」

〔三〕香成陣：形容香氣之多。

〔四〕蝶去鶯飛：喻昔時認識的歌姬已經流散，即小山詞原序所言：「昔之狂篇醉句，遂與兩家歌兒酒使俱流轉於人間。」

〔五〕雙魚：喻書信。見珠玉詞五二頁清平樂（紅箋小字）詞注。

〔六〕「惱亂」句：意謂見水波而想起歌女們的眼波，令人心情煩惱。層波，喻眼波。楚辭招魂：「娭光眇視，目曾波些。」一寸，指眼睛的長度。

〔七〕「斜陽」句：唐李商隱登樂游原詩：「夕陽無限好，只是近黄昏。」

【箋疏】

「今春不減前春恨」，亦猶臨江仙詞「去年春恨却來時」也。「蝶去鶯飛無處問」，喻沈、陳兩家流散的侍兒，盼望她們能寫信給他，以慰思念之情。

【輯評】

明卓人月古今詞統卷九：「一寸」句似宋豐之「眼波流不斷，滿眶秋。」

清陳廷焯詞則閑情集卷一：宛轉幽怨。

又

初撚霜紈生悵望〔一〕。隔葉鶯聲〔二〕，似學秦娥唱〔三〕。午睡醒來慵一餉〔四〕。雙紋翠簟鋪寒浪〔五〕。雨罷蘋風吹碧漲〔六〕。脈脈荷花〔七〕，淚臉紅相向〔八〕。斜貼綠雲新月上〔九〕。彎環正是愁眉樣〔一〇〕。

【注釋】

〔一〕撚：執。霜紈：潔白精致的細絹。南朝梁沈約謝賜軨調絹等啓：「霜紈雪委，霧穀冰鮮。」此處指紈扇。生：偏。

〔二〕「隔葉」句：唐杜甫蜀相詩：「映階碧草自春色，隔葉黄鸝空好音。」

〔三〕秦娥：古代歌女。文選陸機擬今日良宴會詩：「齊僮梁甫吟，秦娥張女彈。」李周翰注：「齊僮、秦娥，皆古善歌者。」

〔四〕一餉：同一晌。指時間短促，片刻。五代南唐李煜浪淘沙詞：「夢裏不知身是客，一晌貪歡。」

〔五〕雙紋翠簟：有成雙花紋的竹席。佩文韻府卷五十八引東宮舊事：「太子納妃有赤花雙文簟。」唐王縉送孫秀才詩：「玉枕雙紋簟，金盤五色瓜。」宋錢惟演苦熱詩：「赫日烘霞鬭曉光，雙紋桃簟碧牙牀。」寒浪：指涼氣。

〔六〕蘋風：戰國楚宋玉風賦：「夫風生於地，起於青蘋之末。」泛指微風。唐玄宗同玉真公主過大哥山池詩：「桂月先秋冷，蘋風向晚清。」碧漲：碧清的漲水。

〔七〕脈脈：猶默默。

〔八〕「淚臉」句：謂沾着雨點的紅荷花，有如女子挂着淚珠的嬌紅臉龐。

〔九〕緑雲：喻指翠緑荷葉。

〔一〇〕彎環：彎曲如環。唐李賀河南府試十二月樂詞十月：「金風刺衣著體寒，長眉對月鬭彎環。」句謂新月正如愁眉。南朝陳後主有所思：「落花同淚臉，初月似愁眉。」

又

庭院碧苔紅葉徧。金菊開時，已近重陽宴〔一〕。日日露荷凋緑扇〔二〕。粉塘煙水澄如練〔三〕。試倚涼風醒酒面〔四〕。雁字來時〔五〕，恰向層樓見。幾點護霜雲影轉〔六〕。誰家蘆管吹秋怨〔七〕。

【校記】

［詞題］唐宋諸賢絶妙詞選、草堂詩餘題作「深秋」。［金菊］唐宋諸賢絶妙詞選、草堂詩餘作「黄菊」。［重陽宴］唐宋諸賢絶妙詞選、毛本、歷代詩餘、詞綜、四庫本、晏本、王本作「登高宴」。［澄如練］唐宋諸賢絶妙詞選、草堂詩餘作「明如練」。［恰向］唐宋諸賢絶妙詞選作「却向」。［吹秋怨］唐宋諸賢絶妙詞選、草堂詩餘作「吟秋怨」，王本作「吹愁怨」。

【注釋】

〔一〕重陽宴：慶祝農曆九月初九重陽節的宴會。

〔二〕緑扇：荷葉張開如扇，故曰緑扇。唐韓偓暴雨詩：「叢蔓亞賴葺，擎荷翻緑扇。」

〔三〕粉塘：粉，白色，形容池塘的潔淨。練：白綢。南朝齊謝朓晚登三山還望京邑詩：「餘霞散成綺，澄江静如練。」

〔四〕酒面：醉顔。宋歐陽修采桑子詞：「蓮芰香清，水面風來酒面醒。」

〔五〕雁字：羣雁飛行時常排成「一」字或「人」字形，故稱雁字。

〔六〕護霜：宋費衮梁溪漫志卷七方言入詩：「吴中以八月露下而雨謂之淋露，九月霜降而雲謂之護霜。」唐李嘉祐冬夜饒州使堂餞相公五叔赴歙州詩：「斜漢初過斗，寒雲正護霜。」

〔七〕蘆管：即蘆笳，古代樂器。以蘆葉爲管，管口有哨簧，管面有音孔。唐李益夜上受降城聞笛詩：「不知何處吹蘆管，一夜征人盡望鄉。」

【輯評】

明沈際飛草堂詩餘正集卷二：七句深至，末説到秋怨。

清陳廷焯詞則閑情集卷一：出語必雅。北宋豔詞，自以小山爲冠，耆卿、少游皆不及也。

清黄蘇蓼園詞評：按前面平平叙來，至末二句引入深處，幾有「北風其涼」之思矣。雲而曰護霜，寫得凛栗，此蘆管之所以愁怨也。

又

喜鵲橋成催鳳駕〔一〕。天爲歡遲，乞與初涼夜〔二〕。乞巧雙蛾加意畫〔三〕。玉鈎斜傍西南掛〔四〕。　分鈿擘釵涼葉下〔五〕。香袖憑肩，誰記當時話。路隔銀河猶可借〔六〕。世間離恨何年罷。

案歲時廣記卷二十六誤引首三句作蘇軾詞。

【校記】

〔歡遲〕詞綜作「歡時」。

【注釋】

〔一〕喜鵲橋成：民間傳説，每年七夕，由無數喜鵲首尾相接在銀河上搭成鵲橋，讓織女渡河與牛郎相會。唐韓鄂歲華記麗七夕：「鵲橋已成，織女將渡。」鳳駕：仙人的車乘。南朝梁何遜七夕詩之一：「仙車駐七襄，鳳駕出天潢。」

〔二〕乞與：給與。

〔三〕乞巧：舊時風俗，農曆七月七日夜（七夕），婦女在庭院向織女星乞求智巧。梁宗懔荆楚歲時記：「七月七日爲牽牛織女聚會之夜。」又：「是夕，人家婦女結綵縷，穿七孔鍼，或以金銀鍮石爲鍼，陳几筵酒脯瓜果於庭中以乞巧。有蟢子網於瓜上則以爲符應。」雙蛾：指婦女的雙眉。

〔四〕玉鈎：喻新月。唐李白挂席江上待月有懷詩：「倏忽城西廓，青天懸玉鈎。」

〔五〕分鈿擘釵：見珠玉詞一四頁破陣子（海上蟠桃易熟）詞注。

〔六〕借：憑借。

【輯評】

清陳廷焯詞則閑情集卷一：思深意苦。

近人夏敬觀批語：「借」字生而鍊熟。

又

碧草池塘春又晚。小葉風嬌，尚學娥妝淺〔一〕。雙燕來時還念遠〔二〕。珠簾繡户楊花滿〔三〕。　緑柱頻移絃易斷〔四〕。細看秦箏〔五〕，正似人情短。一曲啼烏心緒亂〔六〕。紅顔暗與流年换。

【校記】

〔娥妝〕吴訥本、王本作「蛾妝」。

【注釋】

〔一〕「小葉」二句：脱自唐李賀三月過行宫詩：「渠水紅繁擁御牆，風嬌小葉學娥妝。」小葉風嬌，謂風中嬌柔的嫩葉。娥妝，美女之妝束。

〔二〕雙燕來時：晏殊破陣子春景詞：「燕子來時新社，梨花落後清明。」

〔三〕繡户：見珠玉詞五七頁采桑子（櫻桃謝了梨花發）詞注。

〔四〕緑柱：指箏柱。移動箏柱可以調節音調。

〔五〕秦箏：見珠玉詞一五頁破陣子（海上蟠桃易熟）詞注。

〔六〕一曲啼烏：唐教坊曲名有烏夜啼。後世所見烏夜啼，内容多爲男女戀情。

又

碾玉釵頭雙鳳小〔一〕。倒暈工夫〔二〕，畫得宫眉巧〔三〕。嫩麴羅裙勝碧草〔四〕。鴛鴦繡字春衫好〔五〕。　三月露桃芳意早〔六〕。細看花枝，人面争多少〔七〕。水調聲長歌未了〔八〕。掌中盃盡東池曉〔九〕。

【校記】

［嫩麴羅裙勝碧草］毛本、四庫本、王本作「嫩麴□□羣勝□」。［芳意］毛本、四庫本、王本作「春意」。

【注釋】

〔一〕雙鳳：釵頭作爲裝飾的一對鳳凰。此指玉製的鳳凰釵。

〔二〕倒暈：唐宋婦女的一種眉妝式樣。唐宇文士及妝臺記：「婦人畫眉，有倒暈妝。」明楊慎丹鉛續録十眉圖：「唐明皇令畫工畫十眉圖：一曰鴛鴦眉，又名八字眉；二曰小山眉，又名遠山眉；三曰五嶽眉；四曰三峯眉；五曰垂珠眉；六曰月稜眉，又名却月眉；七曰分梢眉；八曰逐煙眉；九曰拂雲眉，又名横煙眉；十曰倒暈眉。」

〔三〕宫眉：宫中流行的眉式。唐李商隱蝶詩之三：「壽陽公主嫁時妝，八字宫眉捧額黄。」

〔四〕嫩麴：淺黄色。碧草：古詩詞中常以碧緑的芳草比羅裙之色，如唐劉長卿春草宫懷古詩：「君王不可見，芳草舊宫春。猶帶羅裙色，青青向楚人。」五代前蜀牛希濟生查子詞：「記得緑羅裙，處處憐芳草。」

〔五〕鴛鴦繡字：指衣服上繡有「鴛鴦」二字。

〔六〕露桃：古樂府歌辭雞鳴有「桃生露井上」之句，後遂以「露桃」稱桃樹或桃花。唐杜牧題桃花夫人廟詩：「細腰宮裏露桃新，脈脈無言幾度春。」

〔七〕争：近人張相詩詞曲語辭匯釋卷二：「争，猶差也。……陳標蜀葵詩：『能共牡丹争幾許？得人嫌處祇緣多。』争幾許，差幾許也。晏幾道蝶戀花詞：『三月露桃芳意早。細看花枝，人面争多少。』争多少，差多少也，言不甚差也。」

〔八〕水調：古曲調名。唐杜牧揚州詩之一：「誰家唱水調，明月滿揚州。」自注：「煬帝鑿汴渠成，自造水調。」

〔九〕掌中盃：唐杜甫小至詩：「雲物不殊鄉國異，教兒且覆掌中盃。」東池：可能指凝碧池。明一統志卷二十六開封府上：「凝碧池，在府城東南平臺側。唐爲牧澤。宋真宗時鑿爲池。」又據同書載：「平臺，在府城東南梁園内，本古列仙吹臺。漢梁孝王武增築之，易今名。劉宋謝惠連於此賦雪，又名雪臺。」由此可見，東池就在梁園近旁，當亦爲遊賞之地。

又

醉别西樓醒不記。春夢秋雲〔一〕，聚散真容易〔二〕。斜月半窗還少睡。畫屏閒展吴山翠〔三〕。衣上酒痕詩裏字〔四〕。點點行行，總是淒涼意。紅燭自憐無好計。夜寒空替人垂淚〔五〕。

【校記】

［詞題］唐宋諸賢絶妙詞選題作「别恨」。［夜寒］唐宋諸賢絶妙詞選作「夜闌」。

【注釋】

〔一〕春夢秋雲：晏殊木蘭花詞：「長於春夢幾多時，散似秋雲無覓處。」

〔二〕聚散：莊子則陽：「安危相易，禍福相生，緩急相摩，聚散以成。」偏指散。宋歐陽修玉樓春詞：「人生聚散如弦筈，老去風情尤惜别。」

〔三〕吴山：泛指吴地之山。

〔四〕「衣上」句：唐白居易故衫詩：「袖中吴郡新詩本，襟上杭州舊酒痕。」

〔五〕「紅燭」二句：唐杜牧贈别二首之二：「蠟燭有心還惜别，替人垂淚到天明。」

【箋疏】

此詞爲别後思念西樓歌女而作，可參閱前言及五三五頁采桑子詞（西樓月下當時見），五〇五頁少年游詞（西樓别後）。

【輯評】

清先著詞潔卷二：程洪曰：如小山父子及德麟輩，用筆亦未嘗不輕，但有厚薄濃淡之分。後人一再過，不復留餘味。而古人雋永不已。

清陳廷焯詞則大雅集卷二：一字一淚，一字一珠。

近人夏敬觀批語：熟意鍊生。

又

欲減羅衣寒未去。不卷珠簾，人在深深處。殘杏枝頭花幾許〔一〕。啼紅正恨清明雨〔二〕。盡日沈香煙一縷。宿酒醒遲〔三〕，惱破春情緒〔四〕。遠信還因歸燕誤。小屏風上西江路〔五〕。

案此首又作趙令畤詞，見樂府雅詞卷中。

【注釋】

〔一〕幾許：多少。古詩十九首迢迢牽牛星：「河漢清且淺，相去復幾許？」

〔二〕啼紅：指沾雨的花片。晏殊蝶戀花詞：「紅杏開時，一霎清明雨。」

〔三〕宿酒：猶宿醉，謂經過一夜尚未全醒的餘醉。唐白居易早春即事詩：「眼重朝眠足，頭輕宿醉醒。」

〔四〕惱破：惱煞。近人張相詩詞曲語辭匯釋卷三：「破，猶盡也；徧也；煞也。……晏幾道蝶戀花詞：『却倚緩絃歌別緒，斷腸移破秦箏柱。』移破，猶云移盡或移徧也。又前調詞：『盡日沈香煙一縷，宿酒醒遲，惱破春情緒。』惱破，猶云惱煞也。」

〔五〕「遠信」二句：謂閨中人尚未收到夫君之音信，因而面對屏風上所繪西江道路而思緒萬千。五代後周王仁裕開元天寶遺事傳書燕載：唐任宗妻郭紹蘭，因宗經商湘中，久不歸，見堂上雙燕翻飛，曰：「爾海東來，必經湘中……欲憑爾附書，投於我婿。」因以所吟詩繫於燕足。燕飛至荆州任宗處。宗得妻所吟詩，感而泣下，次年歸。唐李白擣衣篇：「忽逢江上春歸燕，銜得雲中尺素書。」西江，指長江西部。

【輯評】

明卓人月古今詞統卷九：「小屏」句殆欲走入楊國忠家屏上。

近人夏敬觀批語：「恨」字、「遲」字妙極。熟字鍊之使生，尤不易。

又

千葉早梅誇百媚〔一〕。笑面凌寒〔二〕，内樣妝先試〔三〕。月臉冰肌香細膩〔四〕。風流新稱東君意〔五〕。一捻年光春有味〔六〕。江北江南，更有誰相比。横玉聲中吹滿地〔七〕。好枝長恨無人寄〔八〕。

案此首又見梅苑卷八，誤作晏殊詞。

【校記】

〔早梅〕梅苑作「梅花」。〔新稱〕梅苑作「偏稱」。〔一捻〕吴訥本、毛本、歷代詩餘、四庫本、王本作「一稔」。〔相比〕梅苑作「相似」。

【注釋】

〔一〕千葉：形容枝葉之多。唐李頎魏倉曹東堂檉樹詩：「愛君雙檉一樹奇，千葉齊生萬葉垂。」百媚：極言容態之嬌媚。唐白居易長恨歌：「回眸一笑百媚生，六宫粉黛無顔色。」

〔二〕笑面凌寒：形容梅花迎着寒風綻放。

〔三〕内樣妝：指宫中流行的妝飾。暗指梅花妝，見三一四頁鷓鴣天（梅蕊新妝桂葉眉）詞注。

〔四〕月臉冰肌：形容白色的梅花猶如女子的顔面及肌膚潔白細膩。
〔五〕東君：司春之神。
〔六〕一捻：一點點，可捻在手中。形容少或細小。一捻年光，謂時光短促。
〔七〕「横玉」句：横玉，指玉笛。笛曲有梅花落。唐李白與史郎中欽聽黄鶴樓上吹笛詩：「黄鶴樓中吹玉笛，江城五月落梅花。」
〔八〕「好枝」句：見珠玉詞一三三頁瑞鷓鴣（越娥紅淚泣朝雲）詞注。

【箋疏】

這是一首詠物詞，詠的是早梅，故詞中除了使用一般梅花的典故外，還凸出一個「早」字，如「淩寒」、「先試」、「新稱」、「誰相比」。或亦與疏梅有關，參閲前言及三九四頁洞仙歌（春殘雨過）詞、四〇三頁菩薩蠻（江南未雪梅花白）詞。「江北江南」説明叔原此時已由汴京往江南依靠其兄。此詞當作於元豐元年、二年在江南依附其五兄知止時。

【輯評】

近人夏敬觀批語：「笑面淩寒」，意生。「内樣」，字生。不覺礙眼者，鍊熟之功也。

又

金翦刀頭芳意動〔一〕。綵蕊開時，不怕朝寒重。晴雪半消花鬟鬈〔二〕。曉妝呵盡香酥凍〔三〕。十二樓中雙翠鳳〔四〕。縹緲歌聲〔五〕，記得江南弄〔六〕。醉舞春風誰可共。秦雲已有鴛屏夢〔七〕。

【校記】

〔縹緲〕吴訥本、毛本、四庫本作「緲緲」，王本作「渺渺」。

【注釋】

〔一〕金翦刀：借喻春風。唐賀知章詠柳詩：「不知細葉誰裁出，二月春風似翦刀。」芳意：春意。

〔二〕鬟鬈：鬈，同鬆。猶朦朧，模糊不清。

〔三〕香酥：指女子肌膚。句謂呵氣使凍僵的手指温暖。

〔四〕十二樓：神仙所居。泛指高層樓閣。唐顧況露青竹鞭歌：「金鞍玉勒錦連乾，騎入桃花楊柳煙。十二樓中奏管絃，樓中美人奪神仙。」翠鳳：喻年輕的美女。

〔五〕縹緲：形容聲音清越悠揚。唐杜牧寄題甘露寺北軒詩：「孤高堪弄桓伊笛，縹緲宜聞子晉笙。」

〔六〕江南弄：樂府清商曲名。南朝梁天監十一年，梁武帝改西曲，製江南弄七曲，即江南弄、龍笛曲、採蓮曲、鳳笙曲、採菱曲、游女曲、朝雲曲。

〔七〕秦雲：喻長安的歌女、舞女。鴛屏：畫有鴛鴦的屏風，借指閨房。句謂如今二位歌女已另有相愛的人。

【箋疏】

從詞中的「雙翠鳳」、「歌聲」、「醉舞」、「秦雲」看，所指的是長安的兩個歌舞女子。叔原在長安結識了這兩個女子，離開後寫了這首懷念她們的詞。

【輯評】

近人夏敬觀批語：「金翦刀頭」用「二月春風似翦刀」，接以「芳意動」，意新。

又

笑豔秋蓮生綠浦〔一〕。紅臉青腰〔二〕，舊識凌波女〔三〕。照影弄妝嬌欲語〔四〕。西風豈是繁華主〔五〕。可恨良辰天不與。纔過斜陽，又是黄昏雨。朝落暮開空自許。竟無人解知心苦〔六〕。

【校記】

「又是」歷代詩餘、四庫本、王本作「又值」。

【注釋】

〔一〕笑豔：形容荷花盛開，如含笑的美人一樣豔麗。　緑浦：碧緑的水濱。唐李益長干行：「鴛鴦緑浦上，翡翠錦屏中。」

〔二〕紅臉：指紅色的荷花。　青腰：指緑色的荷梗。

〔三〕凌波女：以洛神借指蓮花。三國魏曹植洛神賦：「凌波微步，羅襪生塵。」

〔四〕照影弄妝：荷花映在水面上，如女子對鏡梳妝。　嬌欲語：唐李白渌水曲：「荷花嬌欲語，愁殺蕩舟人。」參見三八六頁木蘭花（玉真能唱朱簾静）詞：「夜涼水月鋪明鏡，更看嬌花閒弄影。」

〔五〕繁華主：興盛美好世界的主宰。　參見三一六頁鷓鴣天（守得蓮開結伴游）詞：「花不語，水空流，年年拚得爲花愁。明朝萬一西風動，怎奈西風不耐秋。」

〔六〕心苦：蓮子心味苦。喻歌女生涯的悲苦。

又

碧落秋風吹玉樹〔一〕。翠節紅旌〔二〕，晚過銀河路。休笑星機停弄杼〔三〕。鳳幃已在雲深處〔四〕。　樓上金鍼穿繡縷〔五〕。誰管天邊，隔歲分飛苦。試等夜闌尋別緒〔六〕。淚痕千點羅衣露。

【注釋】

〔一〕碧落：猶言碧空，天空。唐白居易長恨歌：「上窮碧落下黄泉，兩處茫茫皆不見。」玉樹：神話傳説中的仙樹。唐李白懷仙歌：「仙人浩歌望我來，應攀玉樹長相待。」也作樹的美稱。

〔二〕翠節紅旌：形容儀仗之華麗。參見珠玉詞一四〇頁長生樂（閬苑神仙平地見）詞注。

〔三〕星機：指織女的織機。唐李商隱寓懷詩：「星機抛密緒，月杵散靈氛。」杼：織機的梭子。停弄杼，謂停機不織。南朝宋謝惠連七月七日夜詠牛女詩：「遐川阻暱愛，脩渚曠清容。弄杼不成藻，聳轡騖前蹤。昔離秋已兩，今聚夕無雙。」

〔四〕鳳幃：繡着鳳凰的帷帳。

〔五〕金鍼穿繡縷：見二九一頁蝶戀花（喜鵲橋成催鳳駕）注。

〔六〕尋：重温。五代韋莊謁金門詞：「閑抱琵琶尋舊曲，遠山眉黛緑。」

【輯評】

近人夏敬觀批語：七夕詞意新語新。

又

碧玉高樓臨水住〔一〕。紅杏開時〔二〕，花底曾相遇。一曲陽春春已暮〔三〕。曉鶯聲斷朝雲去〔四〕。　遠水來從樓下路。過盡流波，未得魚中素〔五〕。月細風尖垂柳渡。夢魂長在分襟處〔六〕。

【校記】

「樓下路」詞綜作「樓下度」。「長在」花草粹編作「常在」。

【注釋】

〔一〕碧玉：南朝宋汝南王妾。北周庾信結客少年場行：「定知劉碧玉，偷嫁汝南王。」南朝梁元帝採蓮賦：「碧玉小家女，來嫁汝南王。」借指年輕婢妾或小家女子。

〔二〕「紅杏」句：晏殊蝶戀花詞：「紅杏開時，一霎清明雨。」

〔三〕陽春：見珠玉詞一四二頁蝶戀花（一霎秋風驚畫扇）詞注。

〔四〕朝雲：巫山神女名，見二七七頁臨江仙（淺淺餘寒春半）詞注。

〔五〕魚中素：指書信。見珠玉詞五二頁清平樂（紅箋小字）詞注。

〔六〕分襟：猶分袂，離別。唐王勃春夜桑泉別王少府序：「他鄉握手，自傷關塞之春；異縣分襟，竟切悽愴之路。」

【箋疏】

此詞寫與一歌女的戀情，但爲時甚短。仲春紅杏開時相遇，到暮春時該女就離去。去後從不來信，叔原對她思念不已。

【輯評】

清厲鶚論詞絶句：鬼語分明愛賞多，小山小令擅清歌。世間不少分襟處，月細風尖喚奈何。

清陳廷焯詞則閑情集卷一：淒婉欲絶，仙耶？鬼耶？

又

夢入江南煙水路〔一〕。行盡江南，不與離人遇。睡裏消魂無説處。覺來惆悵消魂誤〔二〕。欲盡此情書尺素〔三〕。浮雁沈魚〔四〕，終了無憑據。卻倚緩絃歌別緒〔五〕。斷腸移破秦箏柱〔六〕。

【校記】

［詞題］唐宋諸賢絶妙詞選題作「別恨」。　［消魂誤］唐宋諸賢絶妙詞選、花草粹編、歷代詩餘、四庫本、晏本、王本作「佳期誤」。　［緩絃］花草粹編、吴訥本、歷代詩餘、四庫本、王本作「鯤絃」。

【注釋】

〔一〕煙水：煙霧迷濛的水面。唐孟浩然送袁十嶺南尋弟詩：「蒼梧白雲遠，洞庭煙水深。」

〔二〕「睡裏」二句：謂夢中已黯然消魂，難以爲懷，而醒後更感到惆悵，則此夢何益，只能使人更加憂傷。

〔三〕尺素：小幅絹帛，古人多用以寫信。

〔四〕浮雁沈魚：古詩詞中常以魚雁喻書信或傳書的使者。周書王褒傳：「猶冀蒼鷹頳鯉，時傳尺素；清風朗月，俱寄相思。」南朝宋劉義慶世説新語任誕：「殷羡作豫章郡太守。臨去，都下人因寄百許函書。既至石頭，悉擲水中，因祝曰：『沈者自沈，浮者自浮，殷洪喬不能作致書郵！』」唐戴叔倫相思曲：「魚沈雁杳天涯路，始信人間別離苦。」此謂書信未能送到。

〔五〕緩絃：寬鬆的、没有絞緊的絃。絃鬆則聲音低沉。宋韓維和謝主簿游西湖詩：「興長不忍回孤棹，歌懶才能逐緩絃。」

〔六〕移破：移盡，移遍。見二九八頁蝶戀花（欲減羅衣寒未去）詞注。

【箋疏】

宋神宗元豐元年，叔原五兄知止爲吴郡太守。叔原曾往江南依隨其兄，當時或亦有聽歌之娱（玉樓春詞「吴姬十五語如絃，能唱當時樓下水」）。此詞寫回京後思念當年江南的歌女，欲通書信問候却杳無音訊，因此只能憑借秦箏來傾訴痛苦的離情。

【輯評】

明沈際飛草堂詩餘續集卷下：末句滋味。

明卓人月古今詞統卷九：人必説夢中相會，何等陳腐。

又

黄菊開時傷聚散〔一〕。曾記花前，共説深深願。重見金英人未見〔二〕。相思一夜天涯遠。　羅帶同心閒結徧〔三〕。帶易成雙〔四〕，人恨成雙晚。欲寫彩牋書別怨。淚痕早已先書滿。

【校記】

［羅帶］花草粹編、毛本、歷代詩餘、四庫本、王本作「羅袖」。

【注釋】

〔一〕聚散：見二九六頁蝶戀花（醉別西樓醒不記）詞注。

〔二〕金英：金黃色的花，指黃菊花。宋王禹偁池邊菊詩：「未到重陽歸闕去，金英寂寞爲誰開。」

〔三〕同心：指同心結，用錦帶編成的連環回文樣式的結子，象征堅貞的愛情。南朝梁武帝有所思詩：「腰中雙綺帶，夢爲同心結。」唐長孫佐輔答邊信詩：「揮刀就燭裁紅綺，結作同心寄千里。」宋林逋長相思詞：「羅帶同心結未成，江頭潮已平。」

〔四〕帶易成雙：唐李羣玉贈琵琶妓詩：「一雙裙帶同心結，早寄黃鸝孤雁兒。」宋柳永傾盃樂詞：「算伊別來無緒，翠消紅減，雙帶常拋擲。」宋歐陽修玉樓春詞：「舞餘裙帶緑雙垂，酒入香腮紅一抹。」

【輯評】

近人夏敬觀批語：熟意鍊新。

近人俞陛雲唐五代兩宋詞選釋：叔原小令最工，直逼花間。集中蝶戀花詞凡十五首，此三首（「醉別西樓醒不記」、「欲減羅衣寒未去」、「黄菊開時傷聚散」）尤勝。叔原喜沉浮酒中，與客酣飲，每得一解，即以草授歌姬蓮、鴻、蘋、雲，品清謳娱客，持盃聽之，以爲笑樂。歌闌人散，輒惆悵成吟。詞中所云「衣上酒痕」、「宿酒醒遲」等句，皆紀實也。

鷓鴣天

彩袖殷勤捧玉鍾〔一〕。當年拚卻醉顔紅〔二〕。舞低楊柳樓心月，歌盡桃花扇影風〔三〕。

從别後，憶相逢。幾回魂夢與君同〔四〕。今宵賸把銀釭照，猶恐相逢是夢中〔五〕。

【校記】

〔詞題〕唐宋諸賢絶妙詞選題作「佳會」，草堂詩餘題作「詠酒」。〔當年〕唐宋諸賢絶妙詞選、古今詞選作「當筵」。〔楊柳樓心〕毛本、歷代詩餘、晏本、王本作「楊葉樓心」。〔扇影〕唐宋諸賢絶妙詞選、草堂詩餘、吴訥本作「扇底」。

【注釋】

〔一〕玉鍾：玉製的酒盃。

〔二〕拚卻：割捨之辭；亦甘願之辭。猶言豁出去。

〔三〕「舞低」二句：樓頭之月已西沈，歌扇之風亦將盡，表示歌舞時間之久。

〔四〕同：在一起。

〔五〕「今宵」二句：唐杜甫羌村三首之一：「夜闌更秉燭，相對如夢寐。」賸把，賸，同剩。近人張相詩詞曲語辭匯釋卷二：「剩把，儘把也。晏幾道鷓鴣天詞：『今宵賸把銀釭照，猶恐相逢是夢中。』義同上。」銀釭，銀白色的燈盞，燭臺。參閱二七七頁臨江仙（淺淺餘寒春半）詞「如今不是夢，真箇到伊行」。

【箋疏】

上片敘述當年聚會時的歡樂，下片寫别後的思念及今日重逢的驚喜。如果把此詞理解爲以女子的口吻訴説，似更妥帖。因爲「拚卻」這個詞的力量很重，意謂「豁出去」，「不顧一切地去做某件事」，叔原經常飲酒聽歌，醉倒亦是常事，區區「醉顔紅」何用「拚卻」。故應理解爲歌女因叔原賞識她的才藝，心中感激，因此不僅捧盃殷勤勸飲，自己也陪着喝，顧不得多喝後會臉紅失態。而且「舞低」、「歌盡」亦有「拚卻」之意。語氣比較連貫。另外，下片的「君」字，雖男女都可以稱君，在此處歌女稱叔原較恰當。叔原稱歌女爲君，較勉强。在小山詞中，對歌女一般都是直呼其名的。

【輯評】

宋趙令畤侯鯖録卷七：晁无咎言：晏叔原不蹈襲人語，而風調閑雅，自是一家。如「舞低楊柳樓心月，歌盡桃花扇底風」，自可知此人不生在三家村中也。

宋胡仔苕溪漁隱叢話後集卷三十三：雪浪齋日記謂晏叔原工於小詞，「舞低楊柳樓心月，歌盡桃花扇影風」，不愧六朝宫掖體。又：詞情婉麗。

宋魏慶之詩人玉屑卷二十引晁无咎評，晏元獻（按應作晏幾道）如「舞低楊柳樓心月，歌盡桃花扇底風」，知此人不住三家村也。

宋王楙野客叢書卷二十：晏叔原「今宵剩把銀釭照，猶恐相逢是夢中」，蓋出於老杜「夜闌更秉燭，相對如夢寐」、戴叔倫「還作江南夢，翻疑夢裏逢」、司空曙「乍見翻疑夢，相悲各問年」之意。

明沈際飛草堂詩餘正集卷一：美秀，不愧六朝宫掖體。又：驚喜儼然。

清劉體仁七頌堂詞繹：「夜闌更秉燭，相對如夢寐」，叔原則云「今宵剩把銀釭照，猶恐相逢是夢中」，此詩與詞之分疆也。

清陳廷焯白雨齋詞話卷一：「從別後，憶相逢。幾回魂夢與君同。今宵賸把銀釭照，猶恐相逢是夢中」，曲折深婉。自有豔詞，更不得不讓伊獨步。視永叔之「笑問雙鴛鴦字怎生書」、「倚闌無緒更兜鞵」等句，雅俗判然矣。又詞則閑情集卷一：仙乎麗矣。後半闋一片深情，低回往復，真不厭百回讀也。言情之作，至斯已極。

清黃蘇蓼園詞評：雪浪齋日記云：晏叔原此詞云：「舞低楊柳樓心月，歌盡桃花扇底風。」此等語不愧六朝宮掖體。……「舞低」二句，比白香山「笙歌歸院落，燈火下樓臺」更覺濃至。惟愈濃情愈深。今昔之感，更覺悽然。

又

一醉醒來春又殘。野棠梨雨淚闌干〔一〕。玉笙聲裏鸞空怨，羅幕香中燕未還〔二〕。

終易散，且長閒。莫教離恨損朱顏。誰堪共展鴛鴦錦〔三〕，同過西樓此夜寒。

【校記】

〔鸞空怨〕毛本、歷代詩餘、四庫本、王本作「鶯空怨」。

【注釋】

〔一〕闌干：縱橫散亂貌。唐溫庭筠菩薩蠻詞：「人遠淚闌干，燕飛春又殘。」

〔二〕「玉笙」二句：玉笙，玉製的笙。亦爲笙的美稱。唐李商隱銀河吹笙詩：「悵望銀河吹玉笙，樓寒院冷接平明。」鸞，叔原自喻。燕，喻西樓歌女。

〔三〕誰堪：如何能够。鴛鴦錦：繡有鴛鴦的錦被。唐温庭筠菩薩蠻詞：「水精簾裏頗黎枕，暖香惹夢鴛鴦錦。」

【箋疏】

此詞爲思念西樓歌女而作，可能作於「西樓别後」到長安的第二年春天。參閲前言及五〇五頁少年游（西樓别後）詞。

又

梅蕊新妝桂葉眉〔一〕。小蓮風韻出瑶池〔二〕。雲隨緑水歌聲轉〔三〕，雪繞紅綃舞袖垂〔四〕。　傷别易，恨歡遲。惜無紅錦爲裁詩〔五〕。行人莫便消魂去〔六〕，漢渚星橋尚有期〔七〕。

【注釋】

〔一〕梅蕊新妝：太平御覽卷九七〇引宋書：「武帝女壽陽公主人日卧於含章簷下，梅花落公主額上，成五出之華。拂之不去。皇后留之。自後有梅花粧，後人多效之。」桂葉眉：女子長眉。唐江采蘋（明皇梅妃）謝賜珍珠詩：「桂葉雙眉久不描，殘妝和淚污紅綃。」

〔二〕小蓮：叔原友人沈廉叔或陳君龍家的歌女。瑤池：古代傳説崑崙山上的仙池，爲西王母所居之處。西王母有侍女許飛瓊、董雙成，俱以美麗著稱。

〔三〕緑水：古舞曲名，一名淥水。淮南子俶真訓：「足蹀陽阿之舞，手會緑水之趨。」高誘注：「緑水，舞曲也，一曰古詩也。」成語「響遏行雲」形容歌聲響亮，能使行雲停止。此句則謂歌舞之響，使静止的雲爲之轉動。

〔四〕紅綃：侍兒名。唐白居易小庭亦有月詩：「菱角執笙簧，谷兒抹琵琶，紅綃信手舞，紫綃隨意歌。」句意謂白色舞衣的袖子旋轉飄動如雪花飛落。

〔五〕裁詩：作詩。唐杜甫江亭詩：「故林歸未得，排悶强裁詩。」

〔六〕行人：出行的人，叔原自喻。消魂：同銷魂，悲愁失意貌。南朝梁江淹别賦：「黯然銷魂者，唯别而已矣。」唐綦毋潛送宋秀才詩：「秋風一送别，江上黯消魂。」

〔七〕漢渚：銀漢（銀河）之濱。星橋：指神話中的鵲橋。唐李商隱七夕詩：「鸞扇斜分鳳幄開，星橋横過鵲飛迴。争將世上無期别，换得年年一度來。」

【箋疏】

此詞大約作於宋神宗元豐五年（一〇八二）叔原將赴潁昌許田鎮之時，小蓮在筵席上唱歌送别，叔原爲作此詞。此時叔原已十分貧困，故曰「惜無紅錦爲裁詩」，以作纏頭之酬也。

又

守得蓮開結伴游〔一〕。約開萍葉上蘭舟〔二〕。來時浦口雲隨棹，采罷江邊月滿樓〔三〕。花不語，水空流。年年拚得爲花愁。明朝萬一西風動，争向朱顏不耐秋〔四〕。

【校記】

〔西風動〕吴訥本、毛本、歷代詩餘、四庫本、晏本、王本作「西風勁」。〔争向〕底本案：「『向』原作『奈』，改從陸貽典校汲古閣本小山詞。」吴訥本作「争奈」，毛本、四庫本、晏本、王本作「争尚」，歷代詩餘作「争上」。〔不耐秋〕毛本、四庫本、王本作「不奈秋」。

【注釋】

〔一〕守：等待。

〔二〕約開：掠開。唐韓愈獨釣詩之三：「露排四岸草，風約半池萍。」蘭舟：木蘭舟的簡稱。南朝梁任昉述異記卷下：「木蘭洲在潯陽江中，多木蘭樹。昔吴王闔閭植木蘭於此，用構宫殿也。七里洲中有魯般刻木蘭爲舟。舟至今在洲中。詩家用木蘭舟，出於此。」後常用於船的美稱。唐許渾重游練湖懷舊詩：「西風渺渺月連天，同醉蘭舟未十年。」

〔三〕「來時」二句：浦口，小河入江或入湖之處。唐王昌齡採蓮曲：「來時浦口花迎入，採罷江頭月送歸。」

〔四〕争向：張相詩詞曲辭語匯釋卷三：「争向，猶云怎奈或奈何也。王建酬趙侍御詩：『別來衣馬從勝舊，争向邊塵滿白頭。』」 朱顔：紅潤美好的容顔。此處指蓮花，暗喻採蓮女子。

【箋疏】

此詞記南湖採蓮之事。參閱前言及三七五頁清平樂（蓮開欲徧）詞、四五一頁浣溪沙（浦口蓮香夜不收）詞。

又

鬬鴨池南夜不歸〔一〕。酒闌紈扇有新詩〔二〕。雲隨碧玉歌聲轉〔三〕，雪繞紅瓊舞袖回〔四〕。　今感舊，欲沾衣。可憐人似水東西。回頭滿眼淒涼事，秋月春風豈得知。

【注釋】

〔一〕鬬鴨：使鴨子相鬬的博戲。西京雜記卷二：「魯恭王好鬬雞鴨及鵝雁。」唐韓翃送客還江東詩：「池畔花深鬬鴨欄，橋邊雨洗藏鴉柳。」

〔三〕酒闌：謂酒筵將盡。紈扇：細絹製的團扇。句謂在歌女及舞姬的團扇上題詩。

〔三〕碧玉：見三〇五頁蝶戀花（碧玉高樓臨水住）詞注。

〔四〕紅瓊：舞姬名。宋歐陽修漁家傲詞：「筵上佳人牽翠袂。纖纖玉手挼新蕊。美酒一盃花影膩。邀客醉。紅瓊共作熏熏媚。」

【箋疏】

此首爲懷舊之詞，上片寫當年飲酒聽歌之樂，下片寫別後的思念。詞句和詞意與前一首同調詞（梅蕊新妝桂葉眉）有很多相同，可能前一首是原作，此首是後來改作。

又

當日佳期鵲誤傳〔一〕。至今猶作斷腸仙〔二〕。橋成漢渚星波外〔三〕，人在鸞歌鳳舞前〔四〕。

歡盡夜，別經年。別多歡少奈何天〔五〕。情知此會無長計，咫尺涼蟾亦未圓〔六〕。

【注釋】

〔一〕鵲誤傳：舊時民俗以喜鵲的鳴聲爲報喜兆。句謂昔日聽見喜鵲的鳴聲，以爲佳期將至，結果願望落空，嗔怪喜鵲誤傳喜訊。唐趙嘏恒歛千金笑詩：「從軍人更遠，報喜鵲空傳。」

〔二〕斷腸仙：指牛郎、織女。因銀河之隔，不能時時相見。此以自指。

〔三〕橋：鵲橋。

〔四〕人：指所鍾愛的歌女。鸞歌鳳舞：山海經大荒南經：「爰有歌舞之鳥，鸞鳥自歌，鳳鳥自舞。」後以喻歌舞之妙。南朝宋鮑照代淮南王詩：「紫房綵女弄明璫，鸞歌鳳舞斷君腸。」

〔五〕奈何天：表示無可奈何。

〔六〕涼蟾：指秋月。李商隱燕臺秋詩：「月浪衝天天宇濕，涼蟾落盡疏星入。」

又

題破香箋小砑紅〔一〕。詩篇多寄舊相逢。西樓酒面垂垂雪，南苑春衫細細風〔二〕。

花不盡，柳無窮。別來歡事少人同。憑誰問取歸雲信〔三〕，今在巫山第幾峯。

【校記】

〔詩篇多寄〕底本案：「『篇』原作『成』，改從陸校本小山詞。」吳訥本作「詩成多寄」，毛本、歷代詩餘、四庫本、王本作「詩多遠寄」。〔酒面〕王本作「宿酒」。〔春衫〕歷代詩餘、王本作「春山」。

【注釋】

〔一〕題破：寫盡，寫完。　香牋小砑紅：磨壓過的紅色小牋紙。

〔二〕「西樓」二句：酒面，見二九〇頁蝶戀花（庭院碧苔紅葉徧）詞注。南苑，指玉津園。欽定大清一統志卷一百五十：「玉津園，在（開封）府城南門外……東京夢華録：都人出城探春，南則玉津園。」二句略舉當時游賞之樂，舉一反三。飲酒不必一定在西樓、冬天；游園不必定在南苑、春天。

〔三〕問取：取，助詞，猶「得」。唐李白金陵酒肆留别詩：「請君問取東流水，别意與之誰短長。」歸雲：喻離去的女友或侍妾。用典見二七七頁臨江仙（淺淺餘寒春半）詞注。

【箋疏】

此詞爲叔原在長安思念西樓歌女（即詞中「舊相逢」）而作。「西樓」二句回憶舊日歡情，猶「南苑吹花，西樓題葉」。參閲前言及五四九頁滿庭芳（南苑吹花）詞。

【輯評】

詩話總龜前集卷八引王直芳詩話：唐張子容作巫山詩云：「巫嶺岧嶢天際重，佳期夙昔顧相從。朝雲暮雨連天暗，神女知來第幾峯。」近時晏叔原作樂府云：「憑君問取歸雲信，今在巫山第幾峯。」最爲人所稱，恐出於子容。

又

清潁尊前酒滿衣〔一〕。十年風月舊相知〔二〕。憑誰細話當時事，腸斷山長水遠詩。

金鳳闕，玉龍墀〔三〕。看君來換錦袍時〔四〕。姮娥已有殷勤約，留著蟾宮第一枝〔五〕。

【注釋】

〔一〕清潁：指潁河，爲黄河支流，在安徽省西北部和河南省東部。

〔二〕風月：指吟風弄月的文人雅事。如宋歐陽修贈王介甫詩：「翰林風月三千首，吏部文章二百年。」亦可指涉足歌臺舞榭等風月場所。

〔三〕金鳳闕、玉龍墀：指帝京的宮殿。

〔四〕錦袍：有彩繡的袍，爲官吏的服飾。

〔五〕「姮娥」二句：姮娥，即嫦娥。蟾宮，月宮。舊時以「蟾宮折桂」表示科舉應試及第。「蟾宮第一枝」，指狀元。句謂嫦娥已約定，把狀元的名號留給你。

【箋疏】

叔原在元豐五年至八年監潁昌許田鎮期間結識了一位朋友。多年以後，叔原得知這位朋友要到汴京來參加會試，就寫了這首詞寄給朋友。據詞中「十年風月舊相知」推測，此詞約作於元祐六年前後。

又

醉拍春衫惜舊香〔一〕。天將離恨惱疏狂〔二〕。年年陌上生秋草，日日樓中到夕陽。

雲渺渺，水茫茫。征人歸路許多長。相思本是無憑語，莫向花牋費淚行〔三〕。

【注釋】

〔一〕惜舊香：懷念舊情也。此詞當是憶念舊日所鍾愛的歌女舞姬而作。

〔二〕疏狂：狂放，不受拘束。唐白居易代書詩寄微之：「疏狂屬年少，閑散爲官卑。」惱疏狂，謂煩擾我這個疏狂的人。

〔三〕「相思」二句：謂空説相思，亦無憑證，故不必爲信上所言之語而傷心落淚。

【輯評】

明卓人月古今詞統卷七：「費」字本於學書紙費，學醫人費。

近人夏敬觀批語：「拍」字生而熟鍊；「惱」字新。

又

小令尊前見玉簫〔一〕。銀燈一曲太妖嬈。歌中醉倒誰能恨，唱罷歸來酒未消。　春悄悄，夜迢迢。碧雲天共楚宫遥〔二〕。夢魂慣得無拘檢，又踏楊花過謝橋〔三〕。

【校記】

［楚宫遥］毛本、歷代詩餘、四庫本、晏本、王本作「楚宫腰」。

【注釋】

〔一〕小令：晉書王珉傳：「王珉，字季琰。少有才藝，善行書。……代王獻之爲長兼中書令。二人素齊名。世謂獻之爲大令，珉爲小令。」借指作者的某一友人。　玉簫：據唐范攄雲溪友議卷中玉簫記載，唐韋臯少游江夏，館於姜氏。姜令小青衣玉簫祗侍，因漸有情。韋歸省時，約五年至七年後取玉簫。後愆期不至，玉簫遂絶食死。後轉世，仍爲韋侍妾。借指一歌姬。

〔二〕碧雲天：天上仙女所居之處。　楚宫：楚國的宫殿。喻指該歌女的住處很遥遠。

〔三〕謝橋：唐宰相李德裕侍妾謝秋娘爲名歌妓，後因以「謝娘」泛指歌妓。謝橋謂謝娘家近處之橋。

【箋疏】

叔原在友人家中聽一歌姬唱歌，一見傾心，却難以相接。長夜迢迢，因思念而不能入寐。惟有夢魂不受約束，一次次飛到她的身邊。末二句從唐張泌寄人詩「别夢依依到謝家」得，而更摇曳生姿。

【輯評】

宋邵博聞見後録卷十九：程叔微云：伊川聞誦晏叔原「夢魂慣得無拘檢，又踏楊花過謝橋」長短句，笑曰：「鬼語也。」意亦賞之。

清厲鶚論詞絶句：鬼語分明愛賞多，小山小令擅清歌。世間不少分襟處，月細風尖喚奈何。

清沈謙塡詞雜説：「又踏楊花過謝橋」，即伊川亦爲歎賞。近於我見猶憐矣。

近人况周頤蕙風詞話卷二：小晏神仙中人，重以父名之貽，賢師友相與沆瀣，其獨造處豈凡夫肉眼所能見及。「夢魂慣得無拘檢，又逐楊花過謝橋。」以是爲至，烏足與論小山詞耶？

近人夏敬觀批語：傷心夢囈，昔人以爲鬼語，余不謂然。

近人俞陛雲唐五代兩宋詞選釋：此二首（「醉拍春衫惜舊香」、「小令尊前見玉簫」）之結句，情韻均勝。次首「謝橋」二句尤見新穎。

又

楚女腰肢越女顋〔一〕。粉圓雙蕊髻中開〔二〕。朱絃曲怨愁春盡，渌酒盃寒記夜來。

新擲果〔三〕，舊分釵〔四〕。冶游音信隔章臺〔五〕。花間錦字空頻寄〔六〕，月底金鞍竟未回〔七〕。

【校記】

〔渌酒〕王本作「綠酒」。

【注釋】

〔一〕楚女腰肢：見珠玉詞一二八頁漁家傲詞（楚國細腰元自瘦）詞注。唐杜甫清明詩之一：「胡童結束還難有，楚女腰肢亦可憐。」越女顋：顋，兩頰的下半部，泛指臉。越國多美女，故以「越女顋」表示女子臉美。南朝梁昭明太子十二月啟：「蓮花泛水，豔如越女之顋。」

〔二〕「粉圓」句：謂髮髻上插着兩朵白花。

〔三〕擲果：晉書潘岳傳：「岳美姿儀。……少時常挾彈出洛陽道，婦人遇之者皆連手縈繞，投之以果。遂滿車而歸。」後遂以「擲果」表示女子對美男子的愛慕之情。

〔四〕分釵：喻夫妻或情人離異。晉袁宏後漢記靈帝紀上：「夏侯氏父母曰：『婦人見去，當分釵斷帶。』」南朝梁陸罩閨怨詩：「自憐斷帶日，偏恨分釵時。」

〔五〕冶游：指涉足聲色場所。章臺：漢長安街名，街上多妓院。泛指歌臺舞榭。宋歐陽修蝶戀花詞：「玉勒雕鞍游冶處。樓高不見章臺路。」

〔六〕錦字：見珠玉詞四四頁鳳御盃（青蘋昨夜秋風起）詞注。

〔七〕金鞍：有金飾的馬鞍。借指騎馬的男子。

【箋疏】

「朱絃」、「淥酒」説明她歌妓的身份。過片謂冶游之人不斷更换，來了又去，一去不來。揭示了妓女生涯的悲苦，但寫得比較隱晦和委曲，不像敦煌詞望江南「我是曲江臨池柳，這人折了那人攀。恩愛一時間」那樣直截了當。這也表明了文人詞與民間詞的差異。

又

十里樓臺倚翠微〔一〕。百花深處杜鵑啼。殷勤自與行人語，不似流鶯取次飛〔二〕。

驚夢覺，弄晴時〔三〕。聲聲只道不如歸〔四〕。天涯豈是無歸意，爭奈歸期未可期〔五〕。

【注釋】

〔一〕翠微：指青翠掩映的山腰幽深處。唐杜甫秋興八首之三：「千家山郭静朝暉，日日江樓坐翠微。」

〔二〕取次：隨便，任意。唐白居易醉後贈人：「香毬趁拍回環匼，花醆抛巡取次飛。」

〔三〕弄晴：指禽鳥在初晴時鳴囀、戲耍。五代韋莊謁金門詞之一：「柳外飛來雙羽玉，弄晴相對浴。」

〔四〕不如歸：古人以杜鵑啼聲似人言「不如歸去」。蜀王本紀：「蜀望帝淫其臣鱉靈之妻，乃禪位而逃。時此鳥適鳴，故蜀人以杜鵑鳴爲悲望帝，其鳴爲『不如歸去』云。」宋范仲淹越上聞子規詩：「春山無限好，猶道不如歸。」

〔五〕「争奈」句：唐李商隱夜雨寄北詩：「君問歸期未有期。」

【箋疏】

此詞寫因聽到杜鵑的鳴聲而引起思歸之念。可能作於元豐八年（一〇八五）春叔原監潁昌許田鎮時。參閲前言。

又

陌上濛濛殘絮飛。杜鵑花裏杜鵑啼〔一〕。年年底事不歸去〔二〕，怨月愁煙長爲誰〔三〕。

梅雨細〔四〕，曉風微。倚樓人聽欲沾衣。故園三度羣花謝〔五〕，曼倩天涯猶未歸〔六〕。

【注釋】

〔一〕杜鵑花：又名映山紅。春季開花。

〔二〕底事：何事。

〔三〕怨月愁煙：謂見煙、月而産生愁怨之情。唐皇甫冉廬山歌送至弘法師兼呈薛江州：「猿啾啾兮怨月，江渺渺兮多烟。」宋歐陽修減字木蘭花：「怨月愁花無限意。」　爲誰：爲何。

〔四〕梅雨：初夏時江淮流域有持續較長的陰雨，因時值梅子黄熟，故稱梅雨、黄梅雨。太平御覽卷九七〇引漢應劭風俗通：「五月有落梅風，江淮以爲信風。又有霖雨，號爲梅雨，沾衣服皆敗黦。」

〔五〕三度：叔原於宋神宗元豐五年（一〇八二）春監潁昌許田鎮，到八年春，已有三年之久。

〔六〕曼倩：漢東方朔，字曼倩。史記滑稽列傳：「（東方朔）時坐席中，酒酣，據地歌曰：『陸沈於俗，避世金馬門。宫殿中可以避世全身，何必深山之中，蒿廬之下！』」唐温庭筠題河中紫極宫詩：「曼倩不歸花落盡，滿叢烟露月當樓。」叔原以曼倩自喻。

【箋疏】

這首詞與上一首鷓鴣天（十里樓臺倚翠微）詞意思相同，當作於同一時期，也可能一首先寫，另一首是改定本。

【輯評】清陳廷焯詞則閑情集卷一：筆意亦俊爽，亦婉約。

又

曉日迎長歲歲同〔一〕。太平簫鼓間歌鐘〔二〕。雲高未有前村雪，梅小初開昨夜風〔三〕。羅幕翠，錦筵紅〔四〕。釵頭羅勝寫宜冬〔五〕。從今屈指春期近，莫使金尊對月空〔六〕。

【注釋】

〔一〕曉日迎長：冬至後夜漸短，日漸長。宋歐陽修賀冬狀：「屬迎長之届旦，當受祉於無疆。」

〔二〕間：間雜，夾雜。三國魏曹植美女篇：「明珠交玉體，珊瑚間木難。」歌鐘：伴唱的編鐘。左傳襄公十一年：「歌鐘二肆。」孔穎達疏：「言歌鐘者，歌必先金奏，故鐘以歌名之。」

〔三〕「雲高」二句：唐齊己早梅詩：「前村深雪裏，昨夜一枝開。」

〔四〕錦筵紅：謂筵桌上鋪着紅色的錦緞。宋張先更漏子詞：「錦筵紅，羅幕翠，侍燕美人姝麗。」

〔五〕羅勝：勝，古代婦女節日的一種飾物。花形的叫華勝，人形的叫人勝，用羅絹做的叫羅勝。舊時立春日在上面寫「宜春」二字，戴在頭上。歲時風土記：「立春之日，士大夫之家剪裁爲小旛。或懸於家人之頭，或綴於花枝之下。」梁宗懍荆楚歲時記：「立春之日，悉剪綵爲燕戴之。帖『宜春』二字。」此詞描寫冬至情景，所以羅勝上寫「宜冬」二字。

〔六〕「莫使」句：唐李白將進酒：「人生得意須盡歡，莫使金尊空對月。」

【箋疏】

宋王灼碧雞漫志卷第二：「叔原年未至乞身，退居京城賜第。不踐諸貴之門。蔡京重九、冬至日遣客求長短句，欣然兩爲作鷓鴣天『九日悲秋不到心（全詞略）』，『曉日迎長歲歲同（全詞略）』，竟無一語及蔡者。」

鄭騫夏著二晏年譜補正：「據宋史二一二宰輔表，蔡京於崇寧元年（一一〇二）七月拜相，至五年（一一〇六）二月罷。此年即大觀元年（一一〇七）五月復相，三年（一一〇九）六月再罷。叔原崇寧四年（一一〇五）猶在開封推官任内。漫志叙蔡京求詞於退居賜第之後，當是大觀中作。」

按鄭説恐不確。一、蔡京於大觀元年五月復相時，叔原已過七十足歲，與漫志所説「年未至乞身」不符。二、全宋詩晏幾道戲作示内詩附注：「墨莊漫録：叔原聚書甚多，每有遷徙，其妻厭之，謂叔原有類乞兒搬漆椀。叔原作詩云云。」如果説蔡京求詞是在「大觀中」，距叔原去世之日（大觀四年）僅二三載，此時叔原可能早就遷出京城賜第。故夏譜稱「碧雞漫志所云，當謂蔡崇寧間初當權時」，還是比較合適的。

又

小玉樓中月上時〔一〕。夜來惟許月華知〔二〕。重簾有意藏私語，雙燭無端惱暗期〔三〕。

傷別易，恨歡遲。歸來何處驗相思。沈郎春雪愁消臂〔四〕，謝女香膏懶畫眉〔五〕。

【注釋】

〔一〕小玉：古詩詞中常用作仙女或侍女的名字。唐白居易長恨歌：「金闕西廂叩玉扃，轉教小玉報雙成。」

〔二〕月華：即月亮。北周庾信舟中望月詩：「舟子夜離家，開舲望月華。」句謂此事不能讓別人知曉。

〔三〕「重簾」二句：謂情人間的切切私語，幸有重簾相隔，不會被旁人聽見；而雙燭之光，太覺明亮，反令人著惱。暗期，偷會。

〔四〕沈郎：沈約，南朝梁詩人。梁書沈約傳載：沈與徐勉素善，遂以書陳情於勉，言己老病。「百日數旬，革帶常應移孔。以手握臂，率計月小半分。以此推算，豈能支久。」春雪：喻潔白的肌膚。

唐方干贈美人四首之三：「常恐胸前春雪釋，惟愁座上慶雲生。」

〔五〕謝女：晉謝安侄女謝道蘊富有才情。亦以泛指女子或才女。唐温庭筠贈知音詩：「窗間謝女青蛾斂，門外蕭郎白馬嘶。」香膏：芳香的脂膏，化妝品。

【輯評】

近人夏敬觀批語：「驗」字新。

又

手撚香牋憶小蓮〔一〕。欲將遺恨倩誰傳〔二〕。歸來獨卧逍遥夜〔三〕，夢裏相逢酩酊天〔四〕。　花易落，月難圓。只應花月似歡緣〔五〕。秦箏算有心情在，試寫離聲入舊絃〔六〕。

【校記】

〔算〕吴訥本、毛本、歷代詩餘、四庫本、王本作「若」。

【注釋】

〔一〕小蓮：沈廉叔或陳君龍家的侍兒。

〔二〕倩：請。倩誰傳，靠什麼來傳達。

〔三〕逍遥：安閒，悠閒。楚辭離騷：「欲遠集而無所止兮，聊浮游以逍遥。」

〔四〕酩酊：大醉貌。酩酊天，猶酩酊時。

〔五〕歡緣：歡愛的緣分。

〔六〕「秦箏」二句：算，料想。寫，傾吐，抒發。詩邶風泉水：「駕言出游，以寫我憂。」二句謂秦箏想必亦有心情，知道歡緣難遂，故絃中發出離别之聲。

【箋疏】

此詞寫對小蓮的思念。歸來，指從沈宅或陳宅聽歌後回到自己家中。獨卧無聊，情思彌切，惟有靠酩酊大醉，能與小蓮在夢裏相逢。然而歡緣似花月之易落難圓。此時可能已有監許田鎮之任命，故曰秦箏亦發出離别之聲。

又

九日悲秋不到心〔一〕。鳳城歌管有新音〔二〕。風凋碧柳愁眉淡〔三〕，露染黄花笑靨深〔四〕。　初見雁，已聞砧〔五〕。綺羅叢裏勝登臨〔六〕。須教月户纖纖玉，細捧霞觴灩灩金〔七〕。

【校記】

〔初見雁〕碧雞漫志作「初過雁」。　〔灩灩〕碧雞漫志作「豔豔」。

【注釋】

〔一〕九日：指農曆九月初九重陽節。　不到心：不放在心上。

〔二〕鳳城：帝京的美稱。　新音：謂新製的樂曲或新到的歌女唱曲。

〔三〕「風凋」句：形容歌女淡淡的愁眉如秋天的柳葉。

〔四〕「露染」句：形容歌女的笑容如含露的菊花。

〔五〕砧：擣衣石。古時衣服常用紈素類織物縫製，質地較硬，須先在砧石上舂擣，才能製作。秋天縫製棉衣時，擣衣者尤多，故常以砧聲表示已到秋天。如唐李白子夜吴歌之三：「長安一片月，萬户擣衣聲。秋風吹不盡，總是玉關情。」唐許渾晚泊七里灘詩：「江村平見寺，山郭遠聞砧。」

〔六〕綺羅：指華貴的絲綢或絲綢衣服。綺羅叢裏，謂處在一羣美女中間。　登臨：登山臨水。此處指重九登高。

〔七〕「須教」二句：月户，指華麗的樓臺，如雲窗月户。纖纖玉，指女子柔細的手。灩灩金，形容美酒的色澤。唐羅鄴題笙詩：「最宜輕動纖纖玉，醉送當觀灩灩金。」

【箋疏】

此詞亦爲應蔡京而作。參閲三二九頁鷓鴣天（曉日迎長歲歲同）詞。意謂重陽日與其登高，還不如在家裏飲酒聽歌。泛泛而談，對蔡京無阿諛奉承之語。

【輯評】

近人夏敬觀批語：重九詞新意。

又

碧藕花開水殿涼〔一〕。萬年枝外轉紅陽〔二〕。昇平歌管隨天仗〔三〕，祥瑞封章滿御牀〔四〕。　金掌露〔五〕，玉爐香〔六〕。歲華方共聖恩長。皇州又奏圜扉靜〔七〕，十樣宮眉捧壽觴〔八〕。

【校記】

〔枝外〕唐宋諸賢絶妙詞選作「枝上」。

【注釋】

〔一〕碧藕：指碧蓮，緑荷。　水殿：臨水的殿堂。唐李白口號吳王美人半醉詩：「風動荷花水殿香，姑蘇臺上宴吳王。」

〔二〕萬年枝：即冬青樹。南朝齊謝朓直中書省詩：「風動萬年枝，日華承露掌。」

〔三〕天仗：皇帝的儀仗。唐岑參寄左省杜拾遺詩：「曉隨天仗入，暮惹御香歸。」

〔四〕封章：古時有關機密事的奏章，皆用皂囊重封，故名封章。亦指一般奏章。祥瑞封章，指報告國內出現祥瑞事情的奏章。　御牀：指皇帝臨朝時前面的案桌。

〔五〕金掌露：漢武故事：「上（漢武帝）於未央宮以銅作承露盤，仙人掌擎玉盃，以取雲表之露，擬和玉屑，服以求仙。」銅仙人之掌稱金掌。唐張九齡和許給事中直夜簡諸公詩：「樹搖金掌露，庭徙玉樓陰。」

〔六〕玉爐：玉製的香爐。亦美稱香爐。唐溫庭筠更漏子詞：「玉爐香，紅蠟淚。偏照畫堂秋思。」

〔七〕皇州：帝都，京城。唐岑參和賈舍人早朝大明宮詩：「雞鳴紫陌曙光寒，鶯囀皇州春色闌。」　圜扉：獄門。借指監獄。圜扉靜，指獄中無犯人，意謂國內太平安定，無盜賊。

〔八〕十樣宮眉：見二九四頁蝶戀花（碾玉釵頭雙鳳小）詞注。

【箋疏】

唐宋諸賢絶妙詞選於此詞調下注云：「慶曆中，開封府與棘寺同日奏獄空。仁宗於宮中宴集，宣叔原作此，大稱上意。」此詞内容，只是歌頌昇平，並無深意。但寫作年代有疑問，詳前言。

又

緑橘梢頭幾點春〔一〕。似留香蕊送行人。明朝紫鳳朝天路〔二〕，十二重城五碧雲〔三〕。

歌漸咽，酒初醺。儘將紅淚濕湘裙〔四〕。贛江西畔從今日〔五〕，明月清風憶使君〔六〕。

【注釋】

〔一〕春：此處指花。

〔二〕紫鳳：紫鳳垣，泛指宮牆。唐閻朝隱早朝詩：「北倚蒼龍闕，西臨紫鳳垣。」朝天：朝見帝王。

〔三〕十二重城：古分天下爲九州，虞舜時擴分爲十二州。指十二州之城。五碧雲：五雲，喻帝京。唐王建贈郭將軍詩：「承恩新拜上將軍，當值巡更近五雲。」碧雲，亦喻帝京。宋柳永傾盃詞：

「最苦碧雲信斷，仙鄉路杳，歸鴻難倩。」

〔四〕湘裙：用湘地絲綢裁製的裙子。

〔五〕贛江：水名，縱貫江西全省。上游章水、貢水匯於贛州，始稱贛江。

〔六〕「明月」句：世説新語言語：「劉尹（劉惔）曰：『清風朗月，輒思玄度（許洵）。』」使君，漢時稱刺史爲使君，後亦用以稱州郡長官。

【箋疏】

從詞意看，此詞是叔原在離筵席上所作，令營妓歌以送贛州太守任滿回京。以緑橘開花表明時間是在春末夏初，行人即後文的「使君」。

生査子

金鞭美少年，去躍青驄馬〔一〕。牽繫玉樓人〔二〕，繡被春寒夜。　消息未歸來，寒食梨花謝〔三〕。無處説相思，背面鞦韆下〔四〕。

案此首别誤作晏殊詞，見古今别腸詞選卷一。

【校記】

［詞題］唐宋諸賢絶妙詞選題作「閨思」，草堂詩餘題作「春恨」。［金鞭］唐宋諸賢絶妙詞選、花草粹編、草堂詩餘、吴訥本、毛本、歷代詩餘、四庫本、王本作「金鞍」。［牽繫］詞綜作「縈繫」。［繡被］花草粹編、草堂詩餘作「翠被」。

【注釋】

〔一〕青驄馬：毛色青白相雜的駿馬。古詩爲焦仲卿妻作：「躑躅青驄馬，流蘇金鏤鞍。」

〔二〕玉樓人：指閨中人。

〔三〕寒食：節氣名，在清明前一日或二日。

〔四〕「背面」句：引用唐李商隱無題詩：「十五泣春風，背面鞦韆下。」

【輯評】

宋曾季貍艇齋詩話：晏叔原小詞「無處説相思，背面鞦韆下」，吕東萊極喜誦此詞，以爲有思致。然此語本李義山詩云：「十五泣春風，背面鞦韆下。」

明沈際飛草堂詩餘正集卷一：味在言外。

明宋徵璧抱真堂詩話引陳子龍曰：律詩如「春城月出人皆醉」及「羅綺晴嬌緑水洲」之句，詩餘如「無處説相思，背面鞦韆下」一詞，生平竭力摹擬，竟不能到。

清黄蘇蓼園詞評：「去躍」二字從婦人目中看出，深情摯語。末聯「無處」二字，意致悽然，妙在含蓄。

近人夏敬觀批語：俊爽已極。

又

輕匀兩臉花，淡掃雙眉柳〔一〕。會寫錦牋時，學弄朱絃後〔二〕。　今春玉釧寬〔三〕，昨夜羅裙皺〔四〕。無計奈情何，且醉金盃酒。

【校記】

〔錦牋〕毛本、四庫本、王本作「彩牋」。　〔玉釧〕王本作「玉帶」。

【注釋】

〔一〕「輕匀」二句：謂輕匀如花之面，淡畫似柳葉之眉。

〔二〕「會寫」二句：指少女勤於學習才藝。

〔三〕玉釧寬：表示手臂瘦減。

〔四〕羅裙皺：表示長夜不眠，以致羅裙坐皺。

又

關山魂夢長，魚雁音塵少。兩鬢可憐青〔一〕，只爲相思老。　歸夢碧紗窗，説與人人道〔二〕。真箇別離難，不似相逢好。

【校記】

案唐宋諸賢絕妙詞選卷五作王觀詞。別又見杜安世杜壽域詞。

〔歸夢〕毛本、四庫本、晏本、王本作「歸傍」。

【注釋】

〔一〕可憐青：近人張相詩詞曲語辭匯釋卷五：「可憐，猶云可怪也；引申之則爲甚辭，猶云很也，非常也。……王觀生查子詞：『兩鬢可憐青，一夜相思老。』可憐青，猶今云怪青或很青。」青，烏黑。

〔二〕人人：稱親昵的人。宋歐陽修蝶戀花詞：「翠被雙盤金縷鳳。憶得前春，有個人人共。」

【箋疏】

此詞可能在長安爲思念西樓歌女而作。「關山」句猶少年游詞「王孫此去，山重水遠，何處賦西征」。「魚雁」句猶滿庭芳詞「別來久，淺情未有，錦字繫征鴻」。此時叔原還只二十多歲，故曰「兩鬢可憐青」。「歸夢」與「人人」則是指在汴京的西樓歌女。

又

墜雨已辭雲，流水難歸浦〔一〕。遺恨幾時休，心抵秋蓮苦〔二〕。忍淚不能歌，試託哀絃語〔三〕。絃語願相逢，知有相逢否。

【注釋】

〔一〕「墜雨」二句：喻女子爲人所拋棄。墜雨，東漢王充論衡：「雨之出山，或謂雲載而行。雲散水墜，名爲雨矣。」南朝齊謝朓辭記室箋：「邈若墜雨，翩似秋蔕。」

〔二〕抵：相當，比。杜甫春望詩：「烽火連三月，家書抵萬金。」

〔三〕哀絃：悲涼的絃聲。晉孫氏箜篌賦：「陵危柱以頡頏，憑哀絃以躑躅。」句謂借彈琴抒發胸中悲苦。如唐白居易琵琶行：「絃絃掩抑聲聲思，似訴平生不得志。低眉信手續續彈，説盡心中無限事。」宋張先惜雙雙溪橋寄意詞：「斷夢歸雲經日去，無計使、哀絃寄語。」

【輯評】

近人夏敬觀批語：齊梁新體詩之佳者，不能過之。

又

一分殘酒霞〔一〕，兩點愁蛾暈〔二〕。羅幕夜猶寒，玉枕春先困。　心情翦綵慵〔三〕，時節燒燈近〔四〕。見少別離多，還有人堪恨。

【校記】

〔詞題〕唐宋諸賢絶妙詞選題作「別思」。

【注釋】

〔一〕霞：指酒後臉上泛起的紅暈。

〔二〕愁蛾：愁眉。

〔三〕翦綵：翦裁花紙或綵綢，製成花草蟲魚之類的裝飾品。梁宗懍荆楚歲時記：「立春之日，悉翦綵爲燕戴之。」

〔四〕燒燈：節日舉行燈會。指元宵節。

又

輕輕製舞衣，小小裁歌扇。三月柳濃時，又向津亭見〔一〕。垂淚送行人，濕破紅妝面。玉指袖中彈，一曲清商怨〔二〕。

案此首詞林萬選卷四誤作牛希濟詞。楊金本草堂詩餘前集卷下又誤作趙彥端詞。

【注釋】

〔一〕津亭：渡口的亭子，供行旅休憩之處。唐王勃江亭夜月送别詩：「津亭秋月夜，誰見泣離羣。」

〔二〕清商怨：古樂府有清商曲，其音哀怨。後爲詞牌名及曲牌名。

又

紅塵陌上游〔一〕，碧柳堤邊住。纔趁彩雲來，又逐飛花去。深深美酒家〔二〕，曲曲幽香路。風月有情時〔三〕，總是相思處。

【校記】

〔詞題〕唐宋諸賢絶妙詞選題作「閨思」。　〔相思〕唐宋諸賢絶妙詞選、花草粹編、吴訥本、毛本、歷代詩餘、四庫本、王本作「相逢」。

【注釋】

〔一〕紅塵陌上：指繁華的街道。唐劉禹錫元和十一年自朗州召至京戲贈看花諸君子詩：「紫陌紅塵拂面來，無人不道看花回。」

〔二〕深深：形容樹木幽深。

〔三〕風月：指男女之間的情愛。五代韋莊多情詩：「一生風月供惆悵，到處煙花恨別離。」

又

長恨涉江遥〔一〕，移近溪頭住。閒蕩木蘭舟〔二〕，誤入雙鴛浦〔三〕。　無端輕薄雲〔四〕，暗作廉纖雨〔五〕。翠袖不勝寒〔六〕，欲向荷花語。

【校記】

〔誤入〕毛本、歷代詩餘、四庫本、晏本、王本作「卧入」。　〔廉纖〕王本作「簾纖」。

【注釋】

〔二〕涉江：渡水。古詩十九首之六：「涉江採芙蓉，蘭澤多芳草。採之欲遺誰，所思在遠道。」

〔三〕木蘭舟：見三一六頁鷓鴣天（守得蓮開結伴游）詞注。

〔三〕雙鴛浦：宋柳永甘草子詞：「雨過月華生，冷徹鴛鴦浦。」宋張先一叢花詞：「雙鴛池沼水溶溶，南北小橋通。」

〔四〕無端：猶無奈。

〔五〕廉纖雨：細雨。唐韓愈晚雨詩：「廉纖晚雨不能晴，池岸草間蚯蚓鳴。」

〔六〕「翠袖」句：化用唐杜甫佳人詩：「天寒翠袖薄，日暮倚修竹。」

【輯評】

清李調元雨村詞話卷一：晏幾道小山詞似古樂府，余絕愛其生查子云（詞略）。公自序云：「補亡一篇，補樂府之亡也。」可以當之。

近人夏敬觀批語：是六朝人採蓮賦作法。

近人俞陛雲唐五代兩宋詞選釋：起句用「涉江採芙蓉」詩，以呼應「荷花」結句，蓋詠採蓮女之作。上段寫綺懷之幽香，下段寫麗情之宛轉，殊有竹枝詞意味。

又

遠山眉黛長〔一〕，細柳腰肢嫋。妝罷立春風，一笑千金少〔二〕。歸去鳳城時〔三〕，説與青樓道〔四〕。偏看潁川花〔五〕，不似師師好〔六〕。

【校記】

〔潁川〕王本作「潁州」。

【注釋】

〔一〕遠山眉黛：見珠玉詞九七頁訴衷情（露蓮雙臉遠山眉）詞注。古代女子用黛畫眉，因稱眉爲黛眉或眉黛。唐李商隱代贈二首之二：「總把春山掃眉黛，不知供得幾多愁。」

〔二〕一笑千金：極言美人一笑之難得。藝文類聚卷五七引漢崔駰七依：「迴顧百萬，一笑千金。」南朝梁王僧孺詠寵姬詩：「再顧連城易，一笑千金買。」

〔三〕鳳城：指京城。

〔四〕青樓：妓院。借指青樓中女子。

〔五〕潁川：郡名，即許州，治所在今河南許昌。花：喻妓女。

〔六〕師師：妓女名。北宋妓女名師師者甚多，張先有創製新詞曰師師令，秦觀有一叢花詞曰「年時今夜見師師，雙頰酒紅滋」，還有爲宋徽宗所眷戀的李師師。

【箋疏】

此詞作於叔原監潁昌許田鎮時，寫給當地一個名師師的妓女。上片描寫她容貌之美。下片謂他將來回到汴京，還將對京城的妓女詩説，潁川的女子，當推師師爲最美。

又

落梅庭榭香，芳草池塘緑〔一〕。春恨最關情，日過闌干曲〔二〕。　幾時花裏閒，看得花枝足。醉後莫思家，借取師師宿。

【校記】

〔庭榭〕毛本、四庫本、王本作「亭榭」。〔日過〕吳訥本、毛本、四庫本、王本作「月過」。

【注釋】

〔一〕芳草池塘：南朝宋謝靈運登池上樓詩「池塘生春草」爲千古流傳的名句，故後人常引以爲典。參見二八一頁臨江仙（旖旎仙花解語）詞注。

〔三〕「日過」句：謂每天到闌干曲處（去看花）。

【箋疏】

此詞與上一首作於同一時期。庭榭、池塘，乃師師居處。

又

狂花傾刻香〔一〕，晚蝶纏緜意〔二〕。天與短因緣〔三〕，聚散常容易。傳唱人離聲〔四〕，惱亂雙蛾翠〔五〕。游子不堪聞，正是衷腸事。

【注釋】

〔一〕狂花：盛開怒放的花。北周庾信小園賦：「落葉半牀，狂花滿屋。」

〔二〕纏緜：固結不解，縈繞。句謂花將衰謝，晚蝶猶縈繞花間，戀戀不捨。

〔三〕短因緣：謂情好的時間不長。太平廣記：「鮑生者，有妾二人。遇外弟韋生有良馬。鮑出妾爲酒勸韋。韋請以馬換妾，鮑許以抱胡琴者。仍命歌以送韋酒。既而妾又歌以送鮑酒。歌曰：『風颭荷珠難暫圓，多生信有短因緣。西樓今夜三更月，還照離人泣斷絃。』」

〔四〕傳唱：指連續歌唱。唐張祜孟才人歎：「偶因歌態詠嬌嚬，傳唱宮中十二春。」離聲：五代

〔四〕韋莊上行盃詞：「芳草灞陵春岸。柳煙深，滿樓絃管。一曲離聲腸寸斷。」

〔五〕雙蛾翠：女子翠眉。翠，青緑色。古代女子用青黛畫眉，故曰眉翠、翠眉或翠黛。唐張祜愛妾换馬詩之二：「休憐柳葉雙眉翠，却愛桃花兩耳紅。」

又

榴花滿琖香〔一〕，金縷多情曲〔二〕。且盡眼中歡，莫歎時光促。

官身幾日閒〔三〕，世事何時足〔四〕。君貌不長紅，我鬢無重緑〔五〕。

【校記】

〔滿琖〕晏本、王本作「滿院」。〔眼中歡〕王本作「醉中歡」。

【注釋】

〔一〕「官身」句：謂爲官忙碌，閒暇之日無幾。

〔二〕「世事」句：謂事情繁多，不知何時才能做完。

〔三〕「君貌」二句：謂青春年少的時光有限，一去不回。緑鬢，烏黑發亮的鬢髮，喻年輕。南朝梁吴均和蕭洗馬子顯古意六首之三：「緑鬢愁中減，紅顔啼裏滅。」

〔四〕榴花：見珠玉詞七二頁少年遊（謝家庭檻曉無塵）詞注。

〔五〕金縷：樂府曲詞。杜牧杜秋娘詩：「秋持玉斝醉，與唱金縷衣。」參見珠玉詞七四頁酒泉子（春色初來）詞注。

又

春從何處歸，試向溪邊問。岸柳弄嬌黄〔一〕，隴麥回青潤〔二〕。　多情美少年，屈指芳菲近〔三〕。誰寄嶺頭梅，來報江南信〔四〕。

【校記】

「來報」歷代詩餘作「未報」。

【注釋】

〔一〕嬌黄：嫩黄色。

〔二〕隴麥：隴，田畦。隴麥，田畝中的麥。　青潤：緑而滋潤，猶言緑油油。

〔三〕芳菲：芳香的花草。指美好的春天。

〔四〕「誰寄」二句：嶺頭梅，指大庾嶺的梅花。白孔六帖：「庾嶺上梅花，南枝已落，北枝方開，寒暖之候異也。」參見珠玉詞一三三頁瑞鷓鴣（越娥紅淚泣朝雲）詞注。

南鄉子

渌水帶青潮〔一〕。水上朱闌小渡橋。橋上女兒雙笑靨，妖嬈。倚著闌干弄柳條。

月夜落花朝〔二〕。減字偷聲按玉簫〔三〕。柳外行人回首處，迢迢。若比銀河路更遥。

【校記】

［渌水］唐宋諸賢絶妙詞選、陽春白雪作「緑水」。［青潮］唐宋諸賢絶妙詞選、陽春白雪、歷代詩餘、晏本、王本作「春潮」。［女兒］晏本、王本作「人兒」。［妖嬈］唐宋諸賢絶妙詞選作「夭嬈」。［落花朝］唐宋諸賢絶妙詞選、吴訥本作「與花朝」。

【注釋】

〔一〕渌水：指清澈的河流。　青潮：指碧緑的潮水。

〔二〕落花朝：落花時節。唐董思恭詠雪詩：「天山飛雪度，言是落花朝。」唐白居易喜楊六侍御同宿詩：「岸幘静言明月夜，匡牀閒卧落花朝。」

〔三〕減字：唐宋詞曲術語。謂從舊曲調中減去數字，另創新聲。如木蘭花原爲七言八句，後將第一、

三、五、七句各減去三字，成爲減字木蘭花。偷聲：唐宋詞曲術語。唐代絶句，原爲七言四句，歌唱時爲配合曲調，去掉一字，爲偷聲。如張志和漁歌子詞「青箬笠，緑蓑衣」，把原來七字句中間去掉一字，變成兩個三字句。

【輯評】

明沈際飛草堂詩餘續集卷下：今日西湖有花朝而無月夕，有紅粉而無佳人，愧前盛矣。

又

小蕊受春風〔一〕。日日宫花花樹中〔二〕。恰向柳緜撩亂處，相逢。笑靨旁邊心字濃〔三〕。　歸路草茸茸。家在秦樓更近東〔四〕。醒去醉來無限事，誰同。説著西池滿面紅〔五〕。

【校記】

「受春風」吴訥本、毛本、四庫本、王本作「愛春風」。　「心字」歷代詩餘、王本作「心事」。

【注釋】

〔一〕小蕊：女子名。

〔二〕宮花：皇家庭院（或指金明池，即西池，爲當時游覽勝地）中的花木。亦可泛指名貴的花木。

〔三〕心字：心字香。明楊慎詞品心字香：「范石湖驂鸞録云：『番禺人作心字香，用素馨、茉莉半開者著净器中，以沈香薄片層層相間，密封之。日一易，不待花蔫。花過香成。』所謂心字香者，以香末縈篆成心字也。」

〔四〕秦樓：指妓院或歌舞場所。

〔五〕西池：見珠玉詞一二五頁漁家傲（粉面啼紅腰束素）詞注。

【箋疏】此詞有「日日宮花花樹中」之句，而減字木蘭花（長楊輦路）詞有「重到宮花花樹中」之句，顯然所詠爲同一件事，「西池」與「長楊輦路」説明同様是在汴京。從「日日宮花花樹中」及「説著西池滿面紅」的描寫看，此女年歲尚小，而「家在秦樓更近東」表明她出身於倡家。可與減字木蘭花詞互相參閱。

又

花落未須悲。紅蕊明年又滿枝。惟有花間人别後，無期。水闊山長雁字遲〔一〕。

今日最相思。記得攀條話別離〔二〕。共説春來春去事，多時。一點愁心入翠眉。

【注釋】

〔一〕雁字遲：鴻雁來遲，表示久盼的書信未到。

〔二〕攀條：攀折樹枝。古詩十九首庭中有奇樹：「攀條折其榮，將以遺所思。」三輔黄圖載，漢人送客至霸橋，折柳贈别。詞中即用此典故。

又

何處別時難。玉指偷將粉淚彈。記得來時樓上燭，初殘。待得清霜滿畫闌。不慣獨眠寒。自解羅衣襯枕檀〔一〕。百媚也應愁不睡〔二〕，更闌〔三〕。惱亂心情半被閒〔四〕。

【注釋】

〔一〕枕檀：即枕頭。古人常將檀香置於枕内，故稱枕檀或檀枕。五代牛希濟謁金門詞：「夢斷禁城鐘鼓，淚滴枕檀無數。」句謂把枕頭墊得高一點，這樣較容易入睡。

〔二〕百媚：見二九九頁蝶戀花（千葉早梅誇百媚）詞注。

〔三〕更闌：五更將盡，即將黎明。唐方干元日詩：「晨雞兩徧報更闌，刁斗無聲曉露乾。」

〔四〕半被閒：半邊的被子空着。

【輯評】

近人夏敬觀批語：「闌」字重韻異解。宋人詞前後闋不避重。

又

畫鴨懶熏香〔一〕。繡茵猶展舊鴛鴦〔二〕。不似同衾愁易曉，空牀。細剔銀燈怨漏長。

幾夜月波涼〔三〕。夢魂隨月到蘭房〔四〕。殘睡覺來人又遠，難忘。便是無情也斷腸。

【校記】

〔便是〕檢彊村叢書本作「更是」，吳訥本、毛本同。

【注釋】

〔一〕畫鴨：有彩畫的鴨形香爐。唐李商隱促漏詩：「舞鸞鏡匣收殘黛，睡鴨香爐換夕熏。」

〔二〕繡茵：刺繡的褥子。此處指繡着鴛鴦花飾的褥子。唐李商隱燕臺秋：「金魚鎖斷紅桂春，古時塵滿鴛鴦茵。」

〔三〕月波：指月光。月光似水，故稱月波。南朝宋王僧達七夕月下詩：「遠山斂氛祲，廣庭揚月波。」

〔四〕夢魂：指夢中人。蘭房：猶蘭閨，指女子居室。

又

眼約也應虛〔一〕。昨夜歸來鳳枕孤〔二〕。且據如今情分裏，相於〔三〕。只恐多時不似初〔四〕。深意託雙魚〔五〕。小翦蠻牋細字書〔六〕。更把此情重問得〔七〕，何如。共結因緣久遠無。

【校記】

〔眼約〕王本作「眠約」。　〔相於〕毛本、四庫本、王本作「相期」。

【注釋】

〔一〕眼約：用目光相約，猶目成。

〔二〕鳳枕：指豔美的枕頭，繡枕。五代韋莊江城子詞：「緩揭繡衾抽皓腕。移鳳枕，枕潘郎。」

〔三〕相於：相厚，相親近。唐齊己酬王秀才詩：「相於分倍親，静論到吟真。」

〔四〕「只恐」句：謂擔心相隔時間長了，情分不似當初那樣好。

〔五〕雙魚：見珠玉詞五二頁清平樂（紅箋小字）詞注。

〔六〕小翦蠻牋：指把大幅的牋紙翦成小幅的信牋。

〔七〕得：助詞，用在動詞後，猶着。

【輯評】

近人俞陛雲唐五代兩宋詞選釋：反覆詰問，惟恐歷久寒盟，寫情入深細處。人謂小山之詞，「字字娉娉裊裊，如攬嬙、施之袂」，此等句足以當之。

又

新月又如眉〔一〕。長笛誰教月下吹〔二〕。樓倚暮雲初見雁，南飛。漫道行人雁後歸〔三〕。　意欲夢佳期。夢裏關山路不知〔四〕。卻待短書來破恨〔五〕，應遲。還是涼生玉枕時〔六〕。

【校記】

〔漫道〕吳訥本、四庫本、王本作「謾道」。

【注釋】

〔一〕「新月」句：唐齊己湘妃廟詩：「黃昏一岸陰風起，新月如眉生闊水。」

〔二〕「長笛」句：唐杜牧題元處士高亭詩：「何人教我吹長笛，與倚春風弄月明。」唐趙嘏長安晚秋詩：「殘星幾點雁橫塞，長笛一聲人倚樓。」

〔三〕「漫道」句：隋薛道衡人日思歸詩：「人歸落雁後，思發在花前。」

〔四〕「夢裏」句：南朝梁沈約別范安成詩：「夢中不識路，何以慰相思。」

〔五〕卻待：還待。

〔六〕還是：仍是。五代韋莊對梨花贈皇甫秀才詩：「依前此地逢君處，還是去年今日時。」

【箋疏】

「新月又如眉」，「又」字說明盼望丈夫歸家已非一月。丈夫曾言雁後歸來，從初見北雁南飛，至今丈夫仍未歸，故曰「漫道」。倚樓遠望之時，聞淒清之笛聲，更令人難以爲懷。無可奈何，欲寄托於夢裏相逢，而「夢中不識路」，亦成空想。還是等丈夫來信，以解岑寂罷，那又太遲了，因爲仍須等到涼秋時分。一層層轉折，層次分明。

【輯評】

清先著詞潔卷二：小詞之妙，如漢、魏五言詩。其風骨興象，迥乎不同。苟徒求之色澤字句間，斯末已。

清平樂

留人不住。醉解蘭舟去。一棹碧濤春水路。過盡曉鶯啼處。　渡頭楊柳青青。枝枝葉葉離情〔一〕。此後錦書休寄〔二〕，畫樓雲雨無憑〔三〕。

【注釋】

〔一〕「渡頭」二句：唐張籍憶遠詩：「唯愛門前雙柳樹，枝枝葉葉不相離。」

〔二〕錦書：見珠玉詞四四頁鳳御盃（青蘋昨夜秋風起）詞注。

〔三〕雲雨：指男女歡會。末二句故作決絶之語，愛之甚，怨懟亦深。

【輯評】

清周濟宋四家詞選目録序：結句殊怨，然不忍別。

清陳廷焯詞則別調集卷一：怨語，然自是悽絶。

又

千花百草〔一〕。送得春歸了。拾蕊人稀紅漸少〔二〕。葉底杏青梅小。小瓊閒抱琵琶〔三〕。雪香微透輕紗〔四〕。正好一枝嬌豔〔五〕，當筵獨占韶華〔六〕。

【校記】

〔拾蕊〕花草粹編、歷代詩餘、四庫本、王本作「拾翠」。〔杏青〕王本作「杏清」。〔閒抱〕花草粹編作「閒把」。〔當筵〕毛本、歷代詩餘、四庫本、王本作「當年」。

【注釋】

〔一〕千花百草：多種多樣的花草。南唐馮延巳鵲踏枝詞：「百草千花寒食路，香車繫在誰家樹？」

〔二〕拾蕊：指拾取或摘取花朵。紅：指花。

〔三〕小瓊：歌女名。

〔四〕雪香：女子肌膚的香氣。晏殊木蘭花詞：「雪香濃透紫檀槽，胡語急隨紅玉腕。」

〔五〕一枝嬌豔：以一枝嬌豔的花喻美女。唐李白清平調三首其二：「一枝紅豔露凝香，雲雨巫山枉斷腸。」

〔六〕韶華：美好的時光，春光。

又

煙輕雨小。紫陌香塵少〔一〕。謝客池塘生緑草〔二〕。一夜紅梅先老。　旋題羅帶新詩〔三〕。重尋楊柳佳期〔四〕。强半春寒去後〔五〕，幾番花信來時〔六〕。

【注釋】

〔一〕紫陌：指京都郊野的道路。香塵：芳香的塵土，塵土的美稱。唐劉禹錫元和十一年自朗州召至京戲贈看花諸君子詩：「紫陌紅塵拂面來，無人不道看花回。」

〔二〕謝客：南朝宋詩人謝靈運小名客兒，故稱謝客。謝詩中名句曰「池塘生春草」，故後人稱池塘爲謝客池塘。

〔三〕「旋題」句：旋，猶還，又；亦猶重。古時官妓、歌女等常請名人在羅帶上題詩。唐李商隱柳枝序：「柳枝手斷長帶，結讓山爲贈叔乞詩。」

〔四〕「重尋」句：佳期，指男女約會。宋歐陽修生查子詞：「月上柳梢頭，人約黄昏後。」

〔五〕强半：大半，過半。

〔六〕花信：即花信風，謂應花期而來的風。相傳一春有二十四番花信風。小寒：梅花、山茶、水仙；大寒：瑞香、蘭花、山礬；立春：迎春、櫻桃、望春；雨水：菜花、杏花、李花；驚蟄：桃花、棣棠、薔薇；春分：海棠、梨花、木蘭；清明：桐花、麥花、柳花；穀雨：牡丹、荼蘼、楝花。

【箋疏】

此詞寫仲春時節與一歌女重修舊好。「旋」與「重」皆爲「重新」之義，似指曾與該女失和，現在重新題詩並約會。「春寒」隱喻關係冷淡，「花信」隱喻感情升温。

又

畫堂秋

可憐嬌小。掌上承恩早〔一〕。把鏡不知人易老〔二〕。欲占朱顏長好〔三〕。

月佳期〔四〕。藏鉤賭酒歸遲〔五〕。紅燭淚前低語〔六〕，綠牋花裏新詞〔七〕。

【注釋】

〔一〕掌上：相傳漢成帝后趙飛燕體態輕盈，能爲掌上舞。南史羊侃傳：「儛人張浄琬腰圍一尺六寸，時人咸推能掌上儛。」　承恩：蒙受恩澤。

〔二〕把鏡：持鏡而照。唐岑參下外江舟懷終南舊居詩：「容顔老難賴，把鏡悲鬢髮。」

〔三〕占：據有。句謂想使美好的青春容顔保持長久。

〔四〕秋月佳期：指中秋節。

〔五〕藏鉤：古代一種游戲。三國魏邯鄲淳藝經藏鉤：「義陽臘日飲祭之後，叟嫗兒童爲藏鉤之戲。分爲二曹，以交（較）勝負。」賭酒：比賽勝負，負者罰酒。唐白居易劉十九同宿詩：「唯共嵩陽劉處士，圍棋賭酒到天明。」

〔六〕燭淚：蠟燭燃燒時淌下的液態蠟，也稱蠟淚。

〔七〕緑牋：緑色的牋紙。

又

紅英落盡〔一〕。未有相逢信。可恨流年凋緑鬢。睡得春酲欲醒〔二〕。鈿箏曾醉西樓〔三〕。朱絃玉指梁州〔四〕。曲罷翠簾高卷，幾回新月如鉤。

【注釋】

〔一〕紅英：紅花。南唐李煜采桑子詞：「庭前春逐紅英盡，舞態徘徊。」

〔二〕春酲：春天醉後的困倦。句意謂别後百無聊賴，直睡到酒困欲醒時。

〔三〕鈿箏：有金玉裝飾的箏。晏殊蝶戀花詞：「誰把鈿箏移玉柱，穿簾海燕雙飛去。」

〔四〕梁州：唐教坊曲名。本作涼州，爲開元中西涼府所進樂曲。因音近而又作梁州。唐顧況李湖州孺人彈箏歌：「獨把梁州凡幾拍，風沙對面胡秦隔。」

【箋疏】

此詞在長安時思念西樓歌女而作。參閱五三五頁采桑子（西樓月下當時見），五〇五頁少年游（西樓別後）。

又

春雲緑處。又見歸鴻去。側帽風前花滿路〔一〕。冶葉倡條情緒〔二〕。　紅樓桂酒新開〔三〕。曾攜翠袖同來〔四〕。醉弄影娥池水〔五〕，短簫吹落殘梅〔六〕。

【校記】

〔新開〕詞綜作「初開」。

【注釋】

〔一〕側帽：斜戴帽子。周書獨孤信傳：「信在秦州，嘗因獵，日暮馳馬入城，其帽微側。詰旦而吏民有戴帽者，咸慕信而側帽焉。」後以指灑脱不羈的風度。

〔二〕冶葉倡條：形容楊柳枝葉婀娜多姿。亦借指妓女。唐李商隱燕臺春詩：「密房羽客類芳心，冶葉倡條偏相識。」此句謂有歌臺舞榭之思。

〔三〕桂酒：見珠玉詞一三頁謁金門（秋露墜）詞注。楚辭九歌東皇太乙：「蕙肴蒸兮蘭藉，奠桂酒兮椒漿。」

〔四〕翠袖：借指女子。參見三四六頁生查子（長恨涉江遥）詞注。

〔五〕影娥池：漢未央宫中池名。後泛指清澈的池塘。

〔六〕笛曲有落梅花。

又

波紋碧皺〔一〕。曲水清明後〔二〕。折得疏梅香滿袖。暗喜春紅依舊〔三〕。歸來紫陌東頭。金釵换酒消愁〔四〕。柳影深深細路，花梢小小層樓。

【校記】

〔詞題〕唐宋諸賢絶妙詞選題作「春情」。

【注釋】

〔一〕波紋碧皺：碧，形容水波之色，皺，形容水波之形。宋人秦觀如夢令詞「燕尾翦波緑皺」可能化用此句。

〔二〕曲水：古時人們每逢農曆三月上旬的巳日，於環曲的水流旁宴集。在水的上流放置酒盃，任其順流而下。盃停在誰面前，誰就取飲，稱爲曲水流觴。晉王羲之蘭亭集序：「又有清流激湍，引以爲流觴曲水。」

〔三〕春紅：春天的紅花。此處指梅花。

〔四〕金釵換酒：唐元稹遣悲懷詩：「顧我無衣搜藎篋，泥他沽酒拔金釵。」宋柳永望遠行詞：「消遣離愁無計，但暗擲、金釵買醉。」

【箋疏】

此詞中的「疏梅」爲雙關語，暗指歌女疏梅。疏梅原爲南湖歌女。叔原經鄭俠事件出獄後，在汴京重遇疏梅，雖已隔數年，疏梅依舊美麗姣好，兩人重新來往。參閱前言及三九四頁洞仙歌（春殘雨過）詞。

【輯評】

近人俞陛雲唐五代兩宋詞選釋：上闋「梅香」二句，喻暗喜彼姝之仍在。下闋「細路」、「層樓」

二句，將其居處分明寫出，其中人若喚之欲應也。

又

西池煙草〔一〕。恨不尋芳早〔二〕。滿路落花紅不掃〔三〕。春色漸隨人老。遠山眉黛嬌長〔四〕。清歌細逐霞觴〔五〕。正在十洲殘夢〔六〕，水心宮殿斜陽〔七〕。

【注釋】

〔一〕西池：見珠玉詞一二五頁漁家傲（粉面啼紅腰束素）詞注。

〔二〕尋芳：游賞春天的美景。亦指尋訪美人。唐于鄴揚州夢記：「太和末，（杜）牧自御史出佐宣州幕，雖所至輒遊，終無屬意。因遊湖州，得鴉頭女十餘歲，驚爲國色。因語其母，將接至舟中，母女皆懼。牧曰：『且不即納，當爲後期。吾不十年，必守此郡。不來，乃從爾所適。』母許諾，爲盟而別。故牧歸，頗以湖州爲念。尋拜黄州、池州、睦州，皆非意也。牧與周墀善，會墀爲相，及拜以三箋，求守湖州。大中三年，始授湖州刺史，則已十四年矣。所約者已從人三載，而生三子。牧乃爲詩曰：『自是尋春去較遲，不須惆悵怨芳時。狂風落盡深紅色，緑葉成陰子滿枝。』」

〔三〕「滿路」句：唐白居易長恨歌：「西宮南内多秋草，落葉滿階紅不掃。」

〔四〕遠山眉：見珠玉詞九七頁訴衷情（露蓮雙臉遠山眉）詞注。

〔五〕霞觴：美酒。

〔六〕十洲：道教稱大海中有十處神仙居住的名山勝景。泛指仙景。海内十洲記：「漢武帝既聞王母説八方巨海中有祖洲、瀛洲、玄洲、炎洲、長洲、元洲、流洲、生洲、鳳麟洲、聚窟洲。有此十洲，乃人跡所稀絶處。」十洲殘夢，指迷離恍惚、虚無縹緲、零亂不全之夢。

〔七〕水心：宋宫殿名。宋史禮志：「太宗太平興國九年三月十五日詔宰相近臣賞花於後苑。……帝習射於水心殿。」借指西池的樓臺。

又

蕙心堪怨〔一〕。也逐春風轉〔二〕。丹杏牆東當日見。幽會緑窗題徧〔三〕。　眼中前事分明。可憐如夢難憑。都把舊時薄倖，只消今日無情〔四〕。

【注釋】

〔一〕蕙心：本喻女子心地純潔，性情高雅。南朝宋鮑照蕪城賦：「東都妙姬，南國麗人。蕙心紈質，玉貌絳脣。」此指所怨女子之心。

〔二〕「也逐」句：謂該女子變心，有如隨風飄轉。

〔三〕緑窗：緑紗窗，指女子居室。句謂幽會之時在女子家中寫下許多詩詞。

〔四〕消：抵消。

【箋疏】

此詞記録叔原與一女子之間的一段感情糾葛。當日幽會題詩，滿心喜歡，而如今好夢難憑，心生怨恨。然而「舊時薄倖」，説明叔原以前曾有負於她，所以自責無奈，只得强作排遣。

又

幺絃寫意〔一〕。意密絃聲碎。書得鳳牋無限事〔二〕。猶恨春心難寄〔三〕。　卧聽疏雨梧桐〔四〕。雨餘淡月朦朧〔五〕。一夜夢魂何處，那回楊葉樓中〔六〕。

【注釋】

〔一〕幺絃：琵琶的第四絃，借指琵琶。宋張先千秋歲詞：「莫把幺絃撥，怨極絃能説。」

〔二〕鳳牋：供題詩寫信用的精美牋紙。因紙底有鳳紋，故名。

〔三〕春心：指男女之間相思、愛慕的情懷。南朝梁元帝春別應令詩之一：「花朝月夜動春心，誰忍相思不相見？」

〔四〕疏雨梧桐：唐孟浩然詩：「微雲淡河漢，疏雨滴梧桐。」

〔五〕雨餘：雨後。

〔六〕楊葉樓：唐李昂從軍行：「楊葉樓中不寄書，蓮花劍上空流血。」楊葉樓，借指女子居處。

【箋疏】

「幺絃」二句，聽女子的琵琶聲，似含有情意，引起了自己的情思，猶臨江仙詞「琵琶絃上説相思」也。然而「春心難寄」，因爲這女子可能是朋友家中的侍女。末二句，相思入夢，還到女子身邊，猶鷓鴣天詞「夢魂慣得無拘檢，又踏楊花過謝橋」也。

又

笙歌宛轉。臺上吴王宴〔一〕。宫女如花倚春殿〔二〕。舞綻縷金衣線〔三〕。　酒闌畫燭低迷〔四〕。彩鴛驚起雙棲〔五〕。月底三千繡户〔六〕，雲間十二瓊梯〔七〕。

【注釋】

〔一〕吴王：此指王公貴族。

〔二〕「宫女」句：唐李白越中覽古詩：「宫女如花滿春殿，只今惟有鷓鴣飛。」

〔三〕綻：裂開。

〔四〕酒闌：指酒宴將結束。　低迷：形容光綫暗淡迷濛。

〔五〕彩鴛：鴛鴦有彩色羽毛，故曰彩鴛。五代孫光憲謁金門詞：「却羡彩鴛三十六，孤鸞還一隻。」唐杜牧入茶山下題水口草市絶句：「驚起鴛鴦豈無恨，一雙飛去却回頭。」

〔六〕繡户：見珠玉詞五七頁采桑子（櫻桃謝了梨花發）詞注。

〔七〕十二瓊梯：瓊梯，猶玉梯、玉樓、瓊樓。二句形容樓臺亭閣之多。唐劉禹錫樓上詩：「江上高樓十二梯，梯梯登徧與雲齊。」

又

暫來還去。輕似風頭絮〔一〕。縱得相逢留不住。何況相逢無處。　去時約略黄昏。月華卻到朱門。别後幾番明月，素娥應是消魂〔二〕。

【注釋】

〔一〕風頭絮：風中之飛絮。

〔三〕素娥：嫦娥的别稱。唐李商隱霜月詩：「青女素娥俱耐冷，月中霜裏鬭嬋娟。」

【輯評】

近人俞陛雲唐五代兩宋詞選釋：先言無處相逢，似已説盡矣。後段話明月以見意，縱不相逢，而仍相思無既。真善寫情者。

又

雙紋彩袖。笑捧金船酒〔一〕。嬌妙如花輕似柳〔二〕。勸客千春長壽。　豔歌更倚疏絃〔三〕。有情須醉尊前。恰是可憐時候〔四〕，玉嬌今夜初圓〔五〕。

【校記】

〔須醉〕花草粹編作「酒醉」。

【注釋】

〔一〕金船：見二八一頁臨江仙（旖旎仙花解語）詞注。

〔二〕嬌妙：俏麗。宋張先夢仙鄉詞：「江東蘇小，夭斜窈窕，都不勝、綵鸞嬌妙。」

〔三〕倚疏絃：隨着絃聲而歌唱。

〔四〕可憐：猶可喜。唐王昌齡蕭駙馬宅火燭詩：「可憐今夜千門裏，銀漢星回一道通。」

〔五〕玉嬌：指明月。

又

寒催酒醒。曉陌飛霜定。背照畫簾殘燭影〔一〕。斜月光中人静。　錦衣才子西征〔二〕。萬重雲水初程。翠黛倚門相送〔三〕，鸞腸斷處離聲〔四〕。

【校記】

〔鸞腸〕王本作「鸞絃」。

【注釋】

〔一〕「背照」句：指離别之人已走到門外，殘燭從畫簾背後照來。

〔二〕錦衣：精美華麗的衣服。

〔三〕翠黛：見三五〇頁生查子（狂花頃刻香）詞注。借指女子。

〔四〕鸞腸：指鸞腸（鶤雞等的腸的美稱）所製的琴絃。句謂奏到哀感的離聲，琴絃亦爲之而斷。

【箋疏】

此詞「錦衣才子西征，萬重煙水初程」，與少年游（西樓別後）詞「王孫此際，山重水遠，何處賦西征」相符，可知所叙爲離别西樓歌女去長安事。描寫清晨出發，西樓歌女相送情景。

又

蓮開欲徧。一夜秋聲轉〔一〕。殘緑斷紅香片片〔二〕。長是西風堪怨。莫愁家住溪邊〔三〕。采蓮心事年年。誰管水流花謝，月明昨夜蘭船。

【注釋】

〔一〕轉：轉變。謂一夜之間轉變成秋聲。

〔二〕殘緑斷紅：指凋殘的荷葉荷花。

〔三〕莫愁：古樂府傳説中女子。南朝梁武帝河中之水歌：「河中之水向東流，洛陽女兒名莫愁。」又石城樂：「莫愁在何處？莫愁石城西。艇子打兩槳，催送莫愁來。」泛指女子。

【箋疏】

叔原大約在熙寧四年（一〇七〇）到六年（一〇七三）之間，曾在河南商丘與一歌女相戀，並一起在南湖采蓮。後來感情破裂，該歌女爽約不再來往，使叔原十分痛苦。參閱三一六頁鷓鴣天（守得蓮開結伴遊）詞及四一八頁玉樓春（采蓮時節慵歌舞）詞。此詞謂蓮開尚未遍，而一夜西風，把花片吹落殆盡。暗示他與該女之間，已有裂痕。「采蓮心事年年」指叔原還把與該女一起采蓮之情縈記於心。詞當作於與該女子斷絶往來之後。

【輯評】

近人夏敬觀批語：抵過六朝人一篇采蓮賦。

近人俞陛雲唐五代兩宋詞選釋：下闋言流水落花，最是無情有恨，而夜月蘭船，嬉遊自若，徒使采蓮人年年惆悵，莫愁之愁，殆與春潮俱滿矣。

又

沈思暗記。幾許無憑事〔一〕。菊靨開殘秋少味〔二〕。閒卻畫闌風意〔三〕。　　夢雲歸處難尋〔四〕。微涼暗入香襟。猶恨那回庭院，依前月淺燈深。

【校記】

〔秋少味〕花草粹編作「酒少味」。　〔月淺〕花草粹編作「月淡」。

【注釋】

〔一〕「沈思」二句：謂無憑之事，猶思之記之。可見思念之深。

〔二〕菊曆：猶菊花。

〔三〕閒卻：猶閒了。　風意：猶風光。

〔四〕夢雲：借指女子。唐杜牧潤州詩之二：「城高鐵甕橫强弩，柳暗朱樓多夢雲。」

【箋疏】

「無憑事」指叔原與一女子相好之事。「夢雲」句道出真情，該女子已離他而去。如今庭院中之景色依然，而人已行蹤難尋，此所以爲恨也。

又

鶯來燕去〔一〕。宋玉牆東路〔二〕。草草幽歡能幾度。便有繫人心處。　碧天秋月無端。別來長照關山。一點懨懨誰會〔三〕，依前憑暖闌干。

【校記】

〔懨懨〕花草粹編、四庫本、王本作「厭厭」。

【注釋】

〔一〕鶯、燕：喻年輕女子。

〔二〕宋玉牆東：戰國楚宋玉登徒子好色賦：「玉曰：『天下之佳人，莫若楚國。楚國之麗者，莫若臣里。臣里之美者，莫若臣東家之子。……然此女登牆，闚臣三年，至今未許也。』」

〔三〕懨懨：精神委靡貌。唐劉兼春晝醉眠詩：「處處落花春寂寂，時時中酒病懨懨。」

又

心期休問〔一〕。只有尊前分〔二〕。勾引行人添別恨。因是語低香近〔三〕。　勸人滿酌金鍾〔四〕。清歌唱徹還重〔五〕。莫道後期無定，夢魂猶有相逢。

【校記】

〔香近〕王本作「相近」。〔金鍾〕吳訥本、四庫本、王本作「金鐘」。

【注釋】

〔一〕心期：心中的期許，願望。

〔二〕分：緣分。句謂與彼女只有尊前相見之緣，何時能再相見，則未可知。

〔三〕語低香近：表示男女之間親切相偎。

〔四〕金鍾：金製酒盃。亦爲酒盃美稱。

〔五〕唱徹還重：唱完後再唱。

木蘭花

鞦韆院落重簾暮。彩筆閒來題繡户〔一〕。牆頭丹杏雨餘花，門外緑楊風後絮。　朝雲信斷知何處。應作襄王春夢去〔二〕。紫騮認得舊游蹤，嘶過畫橋東畔路。

【校記】

〔詞調〕草堂詩餘、歷代詩餘、詞律、王本作「玉樓春」，下同。　〔彩筆閒來題〕草堂詩餘作「寂寞春閒扃」。　〔丹杏〕草堂詩餘作「紅杏」。　〔風後絮〕花草粹編作「花後絮」。　〔襄王〕草堂詩餘作「巫陽」。

【注釋】

〔一〕彩筆：古今事文類聚别集卷五載：南朝梁江淹少時，曾夢人授以五色筆，從此文詩大進。後夢中將五色筆交還郭璞，從此爲詩絶無美句，人謂才盡。後人因以「彩筆」指文筆富於詞藻。唐杜甫秋興八首之八：「綵筆昔曾干氣象，白頭吟望更低垂。」　題繡户：指在門上題詩。見珠玉詞一六頁破陣子（憶得去年今日）詞注。

〔三〕「朝雲」二句：見二七七頁臨江仙（淺淺餘寒春半）詞注。朝雲借指所憶女子。

【箋疏】

此詞叙述對舊識歌女之回憶。故地重來，伊人已杳。馬猶記路，人何以堪。南宋俞國寶風入松詞「玉驄慣識西湖路，驕嘶過沽酒樓前」，化用此詞末二句，但無此淒婉。

【輯評】

明沈際飛草堂詩餘正集卷一：「雨餘花，風後絮」，「入江雲，黏地絮」，如出一手。

清沈謙填詞雜説：填詞結句，或以動蕩見奇，或以迷離稱雋，著一實語，敗矣。康伯可「正是銷魂時候也，撩亂花飛」、晏叔原「紫騮認得舊游蹤，嘶過畫橋東畔路」、秦少游「放花無語對斜暉，此恨誰知」，深得此法。

清陳廷焯詞則閑情集卷一：「餘」、「後」二字有意味。

清黄蘇蓼園詞評：前闋首二句，别後想其院宇深沉，門闌緊閉。接言牆内之人，如雨餘之花，門外行蹤，如風後之絮。次闋起二句，言此後杳無音信。末二句言重經其地，馬尚有情，況於人乎？

似爲游冶思其舊好而言。然叔原嘗言其先公不作婦人語，則叔原又豈肯爲狹邪之事。或亦有所寄托言之也。

又

小顰若解愁春暮〔一〕。一笑留春春也住〔二〕。晚紅初減謝池花〔三〕，新翠已遮瓊苑路〔四〕。　湔裙曲水曾相遇。挽斷羅巾容易去〔五〕。啼珠彈盡又成行，畢竟心情無會處〔六〕。

【注釋】

〔一〕小顰：女子名。或即叔原友人家中的侍女小蘋。

〔二〕宋歐陽修蝶戀花詞：「雨横風狂三月暮。門掩黄昏，無計留春住。」

〔三〕晚紅：指暮春開的花。謝池：謝靈運登池上樓詩「池塘生春草」爲千古名句，後人因把「謝家池」、「謝池」作爲池塘的美稱。

〔四〕瓊苑：瓊林苑。明一統志卷二十六開封府上：「瓊林苑，在府城西鄭門外，宋嘗宴進士於此。」

〔五〕「湔裙」二句：湔裙，舊俗於農曆正月元日至晦日，士女酹酒洗衣於水邊，以辟災度厄。唐李商隱柳枝序：柳枝爲商隱堂兄讓山的隣女，因見讓山誦商隱燕臺詩，生愛慕之心。手斷長帶結讓山爲贈叔乞詩。次日見商隱，約商隱曰：「後三日隣當去湔裙水上，以博山香待，與郎俱過。」商隱因事爽約。後柳枝爲東諸侯取去。

〔六〕「畢竟」句：謂心情不爲人所理解。

又

小蓮未解論心素〔一〕。狂似鈿箏絃底柱〔二〕。臉邊霞散酒初醒〔三〕，眉上月殘人欲去〔四〕。　舊時家近章臺住〔五〕。盡日東風吹柳絮〔六〕。生憎繁杏綠陰時〔七〕，正礙粉牆偷眼覷。

【校記】

［小蓮］陽春白雪作「小憐」。［鈿箏］陽春白雪作「秦箏」。［綠陰］陽春白雪作「欲陰」。［偷眼覷］陽春白雪作「偷眼處」。

【注釋】

〔一〕小蓮：沈廉叔或陳君龍家侍兒。心素：心意，心情。唐李白寄遠詩之八：「空留錦字表心素，至今緘愁不忍窺。」句謂她還不懂得談情説愛。

〔二〕狂：輕狂，狂放。指其活潑好動。絃底柱：絃下的箏柱。移動箏柱可以調節音高。

〔三〕臉邊霞散：指酒後臉上泛起的紅暈褪去。

〔四〕眉上月殘：指描畫過的彎眉顏色已漸淡。

〔五〕章臺：見三二六頁鷓鴣天（楚女腰肢越女腮）詞注。「舊時家近章臺住」，可能其本爲倡家之女，後入沈廉叔或陳君龍家爲侍兒。

〔六〕東風吹柳絮：形容柳絮在風中飄蕩，亦暗喻她的狂放好動。

〔七〕生憎：猶言最恨。唐劉採春囉嗊曲六首之一：「不喜秦淮水，生憎江上船。載兒夫婿去，經歲又經年。」

又

風簾向曉寒成陣〔一〕。來報東風消息近。試從梅蒂紫邊尋〔二〕，更繞柳枝柔處問。

來遲不是春無信〔三〕。開晚卻疑花有恨。又應添得幾分愁，二十五絃彈未盡〔四〕。

【校記】

〔來報〕歷代詩餘、四庫本、王本作「未報」。〔春無信〕王本作「風無信」。〔開晚〕毛本、四庫本作「開曉」。

【注釋】

〔一〕向曉：凌晨。　寒成陣：表示寒氣强烈。

〔二〕梅蒂紫邊：指梅花的紫色花蒂。西京雜記卷一載：漢初修上林苑，郡臣遠方各獻名果異樹，有紫葉梅、紫花梅等。

〔三〕春無信：春天没有信用。

〔四〕二十五絃：古代由二十五根絃組成的一種琴瑟。漢書郊祀志上：「泰帝使素女鼓五十絃瑟，悲。帝禁不止，故破其瑟爲二十五絃。」唐錢起歸雁詩：「二十五絃彈夜月，不勝清怨却飛來。」

又

念奴初唱離亭宴〔一〕。會作離聲勾別怨。當時垂淚憶西樓，濕盡羅衣歌未徧。　難逢最是身强健。無定莫如人聚散。已拚歸袖醉相扶，更惱香檀珍重勸〔二〕。

【校記】

［羅衣］歷代詩餘、四庫本、王本作「羅衫」。

【注釋】

〔一〕念奴：見珠玉詞一六三頁山亭柳（家住西秦）詞注。離亭宴：詞牌名。此詞始於北宋張先。

〔二〕香檀：檀木拍板，即檀板。宋柳永木蘭花詞：「香檀敲緩玉纖遲，畫鼓聲催蓮步緊。」珍重：鄭重，含殷勤意。此二句謂希望盡早醉酒回家，不願再待在這裏聞歌歡飲。

【箋疏】

此詞爲西樓歌女而作。叔原與該女分别後（少年游「西樓别後」），去長安任職，大約三年後任滿回汴京，而該女已死。故聽歌而憶念舊情，歌未畢已羅衣盡濕。「難逢最是身强健」恐非泛泛而言，暗示西樓歌女乃因病而亡。參閱前言、五三五頁采桑子（西樓月下當時見）、五四九頁滿庭芳（南苑吹花，西樓題葉）、五〇五頁少年游（西樓别後）。

又

玉真能唱朱簾静〔一〕。憶在雙蓮池上聽〔二〕。百分蕉葉醉如泥〔三〕，卻向斷腸聲裏醒。
夜涼水月鋪明鏡。更看嬌花閒弄影〔四〕。曲終人意似流波〔五〕，休問心期何處定。

【校記】

〔憶在〕毛本、歷代詩餘、四庫本、王本作「憶上」。〔更看〕歷代詩餘、王本作「更有」。

【注釋】

〔一〕玉真：見珠玉詞八〇頁木蘭花（池塘水緑風微暖）詞注。

〔二〕雙蓮池：開着並蒂蓮的池塘。

〔三〕百分：猶滿盃。晏殊木蘭花詞：「百分芳酒祝長春，再拜歛容抬粉面。」蕉葉：淺底酒盃。宋胡仔苕溪漁隱叢話後集回仙引宋陸元光回仙録：「飲器中，惟鍾鼎爲大，屈巵、螺盃次之，而梨花、蕉葉最小。」醉如泥：爛醉貌。唐杜甫將赴成都草堂途中有作先寄嚴鄭公詩：「肯藉荒亭春草色，先判一飲醉如泥。」

〔四〕弄影：影子摇動。宋張先天仙子詞：「雲破月來花弄影。」參閱三〇三頁蝶戀花（笑艷秋蓮生緑浦）詞：「照影弄妝嬌欲語。」

〔五〕流波：流水。漢武帝悼李夫人賦：「思若流波，怛兮在心。」人意似流波，謂人的思想如水般流動。

【箋疏】

此詞寫在池上飲酒聽歌，見月下荷花嬌豔而回憶前情，不勝傷感，因而歌曲雖終，而思緒不絶。似爲同在南湖採蓮的女子而作。參閲前言。

又

阿茸十五腰肢好〔一〕。天與懷春風味早〔二〕。畫眉匀臉不知愁〔三〕，殢酒熏香偏稱小〔四〕。　東城楊柳西城草。月會花期如意少〔五〕。思量心事薄輕雲〔六〕，緑鏡臺前還自笑。

【校記】

「月會花期」毛本、四庫本作「會合花期」，歷代詩餘、王本作「會合難期」。

【注釋】

〔一〕阿茸：舞姬名。

〔二〕天與：爲上天所賜與，天生。懷春：指少女思慕異性。詩召南野有死麕：「有女懷春，吉士誘之。」

〔三〕匀臉：化妝時用手搓揉，使臉上脂粉匀净。

〔四〕殢酒：沈湎於酒。偏稱：唐劉禹錫拋毬樂：「最宜紅燭下，偏稱落花前。」白居易青氈帳二十韻：「最宜霜後地，偏稱雪中天。」此句描寫阿茸隨意飲酒熏香的天真爛漫情態。

〔五〕月會花期：花前月下的約會。

〔六〕「思量」句：謂由於年紀尚小，雖已開始有懷春之情，但其心事畢竟還無足輕重。

又

初心已恨花期晚〔一〕。別後相思長在眼〔二〕。蘭衾猶有舊時香，每到夢回珠淚滿〔三〕。

多應不信人腸斷。幾夜夜寒誰共暖。欲將恩愛結來生，只恐來生緣又短。

【注釋】

〔一〕初心：最初的心意，本意。晉干寶搜神記卷十五：「既不契於初心，生死永訣。」

〔二〕長在眼：長在眼前，表示不忘記。

〔三〕夢回：夢醒後。南唐中主李璟攤破浣溪沙詞：「細雨夢回雞塞遠，小樓吹徹玉笙寒。」

減字木蘭花

長亭晚送〔一〕。都似綠窗前日夢〔二〕。小字還家〔三〕。恰應紅燈昨夜花〔四〕。　　良時易過。半鏡流年春欲破〔五〕。往事難忘。一枕高樓到夕陽。

【注釋】

〔一〕長亭：見珠玉詞一〇七頁踏莎行（祖席離歌）詞注。

〔二〕綠窗：綠紗窗，指女子居室。五代韋莊菩薩蠻詞：「勸我早歸家，綠窗人似花。」二句意謂前日夢中猶記當時長亭送別之情。

〔三〕小字：指書信。

〔四〕應：應驗。　燈花：燈心餘燼結成的花狀物。俗以燈花爲吉兆。

〔五〕半鏡：據唐孟棨本事詩情感第一載：陳後主之妹樂昌公主，爲太子舍人徐德言之妻。時陳政方亂，德言破一鏡，各執其半，相約國亡後於正月望日持半鏡相訪。陳亡，樂昌爲越公楊素所得。德言於正月望日訪於都市。有蒼頭持半鏡賣，大高其價，人皆笑之。德言出半鏡以合之。樂昌以情告楊素，素即召德言，還其妻。後遂以半鏡或破鏡喻夫妻離別。半鏡流年，謂夫妻分別的歲月。

春欲破：春天將盡。晏殊玉樓春詞：「玉樓朱閣横金鎖，寒食清明春欲破。」

【輯評】

清先著詞潔卷一：輕而不浮，淺而不露，美而不豔，動而不流。字外盤旋，句中含吐。小詞能事備矣。

近人俞陛雲唐五代兩宋詞選釋：由相别而相逢，而又相别，窗前燈影，樓上斜陽，寫悲歡離合，情景兼到。

又

留春不住。恰似年光無味處。滿眼飛英〔一〕。彈指東風太淺情〔二〕。　箏紘未穩〔三〕。學得新聲難破恨〔四〕。轉枕花前〔五〕。且占香紅一夜眠〔六〕。

【校記】

〔且占〕歷代詩餘、四庫本、王本作「且伴」。

【注釋】

〔一〕飛英：飄落的花片。

〔二〕彈指：佛家多以喻時間短暫。翻譯名義集時分：「僧祇云：二十念爲一瞬，二十瞬名一彈指。」

〔三〕箏絃未穩：指彈奏還不熟練。

〔四〕破恨：解除愁恨，排解幽怨。

〔五〕轉枕花前：把枕頭轉放到花前。

〔六〕香紅：芳香的紅花。泛指各種花。

又

長楊輦路〔一〕。緑滿當年攜手處。試逐春風〔二〕。重到宮花花樹中。　芳菲繞徧。今日不如前日健。酒罷淒涼。新恨猶添舊恨長。

【注釋】

〔一〕長楊：長楊宮的省稱。漢揚雄長楊賦：「振師五柞，習馬長楊。」唐杜牧杜秋娘詩：「長楊射熊羆，武帳弄啞咿。」　輦路：天子車駕所經的道路。漢班固西都賦：「輦路經營，修除飛閣。」

〔三〕逐：追逐，跟隨。

【箋疏】此詞有「重到宮花花樹中」之句，可知爲三五三頁南鄉子詞「小蕊受春風。日日宮花花樹中」之續篇。詞意謂離别數年之後，重到當年與小蕊攜手同遊之處，已尋訪不到小蕊的行蹤，因而心緒淒涼，愁恨交集。「舊恨」指昔年離别，「新恨」謂今日尋訪不遇。

泛清波摘徧

催花雨小〔一〕，著柳風柔，都似去年時候好。露紅煙緑〔二〕，儘有狂情鬭春早〔三〕。長安道。鞦韆影裏，絲管聲中，誰放豔陽輕過了。倦客登臨，暗惜光陰恨多少。楚天渺〔四〕。歸思正如亂雲，短夢未成芳草〔五〕。空把吳霜鬢華〔六〕，自悲清曉。帝城杳。雙鳳舊約漸虛〔七〕，孤鴻後期難到〔八〕。且趁朝花夜月，翠尊頻倒〔九〕。

【注釋】

〔一〕催花雨：春雨能使草木滋生，花朵開放，故稱爲催花雨。唐白居易歎春風詩：「樹根雪盡催花發，池岸冰消放草生。」宋莊綽雞肋編載韓維詞有「輕雲薄霧，散作催花雨」之句。

〔二〕露紅煙緑：猶言露花煙草。

〔三〕「儘有」句：謂自有很多人在早春天争先出游。

〔四〕楚天：春秋時楚國的國境曾達到今河南省境内。此處指汴京，作者家在汴京。

〔五〕「短夢」句：見二八一頁臨江仙（旖旎仙花解語）詞注。句謂歸夢未成。

〔六〕吴霜鬢華：喻白髮。唐李賀還自會稽歌：「吴霜點歸鬢，身與塘蒲晚。」

〔七〕雙鳳：雙鳳闕，借指帝都。唐王維奉和聖製從蓬萊向興慶閣道中留春雨中春望之作應制：「雲裏帝城雙鳳闕，雨中春樹萬人家。」舊約：指與西樓歌女相約再見之期。

〔八〕「孤鴻」句：指西樓歌女不寄信來。猶滿庭芳詞「別來久，淺情未有，錦字繫征鴻。」

〔九〕翠尊：緑玉酒盃。

【箋疏】

詞中有「都似去年時候好」及「長安道」之語，可知作於離汴京到長安後的次年春天。參閲前言及五四九頁滿庭芳（南苑吹花）、五〇五頁少年遊（西樓別後）。

洞仙歌

春殘雨過，綠暗東池道〔一〕。玉豔藏羞媚頰笑〔二〕。記當時、已恨飛鏡歡疏〔三〕，那至此，仍苦題花信少〔四〕。　連環情未已〔五〕，物是人非，月下疏梅似伊好。澹秀色，黯寒香，粲若春容〔六〕，何心顧、閑花凡草。但莫使、情隨歲華遷，便杳隔秦源〔七〕，也須能到。

【注釋】

〔一〕綠暗：指綠陰漸濃。唐吳融途次淮口詩：「有村皆綠暗，無徑不紅芳。」　東池：見二九五頁蝶戀花（碾玉釵頭雙鳳小）詞注。

〔二〕玉豔：像玉一樣華美豔麗，形容豔麗的臉容。唐李商隱天平公主座中呈令狐令公詩：「更深欲訴蛾眉斂，衣薄臨醒玉豔寒。」　頰笑：笑時因含羞而臉紅。

〔三〕飛鏡：喻明月。唐李白把酒問月詩：「皎如飛鏡臨丹闕，綠煙滅盡清輝發。」飛鏡歡疏，謂月下的歡情太少。

〔四〕題花：在花片上題詩。唐李商隱牡丹詩：「我是夢中傳彩筆，欲書花片寄朝雲。」唐韓偓春悶偶成十二韻詩：「粉字題花筆，香牋詠柳詩。」二句指過去與她没有通信。

〔五〕連環：指連續不斷。句謂舊情猶未完全斷絶。

〔六〕粲若春容：像春光一樣明麗。

〔七〕秦源：即桃源，桃花源。晉陶潛桃花源記叙述武陵漁人入桃花源，見其中有良田、美池、黄髮垂髫，並怡然自樂。其中之人，是秦時避亂至此的人們的後裔。因此，該桃源又稱秦源。被認爲理想的世界，是人間樂土。另有一桃源，在今浙江省天台縣。據南朝宋劉義慶幽冥録：東漢時劉晨、阮肇到天台山採藥迷路，誤入桃源洞，遇見二仙女，被邀至其家。半年後歸家，子孫已過七代。再到桃源，已找不到原處。常用以表示男女之間的愛情不能重新恢復。但後人常把這兩個桃源混用。如唐王涣惆悵詩十二首之十：「晨肇重來路已迷，碧桃花謝武陵溪。仙山目斷無尋處，流水潺湲日漸西。」又如晁端禮虞美人詞：「劉郎惆悵武陵迷，無限落花飛絮水東西。」劉僅調笑轉踏詞：「煙暖武陵晚。……劉郎迷路香風遠。」叔原此處的「秦源」，引用的却是劉、阮入天台的典故。

【箋疏】

此詞寫重見疏梅。疏梅是叔原在歸德府南湖認識的歌女。（參閲五一一頁虞美人詞：「疏梅月下歌金縷。憶共文君語。」）但他當時所戀的是一同採蓮的文君（借代），對疏梅僅是一般的相識。故曰「飛鏡歡疏……題花信少」。此時疏梅從歸德遷到汴京。叔原因鄭俠上書事被拘，出獄後又見到她，故曰「連環情未已」。「物是人非」，指自己的處境發生了很大變化。結句表示他希望能與疏梅重叙舊歡。

菩薩蠻

來時楊柳東橋路。曲中暗有相期處〔一〕。明月好因緣〔二〕。欲圓還未圓〔三〕。却尋芳草去〔四〕。畫扇遮微雨〔五〕。飛絮莫無情。閒花應笑人〔六〕。

【注釋】

〔一〕曲中：曲，本指小巷，亦指妓院。曲中爲妓坊的通稱。　相期：相約，相會。期，邀約，會合。詩鄘風桑中：「期我乎桑中，要我乎上宫。」

〔二〕好因緣：五代後周陶穀風光好詞：「好因緣，惡因緣，只得郵亭一夜眠。别神仙。」

〔三〕未圓，喻幽會猶未成。

〔四〕却尋：再尋。　芳草：喻妓。

〔五〕「畫扇」句：以扇相遮，表示不願相見。

〔六〕「飛絮」二句：謂再去尋訪，對方避而不見，此事應被别的妓女所笑。飛絮，喻所尋之妓。閒花，喻他妓。笑人，陳伏知道爲王寬與婦義安主書：「當令照影雙來，一鸞羞鏡；弗使窺窗獨坐，嫦娥笑人。」

【輯評】

近人俞陛雲唐五代兩宋詞選釋：月未十分圓滿，情味最長。取喻因緣，小山獨能見到。

又

箇人輕似低飛燕〔一〕。春來綺陌時相見〔二〕。堪恨兩橫波〔三〕。惱人情緒多。長留青鬢住。莫放紅顏去。占取豔陽天。且教伊少年。

【注釋】

〔一〕「箇人」句：箇人，那人。漢成帝孝成皇后趙飛燕，本爲宫人，初學歌舞，以體輕號飛燕。見漢書本傳。

〔二〕綺陌：花木美麗的城郊道路。唐劉滄及第後宴曲江詩：「歸時不省花間醉，綺陌香車似水流。」

〔三〕横波：指女子流動的眼波。文選傅毅舞賦：「眉連娟以增繞兮，目流睇而横波。」

又

鶯啼似作留春語。花飛鬬學迴風舞〔一〕。紅日又平西。畫簾遮燕泥〔二〕。　煙光還自老〔三〕。綠鏡人空好〔四〕。香在去年衣。魚牋音信稀〔五〕。

【校記】

「鶯啼」底本作「鸞啼」，檢彊村叢書本作「鶯啼」，吴訥本、毛本、四庫本、王本同，據改。「煙光」吴訥本、毛本、四庫本、王本作「煙花」。

【注釋】

〔一〕迴風舞：迴風，曲名。洞冥記：「帝所幸宫人名麗娟，年十四。玉膚柔軟，吹氣勝蘭，不欲衣纓拂之，恐體痕也。每歌，李延年和之。于芝生殿唱迴風之曲，庭中花皆翻落。」唐李賀殘絲曲：「花臺欲暮春辭去，落花起作迴風舞。」

〔二〕「紅日」二句：謂時已向晚，因此本來捲起的畫簾已垂下，遮住了燕巢。唐白居易北樓送客歸上都詩：「京路人歸天直北，江樓客散日平西。」

〔三〕煙光：指春光。唐黄滔祭崔補闕：「閩中二月，煙光秀絶。」

〔四〕緑鏡：青銅鏡。

〔五〕魚牋：古代的一種牋紙，借指書信。五代和凝何滿子詞：「寫得魚牋何恨，其如花鎖春輝。」

又

春風未放花心吐〔一〕。尊前不擬分明語〔二〕。酒色上來遲。緑鬢紅杏枝〔三〕。今朝眉黛淺。暗恨歸時遠〔四〕。前夜月當樓。相逢南陌頭〔五〕。

【校記】

〔緑鬢〕王本作「淡匀」。〔前夜〕歷代詩餘、王本作「別後」。

【注釋】

〔一〕「春風」句：暗指女子還没有産生春情。

〔二〕不擬：不打算；不作。

〔三〕「酒色」二句：謂女子酒後臉上漸漸露出紅暈，暗示兩人産生情感。緑鬢，指烏黑的頭髮。紅杏枝，指紅潤的臉頰。

〔四〕歸時：歸來之時，即再度相會之時。

〔五〕「前夜」二句：此爲作者有意倒裝。以時間順序而言，事發生在前。

又

嬌香淡染胭脂雪〔一〕。愁春細畫彎彎月〔二〕。花月鏡邊情〔三〕。淺妝勻未成。　佳期應有在。試倚鞦韆待。滿地落英紅。萬條楊柳風〔四〕。

【校記】

「鏡邊情」花草粹編作「鏡邊明」，毛本、歷代詩餘、四庫本、王本作「鏡邊人」。

【注釋】

〔一〕嬌香：原指花，喻美女。

〔二〕「愁春」句：謂在含愁的臉上畫彎彎的細眉。

〔三〕「花月」句：謂對鏡梳妝而春情難遣。

〔四〕「萬條」句：唐温庭筠楊柳枝詞：「蘇小門前柳萬條。」晏殊蝶戀花詞：「六曲闌干偎碧樹。楊柳風輕，展盡黄金縷。」

又

香蓮燭下匀丹雪〔一〕。妝成笑弄金階月〔二〕。嬌面勝芙蓉〔三〕。臉邊天與紅〔四〕。
玳筵雙揭鼓〔五〕。唤上華茵舞〔六〕。春淺未禁寒〔七〕。暗嫌羅袖寬。

【校記】

〔雙揭鼓〕歷代詩餘、王本作「雙疊鼓」。

【注釋】

〔一〕香蓮燭：蓮花形的蠟燭，又稱蓮炬。丹雪：指胭脂和鉛粉。

〔二〕「妝成」句：弄月，賞月。南朝陳後主三婦豔詩之六：「大婦初調箏，中婦飲歌聲。小婦春妝罷，弄月當宵楹。」金階，臺階的美稱。唐顧況公子行：「入門不肯自升堂，美人扶踏金階月。」

〔三〕芙蓉：荷花的别名。唐白居易長恨歌：「芙蓉如面柳如眉。」

〔四〕天與：爲上天所賜與，天生。

〔五〕玳筵：玳瑁筵，指豪華、珍貴的筵席。隋江總今日樂相樂詩：「綺殿文雅遒，玳筵歡趣密。」雙揭鼓：由兩人持着大鼓，舞姬邊舞蹈，邊擊鼓。

〔六〕華茵：精美華麗的地毯。

〔七〕春淺：指春天還剛開始，春初。未禁寒：猶不勝寒。

又

哀箏一弄湘江曲〔一〕。聲聲寫盡湘波緑〔二〕。纖指十三絃〔三〕。細將幽恨傳。當筵秋水慢〔四〕。玉柱斜飛雁〔五〕。彈到斷腸時。春山眉黛低。

案此首別誤作張子野詞，見類編草堂詩餘卷一。詞綜卷六又誤作陳師道詞。

【注釋】

〔一〕弄：謂撥弄、吹奏樂曲。史記司馬相如列傳：「及飲卓氏，弄琴，文君竊從户窺之。」唐王涯秋夜曲：「銀箏夜久殷勤弄，心怯空房不忍歸。」湘江曲：曲調名。南宋史達祖有湘江静詞，可能類似曲調早就存在。

〔二〕寫：抒發。

〔三〕十三絃：唐宋時教坊用箏均爲十三根絃，因作爲箏的代稱。唐李商隱昨日詩：「二八月輪蟾影破，十三絃柱雁行斜。」

〔四〕秋水：喻明澈的眼波。唐白居易筝詩：「雙眸翦秋水，十指剥春葱。」

〔五〕玉柱：有玉飾的筝柱。亦稱雁柱。斜飛雁：筝上的絃柱排列如斜飛的雁行。

【輯評】

明王世貞弇州山人詞評：温庭筠「雁柱十三絃，一一春鶯語」，陳無己（應爲晏幾道）「彈到斷腸時，春山眉黛低」，皆彈琴筝俊語也。

明沈際飛草堂詩餘正集：「斷腸」二句俊極，與「一一春鶯語」（歐陽修生查子詞）比美。

清黄蘇蓼園詞評（誤作張子野詞）：寫筝耶？寄託耶？意致却極淒惋。末句意濃而韻遠，妙在能藴藉。

又

江南未雪梅花白。憶梅人是江南客〔一〕。猶記舊相逢。淡煙微月中。　玉容長有信〔二〕。一笑歸來近。懷遠上樓時。晚雲和雁低。

案劉毓盤輯濟南集此首誤作李廌詞。

【校記】

〔梅花白〕梅苑作「梅先白」。〔玉容〕梅苑作「春風」。〔一笑〕梅苑作「消息」。

【注釋】

〔一〕梅：暗指歌女疏梅。江南客：作客江南的人，叔原自指。

〔二〕玉容：對女子容貌的美稱。唐白居易長恨歌：「玉容寂寞淚闌干，梨花一枝春帶雨。」借指女子。

【箋疏】

宋神宗元豐元年（一〇七八），叔原五兄知止任吴郡太守，叔原去江南依其兄。此詞爲在江南時思念汴京的疏梅而作，故曰「憶梅人是江南客」。「玉容」句指疏梅常寫信給他。「一笑」句謂他不久即將回汴京。

【輯評】

近人俞陛雲唐五代兩宋詞選釋：「淡煙微月」句高雅絶塵，人與花合寫也。「晚雲」句在空際寫懷人，旨趣彌永。

又

相逢欲話相思苦。淺情肯信相思否〔一〕。還恐漫相思〔二〕。淺情人不知。　憶曾攜手處。月滿窗前路。長到月來時。不眠猶待伊。

【注釋】

〔一〕淺情：情淺之人。

〔二〕漫：徒然。

【箋疏】

參閲五六三頁長相思詞、五六五頁醉落魄（鸞孤月缺）詞。

玉樓春

雕鞍好爲鶯花住〔一〕。占取東城南陌路。儘教春思亂如雲，莫管世情輕似絮。　古來多被虛名誤。寧負虛名身莫負。勸君頻入醉鄉來〔二〕，此是無愁無恨處。

【注釋】

〔一〕雕鞍：馬鞍飾有雕繪，指華貴的馬鞍。借指騎馬的人。宋歐陽修蝶戀花詞：「玉勒雕鞍游冶處，樓高不見章臺路。」　鶯花：借喻妓女。

〔二〕醉鄉：見珠玉詞三七頁更漏子（菊花殘）詞注。

【輯評】

近人夏敬觀批語：清真襲取「人如風後過江雲，情似雨餘黏地絮」，較此尤妙。

又

一尊相遇春風裏。詩好似君人有幾。吴姬十五語如絃〔一〕，能唱當時樓下水〔二〕。良辰易去如彈指。金盞十分須盡意〔三〕。明朝三丈日高時，共拚醉頭扶不起〔四〕。

【注釋】

〔一〕吴姬：吴地美女。唐李白金陵酒肆留别詩：「風吹柳花滿店香，吴姬壓酒勸客嘗。」語如絃：說話像琴絃的聲音一樣悦耳。

〔二〕「能唱」句：唐杜牧題安州浮雲寺樓寄湖州張郎中詩：「當時樓下水，今日到何處？」

〔三〕金琖：有金飾的酒盃。

〔四〕「明朝」二句：唐杜牧醉題詩：「醉頭扶不起，三丈日還高。」

又

瓊酥酒面風吹醒〔一〕。一縷斜紅臨晚鏡〔二〕。小顰微笑盡妖嬈〔三〕，淺注輕匀長淡净〔四〕。手挼梅蕊尋香徑〔五〕。正是佳期期未定〔六〕。春來還爲箇般愁〔七〕，瘦損宮腰羅帶賸〔八〕。

【注釋】

〔一〕瓊酥：亦作瓊蘇，美酒名。隋薛道衡和許給事善心戲場轉韻詩：「共酌瓊酥酒，同傾鸚鵡盃。」酒面：見二九〇頁蝶戀花（庭院碧苔紅葉徧）詞注。

〔二〕斜紅：南朝梁簡文帝豔歌篇：「分妝間淺靨，繞臉傅斜紅。」唐張泌妝樓記：「斜紅繞臉，蓋古妝也。」唐白居易時世妝詩：「圓鬟垂鬢椎髻樣，斜紅不暈赭面狀。」 臨晚鏡：對鏡晚妝。宋張先天仙子詞：「臨晚鏡，傷流景，往事後期空記省。」

〔三〕小顰：歌姬名。或即小蘋。

〔四〕淺注輕勻：注，塗抹。勻，拭勻。唐白居易時世妝詩：「烏膏注脣脣似泥。」唐元稹生春詩：「手寒勻面粉，鬢動倚簾風。」

〔五〕挼：揉搓，摩挲。南唐馮延巳謁金門詞：「閑引鴛鴦香徑裏，手挼紅杏蕊。」

〔六〕正是：偏是；偏偏。

〔七〕箇般：這般，這些事情。

〔八〕宮腰：指女子細腰。宋柳永木蘭花柳枝詞：「楚王空待學風流，餓損宮腰終不似。」羅帶賸：由於腰變細，衣帶束好後賸下的部分增長。

又

清歌學得秦娥似〔一〕。金屋瑤臺知姓字〔二〕。可憐春恨一生心〔三〕，長帶粉痕雙袖淚。從來懶話低眉事〔四〕。今日新聲誰會意。坐中應有賞音人，試問回腸曾斷未〔五〕。

【注釋】

〔一〕秦娥：見二八八頁蝶戀花（初撚霜紈生悵望）詞注。

〔二〕「金屋」句：謂聞名於富人貴族之家。舊唐書太宗賢妃徐氏：「是以卑宫菲食，聖主之所安；金屋瑶臺，驕主之爲麗。」

〔三〕春恨一生心：謂畢身懷着春恨。

〔四〕低眉：抑鬱不伸貌。唐韓翃送鄭員外詩：「要路眼青知己在，不應窮巷久低眉。」

〔五〕回腸：漢司馬遷報任少卿書：「是以腸一曲而九回。」以腸的反覆翻轉喻憂思鬱結，後以愁腸爲回腸。腸斷：世説新語黜免：「桓公入蜀，至三峽中，部伍中有得猨子者。其母緣岸哀號，行百餘里不去。遂跳上船，至即便絶。破視其腹中，腸皆寸寸斷。」後以斷腸或腸斷形容極度思念或悲痛。

又

旗亭西畔朝雲住〔一〕。沈水香煙長滿路。柳陰分到畫眉邊，花片飛來垂手處〔二〕。

妝成儘任秋娘妒〔三〕。嫋嫋盈盈當繡户〔四〕。臨風一曲醉朦騰〔五〕，陌上行人凝恨去。

【校記】

〔朦騰〕毛本、歷代詩餘、四庫本、王本作「騰騰」。

【注釋】

〔一〕旗亭：酒樓。懸旗爲酒招，故稱。朝雲：巫山神女名。見二七七頁臨江仙（淺淺餘寒春半）詞注。泛指女子。

〔二〕垂手：一種舞蹈動作。二句形容住處花木繁茂。

〔三〕秋娘：杜秋娘。唐節度使李錡妾，善唱金縷曲。泛指歌女或侍妾。唐白居易琵琶行：「曲罷常教善才服，妝成每被秋娘妬。」

〔四〕嫋嫋盈盈：形容女子姿態之美。南朝梁武帝白紵辭之二：「纖腰嫋嫋不任衣，嬌態獨立特爲誰？」古詩十九首青青河畔草：「盈盈樓上女，皎皎當户牖。」

〔五〕朦騰：迷糊貌。

【輯評】

明卓人月古今詞統卷八：極似「紅豆啄殘，碧梧棲老」一聯，於此可參活句。

又

離鸞照罷塵生鏡〔一〕。幾點吴霜侵綠鬢〔二〕。琵琶絃上語無憑〔三〕，荳蔻梢頭春有信〔四〕。　相思拚損朱顔盡。天若多情終欲問〔五〕。雪窗休記夜來寒，桂酒已消人去恨。

【注釋】

〔一〕「離鸞」句：唐李商隱當句有對詩：「但覺游蜂饒舞蝶，豈知孤鳳憶離鸞。」太平御覽卷九一六引南朝宋范泰鸞鳥詩序：「昔罽賓王結罝峻祁之山，獲一鸞鳥。王甚愛之，欲其鳴而不致也。乃飾以金樊，饗以珍羞。對之愈戚。三年不鳴。夫人曰：『聞鳥見其類而後鳴，何不懸鏡以映之。』王從其言。鸞覩影感契，慨焉悲鳴，哀響中霄，一奮而絶。」後遂稱妝鏡爲鸞鏡。塵生鏡，表示不再照鏡。

〔二〕吴霜：見三九三頁泛清波摘徧詞注。

〔三〕琵琶絃上語：見三四二頁生查子（墜雨已辭雲）詞注。

〔四〕荳蔻梢頭：唐杜牧贈别詩：「娉娉裊裊十三餘，荳蔻梢頭二月初。」

〔五〕天若多情：唐李賀金銅仙人辭漢歌：「衰蘭送客咸陽道，天若有情天亦老。」

【箋疏】

去冬雪夜，叔原曾聽一女子彈奏琵琶，觸動心旌。至今分别已數月，眼見荳蔻梢頭已露春意，而仍未重逢，故作此詞以抒相思之苦。

又

東風又作無情計。豔粉嬌紅吹滿地〔一〕。碧樓簾影不遮愁〔二〕，還似去年今日意。

誰知錯管春殘事。到處登臨曾費淚〔三〕。此時金琖直須深，看盡落花能幾醉〔四〕。

【注釋】

〔一〕豔粉嬌紅：粉，指白花；紅，指紅花。二句謂東風無情，把嬌豔的白花、紅花吹落滿地。

〔二〕「碧樓」句：謂簾子不能遮住人的目光，使簾中人看見滿地落花産生愁緒。

〔三〕「誰知」二句：謂春殘花落屬於自然規律，登臨游賞，見落花而流淚，是多管閒事，空費眼淚。

〔四〕「此時」二句：意謂此時正應多多飲酒，因爲春殘花盡，已時日無多，在花間飲酒，也没有幾次了。

又

斑騅路與陽臺近〔一〕。前度無題初借問〔二〕。暖風鞭袖儘閒垂〔三〕，微月簾櫳曾暗認〔四〕。　梅花未足憑芳信〔五〕。絃語豈堪傳素恨。翠眉饒似遠山長〔六〕，寄與此愁顰不盡〔七〕。

【校記】

〔饒〕毛本、四庫本作「繞」。〔寄與〕毛本、四庫本作「寄興」。

【注釋】

〔一〕斑騅：毛色青白相雜的駿馬。舊詩詞中常用以指所愛男子所騎的馬。唐李商隱無題詩：「斑騅只繫垂楊岸，何處西南任好風。」　陽臺：見二七七頁臨江仙（淺淺餘寒春半）詞注。借指風月場所。

〔二〕「前度」句：謂初見面時僅隨意地略問幾句。

〔三〕鞭袖閒垂：不策馬前行，故意讓馬慢慢地走，暗示騎馬者有所留戀。如唐白行簡李娃傳描寫男主人公忽見李娃，「不覺停驂久之，徘徊不能去」。

〔四〕「微月」句：謂在淡淡的月光下暗認女子家的簾幕。

〔五〕「梅花」句：謂以梅花相贈，猶不足以表明情意。

〔六〕饒：任憑，儘管。

〔七〕「寄與」句：意謂顰眉以寄愁，但此愁之大，恐顰眉仍不能解。

【箋疏】

此詞描寫一風塵女子的心態。該女見一男子初度來訪，便對他産生鍾情之意，但該男子僅略問幾句而已。後又見該男子騎馬在門前徘徊，並在月光下窺望她家簾幕。女子以梅花相贈，並以絃語表達深情，而該男子始終無所表示。所以暗自傷神，雙眉不展。

又

紅綃學舞腰肢軟〔一〕。旋織舞衣宫樣染〔二〕。織成雲外雁行斜，染作江南春水淺〔三〕。

露桃宫裏隨歌管〔四〕。一曲霓裳紅日晚〔五〕。歸來雙袖酒成痕，小字香牋無意展〔六〕。

【校記】

「旋織」歷代詩餘、四庫本、王本作「巧織」。「露桃」王本作「露花」。

【注釋】

〔一〕紅綃：見三一五頁鷓鴣天（梅蕊新妝桂葉眉）詞注。

〔二〕旋：隨即。宮樣染：染成宮中流行的顏色。

〔三〕「織成」二句：唐白居易繚綾詩：「織爲雲外秋雁行，染作江南春水色。」

〔四〕露桃宮：唐杜牧題桃花夫人廟：「細腰宮裏露桃新，脈脈無言幾度春。」五代韋莊天仙子詞：「悵望前回夢裏期。看花不語苦相思。露桃宮裏小腰肢。」

〔五〕霓裳：霓裳羽衣曲。唐代著名法曲。爲開元中河西節度使楊敬忠所獻。初名婆羅門曲，後經唐玄宗潤色並製歌詞，改用今名。

〔六〕小字香牋：指寫有詩詞或短信的牋紙。晏殊清平樂詞：「紅牋小字。説盡平生意。鴻雁在雲魚在水。惆悵此情難寄。」

又

當年信道情無價〔一〕。桃葉尊前論别夜〔二〕。臉紅心緒學梅妝〔三〕，眉翠工夫如月畫〔四〕。　來時醉倒旗亭下。知是阿誰扶上馬〔五〕。憶曾挑盡五更燈〔六〕，不記臨分多少話。

【校記】

［臨分］花草粹編作「臨時」。

【注釋】

〔一〕信道：知道。宋柳永瑞鷓鴣詞：「須信道，緣情寄意，别有知音。」

〔二〕桃葉：晉王獻之侍妾名。借指侍女或歌妓。論别：敘别。

〔三〕梅妝：見三一四頁鷓鴣天（梅蕊新妝桂葉眉）詞注。

〔四〕眉翠：見三五〇頁生查子（狂花頃刻香）詞注。

〔五〕阿誰：疑問代詞，猶言誰，何人。樂府詩集紫騮馬歌辭：「十五從軍征，八十始得歸。道逢鄉里人，家中有阿誰？」

〔六〕五更：舊時將自黄昏至次日拂曉一夜間分爲五更，每更約二小時。亦特指第五更天將明時。

【箋疏】

此詞回憶當年與一歌女叙别之時，該女刻意梳妝打扮，可見她的情深意密。當時離情縈懷，飲至沈醉，不知是誰扶我上馬回家，也不記得臨别時她對我説了多少話。醒後苦苦回憶，直到黎明，還是茫無頭緒。

【輯評】

清郭麐靈芬館詞話卷二：詠酒醉之詩，唐人有「不知誰送出深松」，宋人有「阿誰扶我上雕鞍」，皆善於描寫。叔原玉樓春詞云：（詞略）。真能委曲言情。

近人夏敬觀批語：清真襲取入瑞鶴仙詞。（按：附周邦彦瑞鶴仙詞：悄郊原帶郭。行路永，客去車塵漠漠。斜陽映山落。斂餘紅、猶戀孤城欄角。凌波步弱。過短亭、何用素約。有流鶯勸我，重解綉鞍，緩引春酌。不記歸時早暮，上馬誰扶，醒眠朱閣。驚飆動幕。扶殘醉，繞紅藥。嘆西園、已是花深無地，東風何事又惡。任流光過却。猶喜洞天自樂。）

又

采蓮時候慵歌舞〔一〕。永日閒從花裏度〔二〕。暗隨蘋末曉風來〔三〕，直待柳梢斜月去〔四〕。停橈共説江頭路〔五〕。臨水樓臺蘇小住〔六〕。細思巫峽夢回時〔七〕，不減秦源腸斷處〔八〕。

【注釋】

〔一〕慵：懶。懶得（做某事）。

〔二〕永日：整天，從早到晚。五代韋莊丙辰鄜州遇寒食詩：「永日迨迨無一事，隔街聞築氣毬聲。」

〔三〕蘋末：宋玉風賦：「夫風生於地，起於青蘋之末。」唐王涯秋思二首詩之二：「一夜清風蘋末起，露珠翻盡滿池波。」

〔四〕柳梢斜月：唐唐彦謙無題十首之六：「漏滴銅龍夜已深，柳梢斜月弄疏陰。」

〔五〕停橈：橈，船槳。停橈，即停船。説：通「税」，停置，止息。詩鄘風定之方中：「星言夙駕，説于桑田。」朱熹集傳：「説，音税，舍止也。」

〔六〕蘇小：蘇小小。南朝齊錢塘名妓。借指女子。

〔七〕巫峽夢回：見二七七頁臨江仙（淺淺餘寒春半）詞注。

〔八〕秦源：見三九五頁洞仙歌詞注。

【箋疏】

此詞叙述叔原在商丘結識一歌女，二人常相約在南湖採蓮。白天在湖中遊耍，晚上在該女家中歇宿。「巫峽夢回」表明後來二人關係發生變化，該歌女不再與他相好，因此他回思往事，猶如劉、阮重到桃源，已找不到仙女蹤跡，思之令人腸斷。

【輯評】

清陳廷焯詞則閑情集卷一：綿麗有致。

又

芳年正是香英嫩〔一〕。天與嬌波長入鬢〔二〕。蕊珠宮裏舊承恩〔三〕，夜拂銀屏朝把鏡〔四〕。　雲情去住終難信。花意有無休更問〔五〕。醉中同盡一盃歡，歸後各成孤枕恨。

【注釋】

〔一〕香英：香花。唐羅隱人日新安道中見梅花詩：「長途酒醒臘春寒，嫩蕊香英撲馬鞍。」句謂女子年紀很輕。

〔二〕天與：猶言天生。嬌波：嫵媚的目光。宋柳永河傳詞：「愁蛾黛蹙，嬌波刀翦。」此處指嬌眼。句謂少女天生大眼睛。

〔三〕蕊珠宮：道教經典中所説的仙宮。此句將該女比作仙女。

〔四〕「夜拂」句：唐王建宫詞一百首之六十八：「夜拂玉牀朝把鏡，黄金殿外不教行。」

〔五〕「雲情」二句：指男女之間的情意。

又

輕風拂柳冰初綻。細雨消塵雲未散。紅窗青鏡待妝梅〔一〕，緑陌高樓催送雁〔二〕。

華羅歌扇金蕉琖〔三〕。記得尋芳心緒慣〔四〕。鳳城寒盡又飛花〔五〕，歲歲春光常有限。

【校記】

〔華羅〕歷代詩餘、四庫本、王本作「畫羅」。

【注釋】

〔一〕紅窗：紅紗窗。青鏡：青銅鏡。妝梅：打扮成梅花妝，見三一四頁鷓鴣天（梅蕊新妝桂葉眉）詞注。亦泛指梳妝。

〔二〕綠陌：綠樹成陰的道路。送雁：北周庾信思舊銘：「思歸道遠，返葬無從。徒留送雁，空靡長松。」二句意謂歌女曉妝未竟，而綠陌高樓已有人來催去侑酒。

〔三〕華羅：華美的綢緞。金蕉琖：即金蕉葉，酒盃名。

〔四〕尋芳：見三六八頁清平樂（西池煙草）詞注。

〔五〕鳳城：指京都。

阮郎歸

粉痕閒印玉尖纖〔一〕。啼紅傍晚奩〔二〕。舊寒新暖尚相兼〔三〕。梅疏待雪添〔四〕。

春冉冉〔五〕，恨懨懨〔六〕。章臺對卷簾〔七〕。箇人鞭影弄涼蟾〔八〕。樓前側帽檐〔九〕。

【校記】

〔晚奩〕毛本、歷代詩餘、晏本、四庫本、王本作「曉奩」。

【注釋】

〔一〕玉尖：指女子手指。

〔二〕啼紅：指女子流淚。唐李白王昭君二首之二：「昭君拂玉鞍，上馬啼紅頰。」戴叔倫早春曲：「玉頰啼紅夢初醒，羞見青鸞鏡中影。」　傍晚匳：指晚間梳妝。

〔三〕「舊寒」句：謂氣候時暖時寒。

〔四〕梅疏：指梅花尚少。

〔五〕冉冉：形容年光漸漸流逝。

〔六〕懨懨：精神委靡貌。

〔七〕章臺：見三二六頁鷓鴣天（楚女腰肢越女顋）詞注。句謂卷簾面向章臺街。

〔八〕涼蟾：謂月亮。古代傳説月中有蟾蜍。淮南子精神：「日中有踆烏而月中有蟾蜍。」唐李商隱燕臺四首秋：「月浪衝天天宇濕，涼蟾落盡疎星入。」

〔九〕側帽：見三六五頁清平樂（春雲綠處）詞注。唐李商隱飲席代官妓贈兩從事詩：「新人橋上著春衫，舊主江邊側帽簷。」

【箋疏】

詞中有章臺卷簾之句，知所寫的是一個妓女。前六句從妓女入筆，晚妝、時令、心境逐一描述。

最後三句從另一面寫。謂此時卷簾面向章臺街，只見月光下一個游客在樓前側帽揚鞭，裝出十分瀟灑的樣子。此詞對妓女和游客分頭各自描寫，不作評判，而褒貶之意自見。

又

來時紅日弄窗紗。春紅入睡霞〔一〕。去時庭樹欲棲鴉〔二〕。香屏掩月斜。　收翠羽，整妝華〔三〕。青驪信又差〔四〕。玉笙猶戀碧桃花〔五〕。今宵未憶家。

【注釋】

〔一〕春紅：嬌紅。唐李白怨歌行：「十五入漢宮，花顔笑春紅。」　睡霞：指睡着時紅通通的臉色。

〔二〕「去時」句：五代韋莊延興門外作：「王孫歸去晚，宫樹欲棲鴉。」

〔三〕「收翠羽」二句：翠羽，翠鳥的羽毛。古代多作飾物。妝華，高貴的化妝品。收、整均是收拾之義，謂不再梳妝打扮。

〔四〕青驪：毛色青黑的馬。唐駱賓王在兖州餞宋五之問詩：「别路青驪遠，離尊緑蟻空。」此處借指騎馬的人。

〔五〕「玉笙」句：謂留戀妓女的彈唱。碧桃花，喻歡場中的女子。

【箋疏】

詞寫閨怨。夫婿一夜未歸，回家時已紅日當窗，而到黄昏月斜時又出門去了。因此妻子收拾起首飾和化妝品，不再晚妝。「青驪信又差」，謂夫婿又一次失信。末二句點明怨恨的根由：今夜他仍留戀與别的女子尋歡作樂，不想回家。

又

舊香殘粉似當初。人情恨不如〔一〕。一春猶有數行書。秋來書更疏。衾鳳冷，枕鴛孤〔二〕。愁腸待酒舒。夢魂縱有也成虚。那堪和夢無。

【校記】

〔枕鴛〕花草粹編、四庫本、王本作「枕鸞」。

【注釋】

〔一〕「舊香」二句：謂人情之薄，還不及舊香殘粉。

〔二〕衾鳳、枕鴛：即鳳衾、鴛枕。

【箋疏】

五二六頁采桑子詞云：「秋來更覺消魂苦，小字還稀。」此詞曰：「一春猶有數行書。秋來書更疏。」采桑子詞云：「別後除非。夢裏時時得見伊。」此詞曰：「夢魂縱有也成虚。那堪和夢無。」二詞所詠情事相同。采桑子詞有「南樓把手憑肩處」之句，可知爲「南樓翠柳」而作。參閲前言。

【輯評】

近人張伯駒叢碧詞話：小山阮郎歸詞：（詞略）。情意淒婉，不在五代人之下。後結句，先與道君（宋徽宗）燕山亭，不期而同。惟道君燕山亭全闋尤悱哀可憐，因其境慘故也。

又

天邊金掌露成霜〔一〕。雲隨雁字長〔二〕。綠盃紅袖稱重陽〔三〕。人情似故鄉。蘭佩紫，菊簪黄〔四〕。殷勤理舊狂〔五〕。欲將沈醉换悲涼〔六〕。清歌莫斷腸。

【校記】

〔稱〕底本案：「『稱』原作『趁』，改從陸校本小山詞。」吴訥本、四庫本作「趁」。〔舊狂〕王本作「舊妝」。

【注釋】

〔一〕金掌：見三三六頁鷓鴣天（碧藕花開水殿涼）詞注。露成霜：詩秦風蒹葭：「蒹葭蒼蒼，白露爲霜。」

〔二〕雁字：見二九〇頁蝶戀花（庭院碧苔紅葉徧）詞注。

〔三〕緑盃：盛有美酒的盃子。唐錢起酬趙給事相尋不遇留贈詩：「豈無雞黍期他日，惜此殘春阻緑盃。」

〔四〕「蘭佩」二句：楚辭離騷：「扈江離與辟芷兮，紉秋蘭以爲佩。」唐杜牧九日齊安登高詩：「塵世難逢開口笑，菊花須插滿頭歸。」

〔五〕理舊狂：指重温舊時之狂態。

〔六〕沈醉换悲涼：有借酒澆愁之意。

【箋疏】

這首詞可能作於神宗元豐六、七年（一〇八三——一〇八四）重陽節叔原監潁昌許田鎮時。潁昌即許州。仁宗皇祐元年（一〇四九）秋，晏殊曾到許州擔任過一年知州。雖已過去三十餘年，可能在許州還留有一些舊吏。叔原雖然仕途淹蹇，陸沈下位，他們對他還很尊重，請他參加州府的重陽節宴會，所以他有「人情似故鄉」之感。此詞寫他在重陽節參加宴會的情景和感受。謂雖居客中，而人情温暖，既有美酒可飲，又有美人相陪，則不必爲聞清歌而斷腸矣。

【輯評】

近人况周頤蕙風詞話卷二：小山詞阮郎歸云：（詞略）。「緑盃」二句，意已厚矣。「殷勤理舊狂」五字三層意。「狂」者，所謂一肚皮不合時宜發現於外者也。狂已舊矣，而理之，而殷勤理之，其若有甚不得已者。「欲將沈醉換悲涼」，是上句注脚。「清歌莫斷腸」，仍含不盡之意。此詞沉著厚重，得此結句，便覺竟體空靈。小晏神仙中人，重以名父之貽，師友相與沆瀣，其獨造處，豈凡夫肉眼所能見及。「夢魂慣得無拘檢，又逐楊花過謝橋」，以是爲止，烏足與論小山詞耶？

又

曉妝長趁景陽鐘〔一〕。雙蛾著意濃〔二〕。舞腰浮動緑雲穠〔三〕。櫻桃半點紅〔四〕。

憐美景，惜芳容。沈思暗記中〔五〕。春寒簾幕幾重重。楊花盡日風。

【校記】

〔曉妝〕底本、歷代詩餘作「晚妝」，改從吴訥本、毛本、四庫本、王本。〔緑雲穠〕底本作「緑雲濃」，「濃」字與上句相重，改從吴訥本、毛本、歷代詩餘、四庫本、王本。〔櫻桃〕毛本、歷代詩餘、四庫本、王本作「櫻脣」。

【注釋】

〔一〕景陽鐘：南朝齊武帝以宫深不聞端門鼓漏聲，置鐘於景陽樓上。宫人聞鐘聲，早起裝飾。後人稱之爲景陽鐘。唐李賀追賦畫江潭苑四首之四：「今朝畫眉早，不待景陽鐘。」

〔二〕雙蛾：指女子的雙眉。著意濃：用心描畫塗深。

〔三〕緑雲：喻女子烏黑發亮的頭髮。唐杜牧阿房宫賦：「緑雲擾擾，梳曉鬟也。」穠：濃密。

〔四〕櫻桃：喻女子小而紅潤的嘴。唐李商隱贈歌妓詩：「紅綻櫻桃含白雪，斷腸聲裏唱陽關。」

〔五〕沈思暗記：謂深思暗記伊人的芳容。

【箋疏】

此詞末二句以景語作結，但景中含情。「春寒」句帶有關懷之意，「楊花」句憐其飄泊無依。

歸田樂

試把花期數〔一〕。便早有、感春情緒。看即梅花吐〔二〕。願花更不謝，春且長住。只恐花飛又春去。　花開還不語〔三〕。問此意、年年春還會否〔四〕。絳脣青鬢〔五〕，漸少花前侣。對花又記得、舊曾游處。門外垂楊未飄絮。

【校記】

「花前侣」底本、吳訥本、四庫本作「花前語」，「語」字重複，改從王本。

【注釋】

〔一〕花期：開花的時期。見三六三頁清平樂（煙輕雨小）詞注。

〔二〕吐：長出，生出；開花。北魏楊衒之洛陽伽藍記大覺寺：「至於春風動樹，則蘭開紫葉；秋霜降草，則菊吐黄花。」

〔三〕「花開」句：宋歐陽修蝶戀花詞：「淚眼問花花不語，亂紅飛過鞦韆去。」

〔四〕此意：指「願花更不謝，春且長住。」　會：領悟，理解。晉陶潛五柳先生傳：「好讀書，不求甚解，每有會意，便欣然忘食。」

〔五〕「絳脣」二句：絳脣青鬢，紅脣黑髮，指年輕人。此二句即晏殊木蘭花詞「當時共我賞花人，點檢如今無一半」之意。

浣溪沙

二月春花厭落梅。仙源歸路碧桃催〔一〕。渭城絲雨勸離盃〔二〕。歡意似雲真薄倖〔三〕，客鞭搖柳正多才〔四〕。鳳樓人待錦書來〔五〕。

案此首別誤作歐陽修詞，見歷代詩餘卷六。

【注釋】

〔一〕「二月」二句：意謂二月時分，心厭梅花之落，而碧桃已開花，催人離仙源歸家。仙源，見三九五頁洞仙歌詞注。借指歡場。

〔二〕「渭城」句：見二七六頁臨江仙（淡水三年歡意）詞注。

〔三〕薄倖：薄情。唐杜牧遣懷詩：「十年一覺揚州夢，贏得青樓薄倖名。」

〔四〕「客鞭」句：謂多才之客，手持折柳，騎馬揚鞭而去。

〔五〕鳳樓：指女子居處。南朝梁江淹征怨詩：「蕩子從征久，鳳樓簫管閒。」

【箋疏】

此詞寫一歡場女子於春日送別情人。一面指其薄倖，一面猶望他別後能寄書信，以慰離別之情。

又

臥鴨池頭小苑開。暄風吹盡北枝梅〔一〕。柳長莎軟路縈回。　靜避綠陰鶯有意，漫隨游騎絮多才〔二〕。去年今日憶同來。

【校記】

〔柳長莎軟路縈回〕毛本、歷代詩餘、四庫本、王本作「長莎軟路幾縈回」。〔靜避〕吳訥本、毛本、歷代詩餘、四庫本、王本作「静選」。

【注釋】

〔一〕暄風：暖風，春風。晉陶潛九日閑居詩：「露凄暄風息，氣澈天象明。」北枝梅：見三五一頁生查子（春從何處歸）詞注。

〔二〕絮多才：唐韓愈晚春詩：「楊花榆莢無才思，惟解漫天作雪飛。」此反用其意。

又

二月和風到碧城〔一〕。萬條千縷綠相迎〔二〕。舞煙眠雨過清明〔三〕。　妝鏡巧眉偷葉樣〔四〕，歌樓妍曲借枝名〔五〕。晚秋霜霰莫無情。

【校記】

〔詞題〕歷代詩餘題作「柳」。〔和風〕毛本、歷代詩餘、王本作「風和」。〔眠雨〕毛本、歷代詩餘、四庫本、王本作「弄日」。〔歌樓〕毛本、歷代詩餘、四庫本、王本作「歌臺」。

【注釋】

〔一〕碧城：太平御覽卷六七四引上清經：「元始（元始天尊）居紫雲之闕，碧霞爲城。」後以碧城爲仙人居處。此處泛指華美的住所。

〔二〕萬條千縷：唐何希堯柳枝詞：「大堤楊柳雨沈沈，萬縷千條惹恨深。」

〔三〕舞煙眠雨：謂楊柳在煙雨中或隨風飄舞或静伏如眠。唐白居易楊柳枝詞：「葉含濃露如啼眼，枝嫋輕風似舞腰。」三輔故事：「漢苑中有柳，狀如人形，號曰人柳，一日三眠三起。」

〔四〕「妝鏡」句：謂對鏡梳妝，按柳葉圖形畫眉。五代韋莊女冠子詞：「依舊桃花面，頻低柳葉眉。」

〔五〕借枝名：謂歌樓所唱之曲以「楊柳枝」爲名。漢樂府折楊柳至唐易名楊柳枝，開元時已入教坊曲。唐白居易楊柳枝詞：「古歌舊曲君休聽，聽取新翻楊柳枝。」

【箋疏】

此詞咏柳，上片即景形容，下片用典贊美，有愛憐之意。劉永濟唐五代兩宋詞簡析云：「此詞通首咏柳，細味之皆含諷意。上半闋言其盛時。下半闋一、二句，言趨附者之多也。末句似諷似憐，又似以盛衰無常警戒之。蓋柳盛於二月時而衰於晚秋，似得勢者有盛必有衰也。作者意中必有所指之人，必係權勢煊赫於一時者。考宋仁宗朝，吕夷簡權勢最盛，子公綽、公弼、公著、公孺皆榮顯。宋史吕夷簡傳論曰：『吕氏更執國政，三世四人，世家之盛，則之未有也。』神宗朝王安石得君雖專，然不如吕氏之三世執政。此詞所諷，當指吕氏。」可備一說。

又

白紵春衫楊柳鞭〔一〕。碧蹄驕馬杏花韉〔二〕。落英飛絮冶游天〔三〕。南陌暖風吹舞榭，東城涼月照歌筵。賞心多是酒中仙〔四〕。

【注釋】

〔一〕白紵春衫：白紵，白麻布。唐柳宗元同劉二十八院長述舊言懷詩：「春衫裁白紵，朝帽挂烏紗。」楊柳鞭：以楊柳枝爲馬鞭。

〔二〕碧蹄：指馬蹄。唐韓翃看調馬詩：「鴛鴦赭白齒新齊，晚日花間散碧蹄。」杏花韉：繡有杏花圖案的馬鞍墊。宋錢惟演公子詩：「歌翻南國桃根曲，馬過章臺杏葉韉。」

〔三〕落英飛絮：唐白居易春池閒泛詩：「白撲柳飛絮，紅浮桃落英。」冶游：野游。亦指涉足歌臺舞榭。樂府詩集子夜四時歌：「冶游步春露，豔覓同心郎。」下片「南陌」「東城」即冶游之地。

〔四〕賞心：指心意歡樂。酒中仙：唐杜甫飲中八仙歌：「李白斗酒詩百篇，長安市上酒家眠。天子呼來不上船，自稱臣是酒中仙。」

又

牀上銀屏幾點山〔一〕。鴨爐香過瑣窗寒〔二〕。小雲雙枕恨春閒〔三〕。惜別漫成良夜醉，解愁時有翠牋還〔四〕。那回分袂月初殘〔五〕。

【校記】

［那回］王本作「那時」。

【注釋】

〔一〕牀上銀屏：即枕屏，指枕前屏風。唐温庭筠菩薩蠻詞：「無言匀睡臉，枕上屏山掩。」幾點山：指屏風上所畫的山。

〔二〕鴨爐：鴨形香爐。見珠玉詞九九頁訴衷情（世間榮貴月中人）詞注。瑣窗：鏤刻有連瑣圖案的窗欞。

〔三〕小雲：沈廉叔或陳君龍家的侍兒。雙枕恨春閒：春宵獨卧，無人作伴，故引以爲恨。樂府詩集子夜四時歌：「春别猶春戀，夏還情更久。羅帳爲誰褰，雙枕何時有？」

〔四〕「惜别」二句：别後情傷，良宵難遣，只能獨自醉卧。幸時有書信寄回，聊爲解愁。

〔五〕分袂：猶分襟，指離别。唐李山甫别楊秀才詩：「如何又分袂，難話别離情。」

【箋疏】

此詞爲思念小雲而作，當作於監許田鎮時。

又

緑柳藏烏静掩關〔一〕。鴨爐香細瑣窗閒。那回分袂月初殘。　惜别漫成良夜醉，解愁時有翠牋還。欲尋雙葉寄情難〔二〕。

【注釋】

〔一〕緑柳藏烏：古樂府楊叛兒：「暫出白門前，楊柳可藏烏。」掩關：關閉，關門。唐羊士諤雨中寒食詩：「令節逢煙雨，園亭但掩關。」

〔二〕雙葉：見珠玉詞六〇頁采桑子（林間摘徧雙雙葉）詞注。

【輯評】

清陳廷焯詞則閑情集卷一：幽怨。

近人夏敬觀批語：此篇當是原作，上一闋爲改作。編者兩存之。

又

家近旗亭酒易酤。花時長得醉工夫。伴人歌笑懶妝梳〔一〕。　户外緑楊春繫馬〔二〕，牀前紅燭夜呼盧〔三〕。相逢還解有情無。

【校記】

案古今圖書集成藝術典卷八百二十三娼妓部此首誤作晏殊詞。

〔歌笑〕毛本、四庫本作「歌扇」。　〔牀前〕毛本、四庫本作「牀頭」。　〔還解〕歷代詩餘、古今詞選、王本作「不解」。

【注釋】

〔一〕歌笑：歌唱笑樂。唐李白憶舊游寄譙郡元參軍詩：「黄金白璧買歌笑，一醉累月輕王侯。」

〔二〕緑楊繫馬：唐杜牧句溪夏日送盧霈秀才歸王屋山將欲赴舉詩：「行人碧溪渡，繫馬緑楊枝。」

〔三〕呼盧：古時一種賭博游戲。有木子五枚，每枚一面塗黑，一面塗白，五子全黑稱盧，得頭彩。擲子時高聲喝叫，希望得到全黑，故稱呼盧。唐李白少年行之三：「呼盧百萬終不惜，報讎千里如咫尺。」

【箋疏】

此詞上片寫旗亭歌女之生涯，下片寫冶游郎的豪興，分頭各自描寫。「伴」字、「懶」字、「春」字、「夜」字都用得很恰當而含有深意。

【輯評】

宋吴曾能改齋漫録卷八：晏叔原長短句云：「門外緑楊春繫馬，牀前紅燭夜呼盧。」蓋用樂府水調歌云：「户外碧潭春洗馬，樓前紅燭夜迎人。」然叔原之辭甚工。

宋陸游老學庵筆記卷五：唐韓翃詩云：「門外碧潭春洗馬，樓前紅燭夜迎人。」近世晏叔原樂府詞云：「門外緑楊春繫馬，牀前紅燭夜呼盧。」氣格乃過本句，不謂之剽可也。

明沈際飛草堂詩餘續集卷上：不恨無花，不恨無醉，恨無工夫耳。叔原可誇。

又

日日雙眉鬬畫長〔一〕。行雲飛絮共輕狂〔二〕。不將心嫁冶游郎〔三〕。　濺酒滴殘歌扇字，弄花熏得舞衣香〔四〕。一春彈淚説淒涼。

【注釋】

〔一〕「日日」句：唐秦韜玉貧女詩：「敢將十指誇鍼巧，不把雙眉鬬畫長。」

〔二〕「行雲」句：謂像行雲飛絮一樣輕浮狂放。

〔三〕冶游郎：喜涉足歌樓舞榭的人。唐李商隱蝶三首之三：「見我佯羞頻照影，不知身屬冶游郎。」句謂不願嫁與冶游郎，可見日日梳妝打扮，做出種種輕狂姿態是被迫的，並非出於本願。

〔四〕「濺酒」二句：歌扇，歌唱時用以遮住臉的扇子。宋張先師師令：「不須回扇障清歌，脣一點、小於朱蕊。」唐戴叔倫暮春感懷詩：「歌扇多情明月在，舞衣無意彩雲收。」唐于良史春山夜月詩：「掬水月在手，弄花香滿衣。」

【輯評】

清賀裳皺水軒詞筌：詞家須使讀者如身履其地，親見其人，方爲蓬山頂上。……晏幾道「濺酒滴殘歌扇字，弄花熏得舞衣香」，直覺儼然如在目前，疑於化工之筆。

近人劉永濟唐五代兩宋詞簡析：作者將此一舞女之生活和內心寫得如此酣暢，其自身幾化爲此女。蓋由作者自身亦具有此種矛盾之痛苦，亦同有此舞女之個性，故能體認真切，此舞女直可認爲作者己身之寫照。此種寫法，又較托閨情以抒己情者更親切，因之更加動人。論者稱其詞頓挫，即從此等處看出也。

又

飛鵲臺前暈翠蛾〔一〕。千金新換絳仙螺〔二〕。最難加意爲顰多〔三〕。　幾處淚痕留醉袖，一春愁思近横波〔四〕。遠山低盡不成歌〔五〕。

案此首或作黄庭堅詞，見豫章黄先生詞。

【校記】

〔淚痕〕底本作「睡痕」，改從黄庭堅詞。

【注釋】

〔一〕飛鵲臺：指鏡臺，梳妝臺。古時青銅鏡背面鑄鵲形，名鵲鏡。太平御覽卷七一七引漢東方朔神異經：「昔有夫婦將别，破鏡，人執半以爲信。其妻與人通。其鏡化鵲，飛至夫前，其夫乃知之。後人因鑄鏡爲鵲安背上，自此始也。」唐王勃上皇甫常伯啟：「鵲鏡臨春，妍媸自遠。」唐李白代美人愁鏡二首之一：「明明金鵲鏡，了了玉臺前。」　暈翠蛾：畫眉。五代和凝宫詞：「君王朝下未梳頭，長暈殘眉侍鑑樓。」

〔二〕絳仙螺：女子畫眉用的螺子黛。隋煬帝有宫妃吴絳仙，唐顔師古隋遺録：「絳仙善畫長蛾眉……由是殿脚女争效爲長蛾眉。司宫吏日給螺子黛五斛。螺子黛出波斯國，每顆值十金。」

〔三〕加意：留意，注意。　顰：皺眉。句謂由於心中愁苦，常常皺眉，縱有千金買來的螺子黛，亦不能把眉毛畫好。

〔四〕横波：見三九七頁菩薩蠻（箇人輕似低飛燕）詞注。

〔五〕遠山：見珠玉詞九七頁訴衷情（露蓮雙臉遠山眉）詞注。

又

午醉西橋夕未醒。雨花淒斷不堪聽〔一〕。歸時應減鬢邊青〔二〕。　衣化客塵今古道〔三〕，柳含春意短長亭〔四〕。鳳樓争見路旁情〔五〕。

【注釋】

〔一〕雨花：雨中的花，雨水淋打在花上。唐李白登瓦官閣詩：「漫漫雨花落，嘈嘈天樂鳴。」　淒斷：猶淒絶。北周庾信夜聽搗衣詩：「風流響和韻，哀怨聲淒斷。」

〔二〕應減鬢邊青：指鬢邊黑髮漸少，白髮漸多。

〔三〕衣化客塵：晉陸機爲顧彦先贈婦二首之一：「京洛多風塵，素衣化爲緇。」

〔四〕短長亭：見珠玉詞一〇七頁踏莎行（祖席離歌）詞注。

〔五〕鳳樓：見四三〇頁浣溪沙（二月春花厭落梅）詞注。

【箋疏】

此詞可能作於離汴京去潁昌許田鎮的途中。去時是在春天，故曰：「衣化客塵今古道，柳含春意短長亭。」三年後回京是在秋天，故臨江仙詞曰：「曉霜紅葉舞歸程，客情今古道，秋夢短長亭。」

【輯評】

明沈際飛草堂詩餘續集卷上：荏苒。

又

一樣宮妝簇彩舟〔一〕。碧羅團扇自障羞〔二〕。水仙人在鏡中游〔三〕。　腰自細來多態度，臉因紅處轉風流。年年相遇緑江頭。

【校記】

〔碧羅團扇〕毛本、王本作「碧團羅扇」。　〔水仙人在〕毛本、四庫全書、王本作「水仙時在」。

【注釋】

〔一〕宮妝：皇宮中的妝飾，形容服飾之美。　簇：叢集。

〔二〕障羞：遮住含羞的臉容。唐李商隱擬意詩：「雲衣不取暖，月扇未障羞。」

〔三〕水仙：傳説中的水中神仙。借指采蓮女。　鏡中游：湖面波平如鏡，故如在鏡中游。唐虞世南賦得吴都詩：「吴趨自有樂，還似鏡中游。」

【箋疏】

此詞描寫一羣服飾優美的采蓮女子，仿佛仙女一般。叔原在商丘的幾年中年年與一歌女在南湖采蓮並游耍（清平樂詞「莫愁家住溪邊，采蓮心事年年」，采桑子詞「舊事年年，時節南湖又采蓮」），故年年與這羣采蓮女子相遇。

又

已拆鞦韆不奈閒〔一〕。卻隨胡蝶到花間。旋尋雙葉插雲鬟。　幾摺湘裙煙縷細〔二〕，

一鉤羅襪素蟾彎〔三〕。緑窗紅豆憶前歡〔四〕。

【校記】

〔湘裙〕王本作「緗裙」。〔綠窗〕底本案：「『綠』原作『紅』，改從陸校本小山詞。」吴訥本作「紅窗」，毛本、歷代詩餘、四庫本、王本作「綠牋」。

【注釋】

〔一〕已拆鞦韆：農曆二月以後農事漸忙，故拆去鞦韆。宋柳永促拍滿路花：「畫堂春過，悄悄落花天。最是嬌癡處，尤殢檀郎，未教拆了鞦韆。」

〔二〕摺：衣裙上的褶襉。 煙縷：形容褶痕。

〔三〕素蟾：月亮。句謂羅襪（即女子脚弓）像彎彎的新月一般。

〔四〕紅豆：又名相思子。唐王維相思詩：「紅豆生南國，春來發幾枝。願君多採擷，此物最相思。」

又

閒弄筝絃懶繫裙。鉛華消盡見天真〔一〕。眼波低處事還新〔二〕。 悵恨不逢如意酒〔三〕，尋思難值有情人〔四〕。可憐虛度瑣窗春。

【注釋】

〔一〕鉛華：婦女化妝用的鉛粉。三國魏曹植洛神賦：「芳澤無加，鉛華弗御。」天真：天然，自然。

〔二〕眼波低處：謂含羞而低着頭。

〔三〕如意酒：傳説一種飲了能滿足人願望的酒。

〔四〕值：遇到，碰上。漢書蒯通傳：「夫功者難成而易敗，時者難值而易失。」北朝周庾信鏡賦：「鏡乃照膽照心，難逢難值。」唐魚玄機贈鄰女詩：「易求無價寶，難得有心郎。」

又

團扇初隨碧簟收。畫檐歸燕尚遲留〔一〕。靨朱眉翠喜清秋〔二〕。　風意未應迷狹路，燈痕猶自記高樓。露花煙葉與人愁。

【校記】

〔畫檐〕毛本、歷代詩餘、四庫本、王本作「畫簾」。

【注釋】

〔一〕遲留：停留，逗留。唐杜牧題揚州禪智寺詩：「青苔滿階砌，白鳥故遲留。」

〔二〕臙朱：塗抹胭脂的紅臉頰。唐李賀惱公詩：「月分蛾黛破，花合臙朱紅。」

又

翠閣朱闌倚處危〔一〕。夜涼閒撚彩簫吹〔二〕。曲中雙鳳已分飛〔三〕。　緑酒細傾消別恨，紅牋小寫問歸期〔四〕。月華風意似當時〔五〕。

【注釋】

〔一〕危：高。

〔二〕「夜涼」句：撚，按。唐杜牧杜秋娘詩：「金階露新重，閒撚紫簫吹。」

〔三〕曲中雙鳳：西京雜記卷二：「慶安世年十五，爲成帝侍郎。善鼓琴，能爲雙鳳、離鸞之曲。」

〔四〕紅牋：紅色牋紙。唐韓偓偶見詩：「小疊紅牋書恨字，與奴方便寄卿卿。」小寫：猶小字，指詩句或短信。

〔五〕月華風意：指風物情景。

【輯評】清陳廷焯詞則閑情集卷一：小山諸詞，無不閒雅。後人描寫閨情，大半失之淫冶。此唐、五代、北宋所以猶爲近古。

又

唱得紅梅字字香〔一〕。柳枝桃葉盡深藏〔二〕。遏雲聲裏送雕觴〔三〕。　纔聽便拚衣袖濕〔四〕，欲歌先倚黛眉長〔五〕。曲終敲損燕釵梁〔六〕。

【校記】

〔雕觴〕歷代詩餘、王本作「離觴」。

【注釋】

〔一〕紅梅：歌女名。此句贊紅梅歌聲之妙。

〔二〕柳枝：白居易侍妾。　桃葉：王獻之侍妾。　盡深藏：謂二人皆自愧不如。

〔三〕遏雲：見珠玉詞三四頁更漏子（蕣華濃）詞注。　雕觴：雕刻、彩繪的酒盃。唐楊炯崇文舘宴集詩序：「八珍方饌，寒温取適於四時；一獻雕觴，賓主交歡於百拜。」

〔四〕拚：見三一一頁鷓鴣天（彩袖殷勤捧玉鍾）詞注。

〔五〕倚：依靠。句意謂唱歌之前先作出顰眉含愁的姿態，以加强效果。

〔六〕燕釵梁：有燕形裝飾的髮釵。梁，釵的主幹。南朝宋劉義慶世説新語豪爽：「王處仲每酒後輒詠『老驥伏櫪，志在千里。烈士暮年，壯心不已。』以如意打唾壺，壺口盡缺。」唐韓偓閨情詩：「敲折玉釵歌轉咽，一聲聲作兩眉愁。」

【輯評】

宋吴可藏海詩話：秦少游詩：「十年逋欠僧房睡，準擬如今處處還。」又晏叔原詞：「唱得紅梅字字香。」如「處處還」、「字字香」，下得巧。

又

小杏春聲學浪仙〔一〕。疏梅清唱替哀絃〔二〕。似花如雪繞瓊筵〔三〕。　腮粉月痕妝罷後〔四〕，臉紅蓮豔酒醒前〔五〕。今年水調得人憐〔六〕。

【校記】

〔水調〕毛本、歷代詩餘、四庫本、王本作「新調」。

【注釋】

（一）小杏：歌女名。 春聲：指聲音美妙。 浪仙：唐詩人賈島，字浪仙。著有長江集。 學：述說。指她所唱的是賈島的詩歌。

（二）疏梅：歌女名。 清唱：没有樂器伴奏的歌唱。 替：接替。

（三）似花如雪：形容女子肌膚潔白，容貌美麗。 瓊筵：華美的筵席。唐李白春夜宴從弟桃花園序：「開瓊筵以坐花，飛羽觴而醉月。」

（四）顋粉月痕：指女子臉上塗了脂粉，像月亮一樣潔白。

（五）臉紅蓮豔：形容女子酒後的臉色像蓮花一樣嬌豔。

（六）水調：古曲調名。唐杜牧揚州三首之一：「誰家唱水調，明月滿揚州。」馮集梧注：「樂苑：水調，商調曲。舊説隋煬帝幸江都所製。」

【箋疏】

據此詞「似花如雪繞瓊筵」句推斷，此詞應作於叔原落魄潦倒以前，還在春風得意之年。叔原初識疏梅，是在南湖采蓮之時（虞美人詞「疏梅月下歌金縷」），可見小杏亦爲南湖之歌女。參閱前言。

又

銅虎分符領外臺〔一〕。五雲深處彩旄來〔二〕。春隨紅旆過長淮〔三〕。千里袴襦添舊暖〔四〕，萬家桃李間新栽〔五〕。使星回首是三臺〔六〕。

【注釋】

〔一〕銅虎分符：古代帝王授予臣下兵權和調發軍隊的信物爲虎形，故稱虎符。最初用玉製，後改用銅，背有銘文，剖爲兩半。右半留中央，左半給地方長官或統兵的將帥。調兵時朝廷使臣須持中央的半面虎符與地方長官或統帥的半面虎符驗對，符合始能發兵。外臺：官名。後漢刺使，爲州郡的長官，置別駕、治中、諸曹掾屬，號爲外臺。泛指州郡的首長。

〔二〕五雲深處：指皇帝所在之地，帝京。彩旄：見珠玉詞三〇頁浣溪沙（楊柳陰中駐彩旄）詞注。

〔三〕紅旆：紅旗。唐丁稜塞下曲：「出營紅旆展，過磧暗沙迷。」長淮：指淮河。唐王維送方城韋明府詩：「高鳥長淮水，平蕪故郢城。」

〔四〕袴襦：襦，短衣。泛指衣服。後漢書廉范傳載，廉范調任蜀郡太守。舊制爲防止火災，禁止百姓點火夜作。范到任撤消禁令，命百姓儲水嚴防。百姓稱便，作歌稱頌曰：「廉叔度（廉范字），來何暮？不禁火，民安作。平生無襦今五袴。」唐元稹後湖詩：「此實公所小，安用歌袴襦。」

〔五〕桃李：白孔六帖卷七十七：潘岳爲河陽令，樹桃李花，人號曰河陽一縣花。

〔六〕使星：見珠玉詞二八頁浣溪沙（綠葉紅花媚曉煙）詞注。　三臺：漢因秦制，以尚書爲中臺，御史爲憲臺，謁者爲外臺。合稱三臺。

【箋疏】

這首詞叙述一位京城高官外調爲淮地長官，並預期其有良好政績，回京後升任尚書。

又

浦口蓮香夜不收。水邊風裏欲生秋〔一〕。　棹歌聲細不驚鷗〔二〕。　涼月送歸思往事，落英飄去起新愁。可堪題葉寄東樓〔三〕。

【校記】

〔東樓〕王本作「東流」。

【注釋】

〔一〕欲生秋：漸有秋意。

〔二〕棹歌：行船時所唱的歌。漢武帝秋風辭：「簫鼓鳴兮發棹歌，歡樂極兮哀情多。」

〔三〕題葉：在樹葉上題詩。唐范攄雲溪友議、孟棨本事詩、宋劉斧青瑣高議，均載有唐人在紅葉上題詩的故事。唐杜牧題桐葉詩：「江樓今日送歸燕，正是去年題葉時。」

【箋疏】

此詞寫與所愛歌女一起在南湖采蓮並遊耍。「涼月」句謂晚上送她回家，可參閲三一六頁鷓鴣天詞：「來時浦口雲隨棹，采罷江邊月滿樓。」三七五頁清平樂詞：「誰管水流花謝，月明昨夜蘭船。」末二句述别後對她的思念。

【輯評】

近人夏敬觀批語：托興采蓮，無不絶佳。

又

莫問逢春能幾回〔一〕。能歌能笑是多才。露花猶有好枝開〔二〕。　緑鬢舊人皆老大，紅梁新燕又歸來。儘須珍重掌中盃〔三〕。

【注釋】

〔一〕「莫問」句：唐杜甫絶句漫興九首其四：「二月已破三月來，漸老逢春能幾回？莫思身外無窮事，且盡生前有限盃。」

〔二〕露花：帶露水的花。唐李商隱失題詩：「露花終裛濕，風蝶强嬌饒。」

〔三〕珍重：愛惜，看重，珍愛。

又

樓上燈深欲閉門。夢雲歸去不留痕〔一〕。幾年芳草憶王孫〔二〕。向日闌干依舊緑〔三〕，試將前事倚黄昏〔四〕。記曾來處易消魂。

【校記】

「歸去」毛本、四庫本、王本作「散去」。「向日」毛本、四庫本、王本作「白日」。

【注釋】

〔一〕夢雲：見二七七頁臨江仙（淺淺餘寒春半）詞注。

〔二〕憶王孫：楚辭淮南小山招隱士：「王孫去兮不歸，春草生兮萋萋。」

〔三〕向日：往日，昔日，從前。

〔四〕倚：憑藉。句謂意欲憑藉黄昏時刻回思往事。

【箋疏】

此詞謂叔原從長安返回汴京，重新到西樓去尋訪所愛的歌女。但見樓上燈光昏暗，不像從前那樣燈燭輝煌。西樓不再是歌舞場所。昔年的歌女，亦已星散。因此想到自己所愛的歌女在此苦苦地等待他，年復一年，見芳草而盼王孫歸來（少年游詞「王孫此際，山重水遠，何處賦西征。」），而自己終於來晚了。樓上的闌干猶在。以前曾與該女在黄昏時倚闌眺望，互訴衷情。而今風物如舊，而人事已非，所以令人腸斷欲絶。參閲五三五頁采桑子詞（西樓月下當時見）、五〇五頁少年游詞（西樓別後）。

六么令

緑陰春盡，飛絮繞香閣。晚來翠眉宫樣，巧把遠山學。一寸狂心未説〔一〕，已向横波覺。畫簾遮帀〔二〕。新翻曲妙〔三〕，暗許閒人帶偷掐〔四〕。前度書多隱語〔五〕，意淺愁難答〔六〕。昨夜詩有回文〔七〕，韻險還慵押〔八〕。都待笙歌散了，記取留時霎〔九〕。不消紅蠟。閒雲歸後，月在庭花舊闌角。

【校記】

〔掐〕底本作「搯」，吴訥本、四庫本同。檢彊村叢書本作「掐」，詞綜同，據改。〔回文〕底本作「回紋」，吴訥本、四庫本同，改從詞綜、王本。

【注釋】

〔一〕一寸：見珠玉詞一七九頁玉樓春（緑楊芳草長亭路）詞注。唐賀遂亮贈韓思彦詩：「意氣百年內，平生一寸心。」

〔二〕遮帀：遮蔽嚴密。

〔三〕新翻：翻，改編，移植。唐白居易楊柳枝詞：「古歌舊曲君休聽，聽取新翻楊柳枝。」

〔四〕偷掐：用拇指點着别指進行暗記或推算。唐元稹連昌宫詞：「李謩擪笛傍宫牆，偷得新翻數般曲。」自注：「明皇嘗於上陽宫夜後按新翻一曲。屬明夕正月十五日潛游燈下，忽聞酒樓上有笛奏前夕新曲，大駭之。明日密遣捕捉笛者，詰驗之。自云：前夕竊於天津橋玩月，聞宫中度曲。遂於橋柱上插譜記之，臣即長安少年善笛者李謩也。明皇異而遣之。」陳永正選注晏殊晏幾道詞選謂「插譜」當爲「掐譜」之誤。掐譜，意謂用手指甲在橋柱上用力劃出痕跡，以爲記譜。

〔五〕隱語：不直説本意，借别的詞語來暗示。

〔六〕「意淺」句：謂詞意不够明顯，故難以答覆。

〔七〕回文：詩詞的一種體制，字句回環往復讀之，均能成誦。見珠玉詞四四頁鳳銜盃（青蘋昨夜秋風起）詞注。

〔八〕韻險：指所押的詩韻冷僻難押。這種韻即所謂險韻。宋歐陽修歸田録卷二：「余六人者懽然相得，羣居終日。長篇險韻，衆制交作。」

〔九〕留時霎：作霎時逗留。

【箋疏】

此詞爲一歌女而作。除稱贊該女眉式之美、歌聲之妙以外，主要描寫兩人的心意。謂彼女之激情，已從其眼波察覺。而她寄來的信，由於多用隱語，意思不甚明顯，故難以答覆。昨夜她寫的回文詩，又由於韻太冷僻，不好奉和。乃約她在酒闌席散之後留下來，在庭院中相會。

【輯評】

明沈際飛草堂詩餘別集卷二：十韻都可矜許。隱躍。又：款密竭情。

近人夏敬觀批語：此倒押韻之法，甚峭拔。

又

雪殘風信〔一〕，悠颺春消息〔二〕。天涯倚樓新恨，楊柳幾絲碧。還是南雲雁少〔三〕，錦字無端的〔四〕。寶釵瑶席。彩絃聲裏，拚作尊前未歸客〔五〕。遥想疏梅此際〔六〕，月底香英白〔七〕。别後誰繞前溪，手揀繁枝摘。莫道傷高恨遠〔八〕，付與臨風笛〔九〕。儘堪愁寂。花時往事，更有多情箇人憶〔一〇〕。

案此首别誤作晏殊詞，見梅苑卷二。

【校記】

「香英白」花草粹編作「香英密」，歷代詩餘、詞綜、四庫本、王本作「香英拆」。「傷高恨遠」花草粹編作「傷高懷遠」。

【注釋】

〔一〕風信：隨時令而變化的風稱信風，能預告時令的信息。見三六三頁清平樂（煙輕雨小）詞注。唐司空圖江行二首之二：「初程風信好，迴望失津樓。」

〔二〕悠颺：飄忽不定貌。

〔三〕雁少：相傳有雁足傳書之説，雁少表示杳無書信。

〔四〕錦字：指書信。見珠玉詞四四頁鳳銜盃（青蘋昨夜秋風起）詞注。　無端的：無憑證。

〔五〕「寶釵」三句：寶釵，借喻歌女。意謂目前只能借飲酒宴樂、聲色歌舞消除客居的愁悶。

〔六〕疏梅：詠梅而暗藏歌女之名。

〔七〕香英：香花。唐羅隱人日新安道中見梅花詩：「長途酒醒臘春寒，嫩蕊香英撲馬鞍。」

〔八〕傷高恨遠：宋張先一叢花令：「傷高懷遠幾時窮，無物似情濃。」

〔九〕臨風笛：風中笛聲。唐鄭谷淮上與友人別詩：「數聲風笛離亭晚，君向瀟湘我向秦。」

〔一〇〕箇人：那人，彼人。此爲叔原自指。

【箋疏】

此詞爲在江南思念疏梅而作。謂冬去春來，仍未得疏梅書信，愁情難解，又擔心疏梅另有新好。參閱前言。

又

日高春睡，喚起懶裝束。年年落花時候，慣得嬌眠足。學唱宮梅便好，更暖銀笙逐〔一〕。

黛蛾低緑〔二〕。堪教人恨，却似江南舊時曲〔三〕。常記東樓夜雪，翠幕遮紅燭。還是芳酒盃中，一醉光陰促。曾笑陽臺夢短〔四〕，無計憐香玉。此歡難續。乞求歌罷，借取歸雲畫堂宿〔五〕。

【校記】

［落花］歷代詩餘、王本作「花落」。［嬌眠］歷代詩餘、王本作「春眠」。［黛蛾］花草粹編作「黛娥」。［人恨］歷代詩餘、王本作「一恨」。

【注釋】

〔一〕暖：把笙簧加熱，使音質清亮。宋周密齊東野語卷十七笙炭：「蓋笙簧必用高麗銅爲之，艶以緑蠟。簧暖則字正而聲清越，故必用炭焙而後可。」逐：跟隨。指跟隨歌聲。

〔二〕黛蛾：見三四七頁生查子（遠山眉黛長）詞注。

〔三〕江南舊時曲：以前在江南聽到的歌曲。

〔四〕陽臺夢短：見二七七頁臨江仙（淺淺餘寒春半）詞注。

〔五〕歸雲：用巫山神女典，見上注。借喻妓女或歌女。

更漏子

檻花稀〔一〕，池草徧。冷落吹笙庭院。人去日，燕西飛〔二〕。燕歸人未歸。數書期〔三〕，尋夢意。彈指一年春事。新悵望，舊悲涼。不堪紅日長。

【注釋】

〔一〕檻花：欄栅中的花。

〔二〕燕西飛：玉臺新詠歌詞二首之一：「東飛伯勞西飛燕，黄姑織女時相見。」

〔三〕書期：書信中所約之期。

又

柳間眠，花裏醉。不惜繡裙鋪地。釵燕重〔一〕，鬢蟬輕〔二〕。一雙梅子青〔三〕。粉牋書〔四〕，羅袖淚。還有可憐新意。遮悶緑〔五〕，掩羞紅。晚來團扇風。

【注釋】

〔一〕釵燕：即燕釵，有燕形裝飾的髮釵。五代顧甄遠惆悵詩九首之四：「鑑鸞釵燕恨何窮，忍向銀牀空抱影。」

〔二〕鬢蟬：即蟬鬢。古代婦女的一種髮式，以兩鬢薄如蟬翼，故稱。晉崔豹古今注雜注：「魏文帝宮人絶所愛者，有莫瓊樹、薛夜來、田尚衣、段巧笑，四人日夕在側。瓊樹乃製蟬鬢，縹緲如蟬，故曰蟬鬢。」唐上官儀王昭君詩：「霧掩臨妝月，風驚入鬢蟬。」

〔三〕一雙梅子青：指插在髮髻上作爲裝飾的兩顆青梅。唐韓偓中庭詩：「中庭自摘青梅子，先向釵頭戴一雙。」

〔四〕粉牋書：白色或粉紅牋紙的書信。

〔五〕悶緑：因愁悶而臉色發青。

【輯評】

近人夏敬觀批語：「悶緑」字生。

又

柳絲長，桃葉小。深院斷無人到。紅日淡，綠煙晴。流鶯三兩聲。雪香濃〔一〕，檀暈少〔二〕。枕上卧枝花好〔三〕。春思重，曉妝遲〔四〕。尋思殘夢時。

【注釋】

〔一〕雪香：指女子潔白肌膚散發的香氣。

〔二〕檀暈：婦女眉邊的淺赭色光影。

〔三〕卧枝花：横生或卧伏在地上的花枝。花卉畫法，有不畫全株，只畫連枝折下的部分，稱折枝。韓偓已涼詩：「碧闌干外繡簾垂，猩色屏風畫折枝。」此處以枕上刺繡的折枝花喻横躺在牀上的女子。南唐馮延巳相見歡詞：「曉窗夢到昭華。阿瓊家。欹枕殘妝，一朵卧枝花。」

〔四〕曉妝遲：温庭筠菩薩蠻詞：「懶起畫蛾眉，弄妝梳洗遲。」

【輯評】

清陳廷焯詞則閑情集卷一：情餘言外，不必用香澤字面。

近人俞陛雲唐五代兩宋詞選釋：前寫景，後言情，景麗而情深，金荃集中絶妙詞也。

又

露華高〔一〕，風信遠〔二〕。宿醉畫簾低卷。梳洗倦，冶游慵。綠窗春睡濃。　綵條輕〔三〕，金縷重〔四〕。昨日小橋相送。芳草恨，落花愁。去年同倚樓。

【校記】

［露華］王本作「露花」。

【注釋】

〔一〕露華：指清冷的月光。南朝齊王儉春夕詩：「露華方照夜，雲影復經春。」

〔二〕風信：即風。

〔三〕綵條：指綵色衣帶。

〔四〕金縷：金縷衣，飾以金絲的衣服。

【輯評】

清陳廷焯詞則閑情集卷一：曰「昨日」，曰「去年」，宛雅哀怨。

又

出牆花，當路柳〔一〕。借問芳心誰有〔二〕。紅解笑，緑能顰〔三〕。千般惱亂春〔四〕。

北來人，南去客。朝暮等閒攀折〔五〕。憐晚秀〔六〕，惜殘陽〔七〕。情知枉斷腸〔八〕。

【校記】

「誰有」毛本、四庫本、王本作「可否」。

【注釋】

〔一〕出牆花，當路柳：猶路柳牆花，喻妓女。

〔二〕誰有：何有。句意謂她心中没有真感情。

〔三〕紅解笑，緑能顰：猶能笑能顰。形容女子的媚態。

〔四〕惱亂春：擾動、勾引人的春心。

〔五〕「朝暮」句：敦煌詞望江南：「莫攀我，攀我太心偏。我是曲江臨池柳，這人折了那人攀。恩愛一時間。」

〔六〕晚秀：指遲開的花。南朝宋謝惠連連珠：「春蘭早芳，實忌鳴鴂；秋菊晚秀，無憚繁霜。」借指女子雖美而年已老。

〔七〕惜殘陽：唐李商隱登樂游原詩：「夕陽無限好，只是近黃昏。」

〔八〕「情知」句：意謂自己雖有憐惜之心，亦無能爲力。

又

到情深，俱是怨。惟有夢中相見。猶似舊，奈人禁〔三〕，偎人説寸心。

欲論心〔一〕，先掩淚〔二〕。零落去年風味。閒卧處，不言時。愁多只自知。

【注釋】

〔一〕論心：談心，傾心交談。

〔二〕掩淚：掩面流淚。唐李嘉祐游徐城河忽見清淮因寄趙八詩：「長恨相逢即分手，含情掩淚獨回頭。」

〔三〕奈人禁：使人如何能禁受。

河滿子

對鏡偷匀玉筯〔一〕，背人學寫銀鉤〔二〕。繫誰紅豆羅帶角，心情正著春游〔三〕。那日楊花陌上，多時杏子牆頭。眼底關山無奈，夢中雲雨空休。問看幾許憐才意〔四〕，兩蛾藏盡離愁〔五〕。難拚此回腸斷，終須鎖定紅樓。

【校記】

〔繫誰紅豆〕歷代詩餘、王本作「紅豆繫誰」。〔問看〕王本作「問看」。

【注釋】

〔一〕玉筯：喻眼淚。白孔六帖：「魏甄后面白，淚雙垂如玉筯。」南朝梁劉孝威獨不見詩：「誰憐雙玉筯，流面復流襟。」

〔二〕銀鉤：形容書法遒勁有力。南朝齊王僧虔論書：「（索靖），散騎常侍張芝之孫也。傳芝草而形異。甚矜其書，名其字勢曰『銀鉤蠆尾』。」

〔三〕正著：正著意於。

〔四〕問看：近人張相詩詞曲語辭匯釋卷三：「看，嘗試之辭，如云試試看。……宋柳永滿江紅詞：

待到頭終久問伊看，如何是？」

〔五〕兩蛾：猶雙眉。

【箋疏】

此詞寫少女春游時在楊花陌上見到一書生，後來在牆頭又多次見到他，産生了愛慕之心。「繫紅豆」暗示相思之意。但這僅是單戀，未被對方所知。「偷勻玉筯」指暗自流淚，「背人」句謂偷偷地寫情書，但並未寄去，所以無法把自己的情意傳達給對方，有如關山之隔。而夢中相會，亦屬虚空。故空有憐才之意，而只能獨自含愁。末二句謂雖爲此腸斷而難以捨却，仍須閉居於紅樓之中，不能有越軌的行爲。

又

緑綺琴中心事〔一〕，齊紈扇上時光〔二〕。五陵年少渾薄倖〔三〕，輕如曲水飄香〔四〕。夜夜魂消夢峽〔五〕，年年淚盡啼湘〔六〕。歸雁行邊遠字〔七〕，驚鸞舞處離腸〔八〕。蕙樓多少鉛華在〔九〕，從來錯倚紅妝〔一〇〕。可羨鄰姬十五，金釵早嫁王昌〔一一〕。

【注釋】

〔一〕緑綺：古琴名。晉傅玄琴賦：「齊桓公有鳴琴曰號鍾，楚莊有鳴琴曰繞梁。中世，司馬相如有緑綺，蔡邕有焦尾。皆名器也。」

〔二〕齊紈扇：漢班婕妤怨詩：「新裂齊紈素，鮮潔如霜雪。裁爲合歡扇，團團似明月。出入君懷袖，動摇微風發。常恐秋節至，涼飈奪炎熱。棄捐篋笥中，恩情中道絶。」

〔三〕五陵：西漢五個皇帝的陵墓長陵、安陵、陽陵、茂陵、平陵均在渭水北岸，今陝西咸陽市附近，合稱五陵。漢元帝以前，每立陵墓，輒遷徙四方富豪及外戚於此居住，令供奉園陵。因此五陵成爲富豪聚居之處。五陵年少，泛指京都富豪子弟。唐白居易琵琶行：「五陵年少争纏頭，一曲紅綃不知數。」

〔四〕曲水飄香：在水面飄流的落花。唐李賀河南府試十二月樂詞三月：「曲水飄香去不歸，梨花落盡成秋苑。」

〔五〕夢峽：用楚王夢見巫山神女之典，已見前注。

〔六〕淚盡啼湘：晉張華博物志卷八：「堯之二女，舜之二妃，曰湘夫人。帝崩，二妃啼，以涕揮竹，竹盡斑。」

〔七〕遠字：舊謂大雁能傳遞書信。遠字，喻遠信。

〔八〕鷩鸞：形容舞姿輕盈美妙。南朝陳徐陵玉臺新詠序：「鷩鸞冶袖，時飄韓掾之香；飛燕長裾，宜結陳王之佩。」　離腸：離人之腸，離別之思。唐杜牧丹水詩：「何事苦縈迴，離腸不自裁。」

〔九〕蕙樓：樓房的美稱，亦指女子居室。唐高適秋胡行：「蕙樓獨卧頻度春，彩閣辭君幾徂暑。」　鉛華：脂粉。喻女子。

〔一〇〕倚：倚托。句謂用妝粉來吸引人是不可靠的。

〔一一〕王昌：唐人豔體詩中常以王昌作爲男性典型人物，其人事跡已無可稽考。唐崔顥王家少婦詩：「十五嫁王昌，盈盈入畫堂。自矜年最少，復倚婿爲郎。舞愛前谿緑，歌憐子夜長，閑來鬬百草，度日不成妝。」

【箋疏】

此詞寫妓女生涯。謂其心事只能靠琴絃傳達，年光在歌扇中消逝。夜夜供那些貴族子弟玩樂，又一次次被抛别，只能在眼淚中度日。她們也知道用妝粉來吸引人不是長久之計，希望能嫁給一個可靠的人，過上正常的生活。

于飛樂

曉日當簾，睡痕猶占香腮。輕盈笑倚鸞臺〔一〕。暈殘紅，勻宿翠〔二〕，滿鏡花開〔三〕。嬌蟬鬢畔，插一枝、淡蕊疏梅。　每到春深，多愁饒恨〔四〕，妝成懶下香堦〔五〕。意中人，從別後，縈繫情懷。良辰好景，相思字、喚不歸來。

【注釋】

〔一〕鸞臺：鸞鏡臺，妝臺。宋張先木蘭花席上贈同邵二生詞：「弄妝俱學閒心性，固向鸞臺同照影。」

〔二〕殘紅、宿翠：指昨日晚妝留下的脂粉和翠黛。

〔三〕滿鏡花開：形容梳妝後像花一樣嬌豔。

〔四〕饒：多。

〔五〕香堦：臺堦的美稱。南唐李煜菩薩蠻詞：「剗襪步香堦，手提金縷鞋。」

【箋疏】

「插一枝、淡蕊疏梅」可能有雙關之意，暗示該女即爲叔原所鍾情的歌女疏梅。「從別後，縈繫情懷」，表明此時叔原是在江南依其五兄知止。用疏梅的口吻表示對他的思念，並對他不能回汴京共度良辰感到遺憾。

愁倚闌令

憑江閣，看煙鴻〔一〕。恨春濃。還有當年聞笛淚〔二〕，灑東風。　時候草緑花紅。斜陽外、遠水溶溶。渾似阿蓮雙枕畔〔三〕，畫屏中。

【校記】

〔渾似〕歷代詩餘、王本作「渾是」。〔畫屏〕歷代詩餘作「畫堂」。

【注釋】

〔一〕煙鴻：在煙靄中飛翔的大雁。唐太宗秋日即目詩：「散岫飄雲葉，迷路飛煙鴻。」

〔二〕聞笛淚：魏晉之間，向秀與嵇康、吕安友善。嵇、吕爲司馬昭所殺。向秀經過嵇康山陽舊居，聞鄰人笛聲，感懷亡友，作思舊賦。唐司空曙冬夜耿拾遺王秀才就宿因傷故人詩：「舊時聞笛淚，今夜重沾衣。」

〔三〕阿蓮：即小蓮，沈廉叔家侍兒。

【箋疏】　上片用向秀聞笛落淚典故，下片憶及小蓮房中畫屏景色，知此詞爲悼念已下世的沈廉叔並思念小蓮而作。

又

花陰月，柳梢鶯。近清明。長恨去年今夜雨，灑離亭〔一〕。　枕上懷遠詩成。紅牋紙、小砑吴綾〔二〕。寄與征人教念遠，莫無情。

【注釋】

〔一〕離亭：見珠玉詞五九頁采桑子（時光只解催人老）詞注。

〔二〕吴綾：吴地生産的一種薄而細的絲織品。砑：用光石碾磨牋紙或絲絹，使質地緊密，便於書寫。

又

春羅薄〔一〕，酒醒寒。夢初殘〔二〕。攲枕片時雲雨事，已關山。　樓上斜日闌干〔三〕。

樓前路、曾試雕鞍。拚卻一襟懷遠淚，倚闌看。

【校記】

〔酒醒〕四庫本作「酒酲」。王本按：「『醒』，別本作『酲』。鄭谷詩：『眠窗日暖添幽夢，步野風清散酒酲。』」劉毓盤校：「『酒醒』，別作『酒酲』，當從別本。」按：詞言「春羅薄」，故酒醒後感覺寒冷。作「醒」字義較長。

【注釋】

〔一〕春羅：一種很薄的絲織品。

〔二〕夢初殘：謂夢似醒未醒時。

〔三〕闌干：横斜貌。三國魏曹植善哉行：「月没参横，北斗闌干。」

御街行

年光正似花梢露。彈指春還暮〔一〕。翠眉仙子望歸來〔二〕，倚偏玉城珠樹〔三〕。豈知別後，好風良月，往事無尋處。狂情錯向紅塵住〔四〕。忘了瑤臺路〔五〕。碧桃花蕊已應開〔六〕，欲伴彩雲飛去。回思十載，朱顏青鬢，枉被浮名誤。

【校記】

〔正似〕王本作「正是」。

〔良月〕歷代詩餘、四庫本作「涼月」。

【注釋】

〔一〕春還暮：春已暮。

〔二〕翠眉仙子：泛指美女。

〔三〕玉城珠樹：神仙所居地的城和樹。作爲城和樹的美稱。

〔四〕狂情：狂妄無知之情。

〔五〕瑶臺：見珠玉詞一八頁浣溪沙（閬苑瑶臺風露秋）詞注。

〔六〕碧桃：傳説中的仙桃。

【箋疏】

此詞假托天上的仙女盼望自己回去，豈知自己離開仙界後迷失方向，迷戀於紅塵之中。自己十年的青春歲月爲浮名所誤。

又

街南緑樹春饒絮。雪滿游春路〔一〕。樹頭花豔雜嬌雲〔二〕，樹底人家朱户。北樓閒上，疏簾高卷，直見街南樹。闌干倚盡猶慵去〔三〕。幾度黄昏雨。晚春盤馬踏青苔〔四〕，曾傍緑陰深駐。落花猶在，香屏空掩，人面知何處〔五〕。

【注釋】

〔一〕雪：喻柳絮。

〔二〕嬌雲：亦喻柳絮。

〔三〕盡：形容達到極限。倚盡，謂倚闌時間極久。慵去：不想離開。

〔四〕盤馬：騎在馬上馳騁盤旋。

〔五〕人面：見珠玉詞一六頁破陣子（憶得去年今日）詞注。

浪淘沙

高閣對橫塘〔一〕。新燕年光〔二〕。柳花殘夢隔瀟湘〔三〕。緑浦歸帆看不見〔四〕，還是斜陽。　一笑解愁腸。人會娥妝〔五〕。藕絲衫袖鬱金香〔六〕。曳雪牽雲留客醉〔七〕，且伴春狂。

【校記】

〔娥妝〕毛本、歷代詩餘、四庫本、王本作「蛾妝」。

【注釋】

〔一〕橫塘：此指河或池塘的堤岸。

〔二〕新燕年光：春天燕子剛來的時候。

〔三〕柳花殘夢：宋柳永西江月詞：「好夢狂隨飛絮，閒愁濃勝香醪。」宋蘇軾水龍吟次韻章質夫楊花詞：「夢隨風萬里，尋郎去處，又還被、鶯呼起。」瀟湘：瀟水和湘江。古詩中常以指遠地江河之阻。唐劉滄秋日夜懷詩：「近日每思歸少室，故人遥憶隔瀟湘。」

〔四〕緑浦：浦，注入大河的川流。緑，形容水清澈。唐李賀大堤曲：「莫指襄陽道，緑浦歸帆少。」

〔五〕娥妝：女子妝飾。借喻女子。

〔六〕藕絲衫袖：藕絲，淺黄色或白色。唐元稹白衣裳二首之二：「藕絲衫子柳花裙，空著沈香慢火熏。」鬱金香：鬱金，多年生草本植物，有香氣。

〔七〕曳雪牽雲：唐李賀洛姝真珠詩：「玉喉窱窱排空光，牽雲曳雪留陸郎。」王琦注：「牽雲曳雪，謂攬其衣裳而留之也。」

【箋疏】

高閣爲妻子所居之處。隔瀟湘，指丈夫在遠地。柳花殘夢可從蘇軾水龍吟次韻章質夫楊花詞理解其意。然而丈夫未歸，方留戀於秦樓楚館，飲酒作樂。

又

小緑間長紅〔一〕。露蕊煙叢。花開花落昔年同〔二〕。惟恨花前攜手處，往事成空。

山遠水重重。一笑難逢。已拚長在別離中。霜鬢知他從此去，幾度春風。

【注釋】

〔一〕小緑間長紅：謂緑葉與紅花相間。

〔二〕「花開」句：唐劉希夷代悲白頭翁詩：「年年歲歲花相似，歲歲年年人不同。」

【輯評】

清陳廷焯詞則別調集卷一：纏綿悱惻。

又

麗曲醉思仙〔一〕。十二哀絃〔二〕。穠蛾疊柳臉紅蓮〔三〕。多少雨條煙葉恨〔四〕，紅淚離筵。行子惜流年。鶗鴂枝邊〔五〕。吴堤春水艤蘭船。南去北來今漸老，難負尊前。

【注釋】

〔一〕醉思仙：詞牌名。詞律、欽定詞譜所録之詞，均爲叔原之後的詞人所作。叔原之前，可能僅有曲調而無詞，或詞已佚。

〔二〕十二哀絃：宋史樂志第九十五：「宋始製二絃之琴，以象天地，謂之兩儀琴。每絃各六柱。又爲十二絃，以象十二律。」

〔三〕穠蛾疊柳：唐李賀洛姝真珠詩：「花袍白馬不歸來，濃蛾疊柳香脣醉。」王琦注：「蓋念所歡之人不來，故黛眉嚬蹙，如柳葉之疊而不舒。」

〔四〕雨條煙葉：雨中之柳條，煙霧中的樹葉，形容淒迷的景色。晏殊浣溪沙詞：「只有醉吟寬別恨，不須朝暮促歸程。雨條煙葉繫人情。」

〔五〕鶗鴂：即杜鵑鳥。廣韻：「鶗鴂……春分鳴則衆芳生，秋分鳴則衆芳歇。」

【箋疏】

詞中有「離筵」、「行子」、「吴堤春水艤蘭船」等詞句，當作於宋神宗元豐二年（一〇七九）叔原離開江南回汴京時所作。寫歌女在離筵上含淚彈奏送別叔原情景。

又

翠幕綺筵張。淑景難忘〔一〕。陽關聲巧繞雕梁〔二〕。美酒十分誰與共，玉指持觴〔三〕。

曉枕夢高唐。略話衷腸〔四〕。小山池院竹風涼。明夜月圓簾四卷，今夜思量〔五〕。

【注釋】

〔一〕淑景：指美好的時光。南朝齊謝朓七夕賦：「嗟斯靈之淑景，招好仇於服箱。」

〔二〕陽關：見二七六頁臨江仙（淡水三年歡意）詞注。繞梁：見珠玉詞一三六頁望仙門（紫薇枝上露華濃）詞注。

〔三〕持觴：捧盃勸飲。

〔四〕「曉枕」二句：謂清晨夢中還與歌女相好叙談。高唐，見二七七頁臨江仙（淺淺餘寒春半）詞注。

〔五〕「明夜」二句：謂明夜獨處時定會思念今夜之情。簾四卷，卷起四面的簾子。宋歐陽修漁家傲詞：「樓上四垂簾不卷，天寒山色偏宜遠。」

醜奴兒

昭華鳳管知名久〔一〕。長閉簾櫳。日日春慵〔二〕。閒倚庭花暈臉紅。　應説金谷無人後〔三〕，此會相逢。三弄臨風〔四〕。送得當筵玉琖空。

【校記】

〔詞調〕王本作采桑子，下闋同。〔應説〕吴訥本、四庫本、王本作「應從」。

【注釋】

〔一〕昭華鳳管：指玉簫或玉笛。漢劉歆西京雜記卷三載秦咸陽宫中金玉珍寶，不可稱言。有玉管長二尺三寸，二十六孔，吹之則見車馬山林，隱轔相次，吹息亦不復見，銘曰「昭華之琯」。漢郭憲洞冥記卷三：「帝（漢武帝）常夕望東邊有青雲起。俄而見雙白鵠集臺之上，倏忽變爲二神女，舞於臺，握鳳管之簫。」

〔二〕春慵：春天因懷春而感到困倦。

〔三〕金谷：在今河南省洛陽市西北，晉富豪石崇在此築金谷園，林泉亭館極一時之盛。後崇被誅，園廢。按「金谷無人後」，指沈廉叔下世後。

〔四〕三弄：晉書桓伊傳：「善音樂，盡一時之妙，爲江左第一。有蔡邕柯亭笛，常自吹之。王徽之赴召京師，泊舟青溪側。素不與徽之相識。伊於岸上過，船中客稱伊小字曰：『此桓野王也。』徽之便令人謂伊曰：『聞君善吹笛，試爲我奏。』伊是時已貴顯。素聞徽之名，便下車踞胡牀，爲作三調。弄畢，便上車。客主不交一言。」後人據桓伊所作的笛曲改編成梅花三弄。

【箋疏】

從「金谷無人後，此會相逢」推測，此女可能是沈廉叔家的侍女。廉叔下世後，此女流轉於人間。今番叔原幸得重會此女，聽其吹奏，有無限感慨。

【輯評】

近人夏敬觀批語：此「説」字是唱作平聲，一見便知。

又

日高庭院楊花轉，閒淡春風。鶯語惺忪〔一〕。似笑金屏昨夜空〔二〕。　嬌慵未洗勻妝手，閒印斜紅〔三〕。新恨重重。都與年時舊意同〔四〕。

【校記】

吳訥本注云：「此二曲又見於采桑子，其間小有不同，今兩存之。」

〔閒淡〕花草粹編作「閒淡」。〔惺忪〕花草粹編、吳訥本、四庫本作「惺憁」，王本作「惺憁」。

【注釋】

〔一〕惺忪：也作惺憁，惺憁。象聲詞，形容聲音輕快。唐元稹春六十韻詩：「燕巢纔點綴，鶯舌最惺憁。」

〔二〕金屏夜空：意謂良人遠行未歸。

〔三〕斜紅：見四〇七頁玉樓春（瓊酥酒面風吹醒）詞注。

〔四〕年時：當年；去年。

訴衷情

種花人自蕊宮來〔一〕。牽衣問小梅。今年芳意何似，應向舊枝開。　憑寄語，謝瑤臺〔二〕。客無才。粉香傳信〔三〕，玉琖開筵，莫待春回〔四〕。

【校記】

「今年芳意何似，應向舊枝開」毛本、四庫本、王本作「今年芳意無數，何似應枝開」。

【注釋】

〔一〕蕊宮：即蕊珠宮。見四二〇頁玉樓春（芳年正是香英嫩）詞注。

〔二〕瑤臺：見珠玉詞一八頁浣溪沙（閬苑瑤臺風露秋）詞注。

〔三〕粉香：脂粉的香氣。借指女子。

〔四〕春回：春天歸去，春盡。

【箋疏】

手牽種花人之衣，詢問今年蕊珠宮中梅花是否還向舊枝開，實際上是問所思女子是否仍有舊時的情意。可能叔原與她已經分別了一段時間。下片中的瑤臺即謂蕊宮仙女。「客」自指，「客無才」

是自謙語，表示自己庸庸碌碌，本來不配與仙女作伴。但仍期盼與其歡飲同樂，不要辜負春光。

又

浄揩妝臉淺勻眉。衫子素梅兒〔一〕。苦無心緒梳洗，閒淡也相宜。　雲態度〔二〕，柳腰肢。入相思。夜來月底，今日尊前，未當佳期〔三〕。

【校記】

〔衫子〕吳訥本作「山子」。　〔苦無〕毛本、四庫本、王本作「方無」。

【注釋】

〔一〕衫子：短上衣。　素梅：白梅。此指衣上繡白梅花爲飾。

〔二〕雲態度：指態度自然。唐吳融題兗州泗河中石牀詩：「謫仙醉後雲爲態，野客吟時月作魂。」

〔三〕當：值，遇。

又

渚蓮霜曉墜殘紅〔一〕。依約舊秋同。玉人團扇恩淺〔二〕，一意恨西風。　雲去住，月朦朧。夜寒濃。此時還是，淚墨書成〔三〕，未有歸鴻。

【注釋】

〔一〕渚蓮：水邊的荷花。唐趙嘏長安晚秋詩：「紫豔半開籬菊净，紅衣落盡渚蓮愁。」

〔二〕團扇恩淺：漢成帝班婕妤失寵，求供養太后長信宮。作怨詩。見四六八頁河滿子（緑綺琴中心事）詞「齊紈扇」注。

〔三〕淚墨：用淚水磨墨。唐孟郊歸信吟：「淚墨灑爲書，將寄萬里親。」

又

憑觴静憶去年秋，桐落故溪頭。詩成自寫紅葉，和恨寄東流〔一〕。　人脈脈〔二〕，水悠悠。幾多愁。雁書不到〔三〕，蝶夢無憑〔四〕，漫倚高樓。

【校記】

〔寄東流〕歷代詩餘、四庫本、王本作「向東流」。

【注釋】

〔一〕「詩成」二句：唐范攄雲溪友議卷十載，宣宗時舍人盧渥偶臨御溝，得一紅葉，上題詩云：「流水何太急，深宮盡日閒。殷勤謝紅葉，好處到人間。」歸藏於箱。後宮中放出宮女擇配，盧所娶者乃是題詩之人。

〔二〕脈脈：猶默默。古詩十九首之十：「盈盈一水間，脈脈不得語。」

〔三〕雁書：唐王勃九日懷封元寂詩：「今日龍山外，當憶雁書歸。」

〔四〕蝶夢：莊子齊物論：「昔者莊周夢爲胡蝶，栩栩然胡蝶也。自喻適志與！不知周也。俄然覺，則蘧蘧然周也。不知周之夢爲胡蝶與，胡蝶之夢爲周與？」復因以「蝶夢」喻迷離惝怳的夢境。唐李咸用早行詩：「困纔成蝶夢，行不待雞鳴。」

又

小梅風韻最妖嬈〔一〕。開處雪初消。南枝欲附春信，長恨隴人遥〔二〕。　閒記憶，舊江皋〔三〕。路迢迢。暗香浮動，疏影横斜〔四〕，幾處溪橋。

【注釋】

〔一〕妖嬈：嫵媚多姿。唐何希堯海棠詩：「著雨胭脂點點消，半開時節最妖嬈。」

〔二〕「南枝」二句：見三五一頁生查子（春從何處歸）詞注及珠玉詞一三三頁瑞鷓鴣（越娥紅淚泣朝雲）詞注。

〔三〕江皋：江岸，江邊。楚辭九歌湘夫人：「朝弛余馬兮江皋，夕濟兮西澨。」

〔四〕「暗香」二句：宋林逋山園小梅二首之一：「疏影横斜水清淺，暗香浮動月黄昏。」

【輯評】

近人夏敬觀批語：即用當代人詩句入詞。

又

長因蕙草記羅裙〔一〕。緑腰沈水熏。闌干曲處人静，曾共倚黄昏。　風有韻，月無痕〔二〕。暗消魂。擬將幽恨，試寫殘花，寄與朝雲〔三〕。

案此首别誤作元人張伯遠作，見詞的卷一。

【校記】

〔一〕「殘花」王本作「花殘」。

【注釋】

〔一〕記羅裙：五代牛希濟生查子詞：「記得綠羅裙，處處憐芳草。」

〔二〕月無痕：謂月光明澈。

〔三〕「試寫」二句：唐李商隱牡丹詩：「我是夢中傳彩筆，欲書花片寄朝雲。」朝雲，巫山神女名。此指所憶女子。

【輯評】

明卓人月古今詞統卷四：樂府六幺訛作綠腰，此則直指裙腰耳。

又

御紗新製石榴裙〔一〕。沈香慢火熏。越羅雙帶宮樣〔二〕，飛鷺碧波紋〔三〕。　隨錦字，疊香痕〔四〕。寄文君〔五〕。繫來花下，解向尊前，誰伴朝雲。

【校記】

〔香痕〕毛本、四庫本、王本作「香芸」。

【注釋】

〔一〕石榴裙：紅裙。唐武則天如意娘詩：「不信比來常下淚，開箱驗取石榴裙。」

〔二〕越羅：越地所産的絲綢織品。雙帶：見三〇九頁蝶戀花（黄菊開時傷聚散）詞「帶易成雙」注。宮樣：宮中流行的樣式。

〔三〕飛鷺碧波：指羅帶上刺繡的圖案。

〔四〕疊香痕：把紗裙折疊起來。

〔五〕文君：卓文君。借指美女。

又

都人離恨滿歌筵〔一〕。清唱倚危絃〔二〕。星屏別後千里〔三〕，更見是何年。　驄騎穩，繡衣鮮〔四〕。欲朝天。北人歡笑，南國悲涼，迎送金鞭。

【校記】

〔更見〕檢彊村叢書本作「重見」，吴訥本、毛本、四庫本、王本同。

【注釋】

〔一〕都人：即都人子，謂美麗的女子。文選陸雲爲顧彦先贈婦詩：「京室多妖冶，粲粲都人子。」吕延濟注：「都，亦美也。人子，士女也。」宋張先玉連環送臨淄相公：「都人未逐風雲散，願留離宴。」

〔二〕危絃：見二七五頁臨江仙（淡水三年歡意）詞注。

〔三〕星屏：疑即是箳篂，古時車駕上用以障蔽塵土的遮蔽物。宋李劉四六標準卷四十賀劉提刑：「某佐此斗州，微載星屏，託刺史二天之庇。」明孫雲翼箋釋：「星屏當作箳篂。顔會云：箳篂，車蔽簹也。車上竹席障塵者，前曰藩，後曰箳，旁曰翰，總曰第。通作屏星。孔愉傳：別駕車舊有屏星，刺史欲去之，愉曰：『別駕可去，屏星不可去。』按箳篂，刺史車，非特別駕也。俗專以爲別駕事，誤矣。或作星屏，益誤。」按太平御覽卷二百六十三引豫章列士傳云：「孔愉字巨卿，新淦人。爲別駕，車前後舊有屏星，如刺史車曲翳儀式。時刺史行部發去日晏，怒命去之。愉曰：『明使君發自晏，而欲撤去屏星，毀國舊儀，此不可行。別駕可去，屏星不可省。』即投傳而去。」由此可見，屏星與刺史及其佐吏別駕（通判）均有關係。

〔四〕驄騎、繡衣：二者都與御史有關。東漢桓典任侍御史，執政無所回避。常乘驄馬，京師畏憚，爲之語曰：「行行且止，避驄馬御史。」見後漢書桓榮傳附。又漢書元后傳有王賀爲武帝繡衣御史。

【箋疏】

此詞寫一南方郡守任滿返京。官妓在離筵上倚琴瑟唱曲送別。南方子民含悲相送，而北方（指汴京）人仕將歡笑相迎。可能與三三八頁鷓鴣天（緑橘梢頭幾點春）詞作於同時。

破陣子

柳下笙歌庭院，花間姊妹鞦韆。記得春樓當日事，寫向紅窗夜月前。憑誰寄小蓮〔一〕。絳蠟等閒陪淚〔二〕，吴蠶到了纏緜〔三〕。緑鬢能供多少恨〔四〕，未肯無情比斷絃〔五〕。今年老去年。

【校記】

〔詞調〕王本作「十拍子」。〔春樓〕檢彊村叢書本作「青樓」，吴訥本、毛本、四庫本、詞綜、王本同。〔憑誰〕詞綜作「憑伊」。

【注釋】

〔一〕小蓮：沈廉叔或陳君龍家的侍兒。

〔二〕絳蠟：紅蠟燭。唐杜牧贈別詩：「蠟燭有心還惜別，替人垂淚到天明。」

〔三〕吴蠶：吴地盛養蠶，故稱良蠶爲吴蠶。唐李白寄東魯二稚子詩：「吴地桑葉緑，吴蠶已三眠。」纏緜：此謂蠶絲纏繞，固結不解。唐李商隱無題詩：「春蠶到死絲方盡，蠟炬成灰淚始乾。」

〔四〕供：供給。意猶禁得起。

〔五〕斷絃：喻恩義斷絶。

【箋疏】

叔原於神宗元豐五年（一〇八二）開始監潁昌許田鎮，寫此詞寄小蓮，時年已四十六歲左右。

【輯評】

清陳廷焯詞則閑情集卷一：對法活潑，措詞亦婉媚。　又：凄咽芊綿。

好女兒

緑徧西池〔一〕。梅子青時。儘無端、盡日東風惡〔二〕，更霏微細雨〔三〕，惱人離恨，滿路春泥。　應是行雲歸路〔四〕，有閒淚、灑相思。想旗亭、望斷黄昏月，又依前誤了，紅牋香信，翠袖歡期。

【注釋】

〔一〕西池：見珠玉詞一二五頁漁家傲（粉面啼紅腰束素）詞注。

〔二〕惡：强烈。唐王建春去曲：「就中一夜東風惡，收紅捨紫無遺落。」

〔三〕霏微：雨雪細小貌。南唐李煜采桑子詞：「細雨霏微，不放雙眉時暫開。」

〔四〕行雲：指離去的女子。

【箋疏】

春雨綿綿，滿路泥濘，使有情人不能赴約相會，所以可恨也。男子望着歌女當時歸去的路，徒灑相思之淚。並且想像該歌女在旗亭望月，心恨情人來書相約的歡期又被這雨躭誤了。

又

酌酒殷勤。儘更留春。忍無情、便賦餘花落〔一〕，待花前細把，一春心事，問箇人人〔二〕。

莫似花開還謝〔三〕，願芳意、且長新。倚嬌紅、待得歡期定〔四〕，向水沈煙底，金蓮影下〔五〕，睡過佳辰。

【校記】

〔忍無情〕王本作「忽無情」。〔且長新〕毛本、四庫本、王本作「且常新」。

【注釋】

〔一〕忍：怎忍。

〔二〕人人：見三四一頁生查子（關山魂夢長）詞注。

〔三〕還：迅速，立即。

〔四〕倚嬌紅：憑借花還鮮豔之時。

〔五〕金蓮：新唐書令狐綯傳：「（綯）夜對禁中。燭盡，帝以乘輿金蓮花炬送還。」泛指華美的燈燭。

點絳脣

花信來時〔一〕，恨無人似花依舊。又成春瘦〔二〕。折斷門前柳〔三〕。　天與多情，不與長相守。分飛後〔四〕。淚痕和酒。占了雙羅袖。

【校記】

〔占了〕毛本、歷代詩餘、四庫本、晏本、王本作「沾了」。

【注釋】

〔一〕花信：見三六三頁清平樂（煙輕雨小）詞注。

〔二〕春瘦：唐李商隱贈歌妓二首之二：「只知解道春來瘦，不道春來獨自多。」

〔三〕「折斷」句：謂妻子攀柳枝盼望夫婿歸家。唐李賀致酒行：「主父西游困不歸，家人折斷門前柳。」

〔四〕分飛：樂府詩集東飛伯勞歌：「東飛伯勞西飛燕，黄姑織女時相見。」後因稱離別爲分飛或勞燕分飛。

【輯評】

明沈際飛草堂詩餘續集卷上：句能鑄新。

清陳廷焯詞則閑情集卷一：淋漓沉致。

又

明日征鞭，又將南陌垂楊折〔一〕。自憐輕別。拚得音塵絶。　杏子枝邊，倚處闌干月。依前缺。去年時節。舊事無人説。

【校記】

〔明日〕毛本作「明月」。〔音塵〕花草粹編作「音書」。〔倚處〕花草粹編、吳訥本、毛本、歷代詩餘、四庫本、王本作「倚徧」。

【注釋】

〔一〕垂楊折：折柳贈別。見珠玉詞一七五頁望漢月（千縷萬條堪結）詞注。

【箋疏】

「垂楊」即「柳」，詞中暗藏西溪南樓的「柳」與「杏」兩個歌女的名字。參閱五〇三頁少年游「西溪丹杏……南樓翠柳」。「明日征鞭」表明次日叔原即將離去，因此在離別前夜，向二人告別。臨別依依，黯然消魂，再也没有心情提起去年相聚時的舊情。

【輯評】

明沈際飛草堂詩餘續集卷上：「自憐」、「拚得」四字，慅悴而□伊。

清陳廷焯詞則閑情集卷一：流連往復，情味自永。

又

碧水東流，漫題涼葉津頭寄〔一〕。謝娘春意〔二〕。臨水顰雙翠〔三〕。日日驪歌〔四〕，空費行人淚。成何計。未如濃醉。閒掩紅樓睡。

【校記】

〔漫題〕四庫本、王本作「謾題」。〔涼葉〕王本作「桐葉」。〔未如〕毛本、四庫本、王本作「未知」。

【注釋】

〔一〕「漫題」句：見四五二頁浣溪沙（浦口蓮香夜不收）詞「題葉」注。津頭，渡口。

〔二〕謝娘：見珠玉詞九六頁訴衷情（數枝金菊對芙蓉）詞注。春意：春情。

〔三〕雙翠：雙眉。見三五〇頁生查子（狂花頃刻香）詞注。晉傅玄有女篇：「蛾眉分雙翠，明目發清揚。」

〔四〕驪歌：詩經佚篇驪駒爲告別時所唱的歌，後因稱告別之歌爲驪歌。唐李毅浙東罷府西歸酬別張廣文皮先輩陸秀才詩：「相逢只恨相知晚，一曲驪歌又幾年。」

又

妝席相逢〔一〕，旋勻紅淚歌金縷〔二〕。意中曾許。欲共吹花去〔三〕。長愛荷香，柳色殷橋路〔四〕。留人住。淡煙微雨。好箇雙棲處。

【注釋】

〔一〕妝席：妝樓；妝臺。

〔二〕紅淚：見珠玉詞一三頁謁金門詞注。

〔三〕吹花：唐李商隱柳枝序：「柳枝，洛中里孃也。……生十七年，塗粧綰髻未嘗竟。已復起去，吹葉嚼蕊，調絲擫管，作天海風濤之曲，幽憶怨斷之音。」後人詩詞中，爲了使平仄聲協調，常把「吹葉嚼蕊」改成「吹花嚼蕊」。如劉一止夢橫塘詞：「念誰伴、塗妝綰髻，嚼蕊吹花弄秋色。」張孝祥憶秦娥詞：「吹花嚼蕊愁無托，年華冉冉驚離索。」或單用「吹花」，如叔原的滿庭芳詞：「南苑吹花，西樓題葉，故園歡事重重。」程垓的南浦詞：「追思舊日心情，記題葉西樓，吹花南浦。」故知吹花即吹葉，吹花木之葉。傅玄笳賦：「吹葉爲聲。」廣韻：「笳簫，卷蘆葉吹之也，」白居易楊柳枝詞：「蘇家小女舊知名，楊柳風前別有情。剥條盤作銀環樣，卷葉吹爲玉笛聲。」

〔四〕殷橋：唐李賀休洗紅詩：「休洗紅，洗多紅色淺。卿卿騁少年，昨日殷橋見。封侯早歸來，莫作弦上箭。」王琦注：「殷橋地名，未詳所在。」

【箋疏】

「旋匀紅淚」，即采桑子詞之「淚粉偷匀」；「欲共吹花去」，即滿庭芳詞之「南苑吹花」；「柳色殷橋路」，即虞美人詞之「閒敲玉磴隋堤路」。可知此詞爲西樓歌女而作。

【輯評】

清陳廷焯詞則閑情集卷一：情景兼寫，景生於情。

又

湖上西風，露花啼處秋香老〔一〕。謝家春草〔二〕。唱得清商好〔三〕。笑倚蘭舟，轉盡新聲了〔四〕。煙波渺。暮雲稀少。一點涼蟾小〔五〕。

【注釋】

〔一〕露花啼處：唐李賀蘇小小墓詩：「幽蘭露，如啼眼。」

〔二〕謝家春草：見二八一頁臨江仙(旖旎仙花解語)詞注。按：也可能指歌妓所唱的，係歐陽修少年游詠春草詞：「謝家池上，江淹浦畔，吟魄與離魂。那堪疏雨滴黄昏。更特地，憶王孫。」

〔三〕清商：商聲，古代五音之一，其聲淒清悲涼，故稱。唐杜甫秋笛詩：「清商欲盡奏，奏苦血霑衣。」

〔四〕轉：通囀，婉轉發聲。

〔五〕涼蟾：見四二二頁阮郎歸(粉痕閒印玉尖纖)詞注。

【箋疏】

此詞描寫晚秋時節月夜在湖中泛舟，有歌女相伴唱曲。可能指與歌女南湖采蓮之事，可參閱五二九頁采桑子(白蓮池上當時月)、三七五頁清平樂(蓮開欲遍)及前言。

兩同心

楚鄉春晚〔一〕，似入仙源〔二〕。拾翠處、閒隨流水〔三〕，踏青路、暗惹香塵。心心在〔四〕，柳外青帘〔五〕，花下朱門〔六〕。　對景且醉芳尊〔七〕。莫話消魂。好意思、曾同明月，惡滋味、最是黄昏。相思處，一紙紅牋，無限啼痕。

【校記】

〔香塵〕花草粹編作「芳塵」。〔惡滋味〕毛本、歷代詩餘、四庫本、王本作「愁滋味」。

【注釋】

〔一〕楚鄉：指楚地。

〔二〕仙源：指天台山桃源。見三九五頁洞仙歌詞注。

〔三〕拾翠：見珠玉詞一二五頁漁家傲（粉面啼紅腰束素）詞注。

〔四〕心心：猶心心念念，念念不忘。唐李商隱壬申七夕詩：「已駕七香車，心心待曉霞。」

〔五〕青帘：舊時酒店門口挂的青布幌子。即酒幌、酒招。鄭谷旅寓洛陽村舍詩：「白鳥窺魚網，青帘認酒家。」

〔六〕花下朱門：唐王建寄蜀中薛濤校書詩：「萬里橋邊女校書，枇杷花下閉門居。」

〔七〕芳尊：精致的酒盃。借指美酒。唐李頎夏夜張兵曹東堂詩：「雲峯峨峨自冰雪，坐對芳尊不知熱。」

【輯評】

明卓人月古今詞統卷十：自家意味不同。

明沈際飛草堂詩餘別集卷三：不是明月較可，還是自家兒意味不同。又：藻拔。

清陳廷焯詞則閑情集卷一：清詞麗句，爲元曲濫觴。

少年游

緑勾闌畔〔一〕，黄昏淡月，攜手對殘紅。紗窗影裏，朦騰春睡〔二〕，繁杏小屏風〔三〕。須愁别後，天高海闊，何處更相逢。幸有花前，一盃芳酒，歡計莫怱怱〔四〕。

【校記】

［朦騰］吴訥本、毛本、歷代詩餘、四庫本、王本作「朦朧」。［歡計］吴訥本、毛本、歷代詩餘、四庫本、王本作「歸計」。

【注釋】

〔一〕勾闌：闌干，闌柵。緑勾闌，指青竹竿搭成的保護花木的闌柵。

〔二〕朦騰：迷糊貌。

〔三〕繁杏小屏風：繪有盛開杏花的屏風。實際暗藏歌女之名（參見下闋詞注）。

〔四〕歡計：尋歡作樂的打算。

又

西溪丹杏〔一〕，波前媚臉，珠露與深勻〔二〕。南樓翠柳〔三〕，煙中愁黛〔四〕，絲雨惱嬌顰。
當年此處，聞歌殢酒〔五〕，曾對可憐人。今夜相思，水長山遠，閒卧送殘春。

【校記】

〔南樓〕吴訥本、毛本、歷代詩餘、四庫本、王本作「南橋」。〔當年〕毛本作「長年」，四庫本作「常年」。〔水長山遠〕歷代詩餘、王本作「山長水遠」。

【注釋】

〔一〕西溪：潁州有西溪，爲晏殊所開鑿。但晏殊於宋仁宗慶曆四年（一〇四四）至八年（一〇四八）知潁州時，叔原還只十歲左右，不可能出入歌臺舞榭。小山詞中在憶念汴京老家時，曾提到「一自故溪疏隔，腸斷長相憶」（望仙樓詞），「別後誰繞前溪，手揀繁枝摘」（六么令詞），「遙想玉溪風景，水漾横斜影」（胡搗練詞）。可能指晏家私邸西園附近的一條小溪。因在他家西邊，故稱其爲西溪。在不同場合又稱故溪、前溪、玉溪。

〔二〕「珠露」句：形容杏花映在水面上的美麗容貌。

〔三〕南樓：指西溪旁的一所歌樓。

〔四〕愁黛：愁眉。指煙雨中的柳葉像女子顰蹙的愁眉。

〔五〕殢酒：沈湎於酒；醉酒。

【箋疏】

詠杏與柳，實指名「杏」和名「柳」的兩個女子。二人均爲西溪南樓上的歌女。「當年」句説明與二人相識是過去的事。「今夜」句表示離別後對她們的思念。參閱前言。

【輯評】

近人夏敬觀批語：前三句與次三句對，作法變幻。

又

離多最是，東西流水〔一〕，終解兩相逢。淺情終似〔二〕，行雲無定，猶到夢魂中〔三〕。

可憐人意，薄於雲水，佳會更難重。細想從來〔四〕，斷腸多處，不與者番同〔五〕。

【校記】

〔終似〕花草粹編作「縱似」，歷代詩餘、王本作「長似」。

【注釋】

〔一〕東西流水：漢卓文君白頭吟：「躞蹀御溝上，溝水東西流。」

〔二〕終：縱使，雖然。

〔三〕「行雲」二句：用巫山神女事，見二七七頁臨江仙（淺淺餘寒春半）詞注。

〔四〕從來：從前。唐賈島過京索先生墳詩：「從來有恨君多哭，今日何人更哭君。」

〔五〕者番：這番。

【輯評】

明卓人月古今詞統卷六：前段兩比，後段賦之。

近人夏敬觀批語：雲水意相對，上分述而又總之，作法變幻。

又

王

西樓別後，風高露冷，無奈月分明〔一〕。飛鴻影裏，擣衣砧外，總是玉關情〔二〕。

孫此際〔三〕，山重水遠，何處賦西征〔四〕。金閨魂夢枉丁寧〔五〕。尋盡短長亭。

【注釋】

〔一〕分明：明亮。唐元稹哭女樊詩：「秋天浄緑月分明，何事巴猿不賸鳴。」句謂月光明亮，更增加離人的愁思。

〔二〕「擣衣」二句：擣衣，古代衣服常由紈素一類織物製作，質地較硬，須先置石上，以杵反覆舂擣，使之柔軟。砧，擣衣石。玉關，玉門關的簡稱，故址在今甘肅敦煌西北。唐李白子夜吴歌四首之三：「長安一片月，萬户擣衣聲。秋風吹不盡，總是玉關情。何日平胡虜，良人罷遠征。」

〔三〕王孫：古時對男子的尊稱。史記淮陰侯列傳：「吾哀王孫而進食，豈望報乎？」按：晏殊封臨淄公，故叔原自稱王孫。

〔四〕賦西征：文選潘岳西征賦李善注：「晉惠元康二年，岳爲長安令，因行役之感而作此賦。」岳家鞏縣東，故言西征。此指往汴京之西的長安。

〔五〕金閨：閨閣的美稱。唐王昌齡從軍行：「更吹羌笛關山月，無那金閨萬里愁。」此處借指西樓歌女。丁寧：囑咐。

【箋疏】

此詞寫叔原與西樓歌女分别，前往長安。參閲五三五頁采桑子（西樓月下當時見）、五四九頁滿庭芳（南苑吹花，西樓題葉）及前言。

又

雕梁燕去，裁詩寄遠，庭院舊風流〔一〕。黄花醉了〔二〕，碧梧題罷〔三〕，閒卧對高秋。

繁雲破後〔四〕，分明素月，涼影掛金鉤〔五〕。有人凝澹倚西樓。新樣兩眉愁〔六〕。

【校記】

〔凝澹〕花草粹編作「凝盼」。

【注釋】

〔一〕「雕梁」三句：見二九八頁蝶戀花（欲減羅衣寒未去）詞注。裁詩，作詩。唐杜甫江亭詩：「故園歸未得，排悶强裁詩。」

〔二〕黄花：黄花酒的簡稱。即菊花酒。

〔三〕「碧梧」句：唐杜牧題桐葉詩：「去年桐落故谿上，把葉因題歸燕詩。」

〔四〕繁雲：猶層雲。晉張協雜詩：「翳翳結繁雲，森森散雨足。」破：分開，分散。宋張先天仙子詞：「雲破月來花弄影。」

〔五〕金鉤：喻月。

〔六〕兩眉愁：蹙眉含顰。唐韓偓閨情詩：「敲折玉釵歌轉咽，一聲聲作兩眉愁。」

【箋疏】

此首爲上首「西樓別後」第二年秋天憶念西樓歌女而作。謂飛燕傳書爲舊時之風流韻事，自己飲醉後亦在梧葉上題詩。雲破月來，見月影而想像西樓歌女此時亦雙蛾顰蹙，倚樓遥盼。

虞美人

閒敲玉鐙隋堤路〔一〕。一笑開朱户。素雲凝澹月嬋娟〔二〕。門外鴨頭春水〔三〕、木蘭船。　吹花拾蕊嬉游慣。天與相逢晚。一聲長笛倚樓時〔四〕。應恨不題紅葉、寄相思〔五〕。

【注釋】

〔一〕玉鐙：馬鐙的美稱。唐張祜少年樂詩：「醉把金船擲，閒敲玉鐙游。」隋堤：欽定大清一統志卷一百五十開封府：「隋堤：一名汴堤，隋大業元年築，……亦名三里堤，以去府城三里也。」

〔二〕嬋娟：形容月色明媚。唐劉長卿琴曲歌辭湘妃：「嬋娟湘江月，千載空蛾眉。」

〔三〕鴨頭：形容水色碧緑。唐李白襄陽歌：「遥看漢水鴨頭緑，恰似葡萄初醱醅。」

〔四〕「一聲」句：唐趙嘏長安晚秋詩：「殘星數點雁横塞，長笛一聲人倚樓。」

〔五〕題紅葉：見四八六頁訴衷情（憑觴静憶去年秋）詞注。

【箋疏】

此詞中之「素雲凝澹」，猶少年游之「有人凝澹倚西樓」；「吹花拾蕊嬉游慣」，猶滿庭芳之「南苑吹花，西樓題葉，故園歡事重重」；「應恨不題紅葉、寄相思」，猶滿庭芳之「淺情未有、錦字繫征鴻」。可見此詞亦爲思念西樓歌女而作，回憶當時騎馬去歌女家。兩人情投意合，相見恨晚。而此時叔原在長安倚樓遠望，聞笛聲而思念西樓歌女，恨歌女不來信以慰相思之情。

又

飛花自有牽情處〔一〕。不向枝邊墜。隨風飄蕩已堪愁。更伴東流流水、過秦樓〔二〕。

樓中翠黛含春怨。閒倚闌干見。遠彈雙淚惜香紅。暗恨玉顔光景、與花同。

【校記】

〔一〕「牽情處」歷代詩餘、晏本、王本作「牽情地」。

〔東流〕歷代詩餘、晏本、王本作「東溪」。〔見〕吳訥本、毛本、歷代詩餘、四庫本、晏本、王本作「偏」。〔遠彈〕吳訥本、毛本、歷代詩餘、四庫本、晏本、王本作「自彈」。

【注釋】

〔一〕牽情：觸動人的感情。唐孫魴柳詩：「春物牽情不奈何，就中楊柳態難過。」

〔二〕秦樓：指歌舞場所，妓院。宋柳永笛家弄詞：「未省，宴處能忘管絃，醉裏不尋花柳。豈知秦樓，玉簫聲斷，前事難重偶。」

【箋疏】

此詞寫酒樓歌女見落花隨流水飄泊而引起身世之感。

又

曲闌干外天如水。昨夜還曾倚。初將明月比佳期〔一〕。長向月圓時候、望人歸。

羅衣著破前香在。舊意誰教改〔二〕。一春離恨懶調絃。猶有兩行閒淚、寶箏前。

【注釋】

〔一〕初：起初；從前。佳期：相會之期。

〔三〕舊意：舊時的情意。誰教：近人張相詩詞曲語辭匯釋卷一：「晏幾道虞美人詞『羅衣著破前香在，舊意誰教改』，此教字爲能義。誰教，猶云那能也。」

又

疏梅月下歌金縷〔一〕。憶共文君語〔二〕。更誰情淺似春風。一夜滿枝新緑、替殘紅。蘋香已有蓮開信。兩槳佳期近〔三〕。采蓮時節定來無？醉後滿身花影、倩人扶〔四〕。

【注釋】

〔一〕疏梅：歌女名。

〔二〕文君：卓文君。借指美女。

〔三〕兩槳：古樂府莫愁樂：「莫愁在何處？莫愁石城西。艇子打兩槳，催送莫愁來。」

〔四〕「醉後」句：唐陸龜蒙和襲美春夕酒醒詩：「覺後不知明月上，滿身花影倩人扶。」

【箋疏】

因聽疎梅歌金縷曲而回憶起曾一起在南湖采蓮的歌女（詞中以「文君」指代）。金縷曲中有「花開堪折直須折，莫待無花空折枝」之語，意謂應抓緊時間及時行樂。今蓮花將開，相會之佳期已近，盼其采蓮時節，能前來一聚。按：「情淺似春風」、「新緑替殘紅」或暗指該歌女薄情，已另有新歡。歇拍言自己喝得酩酊大醉，不能舉步時，猶望其相扶。參閲三一六頁鷓鴣天（守得蓮開結伴遊）、三七五頁清平樂（蓮開欲徧）。

【輯評】

明卓人月古今詞統卷八：「替」字妙。

又

玉簫吹徧煙花路〔一〕。小謝經年去〔二〕。更教誰畫遠山眉〔三〕。又是陌頭風細、惱人時。　時光不解年年好〔四〕。葉上秋聲早〔五〕。可憐蝴蝶易分飛。只有杏梁雙燕、每來歸〔六〕。

【校記】

〔又是〕歷代詩餘、王本作「又似」。

【注釋】

〔一〕「玉簫」句：唐李白送孟浩然之廣陵詩：「煙花三月下揚州。」唐杜牧寄揚州韓綽判官詩：「二十四橋明月夜，玉人何處教吹簫。」

〔二〕小謝，指謝靈運之從弟謝惠連。鍾嶸詩品：「小謝才思富捷。恨其蘭玉夙凋，故長轡未騁。秋懷、擣衣之作，雖復靈運鋭思，何以加焉。」此爲叔原自喻。去：離去。

〔三〕畫眉：漢書張敞傳：「敞無威儀……又爲婦畫眉，長安中傳張京兆眉憮。」

〔四〕不解：不懂，不理會。唐李白月下獨酌詩：「月既不解飲，影徒隨我身。」

〔五〕「葉上」句：唐孟浩然渡楊子江詩：「更聞楓葉下，淅瀝度秋聲。」

〔六〕「只有」二句：晏殊采桑子詞：「燕子雙雙，依舊銜泥入杏梁。」

又

秋風不似春風好。一夜金英老〔一〕。更誰來凭曲闌干。惟有雁邊斜月、照關山。

雙星舊約年年在〔二〕。笑盡人情改。有期無定是無期。説與小雲新恨、也低眉〔三〕。

【注釋】

〔一〕金英：見三〇九頁蝶戀花（黄菊開時傷聚散）詞注。

〔二〕雙星舊約：指牛郎、織女七夕相會。

〔三〕小雲：沈廉叔或陳君龍家侍兒。浣溪沙詞：「小雲雙枕恨春閒。」低眉：見四〇九頁玉樓春（清歌學得秦娥似）詞注。

【箋疏】

此詞作於監許田鎮時。離汴京時曾與小雲相約，待任滿回京再見（臨江仙詞「雲鴻相約處，煙霧九重城」）。而如今歸期未定，故云「有期無定是無期」，小雲將不免爲此而惱恨。

又

小梅枝上東君信〔一〕。雪後花期近〔二〕。南枝開盡北枝開〔三〕。長被隴頭游子、寄春來〔四〕。　年年衣袖年年淚。總爲今朝意。問誰同是憶花人。賺得小鴻眉黛、也低顰〔五〕。

案此首别誤作晏殊詞，見花草粹編卷六。

【校記】

〔總爲〕毛本、四庫本、王本作「堪爲」。　〔小鴻〕毛本、四庫本、王本作「小鳴」。

【注釋】

〔一〕東君：司春之神。東君信，春天的消息。

〔二〕花期：開花之期。唐鄭谷輦下冬暮詠懷詩：「煙含紫禁花期近，雪滿長安酒價高。」

〔三〕「南枝」句：見三五一頁生查子（春從何處歸）詞「嶺頭梅」注。

〔四〕「長被」句：見珠玉詞一三三頁瑞鷓鴣（越娥紅淚泣朝雲）詞注。

〔五〕小鴻：沈廉叔或陳君龍家侍兒。

【箋疏】

小鴻是叔原友人沈廉叔或陳君龍家的侍兒，叔原與之分離，是在監許田鎮時。詞爲别後思念小鴻而作。「年年衣袖年年淚」，指分别非祇一年。「同是憶花人」，叔原指自己與小鴻。二人都愛花，如今花將開而不能同賞，故淚下沾襟，想小鴻亦爲之雙眉顰蹙矣。

又

濕紅牋紙回文字〔一〕。多少柔腸事。去年雙燕欲歸時〔二〕。還是碧雲千里、錦書遲〔三〕。　南樓風月長依舊。別恨無端有。倩誰橫笛倚危闌〔四〕。今夜落梅聲裏、怨關山〔五〕。

【校記】

〔回文〕底本作「回紋」，改從王本。

【注釋】

〔一〕回文：見珠玉詞四四頁鳳銜盃（青蘋昨夜秋風起）詞注。

〔二〕雙燕欲歸：晏殊清平樂詞：「雙燕欲歸時節，銀屏昨夜微寒。」

〔三〕碧雲：南朝梁江淹雜體三十首休上人怨別：「日暮碧雲合，佳人殊未來。」宋王益訴衷情詞：「碧雲又阻來信，廊上月侵門。」

〔四〕「倩誰」句：見五〇九頁虞美人（閒敲玉鐙隋堤路）詞注。

〔五〕「今夜」句：落梅，即梅花落，古笛曲名。唐李白司馬將軍歌：「羌笛橫吹阿嚲回，向月樓中吹落梅。」唐王昌齡從軍行：「更吹羌笛關山月，無那金閨萬里愁。」

【箋疏】

此詞有「南樓風月常依舊」之句，可知爲「南樓翠柳」而作，謂去年春天接到該歌女遲遲才來的書信，信中有許多傾訴柔腸之語。（阮郎歸詞云：「一春猶有數行書，秋來更疏。」）别後思念，常聞落梅之曲而恨關山之遠隔。參閱五〇三頁少年游（西溪丹杏）及五二六頁采桑子（秋來更覺銷魂苦）詞。

又

一絃彈盡仙韶樂〔一〕。曾破千金學〔二〕。玉樓銀燭夜深深〔三〕。愁見曲中雙淚、落香襟〔四〕。　從來不奈離聲怨〔五〕。幾度朱絃斷。未知誰解賞新音。長是好風明月、暗知心。

【校記】

〔香襟〕毛本、歷代詩餘、四庫本、王本作「千金」。

【注釋】

〔一〕一絃：淮南子：「行一棊不足以見智，彈一絃不足以見悲。」此反用其意。一絃而能彈盡仙韶之樂曲，足見其彈奏之妙。仙韶：即仙韶曲，唐代法曲的别稱。因唐文宗時樂伎住處爲仙韶院而得名。新唐書禮樂志十二：「文宗好雅樂，詔太常卿馮定采開元雅樂，製雲韶法曲及霓裳羽衣舞曲……樂成，改法曲爲仙韶曲。」

〔二〕破：破費，花費。

〔三〕銀燭：蠟燭的美稱。唐杜牧秋夕詩：「銀燭秋光冷畫屏，輕羅小扇撲流螢。」

〔四〕雙淚：唐張祜何滿子詩：「一聲何滿子，雙淚落君前。」

〔五〕不奈：不耐。

采桑子

鞦韆散後朦朧月〔一〕，滿院人閒。幾處雕闌。一夜風吹杏粉殘〔二〕。昭陽殿裏春衣就〔三〕，金縷初乾〔四〕。莫信朝寒。明日花前試舞看。

【注釋】

〔一〕「鞦韆」句：五代王仁裕開元天寶遺事卷三半仙之戲：「天寶宫中，至寒食節競竪鞦韆，令宫嬪輩戲笑以爲宴樂。帝呼爲半仙之戲。」

〔二〕杏粉：杏花的花粉。

〔三〕昭陽殿：漢宮殿名。後泛指后妃所居的宮殿。

〔四〕金縷：金縷衣。

【箋疏】

此詞描寫宮女寂寞無聊的生活。上片寫宮女除偶作鞦韆戲之外，無所事事，而春光易逝，紅顔易老。下片謂春衣剛就，不管春寒猶峭，急着穿衣試舞，猶冀以此博得君王的喜愛。

又

花前獨占春風早〔一〕，長愛江梅。秀豔清盃〔二〕。芳意先愁鳳管催〔三〕。尋香已落閒人後，此恨難裁〔四〕。更晚須來〔五〕。却恐初開勝未開。

案此首抱經齋抄本珠玉詞補遺引羣賢梅苑誤作晏殊詞。

【校記】

〔花前〕梅苑作「花中」。〔秀豔〕梅苑作「香豔」。〔鳳管〕梅苑作「調角」。〔催〕吴訥本、四庫本、王本作「吹」。〔更晚〕梅苑作「更曉」。〔勝〕王本作「怨」。

【注釋】

〔一〕花前：指在衆花開放以前。

〔二〕清盃：清酒。指在花前飲酒。

〔三〕「芳意」句：鳳管，指笛。笛曲有梅花落。句謂怕聞笛聲，擔心梅花被其催落。

〔四〕難裁：難以解除。

〔五〕更：縱，即使。須：應。意謂即使已落人後，還是要來。

又

蘆鞭墜徧楊花陌〔一〕，晚見珍珍〔二〕。疑是朝雲。來作高唐夢裏人。應憐醉落樓中帽〔三〕，長帶歌塵〔四〕。試拂香茵。留解金鞍睡過春。

【校記】

〔醉落〕毛本、四庫本、王本作「醉拂」。〔金鞍〕花草粹編、毛本、四庫本作「金鞭」。

【注釋】

〔一〕「蘆鞭」句：蘆鞭，以蘆葦權作馬鞭。唐白行簡李娃傳：「（生）嘗游東市還。自平康東門入，將訪友於西南。至鳴珂曲，見一宅，門庭不甚廣而室宇嚴邃。闔一扉，有娃方憑一雙鬟青衣立，妖姿要妙，絶代未有。生忽見之，不覺停驂久之，徘徊不能去。乃詐墜鞭於地，候其從者，敕取之。累眄於娃。娃回眸凝睇，情甚相慕。」

〔二〕珍珍：女子名。

〔三〕「應憐」句：落帽，晉書孟嘉傳：「（嘉）後爲征西桓温參軍，温甚重之。九月九日温燕龍山，寮佐畢集。時佐吏並著戎服。有風至，吹嘉帽墮落。嘉不之覺。温使左右勿言，欲觀其舉止。嘉良久如厠，温令取還之，命孫盛作文嘲嘉，著嘉坐處。嘉還見，即答之。其文甚美，四座嗟歎。」後用以形容文人作風瀟灑，有才氣。唐錢起九日閑居寄登高數子詩：「今朝落帽客，幾處管絃留。」

〔四〕長帶歌塵：表示經常聽歌。見珠玉詞七〇頁少年遊（芙蓉花發去年枝）詞注。

【箋疏】

此詞寫騎馬游春時遇見一歌女而生愛慕之意。由於歌女憐才，故常去聽歌，並留宿於歌女之處。

又

日高庭院楊花轉〔一〕，閒淡春風。昨夜怱怱〔二〕。顰入遥山翠黛中〔三〕。　金盆水冷菱花淨〔四〕，滿面殘紅〔五〕。欲洗猶慵。絃上啼烏此夜同〔六〕。

【注釋】

〔一〕轉：翻轉，飛舞。

〔二〕「昨夜」句：謂良人怱怱離別。

〔三〕遥山翠黛：猶遠山眉黛。

〔四〕金盆：指臉盆。菱花：指鏡子。古時青銅鏡背面常鑄菱花圖案。句意謂並不梳洗。

〔五〕殘紅：指昨日晚妝留下的脂粉痕。

〔六〕絃上啼烏：古琴曲有烏夜啼。句謂欲撫琴解悶，而所奏烏夜啼之琴音，猶如夜間啼泣之聲。

又

征人去日殷勤囑，莫負心期。寒雁來時。第一傳書慰别離〔一〕。　輕春織就機中素〔二〕，淚墨題詩〔三〕。欲寄相思。日日高樓看雁飛。

【校記】

〔輕春〕底本案：「『輕』疑『經』字之訛。」毛本、四庫本、王本作「輕風」，花草粹編作「輕絲」，吴訥本作「輕春」。

【注釋】

〔一〕「征人」四句：全唐詩卷二十七載無名氏伊州歌第一：「秋風明月獨離居，蕩子從戎十載餘。征人去日殷勤囑，歸雁來時數寄書。」

〔二〕素：白色的絲絹。

〔三〕淚墨：見四八五頁訴衷情（渚蓮霜曉墜殘紅）詞注。

又

花時惱得瓊枝瘦〔一〕，半被殘香〔二〕。睡損梅妝〔三〕。紅淚今春第一行〔四〕。　風流笑伴相逢處，白馬游韁〔五〕。共折垂楊。手撚芳條説夜長〔六〕。

【注釋】

〔一〕花時：開花之時。指春天。　瓊枝：喻女子肌體。

〔二〕半被殘香：謂半邊被子上尚留有餘香。唐元稹鶯鶯傳載崔鶯鶯寄給張生的書信：「閑宵自處，無不淚零。乃至夢寐之間，亦多感咽離憂之思。綢繆繾綣，暫若尋常，幽會未終，驚魂已斷。雖半衾猶暖，而思之甚遥。」

〔三〕梅妝：見三一四頁鷓鴣天（梅蕊新妝桂葉眉）詞注。

〔四〕紅淚：見珠玉詞一三頁謁金門（秋露墜）詞注。

〔五〕白馬游韁：游韁，馬韁繩。晉雜歌謠辭太和中百姓歌：「青青御路楊，白馬紫游韁。」

〔六〕芳條：指柳條。

【箋疏】

上片寫丈夫別後，妻子孤衾獨卧，對着半邊的空牀，因思念淚痕滿面，肌膚消瘦。下片謂丈夫冶游，遇見中意的美人，共執柳枝而長夜談笑。

又

春風不負年年信，長趁花期。小錦堂西〔一〕。紅杏初開第一枝。　碧簫度曲留人醉〔二〕，昨夜歸遲。短恨憑誰。鶯語殷勤月落時。

【校記】

〔留人醉〕王本作「留花醉」。

【注釋】

〔一〕錦堂：猶錦廳，客廳的美稱。

〔二〕度曲：按曲譜演奏或歌唱。唐杜甫陪李梓州泛江詩之二：「翠眉縈度曲，雲鬢儼成行。」碧簫度曲，指碧玉簫按譜吹奏。

【箋疏】

小錦堂爲聽歌之地。簫聲悅耳，故殢酒遲歸。歸家已在月落之時，忽聞嚦嚦鶯聲，而感到孤單寂寞。片時之愁思，不知如何排遣。

又

秋來更覺消魂苦〔一〕，小字還稀〔二〕。坐想行思〔三〕。怎得相看似舊時。南樓把手憑肩處，風月應知〔四〕。別後除非。夢裏時時得見伊。

【校記】

〔肩〕底本案：原作「看」，改從汲古閣本小山詞。

【注釋】

〔一〕消魂：形容極其哀愁。南朝梁江淹別賦：「黯然銷魂者，唯別而已矣。」

〔二〕小字：指書信。晏殊清平樂詞：「紅牋小字，説盡平生意。鴻雁在雲魚在水，惆悵此情難寄。」

〔三〕坐想行思：宋柳永鳳凰閣詞：「教我行思坐想，肌膚如削。」宋張先偷聲木蘭花詞：「更莫登樓，坐想行思已是愁。」

〔四〕風月應知：宋張先醉桃源詞：「隔簾燈影閉門時，此情風月知。」

【箋疏】

此詞爲思念「南樓翠柳」而作。「小字還稀」，猶阮郎歸詞「一春猶有數行書，秋來書更疏」也。「南樓把手憑肩處，風月應知」，猶虞美人詞「南樓風月長依舊，別恨無端有」也。參閲五〇三頁少年游（西溪丹杏）詞。

又

誰將一點凄涼意，送入低眉〔一〕。畫箔閒垂〔二〕。多是今宵得睡遲〔三〕。　夜痕記盡窗間月〔四〕，曾誤心期〔五〕。準擬相思。還是窗間記月時〔六〕。

【校記】

〔夜痕〕王本作「衣痕」。

【注釋】

〔一〕低眉：見四〇九頁玉樓春（清歌學得秦娥似）詞注。

〔二〕畫箔：有畫飾的簾子。五代張泌浣溪沙詞：「黄昏微雨畫簾垂。」

〔三〕多是：多爲。得：能够。得睡遲，很晚才能入睡。

〔四〕夜痕：夜間月光照在窗上的影痕。隨着月亮的移動，窗上的影痕也移動，表示時間的消逝。句謂徹底不眠，望着窗前月影的推移。

〔五〕曾誤心期：指情人未能如約前來相會。

〔六〕還是：仍是。

又

宜春苑外樓堪倚〔一〕，雪意方濃。雁影冥濛〔二〕。正共銀屏小景同〔三〕。　可無人解相思處，昨夜東風。梅蕊應紅。知在誰家錦字中〔四〕。

【校記】

〔可無人解〕王本作「可人無解」。

【注釋】

〔一〕宜春苑：古代苑囿名。宋代宜春苑在汴京（今河南開封）城東麗景門外，宋人號東御園。

〔二〕冥濛：幽暗不明，模糊不清。

〔三〕共：與。　銀屏小景：屏風上畫的景色。

〔四〕錦字：見珠玉詞四四頁鳳銜盃（青蘋昨夜秋風起）詞注。　此句意謂東風已起，梅花即將開放，不知誰會把梅花連同書信一起寄給我，以表示思念之情。

又

白蓮池上當時月，今夜重圓。曲水蘭船。憶伴飛瓊看月眠〔一〕。　黄花緑酒分攜後〔二〕，淚濕吟牋。舊事年年。時節南湖又采蓮〔三〕。

【注釋】

〔一〕飛瓊：見珠玉詞一五二頁拂霓裳（喜秋成）詞注。此借指采蓮歌女。

〔二〕分攜：離别。

〔三〕南湖：見珠玉詞二四頁浣溪沙（紅蓼花香夾岸稠）詞箋疏。

【箋疏】

此詞爲思念與叔原同在南湖采蓮的歌女而作。　今夜重見圓月當空，不禁回憶起當年在南湖與歌女泛舟采蓮的往事，不勝傷感。　參閲三七五頁清平樂（蓮開欲徧）、五五三頁留春令（采蓮舟上）。

又

高吟爛醉淮西月〔一〕，詩酒相留。明日歸舟〔二〕。碧藕花中醉過秋。　文姬贈别雙團扇，自寫銀鉤〔三〕。散盡離愁。攜得清風出畫樓。

【校記】

〔自寫〕王本作「字寫」。〔出畫樓〕毛本、四庫本、晏本、王本作「到别州」，義似較勝。

【注釋】

〔一〕淮西：指淮南西路，爲宋太宗至道年間分設的十五路之一。治所在揚州。

〔二〕「明日」句：指任職期滿，明日將回歸汴京家中。而今晚之宴，乃是餞行。

〔三〕「文姬」二句：文姬，蔡文姬，此處借指官妓。銀鉤，見四六六頁河滿子（對鏡偷勻玉筯）詞注。意謂宴席上官妓以自寫團扇相贈。

又

前歡幾處笙歌地〔一〕，長負登臨。月幌風襟〔二〕。猶憶西樓著意深。　鶯花見盡當時事〔三〕，應笑如今。一寸愁心。日日寒蟬夜夜砧。

【注釋】

〔一〕前歡：指「南苑吹花，西樓題葉」及「幾處歌雲夢雨」（滿庭芳詞）。

〔二〕月幌風襟：月光照着的帷幕，風吹動衣襟。宋玉風賦：「楚襄王遊於蘭臺之宮，有風颯然而至，王乃披襟而當之，曰：『快哉此風！』」唐楊炯後周明威將軍梁公神道碑：「月幌風襟，每吟謡於箋綵。」

〔三〕「鶯花」句：謂當時之事，鶯花可以作證。用客觀事物表明確有其事，並非妄語。如五代張泌浣溪沙詞：「枕障熏爐隔繡幃，二年終日苦相思。杏花明月始應知。」叔原本人之采桑子詞：「南樓把手憑肩處，風月應知。」後人辛棄疾之念奴嬌詞：「樓空人去，舊遊飛燕能説。」

【箋疏】

此詞謂舊時常在歌樓酒肆飲酒聽歌，今已久不涉足。而西樓情事，尚深深地縈記在胸懷之中。當年情事，鶯花可證。而如今只有蟬鳴和砧聲與我相伴，益增愁悶。參閱五三五頁采桑子（西樓月下當時見）、五〇五頁少年遊（西樓别後）及五四九頁滿庭芳（南苑吹花）。

又

無端惱破桃源夢〔一〕，明日青樓。玉膩花柔〔二〕。不學行雲易去留。　應嫌衫袖前香冷，重傍金虬〔三〕。歌扇風流。遮盡歸時翠黛愁。

【校記】

［明日］毛本、歷代詩餘、四庫本、王本作「明月」。

【注釋】

〔一〕桃源：見三九五頁洞仙歌（春殘雨過）詞注。此指天台之桃源。

〔二〕玉膩花柔：形容女子肌膚光滑柔軟。

〔三〕金虯：龍形銅香爐。

【箋疏】

「明日」似應從另本作「明月」。此句以下敘述夢中情景：在月光下，青樓中，與一歌女相會，情好甚篤，不像巫山神女，片刻即逝。我離去的時候，她還用歌扇遮蓋着含愁的眉黛。中間插入「應嫌」二句，描寫相處時的細節，使内涵更爲飽滿，而語句亦更爲舒坦。

又

年年此夕東城見〔一〕，歡意匆匆。明日還重〔二〕。却在樓臺縹緲中〔三〕。垂螺拂黛清歌女〔四〕，曾唱相逢。秋月春風。醉枕香衾一歲同。

【校記】

「年年」毛本、歷代詩餘、四庫本、王本作「年時」。

【注釋】

〔一〕年年此夕：一般是節日晚上，如元夕、七夕等。

〔二〕明日還重：明日又是相見之日。

〔三〕縹緲：高遠隱約貌。唐杜甫白帝城最高樓詩：「城尖徑仄旌旆愁，獨立縹緲之高樓。」

〔四〕垂螺：螺，螺髻，螺殼形的髮髻。一對螺髻垂於額畔，爲古代少女髮式。宋張先減字木蘭花詞：「垂螺近額，走上紅裀初趁拍。」明楊慎丹鉛總録詩話角妓垂螺：「垂螺、雙螺，蓋當時角妓未破瓜時額飾。」拂黛：在眉部塗抹翠黛，以翠黛畫眉。唐沈佺期李員外秦援宅觀妓詩：「拂黛隨時廣，挑鬟出意長。」

【箋疏】

上片「年年此夕」，按通篇詞意，應依另本作「年時此夕」，謂去年此夕與一女子相見，而歡聚之期不長。今年此夕，該女已爲富豪之家所有。下片説明該女爲歌女，與叔原相好僅有一年時間。

又

雙螺未學同心綰〔一〕，已占歌名。月白風清。長倚昭華笛裏聲〔二〕。　知音敲盡朱顔改〔三〕，寂寞時情。一曲離亭〔四〕。借與青樓忍淚聽〔五〕。

【注釋】

〔一〕雙螺：見前詞「垂螺」注。　同心：同心結，舊時用錦帶編成連環回文樣式的結子，用以象征堅貞的愛情。未學同心綰，表示情竇未開；未到談情説愛的年紀。

〔二〕倚：和着樂聲唱歌。史記張釋之馮唐列傳：「使慎夫人鼓瑟，上自倚瑟而歌。」昭華笛：玉笛。見四八〇頁醜奴兒（昭華鳳管知名久）詞注。

〔三〕知音敲盡：見四四八頁浣溪沙（唱得紅梅字字香）詞注。敲盡，説明已無人賞音。

〔四〕離亭：離亭宴，詞牌名。

〔五〕借與：給與，授與。

【箋疏】

此詞寫一善歌之妓女，年輕時早已聞名，而年華老大後已無人賞音，只能讓位給年輕的歌女。

又

西樓月下當時見〔一〕，淚粉偷勻〔二〕。歌罷還顰。恨隔爐煙看未真。别來樓外垂楊縷，幾换青春〔三〕。倦客紅塵〔四〕，長記樓中粉淚人。

【校記】

〔一〕「淚粉」歷代詩餘、四庫本、王本作「粉淚」。

【注釋】

〔一〕西樓：汴京的一所歌樓。

〔二〕淚粉：臉上被淚水浸濕的脂粉。　偷匀：指悄悄地拭去淚痕。

〔三〕「别來」二句：宋歐陽修朝中措詞：「手種堂前垂柳，别來幾度青春。」

〔四〕倦客：作者自指。

【箋疏】

此詞回憶初見西樓歌女時情景。後來叔原去長安，與該女分别數年，時常思念。參閲五〇五頁少年遊（西樓别後）。

又

非花非霧前時見〔一〕，滿眼嬌春〔二〕。淺笑微顰。恨隔垂簾看未真。　殷勤借問家何處，不在紅塵。若是朝雲〔三〕。宜作今宵夢裏人。

【校記】

［垂簾］吳訥本、毛本、四庫本、王本作［重簾］。

【注釋】

〔一〕非花非霧：唐白居易花非花：「花非花，霧非霧。夜半來，天明去。來如春夢不多時，去似朝雲無覓處。」

〔二〕嬌春：嬌媚的春情。

〔三〕朝雲：見二七七頁臨江仙（淺淺餘寒春半）詞注。

又

當時月下分飛處，依舊淒涼。也會思量。不道孤眠夜更長〔一〕。　淚痕揾徧鴛鴦枕〔二〕，重繞回廊。月上東窗。長到如今欲斷腸。

【注釋】

〔一〕不道：猶云不料。

〔二〕揾：拭。鴛鴦枕：繡有鴛鴦的枕頭，爲夫妻或情侶所用。唐温庭筠南歌子詞：「懶拂鴛鴦枕，休縫翡翠裙。」

【箋疏】

此詞用女子口吻敘述。與情人月下分離後，孤單淒寂，自然會引起思念。孤衾獨宿，長夜難眠，鴛鴦枕上，滿是淚痕。不得已起身，步入回廊，見月上東窗，更覺夜長難遣，簡直令人腸斷。

又

湘妃浦口蓮開盡〔一〕，昨夜紅稀。懶過前溪。閒艤扁舟看雁飛〔二〕。　去年謝女池邊醉〔三〕，晚雨霏微。記得歸時。旋折新荷蓋舞衣〔四〕。

【注釋】

〔一〕湘妃：舜二妃娥皇、女英。相傳二妃没於湘水，遂爲湘水之神。唐李羣玉石渚詩：「谿紅湘浦口，煙濁洞庭雲。」湘妃浦口，泛指水邊。

〔二〕艤：使船靠岸。

〔三〕謝女：見三三二頁鷓鴣天（小玉樓中月上時）詞注。此指代同游之歌女。

〔四〕旋：猶漫，隨意。

【箋疏】

此詞謂采蓮時節已過，而過去同遊之歌女未來赴約，故懶去前溪，獨自停舟看鴻雁飛翔。下片回憶去年與該女同遊時情景。參閱五一一頁虞美人（疏梅月下歌金縷）及二七九頁臨江仙（長愛碧闌干影）詞。

【輯評】

近人夏敬觀批語：意新。

又

別來長記西樓事，結徧蘭襟〔一〕。遺恨重尋。絃斷相如緑綺琴〔二〕。　何時一枕逍遥夜〔三〕，細話初心〔四〕。若問如今。也似當時著意深。

【校記】

［蘭襟］毛本、四庫本、王本作「蘭衿」。［當時］吴訥本、毛本、四庫本、王本作「當年」。

【注釋】

〔一〕蘭襟：香潔的衣襟，表示襟懷，胸懷。結徧蘭襟，謂長縈結於心胸。

〔二〕相如：漢司馬相如。　綠綺琴：見四六八頁河滿子（綠綺琴中心事）詞注。

〔三〕逍遥：優遊自得，安閑自在。莊子逍遥游：「彷徨乎無爲其側，逍遥乎寢卧其下。」

〔四〕初心：本意。

【箋疏】

此詞亦爲西樓歌女而作。謂分别後西樓情事長記於胸懷。今重思舊情，不能自已，有如琴絃之斷裂。下片表示希望有一天能够重續舊歡，在枕上細訴心曲。自己至今還與以前一樣滿懷深情。（參閱五三一頁采桑子詞：「月幌風襟，猶憶西樓著意深。」）

又

紅窗碧玉新名舊〔一〕，猶綰雙螺〔二〕。一寸秋波〔三〕。千斛明珠覺未多〔四〕。　小來竹馬同游客〔五〕，慣聽清歌。今日蹉跎〔六〕。惱亂工夫暈翠蛾〔七〕。

【校記】

〔千斛〕毛本、歷代詩餘、四庫本、王本作「一斛」。

【注釋】

〔一〕碧玉：見三〇五頁蝶戀花（碧玉高樓臨水住）詞注。新名舊：謂新名乃是沿用古人之名。

〔二〕雙螺：見五三四頁采桑子（年年此夕東城見）詞注。

〔三〕秋波：形容女子的眼睛，目光清澈明亮。南唐李煜菩薩蠻詞：「眼色暗相鉤，秋波横欲流。」

〔四〕千斛明珠：太平廣記卷三九九：「緑珠井在白州雙角山下。昔梁氏之女有容貌，石季倫爲交阯採訪使，以圓珠三斛買之。」唐喬知之緑珠篇：「石家金谷重新聲，明珠十斛買娉婷。」

〔五〕竹馬：唐李白長干行：「妾髮初覆額，折花門前劇。郎騎竹馬來，遶牀弄青梅。同居長干里，兩小無嫌猜。」

〔六〕蹉跎：衰頽。唐薛逢追昔行：「歎息人生能幾何，喜君顔貌未蹉跎。」

〔七〕惱亂：打擾，擾亂。惱亂工夫，猶費工夫，謂特地安排出時間。

【箋疏】

此詞寫一歌女年幼時容貌美麗，爲人所愛賞。如今已年華老大，但由於有一從小就喜歡聽她唱歌的人來訪問，所以特地梳妝打扮一番。此女或指小蕊，參閲三五三頁南鄉子詞（小蕊受春風）。

又

昭華鳳管知名久，長閉簾櫳。聞道春慵。方倚庭花暈臉紅。　可憐金谷無人後，此會相逢。三弄臨風。送得當筵玉醆空。

案此首原無，從吴訥本小山詞録出。

【校記】

〔調名〕此詞調名彊村本作醜奴兒，底本已收入，見本書四八〇頁，僅個别詞語有異文。現仍依底本兩存之。

〔金谷〕底本案：「『金谷』原作『今古』，從陸校本、抱經齋抄本小山詞。」

又

金風玉露初涼夜〔一〕，秋草窗前。淺醉閒眠。一枕江風夢不圓。　長情短恨難憑寄〔二〕，枉費紅牋。試拂么絃。却恐琴心可暗傳〔三〕。

【校記】

〔暗傳〕毛本、四庫本、王本作「倩傳」。

【注釋】

〔一〕金風玉露：秋風和白露。借指秋天。唐李商隱辛未七夕：「由來碧落銀河畔，可要金風玉露時。」

〔二〕「長情」句：謂無法用書信來傳達情和恨。長情短恨，表示「多」的意思，如長吁短歎，説長道短。

〔三〕琴心：琴聲表達的情意。琴心暗傳，借琴聲以暗傳情意。見珠玉詞七八頁木蘭花（燕鴻過後春歸去）詞注。

【輯評】

近人夏敬觀批語：語意俱新。

又

心期昨夜尋思徧〔一〕，猶負殷勤〔二〕。齊斗堆金〔三〕。難買丹誠一寸真〔四〕。　須知枕上尊前意，占得長春〔五〕。寄語東鄰〔六〕。似此相看有幾人〔七〕。

【注釋】

〔一〕心期：心中的期願。

〔二〕負殷勤：指辜負佳人的殷勤情意。

〔三〕齊斗堆金：滿滿的一斗黄金。

〔四〕一寸：指心，見珠玉詞一七九頁玉樓春（緑楊芳草長亭路）詞注。

〔五〕占得長春：謂永遠美好。

〔六〕東鄰：見三七八頁清平樂（鶯來燕去）詞注。

〔七〕相看：對待。

【箋疏】

「須知」二句，謂兩人在枕上尊前應長保相好。「寄語」二句，謂可以向宋玉東鄰之女説，像這樣多情的女子，世間不可多得。

踏莎行

柳上煙歸〔一〕，池南雪盡。東風漸有繁華信。花開花謝蝶應知，春來春去鶯能問。

夢意猶疑〔二〕，心期欲近〔三〕。雲牋字字縈方寸〔四〕。宿妝曾比杏顋紅〔五〕，憶人細把香英認。

【注釋】

〔一〕柳上煙歸：指柳樹上已含煙。唐耿湋會鳳翔張少尹南亭詩：「草簷宜日過，花圃任煙歸。」

〔二〕夢意猶疑：唐王昌齡長信秋詞五首之四：「真成薄命久尋思，夢見君王覺後疑。」

〔三〕心期：此處引申爲約會之期。

〔四〕雲牋：有雲狀花紋的牋紙。指書信。

〔五〕宿妝：隔宿妝，殘妝。唐岑參醉戲竇子美人詩：「朱脣一點桃花殷，宿妝嬌羞偏髻鬟。」杏顋：指杏花。

【箋疏】

春去春來，鶯蝶能知，反襯遠別的女友是否能如期回來，却無從詢問，不能肯定。女友曾有信來，言相見之期已近，但感到仍不定心。回想起當時女友的殘妝，像杏花一樣嬌紅，現在只能仔細審看杏花以慰思念之情。

又

宿雨收塵〔一〕，朝霞破暝。風光暗許花期定。玉人呵手試妝時〔二〕，粉香簾幕陰陰靜。斜雁朱絃〔三〕，孤鸞緑鏡〔四〕。傷春誤了尋芳興。去年今日杏牆西，啼鶯喚得閒愁醒〔五〕。

【校記】

〔尋芳興〕歷代詩餘、四庫本、王本作「尋芳信」。

【注釋】

〔一〕宿雨：隔夜的雨。隋江總詒孔中丞奂詩：「初晴原野開，宿雨潤條枚。」

〔二〕呵手試妝：宋歐陽修訴衷情詞：「清晨簾幕卷輕霜，呵手試梅妝。」

〔三〕斜雁：即雁柱，筝上排列的絃柱。唐李商隱昨日詩：「二八月輪蟾影破，十三絃柱雁行斜。」

朱絃：熟絲製的筝絃。

〔四〕孤鸞緑鏡：飾有鸞鳥的青銅妝鏡。

〔五〕「去年」二句：意謂聽到鶯鳴之聲，想到去年今日正是夫婿離家之時，因而又引起愁悶。

又

綠徑穿花，紅樓壓水。尋芳誤到蓬萊地〔一〕。玉顏人是蕊珠仙〔二〕，相逢展盡雙蛾翠。夢草閒眠〔三〕，流觴淺醉〔四〕。一春總見瀛洲事〔五〕。別來雙燕又西飛，無端不寄相思字〔六〕。

【注釋】

〔一〕蓬萊：古代傳説中的神山，常泛指仙境。史記封禪書：「自威、宣、燕昭使人入海求蓬萊、方丈、瀛洲。此三神山者，其傳在勃海中。」

〔二〕蕊珠：蕊珠宫：見四二〇頁玉樓春（芳年正是香英嫩）詞注。

〔三〕夢草：漢郭憲洞冥記卷三：「有夢草，似蒲，色紅。晝縮入地，夜則出。亦名懷夢。懷其葉則知夢之吉凶，立驗也。帝思李夫人之容不可得，朔（東方朔）乃獻一枝。帝懷之，夜果夢夫人。因改名懷夢草。」泛指草地，又，金王若虚滹南詩話卷下：「蕭閒云：『風頭夢，吹無跡。』蓋雨之至細，若有若無者，謂之夢。」則夢草或可作細草解。

〔四〕流觴：見三六七頁清平樂（波紋碧皺）詞注。泛指在水邊飲酒。

〔五〕瀛洲：見本闋「蓬萊」注。

〔六〕無端：意謂不應該（做某事）。唐陸龜蒙自遣詩三十首之十二：「雪侵春事太無端，舞急微還近臘寒。」

【箋疏】

詞以蓬萊仙境比作女子居所，以蕊珠仙女比作所尋訪之女子。「閒眠」、「淺醉」，在仙山度過了整個春天。然別後未收到該女的信。按詞意推測，該女可能即西樓歌女。叔原初見該女（采桑子詞「西樓月下當時見」）後，不久就去她家中尋訪（虞美人詞「閒敲玉鐙隋堤路。一笑開朱户。素雲凝澹月嬋娟。門外鴨頭春水、木蘭船」）。時間都是在春天，「相逢展盡雙眉翠」，亦猶「一笑開朱户」。「別來雙燕又西飛，無端不寄相思字」，則與此時該女在汴京而叔原已西去長安之事實，及滿庭芳詞「別來久，淺情未有，錦字繫征鴻」之詞意亦相符。

又

雪盡寒輕，月斜煙重。清歡猶記前時共。迎風朱户背燈開，拂檐花影侵簾動〔一〕。

繡枕雙鴛，香苞翠鳳〔二〕。從來往事都如夢。傷心最是醉歸時，眼前少箇人人送〔三〕。

【校記】

〔猶記〕四庫本、王本作「猶計」。

【注釋】

〔一〕「拂檐」句：西廂記崔鶯鶯答張生詩：「待月西廂下，迎風户半開。拂牆花影動，疑是玉人來。」

〔二〕香苞翠鳳：苞，通包。香苞，即香荷包。翠鳳爲荷包上的刺繡。古代女子常以香荷包贈與心愛的人，作爲信物。

〔三〕人人：見三四一頁生查子（關山魂夢長）詞注。

滿庭芳

南苑吹花〔一〕，西樓題葉〔二〕，故園歡事重重。憑闌秋思，閒記舊相逢。幾處歌雲夢雨〔三〕，可憐便、流水西東。別來久，淺情未有，錦字繫征鴻〔四〕。　年光還少味，開殘檻菊，落盡溪桐。漫留得，尊前淡月西風。此恨誰堪共説，清愁付、緑酒盃中。佳期在，歸時待把，香袖看啼紅〔五〕。

【校記】

〔詞題〕花草粹編題作「秋思」。〔可憐便流水西東〕毛本、歷代詩餘、四庫本、王本作「可憐流水各西東」。〔西風〕花草粹編、毛本作「淒風」。〔共説〕花草粹編、毛本作「説與」。〔清愁付〕歷代詩餘、王本作「消愁付」。〔看啼紅〕王本作「着啼紅」。

【注釋】

〔一〕南苑：指玉津園。見三二〇頁鷓鴣天（題破香牋小砑紅）詞注。吹花：見四九八頁點絳脣（妝席相逢）詞注。

〔二〕西樓：汴京的一所歌樓。題葉：見四五二頁浣溪沙（浦口蓮香夜不收）詞注。

〔三〕歌雲夢雨：指尋歡作樂。參閱五三一頁采桑子詞：「前歡幾處笙歌地，長負登臨。月幌風襟，猶憶西樓著意深。」

〔四〕錦字：書信。見珠玉詞四四頁鳳銜盃（青蘋昨夜秋風起）詞注。此三句謂分別以後，一直没有收到對方的來信。

〔五〕「歸時」二句：把，持。意謂持着她的衣袖，看衣袖上的淚痕。

【箋疏】

此詞亦爲西樓歌女而作。叔原在采桑子（西樓月下當時見）詞中敍述了與該女相識的情景，又在少年游（西樓別後）詞中説明了他們分别的情由。「吹花」、「題葉」指他們在一起相聚之樂，猶踏莎行詞之「夢草閒眠，流觴淺醉」。「别來久，淺情未有、錦字繫征鴻」，則猶「别來雙燕又西飛，無端不寄相思字」也。下片寫别後的思念，以及盼望能早日回京與她重見。

【輯評】

清陳廷焯詞則閑情集卷一：柔情蜜意。

留春令

畫屏天畔，夢回依約，十洲雲水〔一〕。手撚紅牋寄人書〔二〕，寫無限、傷春事。　別浦高樓曾漫倚〔三〕。對江南千里。樓下分流水聲中，有當日、凭高淚。

【箋注】

〔一〕夢回：夢醒時。　十洲：見三六九頁清平樂（西池煙草）詞注。謂夢醒時依稀看到屏風上畫的十洲雲水。」

〔二〕撚：執，持。唐杜牧重送詩：「手撚金僕姑，腰懸玉轆轤。」

〔三〕别浦：小河小溪流入大江大河之處。唐鄭谷登杭州城詩：「潮平無别浦，木落見他山。」

【箋疏】

叔原曾於宋神宗元豐元年（一〇七八）往江南依附其五兄知止，此詞爲回京後思念江南女友而作。上片寫夢醒後思念，寄書以表情意。下片謂自己曾登樓遥望江南，想像樓下水流中有當日兩人凭闌叙别時流下的眼淚。

【輯評】

明楊慎詞品：晁元忠詩：「安得龍湖潮，駕回安河水。水從樓前來，中有美人淚。人生高唐觀，有情何能已。」晏小山留春令全用其語。

明卓人月古今詞統卷六：於人如此認取，何必紅綃裹來。

近人鄭文焯評小山詞：晏小山留春令「樓下分流水聲中，有當日、凭高淚」二語，亦襲馮延巳三臺令「流水。流水。中有傷心雙淚」。宋人所承如是，但乏質茂氣耳。

又

采蓮舟上，夜來陡覺，十分秋意。懊惱寒花暫時香，與情淺、人相似。　玉蕊歌清招晚醉〔一〕。戀小橋風細。水濕紅裙酒初消，又記得、南溪事〔二〕。

【注釋】

〔一〕玉蕊：歌女名。

〔二〕南溪：指流入南湖的一條小溪。

【箋疏】

此詞叙述南湖采蓮之事。「情淺人」指以前曾與叔原相好，並一起采蓮游賞的歌女，這一次她爽約不來，（虞美人詞「更誰情淺似春風」，臨江仙詞「去年花下客，今似蝶分飛」。）故叔原十分傷感。下片指蓮舟上另一歌女（玉蕊）招飲，紅裙爲水濺濕，又使他想起當年與所戀歌女同游之事。蓋舊情難忘，觸景生悲。

又

海棠風横〔一〕，醉中吹落，香紅强半。小粉多情怨花飛〔二〕，仔細把、殘香看。一抹濃檀秋水畔〔三〕。縷金衣新换。鸚鵡盃深豔歌遲〔四〕，更莫放、人腸斷〔五〕。

【校記】

〔怨花飛〕毛本作「怨飛絮」，歷代詩餘、四庫本、王本作「怨楊花」。〔殘香〕吴訥本、歷代詩餘、四庫本、王本作「殘春」。

【注釋】

〔一〕海棠風：春分時節的風。見三六三頁清平樂（煙輕雨小）詞「花信」注。横：横暴，暴烈。

〔二〕小粉：歌女名。

〔三〕濃檀：檀，檀暈，婦女化妝時在眉旁塗抹成淺赭色的光影。秋水：喻眼波或眼睛。

〔四〕鸚鵡盃：用鸚鵡螺殼製成的酒盃。隋薛道衡和許給事善心戲場轉韻詩：「共酌瓊酥酒，同傾鸚鵡盃。」遲：緩慢。豔歌遲，謂豔歌之聲舒緩曼長。

〔五〕放：使，令。

風入松

柳陰庭院杏梢牆。依舊巫陽〔一〕。鳳簫已遠青樓在〔二〕，水沈誰、復暖前香。臨鏡舞鸞離照〔三〕，倚箏飛雁辭行〔四〕。墜鞭人意自淒涼〔五〕。淚眼回腸〔六〕。斷雲殘雨當年事〔七〕，到如今、幾處難忘。兩袖曉風花陌，一簾夜月蘭堂。

案此首又見韓玉東浦詞。

【校記】

「水沈誰復暖前香」底本在「復」字下案：「此字原無，從陸校本小山詞補。」花草粹編作「水沈煙暖前香」，韓玉東浦詞作「水沈煙暖餘香」，毛本、歷代詩餘、四庫本、王本作「水沈難復暖前香」，欽定詞譜作「水沈煙復暖前香」。　〔墜鞭人意〕花草粹編作「墜鞭人去」。　〔回腸〕花草粹編作「愁腸」。

【注釋】

〔一〕巫陽：巫山之陽。見二七七頁臨江仙（淺淺餘寒春半）詞注。

〔二〕鳳簫：借指吹簫之人。句謂青樓尚在，而吹簫之人已去。

〔三〕「臨鏡」句：見四一一頁玉樓春（離鸞照罷塵生鏡）詞注。

〔四〕飛雁：見五四六頁踏莎行（宿雨收塵）詞注。以上二句均比喻人已離去。

〔五〕墜鞭人：見五二〇頁采桑子（蘆鞭墜徧楊花陌）詞注。叔原自指。

〔六〕回腸：形容内心焦慮不安，牽腸挂肚。南朝陳徐陵在北齊與楊僕射書：「朝千悲而掩泣，夜萬緒而回腸。」

〔七〕斷雲殘雨：指歡情結束。

【箋疏】

「柳陰」四句謂曾與一女子相會，如楚襄王在巫山之陽夢見神女，而如今該女已離去。下片回憶往事，舊情難忘。曉風花陌，夜月蘭堂，謂朝思暮想也。

又

心心念念憶相逢。别恨誰濃〔一〕。就中懊惱難拚處〔二〕，是擘釵、分鈿忽忽〔三〕。却似桃源路失〔四〕，落花空記前蹤。　彩牋書盡浣溪紅〔五〕。深意難通。强歡殢酒圖消遣，到醒來、愁悶還重。若是初心未改〔六〕，多應此意須同〔七〕。

【注釋】

〔一〕誰濃：何其濃，多麼濃。

〔二〕難拚：難以捨棄，難以排除。

〔三〕擘釵分鈿：見珠玉詞一四頁破陣子（海上蟠桃易熟）詞注。

〔四〕桃源：見三九五頁洞仙歌（春殘雨過）詞注。

〔五〕浣溪：即浣花溪，在四川成都市西郊，爲錦江支流。唐薛濤命匠人取浣花溪水造紙，爲深紅彩牋，名浣花牋，又名薛濤牋。

〔六〕初心：本心，最初的心意。

〔七〕此意須同：謂同有此意，即心念相逢之意。

清商怨

庭花香信尚淺〔一〕。最玉樓先暖〔二〕。夢覺春衾，江南依舊遠〔三〕。　回文錦字暗翦〔四〕。漫寄與、也應歸晚〔五〕。要問相思，天涯猶自短〔六〕。

【校記】

〔香信〕王本作「相信」。〔春衾〕歷代詩餘、王本作「香衾」。〔文〕底本作「紋」，改從王本。

【注釋】

〔一〕香信：開花的期信，猶花期。

〔二〕最：猶正，恰。唐芮挺章江南弄：「春江可憐事，最在美人家。」

〔三〕「夢覺」二句：南唐李璟攤破浣溪沙詞：「細雨夢回雞塞遠，小樓吹徹玉笙寒。」

〔四〕回文錦字：見珠玉詞四四頁鳳銜盃（青蘋昨夜秋風起）詞注。

〔五〕漫：徒然。

〔六〕「天涯」句：謂相思之情，比去天涯之路更長。

【箋疏】

此詞寫女子（或指疏梅）思念江南的情人（叔原自己）。謂庭中之花尚未開，而樓上之人已有春意。夢中與身處江南的情人相會，而一夢醒來，江南仍遠隔千里。徒然寄書催歸，而歸期仍遥。故相思之情，比天涯之路更長。即碧牡丹詞「静憶天涯，路比此情猶短」之意。

【輯評】

清陳廷焯詞則閑情集卷一：夢生於情，「依舊」二字中，一波三折。豔詞至小山，全以情勝。後人好作淫褻語，又小山之罪人也。

秋蕊香

池苑清陰欲就〔一〕。還傍送春時候〔二〕。眼中人去難歡偶〔三〕。誰共一盃芳酒。朱闌碧砌皆如舊。記攜手。有情不管别離久。情在相逢終有。

【校記】

〔還傍〕花草粹編作「還候」。〔眼中〕歷代詩餘、王本作「眼前」。〔難歡偶〕花草粹編、吴訥本、歷代詩餘、四庫本、王本作「歡難偶」。

【注釋】

〔一〕欲就：欲成。

〔二〕傍：近。

〔三〕歡偶：在一起歡聚。

又

歌徹郎君秋草〔一〕。別恨遠山眉小〔二〕。無情莫把多情惱。第一歸來須早。　紅塵自古長安道。故人少。相思不比相逢好。此別朱顏應老。

【注釋】

〔一〕徹：完了，結束。郎君：婦女稱丈夫或所愛的人。樂府詩集子夜四時歌夏歌：「郎君未可前，待我整容儀。」

〔二〕遠山眉：見珠玉詞九七頁訴衷情（露蓮雙臉遠山眉）詞注。

【箋疏】

此詞用西樓歌女的口吻敘述送別叔原去長安。「郎君」指叔原。上片謂唱罷叔原所作的告別之詞，即含愁送行，並希望叔原不要忘情，早日歸來。下片作安慰之語。長安無多故人，想必叔原在那裏會感到孤寂。而且別後相思，會使人衰老。

思遠人

紅葉黄花秋意晚〔一〕，千里念行客〔二〕。飛雲過盡，歸鴻無信，何處寄書得。　淚彈不盡臨窗滴。就硯旋研墨。漸寫到别來，此情深處，紅牋爲無色〔三〕。

【校記】

「飛雲過盡」欽定詞譜作「看飛雲過盡」。

【注釋】

〔一〕紅葉黄花：唐許渾長慶寺遇常州阮秀才詩：「晚收紅葉題詩遍，秋待黄花釀酒濃。」宋張先少年游詞：「紅葉黄花秋又老，疎雨更西風。」

〔二〕千里念行客：念千里外的行客。

〔三〕「紅牋」句：指紅牋爲淚水浸濕而顔色褪盡。

【輯評】

明卓人月古今詞統卷六：牋則一時無色，字則三歲不滅。

清陳廷焯詞則閑情集卷一：就「淚、墨」二字渲染成詞，何等姿態。

近人夏敬觀批語：凡倒押韻處，皆峭絶。

近人唐圭璋唐宋詞簡釋：末二句不説己之悲哀，而言紅箋都爲之無色，亦慧人妙語也。

碧牡丹

翠袖疏紈扇〔一〕。涼葉催歸燕。一夜西風，幾處傷高懷遠〔二〕。細菊枝頭，開嫩香還徧〔三〕。月痕依舊庭院〔四〕。　事何限。悵望秋意晚。離人鬢華將换〔五〕。静憶天涯，路比此情猶短〔六〕。試約鸞牋〔七〕，傳素期良願〔八〕。南雲應有新雁〔九〕。

【校記】

「歸燕」歷代詩餘作「歸雁」。「依舊」王本作「倚舊」。「秋意晚」欽定詞譜作「秋色晚」。「猶短」花草粹編、歷代詩餘、欽定詞譜、詞綜、王本作「還短」。

【注釋】

〔一〕翠袖：借指女子。疏：疏遠，不親近。

〔二〕傷高懷遠：宋張先一叢花令：「傷高懷遠幾時窮，無物似情濃。」

〔三〕嫩香：柔嫩的花。

〔四〕月痕：月影。

〔五〕鬢華：鬢髮。鬢華將换，黑髮將换成白髮。宋歐陽修采桑子詞：「鬢華雖改心無改，試把金觥。舊曲重聽，猶似當年醉裏聲。」

〔六〕「路比」句：意猶清商怨詞「要問相思，天涯猶自短」。

〔七〕約：拂。鸞牋：宋蘇易簡文房四譜紙譜：「蜀人造十色牋，凡十幅爲一榻……然逐幅於方版之上砑之，則隱起花木麟鸞，千狀萬態。」後人因稱彩牋爲鸞牋。

〔八〕素期：心期。唐韋應物與幼遐君貺兄弟同遊白家竹潭：「清賞非素期，偶遊方自得。」

〔九〕「南雲」句：意謂欲以鸞牋寫素願，托鴻雁傳與遠方之人。

長相思

長相思。長相思。若問相思甚了期〔一〕。除非相見時。　長相思。長相思。欲把相思説似誰〔二〕。淺情人不知。

【注釋】

〔一〕甚了期：什麼時候了結。

〔二〕說似：說與。宋歐陽修漁家傲詞：「對面不言情脈脈。煙水隔。無人説似長相憶。」

【輯評】

清陳廷焯白雨齋詞話卷七：晏小山長相思云（詞略），此亦小山集中别調，與其年贈别楊枝之作，筆墨相近。又詞則閑情集卷一：此爲小山集中别調，而纏綿往復，姿態有餘。

醉落魄

滿街斜月。垂鞭自唱陽關徹〔一〕。斷盡柔腸思歸切。都爲人人〔二〕，不許多時别〔三〕。

南橋昨夜風吹雪。短長亭下征塵歇。歸時定有梅堪折。欲把離愁，細撚花枝說。

【校記】

〔詞調〕歷代詩餘、王本作「一斛珠」，下同。

【注釋】

〔一〕垂鞭：垂下鞭子，讓馬隨意行走。唐温庭筠贈知音詩：「景陽宫裏鐘初動，不語垂鞭上柳堤。」陽關：見二七六頁臨江仙（淡水三年歡意）詞注。

〔二〕人人：見三四一頁生查子（關山魂夢長）詞注。

〔三〕不許：不期望，不願。

【箋疏】

詞寫離别女友後的愁緒。「梅堪折」，或暗指疏梅。三六六頁清平樂詞：「折得疏梅香滿袖，暗喜春紅依舊。」四〇四頁菩薩蠻詞：「江南未雪梅花白，憶梅人是江南客。」可相互參照。

又

鸞孤月缺〔一〕。兩春惆悵音塵絶。如今若負當時節。信道歡緣〔二〕，枉向衣襟結〔三〕。若問相思何處歇。相逢便是相思徹〔四〕。儘饒别後留心别〔五〕。也待相逢，細把相思説。

【校記】

〔枉向〕底本作「狂向」，恐是排誤，改從吴訥本、毛本、歷代詩餘、四庫本、彊村叢書本、王本。

【注釋】

〔一〕鸞孤月缺：孤鸞，喻没有配偶或夫妻離散的人。鸞已孤，月已缺，表示有情人已經分離。

〔二〕信道：知道，料到。宋柳永陽鷓鴣詞：「須信道，緣情寄意，别有知音。」

〔三〕「枉向」句：見五四〇頁采桑子（别來長記西樓事）詞注。

〔四〕徹：了結。

〔五〕儘饒：猶任凭，儘管。　留心别：謂别有著意的人，别有所戀。

【箋疏】

「鸞孤」二句指與情人分别已經兩年，還没有接到音信。「如今」二句謂如果你現在辜負當年的情意，那末當時枉把深情縈繫於胸懷。「若問」二句表示，至於我對你的相思之情，只有到相逢時才能了結。「儘饒」二句謂儘管你已别有所戀，我也要在相逢時對你傾訴相思之情。叔原之情癡，於此可見。

又

天教命薄〔一〕。青樓占得聲名惡。對酒當歌尋思著〔二〕。月户星窗〔三〕，多少舊期約〔四〕。　相逢細語初心錯〔五〕。兩行紅淚尊前落。霞觴且共深深酌。惱亂春宵，翠被都閒却。

【注釋】

〔一〕天教：謂上天所使，天生。
〔二〕對酒當歌：見珠玉詞六九頁少年遊（霜華滿樹）詞注。
〔三〕月户星窗：猶雲窗月户。指華美的居處。
〔四〕多少舊期約：指相愛和訂盟的人很多。
〔五〕初心：最初的想法，意願。

【箋疏】

此詞寫歌妓的生涯和心境。謂由於天生薄命，身爲妓女，得到了壞名聲。在唱歌侑酒之時，細細思索，曾與不少富家子弟約會訂盟，結果都落空。她向叔原訴説自己當初錯誤的意願，不禁淒然淚下。由於回思往事，心情煩惱，無法入睡。唐羅隱贈鍾陵妓詩云：「鍾陵一别十餘春，重見雲英掌上身。我未成名君未嫁，可知俱是不如人。」叔原亦有「同是天涯淪落人」之感歎。

【輯評】

近人夏敬觀批語：以爲惡者，怨辭也。

又

休休莫莫〔一〕。離多還是因緣惡。有情無奈思量著〔二〕。月夜佳期，近寫青牋約〔三〕。心心口口長恨昨。分飛容易當時錯〔四〕。後期休似前歡薄。買斷青樓〔五〕，莫放春閒却。

【校記】

「青牋」歷代詩餘、四庫本、王本作「香牋」。

【注釋】

〔一〕休休莫莫：唐司空圖題休休亭詩：「咄諾休休休，莫莫莫，伎兩雖多性靈惡。」休和莫都有阻止、罷休之義。「休休莫莫」，猶言罷了，罷了。

〔二〕「有情」句：謂由於有情，所以分離以後，無可奈何還是要思念。

〔三〕近：新近，最近；近日。青牋：青色牋紙。

〔四〕分飛：見四九五頁點絳脣（花信來時）詞注。

〔五〕買斷：猶買絶。買斷青樓，意指爲青樓女子贖身。

【箋疏】

此詞以妓女的口吻叙述。將離多歸咎於「因緣惡」，實是怨恨之詞。儘管冶遊之人都只貪朝夕之歡，並無締結良緣之意，但她還是對一人産生了感情，故寫信約他共度月夜佳期。結果還是分離了，她悔恨以前錯愛了人。因此希望以後遇到的人不要像前人那樣薄情，能替她贖身，永遠相好。

望仙樓

小春花信日邊來〔一〕，未上江樓先坼〔二〕。今歲東君消息〔三〕。還自南枝得〔四〕。素衣染盡天香，玉酒添成國色〔五〕。一自故溪疏隔。腸斷長相憶。

【校記】

〔詞調〕梅苑、花草粹編作胡搗練。〔日邊〕梅苑、花草粹編作「雪中」。〔未上〕梅苑、花草粹編作「壠上」。〔江樓〕梅苑作「小梅」，花草粹編、毛本、歷代詩餘、四庫本、王本作「江梅」。〔拆〕花草粹編、王本作「折」，非是。梅苑、毛本、四庫本作「拆」。〔染盡〕梅苑作「洗盡」。〔故溪〕梅苑、花草粹編作「故園」。

【注釋】

〔一〕小春：指農曆十月。宋陳元靚歲時廣記卷三七引初學記：「冬月之陽，萬物歸之，以其温暖如春，故謂之小春，亦云小陽春。」宋歐陽修漁家傲詞：「十月小春梅蕊綻。」　日邊來：謂由於陽光温暖。

〔二〕拆：指植物花芽綻開。

〔三〕東君：司春之神。借指春天。

〔四〕南枝：見三五一頁生查子（春從何處歸）詞注。

〔五〕「素衣」二句：唐李濬松窗雜録：「會春暮内殿賞牡丹花，上（唐文宗）頗好詩，因問脩己曰：『今京邑傳唱牡丹花詩，誰爲首出？』脩己對曰：『臣嘗聞公卿間多吟賞中書舍人李正封詩曰：國色朝酣酒，天香夜染衣』。上聞之，嗟賞移時。」

【箋疏】

「南枝得」表明所詠爲梅花。「天香」、「國色」，係借牡丹之色凸出一個「紅」字，指所詠不是一般的梅花，而是紅梅。最後寫因梅花而引起思鄉之情。

鳳孤飛

一曲畫樓鐘動〔一〕，宛轉歌聲緩〔二〕。綺席飛塵滿〔三〕。更少待、金蕉暖〔四〕。細雨輕寒今夜短。依前是、粉牆別館〔五〕。端的歡期應未晚〔六〕。奈歸雲難管〔七〕。

【校記】

〔飛塵滿〕花草粹編、歷代詩餘、欽定詞譜、王本作「飛塵座滿」。〔少待〕花草粹編、吴訥本、毛本、歷代詩餘、王本作「小待」。

【注釋】

〔一〕畫樓鐘動：指已到天明。見四二八頁阮郎歸（曉妝長趁景陽鐘）詞注。

〔二〕歌聲緩：謂歌聲舒緩。此處指由於歌唱時間久，歌者感到疲乏。

〔三〕飛塵：見珠玉詞七〇頁少年遊（芙蓉花發去年枝）詞注。

〔四〕金蕉：即金蕉葉，酒盃名。唐馮贄雲仙雜記卷二酒器九品：「李適之有酒器九品：蓬萊盞、海川螺、舞仙盞、瓠子巵、幔捲荷、金蕉葉、玉蟾兒、醉劉伶、東溟樣。」借指酒。

〔五〕別館：客館。宋柳永黄鶯兒詞：「當上苑柳濃時，別館花深處。」
〔六〕端的：真箇，確實。
〔七〕歸雲：見三二〇頁鷓鴣天（題破香牋小研紅）詞注。

【箋疏】
「別館」謂在別人家中，可能指沈廉叔或陳君龍之家。徹夜飲酒聽歌，已近黎明，歌女們已感疲乏，而叔原興猶未盡，嫌良宵太短，歡期未晚，欲待温酒再飲，但畢竟是別人家的侍兒，她們要回去，叔原不能做主。（參閲臨江仙詞：「當時明月在，曾照彩雲歸。」）

西江月

愁黛顰成月淺〔一〕，啼妝印得花殘〔二〕。只消鴛枕夜來閒。曉鏡心情便懶〔三〕。　醉帽檐頭風細，征衫袖口香寒。緑江春水寄書難。攜手佳期又晚。

案此首或誤作秦觀詞，見花草粹編卷四。别又誤作晏殊詞，見古今詞統卷六。

【校記】
〔鴛枕〕歷代詩餘誤作「鴦枕」。〔便懶〕歷代詩餘、王本作「更懶」。〔檐頭〕歷代詩餘作「簾頭」。

【注釋】

〔一〕月淺：淡淡的彎月。

〔二〕啼妝：後漢書五行志一：「桓帝元嘉中，京都婦女作愁眉啼妝。……啼妝者，薄拭目下若啼處。」亦借指女子淚痕。五代韋莊閨怨詩：「啼妝曉不乾，素面凝如雪。」

〔三〕曉鏡：指清晨對鏡梳妝。唐杜牧代吴興妓春初寄薛軍事詩：「自悲臨曉鏡，誰與惜流年。」

【箋疏】

此詞上下片分頭對寫。上片描寫思婦含愁悲啼，懶於梳妝。下片寫丈夫離家日久，衣上舊香已消，又因寄書不易，且不能早日歸家，只能借酒消愁。

又

南苑垂鞭路冷，西樓把袂人稀〔一〕。庭花猶有鬢邊枝〔二〕。且插殘紅自醉。畫幕涼催燕去，香屏曉放雲歸〔三〕。依前青枕夢回時。試問閒愁有幾。

【校記】

［把袂］花草粹編作「把袂」。［曉放］毛本作「晚放」。［閒愁］花草粹編作「愁閒」。

【注釋】

〔一〕南苑、西樓：見三二〇頁鷓鴣天（題破香牋小砑紅）詞注。把袂：拉住衣袖。表示親昵。唐劉長卿送賈三北游詩：「把袂相看衣共緇，窮愁只是惜良時。」

〔二〕鬢邊枝：插在鬢邊的花枝。

〔三〕燕去、雲歸：指所愛的女子已離去。

【箋疏】

此詞亦爲西樓歌女而作。叔原從長安回到汴京，已找不到該女。見庭中有如該女當年所插之花，因折下插在自己頭上，聊以自慰。「燕去」、「雲歸」，伊人已杳，獨宿孤眠，當青枕夢回之時，愁思無限。

武陵春

緑蕙紅蘭芳信歇〔一〕，金蕊正風流〔二〕。應爲詩人多怨秋〔三〕。花意與消愁。　梁王苑路香英密〔四〕，長記舊嬉游。曾看飛瓊戴滿頭〔五〕。浮動舞梁州〔六〕。

【注釋】

〔一〕芳信：花信。

〔二〕金蕊：指菊花。南朝梁蕭統七契：「玉樹始落，金蕊初榮。」宋李遵勗望漢月詞：「黄菊一叢臨砌。……雕闌新雨霽。緑蘚上、亂鋪金蕊。」

〔三〕怨秋：戰國楚宋玉九辯：「悲哉，秋之爲氣也，蕭瑟兮，草木摇落而變衰，……憯悽增欷兮，薄寒之中人。」唐李端送客赴江陵寄郢州郎士元詩：「露下晚蟬愁，詩人舊怨秋。」

〔四〕梁王苑：即梁苑，見珠玉詞七五頁木蘭花（東風昨夜回梁苑）詞注。五代韋莊少年行詩：「揮劍邯鄲市，走馬梁王苑。」香英：指花。

〔五〕飛瓊：見珠玉詞一五二頁拂霓裳（喜秋成）詞注。

〔六〕梁州：見三六五頁清平樂（紅英落盡）詞注。

又

九日黄花如有意〔一〕，依舊滿珍叢〔二〕。誰似龍山秋興濃。吹帽落西風〔三〕。　年年歲歲登高節〔四〕，歡事旋成空。幾處佳人此會同。今在淚痕中。

【注釋】

〔一〕九日：指農曆九月九日重陽節。黄花：菊花。

〔二〕珍叢：美麗的花叢。晏殊菩薩蠻詞：「高梧葉下秋光晚，珍叢化出黄金盞。」

〔三〕「誰似」二句：見五二一頁采桑子（蘆鞭墜徧楊花陌）詞注。

〔四〕登高節：即重陽節。南朝梁吴均續齊諧記：「汝南桓景隨費長房遊學累年。長房謂曰：『九月九日汝家中當有災。宜急去，令家人各作絳囊，盛茱萸以繫臂，登高，飲菊花酒，此禍可除。』景如言，齊家登山。夕還，見雞犬牛羊一時暴死。長房聞之曰：『此可代也。』今世人九日登高飲酒，婦人帶茱萸囊，蓋始於此。」

又

煙柳長堤知幾曲，一曲一魂消。秋水無情天共遥。愁送木蘭橈〔一〕。　熏香繡被心情懶〔二〕，期信轉迢迢〔三〕。記得來時倚畫橋。紅淚滿鮫綃〔四〕。

【注釋】

〔一〕木蘭橈，即木蘭船，見三一六頁鷓鴣天（守得蓮開結伴游）詞注。

〔二〕熏香繡被：唐李商隱碧城三首之二：「鄂君悵望舟中夜，繡被焚香獨自眠。」

〔三〕期信：相約之期。

〔四〕鮫綃：見珠玉詞一六六頁睿恩新（紅絲一曲傍階砌）詞注。

解佩令

玉階秋感，年華暗去。掩深宮、團扇無緒〔一〕。記得當時，自翦下、機中輕素。點丹青、畫成秦女〔二〕。涼襟猶在，朱絃未改，忍霜紈、飄零何處〔三〕。自古悲涼，是情事、輕如雲雨。倚幺絃、恨長難訴〔四〕。

【校記】

〔詞題〕花草粹編作「宮詞」。〔無緒〕毛本、四庫本、王本作「無情緒」。〔朱絃〕四庫本、王本作「朱顏」。〔霜紈〕王本作「雙紈」。

【注釋】

〔一〕團扇：見四六八頁河滿子（綠綺琴中心事）詞注。

〔二〕秦女：指弄玉，相傳爲秦穆公女，嫁善吹簫者簫史，後夫妻兩人乘鳳凰飛去成仙。南朝梁江淹雜體詩三十首班婕妤詠扇：「紈扇如團月，出自機中素。畫作秦王女，乘鸞向煙霧。」

〔三〕霜紈：指白色的紈扇。

〔四〕幺絃：見三七〇頁清平樂（幺絃寫意）詞注。

行香子

晚綠寒紅〔一〕。芳意忽忽。惜年華、今與誰同。碧雲零落〔二〕，數字征鴻〔三〕。看渚蓮凋〔四〕，宮扇舊〔五〕，怨秋風。流波墜葉，佳期何在，想天教、離恨無窮。試將前事，閒倚梧桐〔六〕。有消魂處，明月夜，粉屏空〔七〕。

案此首又作汪輔之詞，見唐宋諸賢絶妙詞選卷五。

【校記】

〔寒紅〕歷代詩餘誤作「寒江」。〔征鴻〕唐宋諸賢絶妙詞選作「賓鴻」。〔渚蓮〕花草粹編作「沼蓮」。〔粉屏〕歷代詩餘、四庫本、王本作「錦屏」。

【注釋】

〔一〕晚綠寒紅：指秋天的樹葉和花。

〔二〕碧雲：見五一六頁虞美人（濕紅牋紙回文字）詞注。碧雲零落，隱含友人離散之意。

〔三〕數字征鴻：指雁行排成的字。隱含見雁行而思念離人之意。

〔四〕渚蓮：水邊的蓮花。唐趙嘏長安晚秋詩：「紫豔半開籬菊浄，紅衣落盡渚蓮愁。」

〔五〕宮扇：即團扇。宮中多用之，故名。

〔六〕「試將」二句：南唐馮延巳采桑子詞：「昔年無限傷心事，依舊東風。獨倚梧桐。閑想閑思到曉鐘。」

〔七〕粉屏：粉，粉繪。粉屏，指有彩色圖畫的屏風。唐張祜觀杭州柘枝詩：「看著遍頭香袖褶，粉屏蘭帕又重偎。」

【輯評】

清先著詞潔卷二：亦不爲極工，然不可廢此，即詞之規模。

慶春時

倚天樓殿〔一〕，升平風月〔二〕，彩仗春移〔三〕。鸞絲鳳竹〔四〕，長生調裏〔五〕，迎得翠輿歸〔六〕。

雕鞍游罷，何處還有心期。濃熏翠被，深停畫燭〔七〕，人約月西時〔八〕。

【注釋】

〔一〕倚天：形容極高。

〔二〕升平：指太平盛世。唐宋之問扈從登封告成頌：「萬方俱下拜，相與樂升平。」

〔三〕彩仗：彩色的儀仗。唐李復言續玄怪録楊恭政：「至三更，有仙樂、彩仗、霓旌、絳節，鸞鶴紛紜，五雲來降，入於房中。」

〔四〕鸞絲鳳竹：見珠玉詞一七六頁連理枝（玉宇秋風至）詞注。

〔五〕長生調：祝賀長生不老的歌謡。

〔六〕翠輿：裝飾華麗的車子。

〔七〕停：停放。唐胡曾詠史詩玉門關：「半夜帳中停燭坐，唯思生入玉門關。」深停畫燭，指把畫燭安放在隱蔽的地方。

〔八〕「人約」句：宋歐陽修生查子詞：「月上柳梢頭，人約黄昏後。」

【箋疏】

此詞描寫皇帝春游畢，在彩仗和絲竹聲中回宮，並指出他另有約會。有人熏好繡被，安放畫燭，等待他夜間前去幽會。據詞意，可能指當時流傳的宋徽宗與李師師之間的情事。

又

梅梢已有，春來音信，風意猶寒。南樓暮雪，無人共賞，閒却玉闌干。　殷勤今夜，涼月還似眉彎〔一〕。尊前爲把，桃根麗曲〔二〕，重倚四絃看〔三〕。

【注釋】

〔一〕「涼月」句：唐戴叔倫蘭溪棹歌：「涼月如眉挂柳灣，越中山色鏡中看。」

〔二〕桃根麗曲：桃根，晉王獻之侍妾。泛指年輕女子。宋錢惟演公子詩：「歌翻南國桃根曲，馬過章臺杏葉韉。」

〔三〕倚：和着樂聲唱歌。四絃：指琵琶，安有四根絃。唐白居易琵琶行：「曲終收撥當心劃，四絃一聲如裂帛。」看：助詞，用在動詞後，表示試試看。

【箋疏】

此詞爲思念南樓歌女而作。自己已離別南樓，再不能與她一起倚闌共賞南樓雪景。夜間涼月，如伊人之眉黛。思而不見，故重試將伊人過去所唱之曲，倚絃彈唱。參閱五〇三頁少年遊（西溪丹杏）詞。

喜團圓

危樓靜鎖〔一〕，窗中遠岫〔二〕，門外垂楊。珠簾不禁春風度，解偷送餘香。　眠思夢想，不如雙燕，得到蘭房〔三〕。别來只是，憑高淚眼，感舊離腸。

【校記】

〔遠岫〕毛本作「迢岫」，歷代詩餘、王本作「遥岫」。

【注釋】

〔一〕危樓：高樓。

〔二〕遠岫：遠山。南朝齊謝朓郡内高齋閒望答吕法曹詩：「窗中列遠岫，庭際俯喬林。」

〔三〕蘭房：閨房的美稱。

憶悶令

取次臨鸞勻畫淺〔一〕。酒醒遲來晚。多情愛惹閒愁，長黛眉低斂〔二〕。　月底相逢花下見。有深深良願。願期信、似月如花〔三〕，須更教長遠。

【校記】

〔花下見〕花草粹編、毛本、歷代詩餘、四庫本、欽定詞譜、王本無「花下」二字。

【注釋】

〔一〕取次：隨意，草草。唐杜甫送元二適江左詩：「經過自愛惜，取次莫論兵。」臨鸞：臨鏡。勻畫：塗脂抹粉，畫眉。

〔二〕黛眉低斂：低頭皺眉。唐白居易恨詞詩：「翠黛眉低斂，紅珠淚暗銷。」

〔三〕期信：凭信，約定的時間。五代顧夐荷葉盃詞：「一去又乖期信，春盡，滿院長莓苔。」似月如花：謂期信應像月之升沉圓缺、花之適時開放一樣有準信。

梁州令

莫唱陽關曲。淚濕當年金縷〔一〕。離歌自古最消魂〔二〕，聞歌更在魂消處。南樓楊柳多情緒〔三〕，不繫行人住。人情却似飛絮〔四〕。悠揚便逐春風去。

【校記】

〔詞調〕歷代詩餘作涼州令。〔聞歌〕花草粹編、毛本、歷代詩餘、四庫本、王本作「於今」。〔南樓〕毛本、歷代詩餘、四庫本、王本作「南橋」。〔却似〕花草粹編作「切似」。

【注釋】

〔一〕金縷：金縷衣。

〔二〕離歌：分別時所唱的歌曲。唐駱賓王送王明府參選賦得鶴詩：「離歌悽妙曲，別操繞繁絃。」

〔三〕南樓：見五〇四頁少年游（西溪丹杏）詞注。

〔四〕「人情」句：唐李咸用依韻修睦上人山居十首之六：「早是人情飛絮薄，可堪時令太行寒。」

【箋疏】

此詞有「南樓楊柳多情緒，不繫行人住」之句，可知是爲「南樓翠柳」而作。「人情」二句指自己將離去。參閱五〇三頁少年游（西溪丹杏）詞。

燕歸梁

蓮葉雨，蓼花風〔一〕。秋恨幾枝紅。遠煙收盡水溶溶〔二〕。飛雁碧雲中。　衷腸事。魚牋字〔三〕。情緒年年相似〔四〕。憑高雙袖晚寒濃。人在月橋東〔五〕。

【校記】

案以上彊村叢書本小山詞原有詞二百五十五首，今據吳訥本唐宋名賢百家詞本小山詞補重出一首。

〔詞調〕花草粹編、毛本、吳訥本、四庫本作燕歸來，歷代詩餘、王本作喜遷鶯。

【注釋】

〔一〕蓼花風：指秋風。唐李咸用登樓值雨二首之二：「江徼多佳景，秋吟興未窮。送來松檻雨，半是蓼花風。」

〔二〕溶溶：水流盛大貌。宋張先一叢花令：「雙鴛池沼水溶溶，南北小橋通。」

〔三〕魚牋：魚子牋。古代一種布目紙，産於蜀地。面呈霜粒，如魚子，故名。五代和凝河滿子詞：「寫得魚牋無限，其如花鎖春暉。」

〔四〕「情緒」句：意謂曾經寄信傾訴相思而未見回音，所以年年盼望等待。

〔五〕月橋：半月形的橋，拱橋。宋張先行香子詞：「江空無畔，凌波何處，月橋邊、青柳朱門。」

【箋疏】

此詞可能爲思念同在南湖采蓮之歌女而作，此時該女已與叔原分手，而叔原猶未能忘情。參閱前言。

胡擣練

小亭初報一枝梅，惹起江南歸興。遥想玉溪風景〔一〕，水漾横斜影〔二〕。　異香直到醉鄉中〔三〕，醉後還因香醒。好是玉容相並〔四〕，人與花爭瑩。景宋本梅苑卷九

【注釋】

〔一〕玉溪：溪流的美稱。唐賈島蓮峯歌：「錦礫潺湲玉溪水，曉來微雨藤花紫。」此處可能指汴京的西溪。參閱五〇三頁少年游（西溪丹杏）詞注。

〔二〕横斜影：宋林逋山園小梅二首之一：「疏影横斜水清淺，暗香浮動月黄昏。」

〔三〕醉鄉：見珠玉詞三七頁更漏子（菊花殘）詞注。

〔四〕好是：猶好在，妙在。表示贊美。唐司空圖楊柳枝壽盃詞之十七：「好是梨花相映處，更勝松雪

日初晴。」　玉容：美稱女子容貌。唐白居易長恨歌：「玉容寂寞淚闌干，梨花一枝春帶雨。」

【箋疏】宋神宗元豐元年（一〇七八）叔原往江南依附其五兄知止。初春見梅花開放，引起思鄉之情。見梅憶人，想像梅花與汴京的歌女疏梅相比，花與人面同樣光潔。（菩薩蠻詞：「江南未雪梅花白，憶梅人是江南客。」）

撲蝴蝶

風梢雨葉，綠徧江南岸。思歸倦客，尋芳來最晚〔一〕。酒邊紅日初長〔二〕，陌上飛花正滿。淒涼數聲弦管。怨春短。　玉人應在，明月樓中畫眉懶。魚箋錦字，多時音信斷。恨如去水空長，事與行雲漸遠。羅衾舊香餘暖。陽春白雪卷三

案苕溪漁隱叢話後集卷三十九載此首作舊詞，不云何人作。明温博花間集補卷下以此首爲唐人作。

【校記】

〔風梢〕花間集補、花草粹編作「煙條」。　〔最晚〕花間集補、花草粹編作「較晚」。　〔酒邊〕花間集補、花草粹編作「岫邊」。　〔初長〕花間集補、花草粹編作「初斜」。　〔弦管〕花間集補、花草粹編

作「羌管」。［魚箋］花間集補、花草粹編作「蠻箋」。［音信斷］花間集補、花草粹編作「魚雁斷」。［恨如］花間集補、花草粹編作「恨隨」。［空長］花間集補、花草粹編作「東流」。［漸遠］花間集補、花草粹編作「共遠」。［餘暖］花間集補、花草粹編作「猶暖」。

【注釋】

〔一〕尋芳：見三六八頁清平樂（西池煙草）詞注。

〔二〕紅日初長：謂冬至後白晝漸長。

【箋疏】

此詞可能作於上一首詞之後不久。思歸倦客，叔原自指。尋芳來晚，意謂自己滯留江南，未能及早與疏梅相會。下片之玉人指疏梅，想像此時她在樓中梳妝，並怨她多時不來信。羅衾猶帶舊香，而相隔之日越來越遠，故引以爲恨。

【輯評】

宋胡仔苕溪漁隱叢話卷二：舊詞高雅，非近世所及。如撲蝴蝶一詞，不知誰作，非惟藻麗可喜，其腔調亦自婉美。

醜奴兒

夜來酒醒清無夢，愁倚闌干。露滴輕寒。雨打芙蓉淚不乾。　佳人別後音塵悄，瘦盡難拚〔一〕。明月無端〔二〕。已過紅樓十二間。永樂大典卷三千零零六人字韻引小山琴趣外篇

案此首見淮海居士長短句卷中，乃秦觀作，又見山谷琴趣外篇卷三。疑小山琴趣外篇别有所據，姑兩存之。

【注釋】

〔一〕拚：捨棄不顧。

〔二〕明月無端：句意怨明月無故使人不能入睡。

謁金門

溪聲急。無數落花漂出。燕子分泥蜂釀蜜〔一〕。遲遲豔風日〔二〕。　須信芳菲隨失〔三〕。況復佳期難必。擬把此情書萬一。愁多翻閣筆。

案此首原見花草粹編卷三，題賀鑄作，注：「天作叔原。」蓋天機餘錦此首作晏叔原（幾道）詞。

【注釋】

〔一〕分泥：指燕子銜泥壘窩。

〔二〕遲遲：形容陽光温暖。詩豳風七月：「春日遲遲，采蘩祁祁。」朱熹集傳：「遲遲，日長而暄也。」風日：指天氣，氣候。唐李白宫中行樂詞之八：「今朝風日好，宜入未央游。」

〔三〕須信：須知。

附録一　存目詞

據全宋詞逸録

調名	首句	出處	附注
破陣子	憶得去年今日	全芳備祖前集卷十二菊花門	晏殊詞，見珠玉詞。
采桑子	櫻桃謝了梨花發	全芳備祖前集卷二十四櫻桃花門	又
漁家傲	粉筆丹青描未得	全芳備祖後集卷二蓮門	又
胡搗練	夜來江上見寒梅	永樂大典卷二千八百十梅字韻	又
桃源憶故人	玉樓深鎖薄情種	永樂大典卷三千零零五人字韻	秦觀詞，見淮海居士長短句卷中。
醉桃源	南園春半踏青時	陽春集注引蘭畹集	馮延巳詞，見陽春集。詞已見前歐陽修存目附録。
浣溪沙	一曲新詞酒一盃	陳鍾秀本草堂詩餘卷上	晏殊詞，見珠玉詞。

如夢令	樓外殘陽紅滿	類編草堂詩餘卷一	秦觀詞，見淮海居士長短句卷中。
探春令	綠楊枝上曉鶯啼	又	無名氏詞，見草堂詩餘前集卷下。
又	簾旌微動	花草粹編卷五	宋徽宗趙佶詞，見能改齋漫録卷十六。
木蘭花	一年滴盡蓮花漏	草堂詩餘續集卷上	毛滂詞，見東堂詞。
玉樓春	紅樓十二闌干側	詞的卷二	王子武詞，見花草粹編卷六。
踏莎行	小徑紅稀	詞的卷三	晏殊詞，見珠玉詞。
與團圓	鮫綃霧縠没多重	趙琦美輯小山詞補遺	無名氏詞，見花草粹編卷四。
又	輕攢碎玉玲瓏竹	又	無名氏詞，見梅苑卷八。
御街行	霜風漸緊寒侵被	又引古今詞話	無名氏詞，見花草粹編卷八引古今詞話。
滿江紅	七十人稀	趙琦美輯小山詞補遺	蕭小山（泰來）詞，見翰墨大全丙集卷十四。

上行盃　落梅著雨消殘粉　又引詞調元龜　馮延巳詞，見陽春集。詞附録於後。

睿恩新　芙蓉一朵霜秋色　趙琦美輯小山詞補遺　晏殊詞，見珠玉詞。

真珠髻　重重山外　歷代詩餘卷八十四　無名氏詞，見梅苑卷一。

洞仙歌　江南臘盡　古今圖書集成草木典卷二百六十六柳部　蘇軾詞，見東坡詞卷下。

附録二　晏幾道詩及黄庭堅晁端禮唱和詩詞

晏幾道詩八首

與鄭介夫

小白長紅又滿枝，築毬場外獨支頤。春風自是人間客，張主繁華得幾時。

戲作示内

生計唯茲椀，般擎豈憚勞。造雖從假合，成不自埏陶。阮杓非同調，顔瓢庶共操。朝盛負餘米，暮貯藉殘糟。幸免墦間乞，終甘澤畔逃。挑宜筇作杖，捧稱葛爲袍。儻受桑間餉，何堪井上螬。綽然真自許，噂爾未應饕。世久輕原憲，人方逐子敖。願君同此器，珍重到霜毛。

題司馬長卿畫像

犢鼻生涯一酒壚，當年嗤笑欲何如。窮通不屬兒曹意，自有真人愛子虚。

觀畫目送飛雁手提白魚

眼看飛雁手攜魚，似是當年綺季徒。仰羡知幾避繒繳，俯嗟貪餌失江湖。人間感緒聞詩語，塵外高蹤見畫圖。三歎繪毫精寫意，慕冥傷涸兩躊躇。

公儀招觀畫

初約看花花已盡，重親閑客客應歡。真花既不能長豔，畫在霜紈更好看。

七夕

雲幕無波斗柄移，鵲慵烏慢得橋遲。若教精衛填河漢，一水還應有盡時。

晚春

一春無事又成空，擁鼻微吟半醉中。夾道桃花新過雨，馬蹄無處避殘紅。

失題

公餘終日坐閒亭，看得梅開梅葉青。可是近來疎酒盞，酒瓶今已作花瓶。

黄庭堅詩十三首

次韻答叔原會寂照房呈稚川 元豐三年，下二首同。

客愁非一種，歷亂如蜜房。食甘念慈母，衣綻懷孟光。我家猶北門，王子渺湖湘。寄書無雁來，衰草漫寒塘。故人哀王孫，交味耐久長。置酒相暖熱，惬於冬飲湯。吾儕癡絶處，不減顧長康。得閑枯木坐，冷日下牛羊。坐有稻田衲，頗熏知見香。勝談初亹亹，脩綆汲銀牀。聲名九鼎重，冠蓋萬夫望。老禪不掛眼，看蝸書屋梁。韻與境俱勝，意將言兩忘。出門事衮衮，斗柄莫昂昂。月色麗雙闕，雪雲浮建章。苦寒無處避，唯欲酒中藏。

同王稚川晏叔原飯寂照房 得房字

高人住寶坊，重客疑齋房。市聲猶在耳，虚静生白光。幽子遺淡墨，窗間見瀟湘。蒹葭落鳧雁，秋色媚横塘。博山沉水煙，淡與人意長。自擕鷹爪芽，來試魚眼湯。寒浴得温湢，體净心凱康。盤飧取近市，厭飫謝羶羊。裂餅羞豚膾，包魚芰荷香。平生所懷人，忽言共榻牀。常恐風雨散，千里鬱相望。斯游豈易得，淵對妙濠梁。雅雅王稚川，易親復難忘。晏子與人交，風義盛激昂。兩公盛才力，宫錦麗文章。鄙夫得秀句，成誦更懷藏。

次韻叔原會寂照房 得照字

風雨思齊詩，草木怨楚調。本無心擊排，勝日用歌嘯。僧窗茶煙底，清絶對二妙。俱含萬里情，雪梅開嶺徼。我慚風味淺，砌莎慕松蔦。中朝盛人物，誰與開顔笑。二公老諳事，似解寂寞釣。對之空歎嗟，樓閣重晚照。

自咸平至太康鞍馬間得十小詩寄懷晏叔原並問王稚川行李鵝兒黄似酒對酒愛新鵝此他日醉時與叔原所詠因以爲韻

其一

詩人雞林市，書邀道士鵝。雲間晏公子，風月興如何。

其二

春風馬上夢，樽酒故人持。猶作狂時語，鄰家乞侍兒。

其三

憶同嵇阮輩，醉卧酒家牀。今日壚邊客，初無人姓黄。

其四

對酒誠獨難，論詩良不易。人生如草木，臭味要相似。

其五

春色挾曙來，惱人似官酒。酬春無好語，懷我文章友。

其六

紅梅定自開，有酒無人對。歸時應好在，常恐風雨晦。

其七

東南萬里江，緑浄一、盃酒。王孫江南去，更得消息否。

其八

獻笑果不情，貌親初不愛。誰言百年交，投分一傾蓋。

其九

四十垂垂老，文章豈更新。鼻端如可斲，猶擬爲揮斤。

其十

土氣昏風日，人囂極雁鵝。尋河著繩墨，詩思略無多。

晁端禮詞十首

鷓鴣天 晏叔原近作鷓鴣天曲，歌詠太平，輒擬之爲十篇。野人久去輦轂，不得目覩盛事，姑誦所聞萬一而已。

霜壓天街不動塵。千官環珮賀成禋。三竿閶闔樓邊日，五色蓬萊頂上雲。　隨步輦，卷香裀。六宮紅粉倍添春。樂章近與中聲合，一片仙韶特地新。

又

數騎飛塵入鳳城。朔方諸部奏河清。圜扉木索頻年静，大晟簫韶九奏成。　流協氣，溢歡聲。更將何事卜昇平。天顏不禁都人看，許近黄金輦路行。

又

閬苑瑶臺路暗通。皇州佳氣正葱葱。半天樓殿朦朧月，午夜笙歌淡蕩風。　車流水，馬游龍。萬家行樂醉醒中。何須更待元宵到，夜夜蓮燈十里紅。

又

洛水西來泛緑波。北瞻丹闕正嵯峨。先皇秘𦘕案原本字殘，不知何字。無人解，聖子神孫果衆多。

民物阜，歲時和。帝居不用壯山河。卜年卜世過周室，億萬斯年入詠歌。

又

壁水溶溶漾碧漪。橋門清曉駐鑾旗。三千儒服鴛兼鷺，十萬犀兵虎與貔。　春服就，舞雩歸。四方爭頌育莪詩。熙豐教養今成効，已見夔龍集鳳池。

又

八彩眉開喜色新。邊陲來奏捷書頻。百蠻洞穴皆王土，萬里戎羌盡漢臣。　丹轉轂，錦拖紳。充庭列貢集珠珍。宮花御柳年年好，萬歲聲中過一春。

又

聖澤昭天下漏泉。君王慈孝自天然。四民有養躋仁壽，九族咸親邁古先。　歌舜日，詠堯年。競翻玉管播朱絃。須知大觀崇寧事，不愧生民下武篇。

又

日日仙韶度曲新。萬機多暇宴遊頻。歌餘蘭麝生紈扇，舞罷珠璣落繡絪。　金屋暖，〔璧〕（壁）臺春。意中情態掌中身。近來誰解辭同輦，似說昭陽第一人。

又

萬國梯航賀太平。天人協贊甚分明。兩階羽舞三苗格，九鼎神金一鑄成。　仙鶴唳，玉芝生。包茅三脊已充庭。翠華脈脈東封對，日觀雲深萬仞青。

又

金碧觚稜斗極邊。集英深殿聽臚傳。齊開雉扇雙分影，不動金鑪一噴煙。紅錦地，碧羅天。昇平樓上語喧喧。依稀曾聽鈞天奏，耳冷人間四十年。

附録三　小山詞序跋

原序

補亡一編，補樂府之亡也。叔原往者浮沈酒中，病世之歌詞不足以析酲解愠，試續南部諸賢緒餘，作五七字語，期以自娱。不獨敘其所懷，兼寫一時盃酒間聞見，所同游者意中事。嘗思感物之情，古今不易。竊以謂篇中之意，昔人所不遺，第於今無傳爾。故今所製，通以補亡名之。始時沈十二廉叔、陳十君龍家有蓮、鴻、蘋、雲，品清謳娱客。每得一解，即以草授諸兒，吾三人持酒聽之，爲一笑樂而。已而君龍疾廢卧家，廉叔下世，昔之狂篇醉句，遂與兩家歌兒酒使俱流轉於人間。自爾郵傳滋多，積有竄易。七月己巳，爲高平公綴緝成編。追惟往昔過從飲酒之人，或壠木已長，或病不偶。考其篇中所記悲歡合離之事，如幻如電，如昨夢前塵，但能掩卷憮然，感光陰之易遷，歎境緣之無實也。

黄庭堅序

晏叔原，臨淄公之暮子也。磊隗權奇，疏於顧忌。文章翰墨，自立規摹，常欲軒輊人而不受世之輕重。諸公雖稱愛之而又以小謹望之，遂陸沈於下位。平生潛心六藝，玩思百家，持論甚高，未嘗以治世。余嘗怪而問焉。曰：我槃跚勃窣，猶獲罪於諸公，憤而吐之，是唾人面也。乃獨嬉弄於樂府之餘，而寓以詩人之句法。清壯頓挫，能動揺人心。士大夫傳之，以爲有臨淄之風耳，罕能味其言也。余嘗論叔原固人英也，其癡亦自絶人。愛叔原者皆愠而問其目。曰：仕宦連蹇，而不能一傍貴人之門，是一癡也。論文自有體，不肯一作新進士語，此又一癡也。費資千百萬，家人寒飢而面有孺子之色，此又一癡也。人百負之而不恨，己信人終不疑其欺己，此又一癡也。乃共以爲然。雖若此，至其樂府，可謂狎邪之大雅，豪士之鼓吹。其合者高唐、洛神之流，其下者豈減桃葉、團扇哉？余少時間作樂府，以使酒玩世。道人法秀獨罪余「以筆墨勸淫，於我法中當下犂舌之獄」。特未見叔原之作耶？雖然，彼富貴得意，室有倩盼慧女，而主人好文，必當市致千金，家求善本，曰獨不得與叔原同時耶！若乃妙年美士，近知酒色之虞，苦節臞儒，晚悟裙裾之樂，鼓之舞之，使宴安酖毒而不悔，是則叔原之罪也哉。山谷道人序。

毛晉跋

諸名勝詞集删選相半，獨小山集直逼花間，字字娉娉嫋嫋，如攬嬙、施之袂。恨不能起蓮、鴻、蘋、雲按紅牙板唱和一過。晏氏父子具足追配李氏父子云。古虞毛晉記。

四庫全書小山詞提要

小山詞一卷，宋晏幾道撰。幾道字叔原，號小山，殊之幼子，監潁昌許田鎮。熙寧中鄭俠上書下獄，悉治平時所往還厚善者，幾道亦在數中。從俠家搜得其詩，裕陵稱之，始令放出。事見侯鯖録。黄庭堅小山集序曰：其樂府可謂狹邪之大雅，豪士之鼓吹，其合者高唐、洛神之流，其下者豈減桃葉、團扇哉？又古今詞話載程叔微之言曰，伊川聞人誦叔原詞「夢魂慣得無拘檢，又踏楊花過謝橋」，曰：「鬼語也。」意頗賞之。然則幾道之詞，固甚爲當時推挹矣。馬端臨經籍考載小山詞一卷，並録黄庭堅全序。此本佚去庭堅序，惟存無名跋後一篇。又似幾道詞本名補亡，以爲補樂府之亡。單文孤證，未敢遽改，姑仍舊本題之。至舊本字句往往訛異，如泛清波摘遍一闋「暗惜光陰恨多少」句，此刻於「光」字上誤增「花」字，衍作八字句。詞匯遂改「陰」作「飲」，再誤爲「暗惜花光，飲恨多少」。如斯之類，殊失其真。今併訂正之焉。

鄭文焯跋

比於文獻通考得黄山谷所製小山集序，論叔原癡絶，有之。稱其樂府「寓以詩人句法，精壯頓挫，能動搖人心。士大夫傳之，以爲有臨淄之風爾，罕能味其言也」。又謂「其合者高唐、洛神之流，其下者豈減桃葉、團扇」，誠足當小山知音雅舊。已別録一卷，即以兹敘弁首，更爲斠訂詞中踳駁，以小字密行，精刊墨板。名曰小山樂府補亡，從其自序義例也。

朱祖謀小山詞校記

右小山詞一卷，趙氏星鳳閣藏明鈔本。以校毛氏汲古閣刻，校正八十餘字。其訛文之顯見者，即以毛本校録如右。他所参校亦附見焉。孝臧識。

林大椿跋

小山詞一卷，毛晉刊在六十一家詞中。近歲歸安朱氏彊村叢書取趙氏星鳳閣藏明鈔本以校毛刻，斠正八十餘字，視毛本增多一闋。兹編次序悉依彊本，以毛刻及諸選本参校一過，列其同異，録爲校記一卷。凡彊本校記所及，不復重著。中華民國十七年六月六日，閩侯林大椿記於北京。

附録四　小山詞總評

宋王銍默記卷下：賀方回遍讀唐人遺集，取其意以爲詩詞。然所得在善取唐人遺意，不如晏叔原盡見升平氣象，所得爲人情物態。叔原妙在得於婦人，方回妙在得詞人遺意。

宋李清照詞論：乃知（詞）別是一家，知之者少。後晏叔原、賀方回、秦少游、黄魯直出，始能知之。又晏苦無鋪叙，賀苦少典重，秦即專主情致，而少故實。譬如貧家美女，雖極妍麗豐逸，而終乏富貴態。黄即尚故實，而多疵病。譬如良玉有瑕，價自減半矣。

宋王灼碧雞漫志卷二：叔原詞如金陵王、謝子弟，秀氣勝韻，得之天然，殆不可學。

宋陳振孫直齋書録解題卷二十一：小山集一卷，晏幾道叔原撰。其詞在諸名勝中，獨可追逼花間，高處或過之。

清王又華古今詞論：王元美曰：李氏、晏氏父子、耆卿、子野、美成、少游、易安至矣，詞之正宗也。温、韋豔而促，黄九精而刻，長公麗而壯，幼安辯而奇，又其次也。詞之變體也。

清郭麐靈芬館詞話卷二：叔原自許續南部餘緒，故所作足闖花間之室。以視珠玉集無愧也。

清周濟宋四家詞選目録序論：晏氏父子仍步温韋。小晏精力尤勝。

清劉熙載詞概：叔原貴異，方回贍遠，耆卿細貼，少游清遠。四家詞趣各别，惟尚婉則同耳。

清杜文瀾憩園詞話：（周稚珪）所選心日齋十六家詞，專取唐宋，而以元之張蛻岩殿焉。其論曰：詞之有令，唐五代尚矣。宋惟晏叔原最擅勝場，賀方回差堪接武。其餘間有一二名作流傳，然皆非專門之學。自兹以降，專工慢詞，不復措意令曲。其作令曲，仍與慢詞聲響無異。

清陳廷焯詞壇叢話：晏小山詞風流綺麗，獨冠一時。又：北宋之晏叔原，南宋之劉改之，一以韻勝，一以氣勝。别於清真、白石外，自成大家。

又白雨齋詞話卷一：詩三百篇，大旨歸於無邪。北宋晏小山工於言情，出元獻、文忠之右。然不免思涉於邪，有失風人之旨。而措詞婉妙，則一時獨步。又卷七：晏元獻、歐陽文忠皆工詞，而皆出小山下。專精之詣，固應讓渠獨步。然小山雖工詞，而卒不能比肩温韋，方駕正中者，以情溢詞外，未能意蘊言中也。故悦人易而復古則不足。又：李後主、晏叔原皆非詞中正聲，而其詞則無人不愛，以其情勝也。情不深而爲詞，雖雅不韻，何足感人。

清馮煦蒿庵詞話：淮海、小山，真古之傷心人也。其淡語皆有味，淺語皆有致。求之兩宋詞人，實罕其匹。子晉欲以晏氏父子追配李氏父子，誠爲知音。

近人王國維人間詞話卷上：馮夢華宋六十一家詞選序例謂：「淮海、小山，古之傷心人也。

其淡語皆有味，淺語皆有致。」余謂此唯淮海足以當之。小山矜貴有餘，但可方駕子野、方回，未足抗衡淮海也。

近人吴梅詞學通論第七章概論二：余謂黜詞自以小山爲最，以曲折嬌婉，淺處皆深也。

近人況周頤蕙風詞話卷二：晏叔原詞自序曰：「始時沈十二廉叔、陳十君龍家有蓮、鴻、蘋、雲，清謳娱客。」廉叔、君龍，殆亦風雅之士，竟無篇闋流傳，並其名亦不可考。宋興百年已還，凡著名之詞人，十九宋史有傳，或附見父若兄傳。大都黄閣鉅公，烏衣華胄。即名位稍遜者，亦不獲二三焉。當時詞稱極盛，乃至青樓之妙姬，秋墳之靈鬼，亦有名章俊語，載之曩籍，流爲美談。萬不至章甫縫掖之士，尺板斗食者流，獨無含咀宫商，規撫秦、柳者。矧天子右文，羣公操雅提倡，甚非無人，而卒無補於湮没不彰，何耶？國初顧梁汾有言，煥涼之態浸淫而入於風雅，良可浩歎。即北宋詞人以觀，蓋此風由來舊矣。即如叔原，其才庶幾跨竈，其名殆猶恃父以傳。夫傳不傳亦何足重輕之有。唯是自古迄今，不知蘊没幾許好詞，而其傳者或反不如不傳者之可傳，是則重可惜耳。又云：小山詞從珠玉出，而成就不同，體貌各具。珠玉比花中之牡丹，小山其文杏乎。

近人夏敬觀吷庵詞評：晏氏父子嗣響南唐二主，才力相敵。蓋不特辭勝，尤有過人之情。叔原以貴人暮子，落拓一生。華屋山邱，身親經歷，哀絲豪竹，寓其微痛纖悲，宜其造詣又過於父。山谷謂爲狎邪之大雅，豪士之鼓吹，未足以盡之也。

近人陳匪石聲執卷下：至於北宋小令，近承五季。慢詞蕃衍，其風始微。晏殊、歐陽修、張先固雅負盛名，而砥柱中流，斷非幾道莫屬。又：珠玉、小山、子野、屯田、東山、淮海、清真，其詞皆神於煉，不似南宋名家針綫之迹未滅盡也。

附録五　晏幾道部分事跡及作品編年

宋仁宗寶元元年（一〇三八）

晏幾道四月二十三日生，字叔原，號小山，爲晏殊第八子。

是年晏殊四十八歲，自知陳州召還汴京，爲御史中丞三司使。

范仲淹五十歲。

張先四十九歲。

歐陽修三十二歲。

韓維二十三歲。

王安石十七歲。

范純仁十二歲。

蘇軾三歲。

仁宗慶曆元年（一〇四一），叔原四歲。

鄭俠生，字介夫。

慶曆三—四年（一〇四三—一〇四四），叔原六—七歲。

晏殊自檢校太尉刑部尚書同平章事加同中書門下平章事兼樞密使。

四年九月，晏殊罷相，以工部尚書知潁州。

慶曆五年（一〇四五），叔原八歲。

黄庭堅生。

慶曆六年（一〇四六），叔原九歲。

晁端禮生。

慶曆七年（一〇四七），叔原十歲。

蔡京生。

仁宗皇祐元年（一〇四九），叔原十二歲。

秦觀生。

皇祐四年（一〇五二），叔原十五歲。

賀鑄生。

仁宗至和元年（一〇五四），叔原十七歲。

晏殊歷經知潁州、陳州、許州、永興軍、河南，至和元年六月，以疾歸京師。八月，疾少間，侍講邇英閣。

至和二年（一〇五五），叔原十八歲。

正月，晏殊卒。

據歐陽修晏公神道碑銘所載，此時叔原已有太常寺太祝的官職。

這一時期及以前的作品：

臨江仙（鬭草階前初見）。可能作於十四五歲時，記述他初戀的情景。

南鄉子（小蕊受春風）。

減字木蘭花（長楊輦路）。此二首作於回汴京後，回憶他小時候一起玩耍的女孩並重來訪尋。

仁宗至和二年—嘉祐二年（一〇五五—一〇五七），叔原十八—二十歲。

這三年叔原可能在汴京守制。

嘉祐元年（一〇五六），叔原十九歲。

周邦彥生。

嘉祐三年—六年（一〇五八—一〇六一），叔原二十一—二十四歲。

守制期滿後，叔原開始與汴京一所歌樓（西樓）的歌女相好，見於以下諸詞：

采桑子（西樓月下當時見）。

虞美人（閒敲玉磴隋堤路）。

點絳脣（妝席相逢）。

滿庭芳（南苑吹花，西樓題葉）。

蝶戀花（醉別西樓醒不見）。

不久，叔原離汴京去長安，與該女分别，見於以下諸詞：

清平樂（寒催酒醒）。

少年游（西樓别後）。

秋蕊香（歌徹郎君秋草）。

除上述這些詞以外，叔原在長安思念西樓歌女的詞作還有以下幾首：

少年游（雕梁燕去）。

采桑子（前歡幾處笙歌地）。

采桑子（别來長記西樓事）。

鷓鴣天（一醉醒來春又殘）。

清平樂（紅英落盡，未有相逢信）。

鷓鴣天（題破香箋小砑紅）。
泛清波摘徧（催花雨小）。
踏莎行（綠徑穿花）。
滿庭芳（南苑吹花）。
西江月（南苑垂鞭路冷）。
浣溪沙（樓上燈深欲閉門）。
木蘭花（念奴初唱離亭宴）。

在長安的幾年中，叔原偶爾仍涉足歌場：

蝶戀花（金翦刀頭芳意動），詞中有「十二樓中雙翠鳳。縹緲歌聲，記得江南弄。醉舞春風誰可共。秦雲已有鴛屏夢」之句，詞意似回憶在長安時曾結識兩個歌女（雙翠鳳），秦雲說明是長安的女子。

嘉祐七年（一〇六二）—神宗熙寧二年（一〇六九），叔原二十五歲—三十二歲。

這七八年中，並無史實可作查考依據，僅是憑叔原所作的詞推測，他從長安回到汴京後，曾與西溪南樓的兩個歌女相愛，不久又去江西和揚州擔任小官吏。見於以下諸詞：

少年游（西溪丹杏），詞中的「杏」與「柳」暗藏兩個歌女的名字。

臨江仙（旖旎仙花解語），詞中「仙花」、「春柳」暗指「杏」與「柳」兩個歌女。
點絳脣（明日征鞭），詞中暗藏「柳」與「杏」。
梁州令（莫唱陽關曲），此詞爲別「南樓翠柳」而作。
少年游（緑勾闌畔），當爲別「杏」而作。
慶春時（梅梢已有，春來音信）。
虞美人（濕紅牋紙回文字）。
采桑子（秋來更覺消魂苦）。
阮郎歸（舊香殘粉似當初）。
鷓鴣天（緑橘梢頭幾點春），詞中有「明朝紫鳳朝天路，十二重城五碧雲」及「贛江西畔從今日，明月清風憶使君」之句，叙述贛州太守任滿進京。説明叔原時在江西。
虞美人（玉簫吹徧煙花路）。
浣溪沙（銅虎分符領外臺）。
采桑子（高吟爛醉淮西月）。「煙花路」指揚州。淮西是淮南西路，治所在揚州。説明叔原曾在揚州待過一段時期。
熙寧二年王安石爲參知政事，行新法。

神宗熙寧三年—五年（一〇七〇—一〇七二），叔原三十三—三十五歲。

在歸德府（河南商丘）與一歌女相戀，一起在南湖采蓮。所作的詞有：

玉樓春（采蓮時候慵歌舞）。

鷓鴣天（守得蓮開結伴遊）。

點絳脣（湖上西風）。

蝶戀花（笑豔秋蓮生綠浦）。

采桑子（湘妃浦口蓮開盡）。

木蘭花（玉真能唱朱簾静）。

浣溪沙（一樣宮妝簇彩舟）。

浣溪沙（浦口蓮香夜不收）。

後來事情有了變化，該歌女終與叔原分手。見於以下諸詞：

虞美人（疏梅月下歌金縷）。

臨江仙（長愛碧闌干影）。

留春令（采蓮舟上）。

清平樂（蓮開欲徧）。

采桑子（白蓮池上當時月）。

熙寧五年（一〇七二），叔原三十五歲。

歐陽修卒。

熙寧六年（一〇七三），叔原三十六歲。

鄭俠自光州司法參軍秩滿進京，監安上門。

熙寧七年（一〇七四），叔原三十七歲。

春，叔原作與鄭介夫詩：「小白長紅又滿枝。築毬場外獨支頤。春風自是人間客，張主繁華得幾時。」

四月，鄭俠上書指斥呂惠卿。呂惠卿奏俠訕謗，下臺獄，株連甚衆。在俠家搜得叔原詩，叔原亦受牽連而被捕入獄。

十一月，鄭俠事件結案，俠移英州編管。與俠交往者多人遭貶謫、奪官，或移遠州編管。宋趙令時侯鯖録四載：「熙寧中鄭俠上書事作下獄，悉治平時往還厚善者，晏幾道叔原亦在數中。俠家搜得叔原與俠詩云（詩略）。裕陵稱之，即令釋出。」

熙寧八年—十年（一〇七五—一〇七七），叔原三十八—四十歲。

出獄後，次年春天遇見以前在南湖相識的歌女疏梅。

這時期寫有以下二詞：

洞仙歌（春殘雨過）。

清平樂（波紋碧皺）。

神宗元豐元年（一〇七八），叔原四十一歲。

五兄知止爲江南太守。叔原往江南依隨其兄。

這一時期所作的和有關的詞：

玉樓春（一尊相遇春風裏）。

菩薩蠻（江南未雪梅花白）。

蝶戀花（千葉早梅誇百媚）。

六么令（雪殘風信）。

撲蝴蝶（風梢雨葉）。

于飛樂（曉日當簾）。

胡搗練（小亭初報一枝梅）。

以上七首，均爲懷念疏梅及思歸之作。

張先卒。

元豐二年（一〇七九），叔原四十二歲。

春，從江南回汴京。

浪淘沙（麗曲醉思仙），詞中有「吴堤春水艤蘭船。南去北來今漸老」之句，説明此詞作於從江南回汴京的旅途中。

清商怨（庭花相信尚淺）。

留春令（畫屏天畔）。

蝶戀花（夢入江南煙水路）。

三詞均爲回到汴京後回憶江南之作。

冬，叔原與黄庭堅在汴京聚會。黄有詩記其事（見附録）。

元豐三年—四年（一〇八〇—一〇八一）　叔原四十三—四十四歲。

叔原經常去沈廉叔、陳君龍家飲酒，並聽蓮、鴻、蘋、雲唱歌。叔原於元豐五年（一〇八二）春監潁昌許田鎮。在去許田鎮時，曾作鷓鴣天（梅蕊新妝桂葉眉）詞別小蓮。在許田鎮，有浣溪沙（牀上銀屏幾點山）詞憶小雲，破陣子（柳下笙歌庭院）詞憶小蓮。可見在去許田鎮以前，已與沈、陳二家交往。

玉樓春（瓊酥酒面風吹醒）。

木蘭花（小顰若解愁春暮）。

木蘭花（小蓮未解論心素）。

三首皆有二家侍女之名，而内容僅泛泛稱贊其容貌和才藝，當作於相識初期。

鷓鴣天（手撚香牋憶小蓮），表明聽歌歸家後對小蓮的思念。

元豐五年（一〇八二），叔原四十五歲。

春，監潁昌許田鎮。

這一年前後所作的詞有：

鷓鴣天（梅蕊新妝桂葉眉），作於去許田鎮時餞行的筵席上，小蓮以歌送行。

浣溪沙（午醉西橋夕未醒），此詞可能作於去許田鎮的途中。去時是在春天，故云：「衣化客塵今古道，柳含春意短長亭。」

元豐五年—八年（一〇八二—一〇八五），叔原四十五歲—四十八歲。

在潁昌許田鎮。

這時，適逢韓維知許州，叔原便把以前所作之詞，録成一卷呈韓維。邵博聞見後録卷十九載：「晏叔原，臨淄公晚子，監潁昌許田鎮。手寫自作長短句上府帥韓少師。少師報書：『得新詞盈卷，蓋才有餘而德不足者。願郎君捐有餘之才補不足之德，不勝門下老吏之望』云。」硯北雜志引此文，韓少師作韓持國。韓維字持國，以太子少傅致仕，轉少師。

這段時間所作的詞：

浣溪沙（牀上銀屏幾點山），爲别後思念小雲之作。

破陣子（柳下笙歌庭院），爲别後思念小蓮之作。

阮郎歸（天邊金掌露成霜），作於其中一年慶祝重陽節的宴會上。

鷓鴣天（陌上濛濛殘絮飛），詞中有「故園三度羣花謝，曼倩天涯猶未歸」之語，可能作於元豐八年暮春，叔原來許田鎮已足足三年，而尚未接到調令，不能歸京。

鷓鴣天（十里樓臺倚翠微），詞中有「百花深處杜鵑啼」及「天涯豈是無歸意，争奈歸期未可期」之句，與上一首詞詞意相同，可能作於同時。

虞美人（秋風不似春風好），詞中有「雙星舊約年年在」之語，應作於該年七夕。

叔原在許田鎮時曾與一名師師的歌女相好。見以下二詞：

生查子（遠山眉黛長）。

又（落梅庭榭香）。

元豐八年秋，調離許田鎮的文書終於到來。

臨江仙（淡水三年歡意），寫離開許田鎮歸途中的回憶。詞中的「三年」與鷓鴣天詞「故園三度羣花謝」相符；「歡意」與阮郎歸詞「人情似故鄉」相符；「雲鴻相約處，煙霧九重城」與鷓鴣天詞「行人莫便消魂去，漢渚星橋尚有期」合拍。

回汴京後，繼續在沈、陳兩家飲酒聽歌。稍後，「君龍疾廢臥家，廉叔下世」（小山詞原序）。

哲宗元祐元年—元祐三年（一〇八六—一〇八八），叔原四十九—五十一歲。

小山詞編成於此三年間。小山詞原序：「七月己巳，爲高平公綴輯成編。」〔一〕

元祐三年前後，蘇軾欲經黃庭堅之介紹見叔原，爲叔原所拒。硯北雜志上引邵澤民云：「元祐中，叔原以長短句行。蘇子瞻因魯直欲見之，則謝曰：『今日政事堂中半吾家舊客，亦未暇見也。』」

這一段時期中的詞作：

虞美人（小梅枝上東風信），詞中之「問誰同是憶花人，賺得小鴻眉黛、也低顰」，可能指君龍疾廢臥家，而此時小鴻尚未「流轉於人間」。

愁倚闌令（憑江閣），爲悼念下世的沈廉叔並思念已「流轉於人間」的小蓮而作。

醜奴兒（昭華鳳管知名久）。

臨江仙（東野亡來無麗句），詞中以孟郊、于鵠借指沈、陳二人。

臨江仙（夢後樓臺高鎖）。

蝶戀花（卷絮風頭寒欲盡）。

鷓鴣天（彩袖殷勤捧玉鍾）。此詞敘述重見昔年相識的歌女，不一定指沈、陳二家的侍兒，姑置於此。

臨江仙（淺淺餘寒春半）。此詞似爲上一首之續作。

元祐元年，王安石卒。

元祐六年（一〇九一），叔原五十四歲。

這一年開科前，叔原聽説在許田鎮時認識的一個朋友要到汴京來赴試，寫了一首鷓鴣天詞（清潁尊前酒滿衣）給他，預祝他能狀元及第。

哲宗元符元年（一〇九八），叔原六十一歲。

韓維卒。

元符三年（一一〇〇），叔原六十三歲。

秦觀卒。

徽宗建中靖國元年（一一〇一），叔原六十四歲。

蘇軾卒。

范純仁卒。

徽宗崇寧元年(一一〇二),叔原六十五歲。

本年所作詞:

鷓鴣天(九日悲秋不到心)。

鷓鴣天(曉日迎長歲歲同)。

據王灼碧雞漫志二載:「叔原年未至乞身(按:指以前的幾年),退居京城賜第,不踐諸貴之門。蔡京重九、冬至日遣客求長短句,欣然兩爲作鷓鴣天(詞略),竟無一語及蔡者。」〔二〕

慶春時(倚天樓殿),詞中描寫皇帝春游回宫後又與人私約幽會,似指宋徽宗與李師師之事。此詞可能作於這一年或稍後。

崇寧二年(一一〇三),叔原六十六歲。

此年或稍後,叔原曾多次搬家。

這一時期所作詩詞:

戲作示内詩。墨莊漫録卷三:「晏叔原聚書甚多,每有遷徙,其妻厭之,謂叔原有類乞兒搬漆椀。叔原作詩云(略)。」

失題詩。詩云:「可是近來疏酒盞,酒瓶今已作花瓶。」表明叔原此時十分貧困,已無錢買酒,無論聽歌。

武陵春（九日黄花如有意）。

崇寧四年—五年（一一〇五—一一〇六），叔原六十八—六十九歲。

據全宋詩卷六八五載，叔原由乾寧軍（今河北青縣）通判轉開封府推官，又轉管勾使院刑法。崇寧五年四次獄空。可能在這一年六、七月份的一次獄空時，徽宗於宫中宴集，宣晏叔原作詞。叔原作鷓鴣天（碧藕花開水殿涼）。〔三〕

崇寧四年，黄庭堅卒。

徽宗大觀元年（一一〇七），叔原七十歲。

晁端禮聞叔原近作鷓鴣天曲，擬作十篇。

大觀四年（一一一〇），叔原七十三歲。

九月，叔原卒。

〔一〕據鄭騫晏叔原繫年新考。
〔二〕參閱前言。
〔三〕同上。

秋笳集	[清]吴兆騫撰　麻守中校點
漁洋精華録集釋	[清]王士禛著 李毓芙、牟通、李茂肅整理
聊齋志異會校會注會評本	[清]蒲松齡著　張友鶴輯校
敬業堂詩集	[清]查慎行著　周劭標點
納蘭詞箋注	[清]納蘭性德著　張草紉箋注
方苞集	[清]方苞著　劉季高校點
樊榭山房集	[清]厲鶚著　[清]董兆熊注 陳九思標校
劉大櫆集	[清]劉大櫆著　吴孟復標點
儒林外史彙校彙評	[清]吴敬梓著　李漢秋輯校
小倉山房詩文集	[清]袁枚著　周本淳標校
忠雅堂集校箋	[清]蔣士銓著　邵海清校 李夢生箋
甌北集	[清]趙翼著　李學穎、曹光甫校點
惜抱軒詩文集	[清]姚鼐著　劉季高標校
兩當軒集	[清]黄景仁著　李國章校點
惲敬集	[清]惲敬著　萬陸、謝珊珊、林振岳 標校　林振岳集評
茗柯文編	[清]張惠言著　黄立新校點
瓶水齋詩集	[清]舒位著　曹光甫點校
龔自珍全集	[清]龔自珍著　王佩諍校點
龔自珍詩集編年校注	[清]龔自珍著　劉逸生、周錫韖校注
水雲樓詩詞箋注	[清]蔣春霖著　劉勇剛箋注
人境廬詩草箋注	[清]黄遵憲著　錢仲聯箋注
嶺雲海日樓詩鈔	[清]丘逢甲著　丘鑄昌標點

湯顯祖戲曲集　［明］湯顯祖著　錢南揚校點
白蘇齋類集　［明］袁宗道著　錢伯城校點
袁宏道集箋校　［明］袁宏道著　錢伯城箋校
珂雪齋集　［明］袁中道著　錢伯城點校
隱秀軒集　［明］鍾惺著　李先耕、崔重慶標校
譚元春集　［明］譚元春著　陳杏珍標校
張岱詩文集（增訂本）　［明］張岱著　夏咸淳校點
陳子龍詩集　［明］陳子龍著　施蟄存、馬祖熙標校
牧齋初學集　［清］錢謙益著　［清］錢曾箋注　錢仲聯標校
牧齋有學集　［清］錢謙益著　［清］錢曾箋注　錢仲聯標校
牧齋雜著　［清］錢謙益著　［清］錢曾箋注　錢仲聯標校
牧齋初學集詩注彙校　［清］錢謙益著　［清］錢曾箋注　卿朝暉輯校
李玉戲曲集　［清］李玉著　陳古虞、陳多、馬聖貴點校
吴梅村全集　［清］吴偉業著　李學穎集評標校
歸莊集　［清］歸莊著
顧亭林詩集彙注　［清］顧炎武著　王蘧常輯注　吴丕績標校
安雅堂全集　［清］宋琬著　馬祖熙標校
吴嘉紀詩箋校　［清］吴嘉紀著　楊積慶箋校
陳維崧集　［清］陳維崧著　陳振鵬標點　李學穎校補

清真集箋注	[宋]周邦彦著　羅忼烈箋注
樵歌校注	[宋]朱敦儒著　鄧子勉校注
李清照集箋注(修訂本)	[宋]李清照著　徐培均箋注
陳與義集校箋	[宋]陳與義著　白敦仁校箋
蘆川詞箋注	[宋]張元幹著　曹濟平箋注
劍南詩稿校注	[宋]陸游著　錢仲聯校注
放翁詞編年箋注(增訂本)	[宋]陸游著　夏承燾、吴熊和箋注 陶然訂補
范石湖集	[宋]范成大撰　富壽蓀標校
于湖居士文集	[宋]張孝祥著　徐鵬校點
稼軒詞編年箋注(定本)	[宋]辛棄疾撰　鄧廣銘箋注
姜白石詞編年箋校	[宋]姜夔著　夏承燾箋校
後村詞箋注	[宋]劉克莊著　錢仲聯箋注
雁門集	[元]薩都拉著 殷孟倫、朱廣祁校點
揭傒斯全集	[元]揭傒斯著　李夢生標校
高青丘集	[明]高啓著　[清]金檀注 徐澄宇、沈北宗校點
唐寅集	[明]唐寅著　周道振、張月尊輯校
震川先生集	[明]歸有光著　周本淳校點
海浮山堂詞稿	[明]馮惟敏著 凌景埏、謝伯陽標校
滄溟先生集	[明]李攀龍著　包敬第標校
梁辰魚集	[明]梁辰魚著　吴書蔭编集校點
沈璟集	[明]沈璟著　徐朔方輯校
湯顯祖詩文集	[明]湯顯祖著　徐朔方箋校

樊南文集　　　　[唐]李商隱著　[清]馮浩詳注
　　　　錢振倫、錢振常箋注
皮子文藪　　　　[唐]皮日休著　蕭滌非、鄭慶篤整理
鄭谷詩集箋注　　[唐]鄭谷著
　　　　嚴壽澂、黄明、趙昌平箋注
韋莊集箋注　　　[五代]韋莊著　聶安福箋注
張先集編年校注　[宋]張先著　吴熊和、沈松勤校注
二晏詞箋注　　　[宋]晏殊、晏幾道著　張草紉箋注
梅堯臣集編年校注　[宋]梅堯臣著　朱東潤編年校注
歐陽修詩文集校箋　[宋]歐陽修著　洪本健校箋
蘇舜欽集　　　　[宋]蘇舜欽著　沈文倬校點
嘉祐集箋注　　　[宋]蘇洵著　曾棗莊、金成禮箋注
王荆文公詩箋注　[宋]王安石著　[宋]李壁箋注
　　　　高克勤點校
王令集　　　　　[宋]王令著　沈文倬校點
蘇軾詩集合注　　[宋]蘇軾著　[清]馮應榴注
　　　　黄任軻、朱懷春校點
東坡樂府箋　　　[宋]蘇軾著　[清]朱孝臧編年
　　　　龍榆生校箋
欒城集　　　　　[宋]蘇轍著　曾棗莊、馬德富校點
山谷詩集注　　　[宋]黄庭堅著　[宋]任淵、史容、
　　　　史季温注　黄寶華點校
山谷詩注續補　　[宋]黄庭堅著　陳永正、何澤棠注
山谷詞校注　　　[宋]黄庭堅著　馬興榮、祝振玉校注
淮海集箋注　　　[宋]秦觀撰　徐培均箋注
淮海居士長短句箋注　[宋]秦觀著　徐培均箋注

孟浩然詩集箋注(增訂本)	[唐]孟浩然著　佟培基箋注
王右丞集箋注	[唐]王維著　[清]趙殿成箋注
李白集校注	[唐]李白著　瞿蜕園、朱金城校注
高適集校注(修訂本)	[唐]高適著　孫欽善校注
杜詩趙次公先後解輯校	[唐]杜甫著　[宋]趙次公注　林繼中輯校
杜詩鏡銓	[唐]杜甫著　[清]楊倫箋注
錢注杜詩	[唐]杜甫著　[清]錢謙益箋注
岑參集校注	[唐]岑參著　陳鐵民、侯忠義校注
戴叔倫詩集校注	[唐]戴叔倫著　蔣寅校注
韋應物集校注(增訂本)	[唐]韋應物著　陶敏、王友勝校注
權德輿詩文集	[唐]權德輿撰　郭廣偉校點
韓昌黎詩繫年集釋	[唐]韓愈著　錢仲聯集釋
韓昌黎文集校注	[唐]韓愈著　馬其昶校注　馬茂元整理
劉禹錫集箋證	[唐]劉禹錫著　瞿蜕園箋證
白居易集箋校	[唐]白居易著　朱金城箋校
柳宗元詩箋釋	[唐]柳宗元著　王國安箋釋
柳河東集	[唐]柳宗元著　[宋]廖瑩中輯注
元稹集校注	[唐]元稹著　周相録校注
長江集新校	[唐]賈島著　李嘉言新校
三家評注李長吉歌詩	[唐]李賀著　[清]王琦等評注
樊川文集	[唐]杜牧著　陳允吉校點
樊川詩集注	[唐]杜牧著　[清]馮集梧注
温飛卿詩集箋注	[唐]温庭筠著　[清]曾益等箋注
玉谿生詩集箋注	[唐]李商隱著　[清]馮浩箋注　蔣凡校點

《中國古典文學叢書》已出書目

詩經今注	高亨注
楚辭今注	湯炳正、李大明、李誠、熊良智注
司馬相如集校注	[漢]司馬相如著　金國永校注
揚雄集校注	[漢]揚雄著　張震澤校注
張衡詩文集校注	[漢]張衡著　張震澤校注
阮籍集	[魏]阮籍著　李志鈞等校點
陶淵明集校箋(修訂本)	[晉]陶潛著　龔斌校箋
世説新語箋疏(修訂本)	[南朝宋]劉義慶撰　余嘉錫箋疏　周祖謨等整理
世説新語校釋	[南朝宋]劉義慶撰　[南朝梁]劉孝標注　龔斌校釋
鮑參軍集注	[南朝宋]鮑照著　錢仲聯增補集説校
謝宣城集校注	[南朝齊]謝朓著　曹融南校注集説
文心雕龍義證	[南朝梁]劉勰著　詹鍈義證
詩品集注(增訂本)	[梁]鍾嶸著　曹旭集注
文選	[梁]蕭統編　[唐]李善注
玉臺新咏彙校	吴冠文　談蓓芳　章培恒彙校
王梵志詩集校注(增訂本)	[唐]王梵志著　項楚校注
盧照鄰集箋注	[唐]盧照鄰著　祝尚書箋注
駱臨海集箋注	[唐]駱賓王著　[清]陳熙晉箋注
王子安集注	[唐]王勃著　[清]蔣清翊注
陳子昂集(修訂本)	[唐]陳子昂撰　徐鵬校點